Rosslyn Elliott

Süßer als das Lied der Lerche

Rosslyn Elliott

Süßer als das Lied der Lerche

francke

Über die Autorin:
Rosslyn Elliott studierte Literatur- und Theaterwissenschaften an der Yale University. Zusammen mit ihrem Mann und ihrer Tochter lebt sie im Süden der USA.

Bibliografische Information der Deutschen Nationalbibliothek
Die Deutsche Nationalbibliothek verzeichnet diese Publikation in der Deutschen Nationalbibliografie; detaillierte bibliografische Daten sind im Internet über http://dnb.dnb.de abrufbar.

ISBN 978-3-86827-628-2

Originally published in English under the title:
Sweeter than Birdsong
by Thomas Nelson, Inc., Nashville, Tennessee 37214, USA

35037 Marburg an der Lahn
Deutsch von Rebekka Jilg
Umschlagbilder: © dreamstime.com / Mystock88photo; Stefan Hermans
© shutterstock.com / Irina Alexandrovna
Umschlaggestaltung: Verlag der Francke-Buchhandlung GmbH /
Christian Heinritz
Satz: Verlag der Francke-Buchhandlung GmbH
Printed in Czech Republic

www.francke-buch.de

Kapitel 1

WESTERVILLE, OHIO
1855

Der vertraute Weg über den viereckigen Innenhof des Colleges fühlte sich für Kate heute an wie der Gang zum Henker. Die Absätze ihrer Schuhe klackerten über das Pflaster. Ihr schwerer Rock und der Reifrock aus Pferdehaar zogen an ihrer Hüfte, waren viel zu warm für diesen milden Maimorgen.

Sie erklomm die Steinstufen des weiß gekalkten Collegegebäudes und legte ihre verschwitzte Hand an den schwarzen Eisengriff der großen Tür. Das düstere Foyer führte zum Hörsaal. Ihr Atem ging schneller und das Korsett engte ihre Lungen ein. So straff hatte es sich bei Weitem nicht angefühlt, als das Hausmädchen sie vor einer Stunde eingeschnürt hatte. Vor ihr zeichnete sich die Silhouette der Tür zum Vorlesungssaal ab, die einen Spalt offen stand.

Auf der Schwelle hielt Kate inne. Im Inneren des Hörsaales erklang ein angenehmer Bariton, der klar und wohlüberlegt seinen Vortag hielt. Die Überzeugungskraft des Sprechers riss sogar sie mit. Ben Hanby. Er war der beste Sprecher des Semesters. Kate legte eine Hand auf ihren Bauch, um die pulsierende Übelkeit niederzuringen. Wenn sie jetzt nicht hineinging, würde sie gar nicht mehr gehen.

Sie stieß die Tür auf und sah sich einer Reihe Rücken in dunklen Mänteln gegenüber. Alle Augen waren auf den Sprecher vorne gerichtet. Die Rockschöße der Gentlemen fielen offen über ihre Knie, wo sie im Dämmerlicht mit dem Boden verschmolzen. Die weißen Kragen erhoben sich steif bis zu den ordentlich frisierten Haaren, die ganz der Mode entsprechend etwas länger getragen wurden, jedoch nie länger als bis zu den Schultern.

Auf dem erhöhten Podest vor ihnen stand Ben Hanby, der so natürlich und selbstsicher wirkte, als sei er allein im Raum. Sein dickes Haar fiel ihm über die Augenbrauen. Seine Augen blitzten entschlossen, sein Gesicht war lebhaft und voller Interesse für sein Thema, doch seine Worte flossen an Kate vorbei, ohne dass sie sie verstand, da ihre angespannten Nerven zu zerreißen drohten. Natürlich fiel es ihm leicht, vor so vielen Menschen zu sprechen – sein Vater war immerhin Geistlicher.

Er beendete seine Rede mit einer Frage an die Zuhörer. Selbst Kate in ihrem aufgelösten Zustand entging nicht der subtile Humor, den er noch mit dem Heben seiner Augenbraue unterstrich. Ein Glucksen erhob sich unter den männlichen Studenten, begleitet von dem höheren Kichern der jungen Damen, die in Begleitung ihrer Anstandsdame am Ende der ersten Reihe saßen.

Ben Hanby verließ mit einem breiten Grinsen das Podium und nickte seinen Freunden zu.

„Miss Winter!" Professor Hayworths Bass dröhnte durch den Hörsaal.

Alle Köpfe wandten sich ihr zu. Kates Gesicht wurde glühend heiß und ihr Herz schlug in einem wilden, ungleichmäßigen Rhythmus. Konnte es durch die Angst einfach stehen bleiben? Dieser Gedanke machte alles nur noch schlimmer, wie das Stottern in ihrer Brust, als ob ihr Herz nicht zum nächsten Schlag ansetzen konnte.

„Ich bin froh, dass Sie sich dazu entschieden haben, uns heute Gesellschaft zu leisten." Professor Hayworth sprach von seinem Platz neben dem Podium zu ihr, wie immer in seine förmliche schwarze Robe gekleidet. „Sie kommen gerade recht, um uns den ersten Vortrag der Damen zu präsentieren."

Kate mied die neugierigen Blicke der anderen, während ihr Puls noch schneller wurde und ihr Mund austrocknete.

„Bitte kommen Sie doch nach vorne", bat Professor Hayworth.

Kate nickte und fing an, den Gang hinunterzuschreiten. Ihre Röcke schwangen so weit, dass sie sich fast an die Wand drücken musste, um an den Stühlen vorbeizukommen.

Die Stühle kratzten über den Boden, als die jungen Männer sich erhoben. Sie standen immer auf, wenn die Damen den Hörsaal betraten, doch dass sie es nun für Kate alleine taten, dass alle Aufmerksamkeit nur auf sie gerichtet war – schnell konzentrierte sie sich auf die gegenüberliegende Wand, als ein kalter Schauer sie überlief. Sie musste noch blasser sein als sonst. Feuchtigkeit legte sich auf ihre

Stirn und die Oberlippe. Wie scheußlich sie aussehen musste! Alle würden ihre Angst sehen. Ein Schmerz zog ihre Brust zusammen.

Kate war klar, dass etwas Schreckliches passieren würde, wenn sie die Stufen zum Podium betrat. Vielleicht brachte der Schmerz in ihrer Brust sie um.

Sie wandte sich der Ecke des Podestes zu. Ben Hanby sah sie an und nickte aufmunternd. Das Mitgefühl in seinen braunen Augen machte alles nur noch schlimmer. Wusste er, dass sie krank war? Dass das schmerzhafte Atmen sie gleich ohnmächtig werden lassen würde?

Einen Fuß vor den anderen, nur noch zwei Meter bis zum Podium. Langsam ging Kate darauf zu und klammerte sich mit zitternden Händen daran fest.

Alle Augen waren auf sie gerichtet, alles schwieg – eine schreckliche Stille, wie der Moment, bevor die Katze ihre Beute fängt. In die Stille hinein klopfte Kates Herz. Der Raum pulsierte im gleichen Rhythmus. Ihr Mund war so schrecklich trocken.

Erwartungsvolle Gesichter starrten sie an. Kate lehnte sich gegen das Podium und atmete zitternd ein.

Sie sah über die Köpfe der Studenten hinweg, an ihren schwarzen Mänteln und weißen Kragen vorbei zu den Studentinnen mit ihrer Anstandsdame. *Helft mir, helft mir, bitte.* Doch die anderen Mädchen konnten sie nicht hören. Sahen sie denn nicht, dass es ihr schlecht ging?

Das Pochen in ihren Ohren wurde laut wie rauschendes Wasser.

Die ersten Worte lauteten: „Der Zweck der Freundschaft: Eine Diskussion mit Bezug auf Aristoteles und Cicero." Sie würde dieses Thema nun nennen, jetzt. Sie musste sich nur zwingen, ihren Mund zu öffnen.

Ein leises Kratzen entrang sich ihrem Mund, bevor sie ihn schnell wieder schloss.

Kate atmete noch einmal tief ein und zwang die Worte aus ihrem Mund. „Der Zweck der Freund…" Wieder zog sich ihr Hals zusammen.

Professor Hayworth war nur eine dunkle Gestalt am Rande ihres Gesichtsfeldes. Kate wurde bewusst, dass ihre Lippen und ihre Zunge nicht funktionieren würden. Ihr Wille hatte sie bis hierher gebracht, doch ihre Stimme würde ihr nicht gehorchen.

Kate ließ das Podium los und trat auf zittrigen Beinen zwei Schritte zurück.

Sie wandte sich um und floh, die Stufen des Podestes hinunter, an den verschwommenen jungen Männern vorbei, aus der Tür des Hörsaales hinaus, durch das Foyer nach draußen an die frische Luft, wo niemand sie mehr beobachten konnte. Die Absätze ihrer Schuhe bohrten sich in den grünen Rasen. Wohin konnte sie fliehen, damit niemand sie finden würde?

Sie eilte um die Ecke des Gebäudes herum. Sie musste sich hinter dem Kamin verstecken, denn es könnte jemand vorbeikommen. Doch Kate wollte nichts sagen. Für Worte war es ohnehin zu spät.

In der Sicherheit der Kaminecke lehnte sie sich an die kühle Mauer und sog zitternd die willkommene Luft ein. Sie war nicht gestorben, doch ihr Herz schmerzte immer noch schrecklich, ein Stechen, das mit jedem Schlag durch ihren Körper pulsierte. Jetzt, wo endlich wieder genug Sauerstoff ihren Körper durchströmte, wurde ihr schwindelig. Kate zwang sich dazu, ihren Atem zu beruhigen. Sie merkte, dass ihr Korsett völlig vom Schweiß durchnässt war.

Jetzt würde man sie wegschicken. Niemand konnte am College bleiben, ohne Vorträge zu halten. Sie hatte versagt und zusätzlich dem Ruf der wenigen jungen Damen geschadet, denen man ein Studium am Otterbein-College gestattet hatte.

Wieder durchzuckten Krämpfe ihren Körper, pressten ihren Brustkorb zusammen, den Bauch; alles brannte, stach.

Kates Traum, einen Abschluss am College zu machen und Westerville zu verlassen, war ausgeträumt.

Kapitel 2

Wenn ein junger Mann sieben jüngere Geschwister hatte, war die Wahrscheinlichkeit hoch, dass eines von ihnen eine Plage war. Ben vermutete, dass er dankbar dafür sein sollte, dass seine anderen sechs Geschwister ihm solche Freude machten. Doch heute war keine dieser Freuden in die Gemischtwarenhandlung gekommen – nur Cyrus, die Plage in Person.

„Meinst du, das College wird Miss Winter rausschmeißen?", fragte Cyrus. Er nahm einen neuen Hut aus einer Schachtel und setzte ihn sich vorsichtig auf seine hellbraunen Locken. „Das war ja eine Szene, die sie gestern im Kurs veranstaltet hat."

„Ein Gentleman würde nicht über Miss Winters Verhalten spekulieren." Ben nahm einige Notenblätter und gab sich alle Mühe, Cyrus zu ignorieren. Während seine Augen den schwarzen Noten folgten, summte er leise die Melodie vor sich hin.

„Es wäre eine Schande, wenn eine solche Schönheit vom College ausgeschlossen werden würde", murmelte Cyrus. „Was braucht man eine Stimme, wenn man solche Haare und Augen hat?" Er trat vor den Spiegel und rückte den Hut so, dass seine Augen gerade noch zu sehen waren. Dann warf er sich selbst einen lodernden Blick zu.

Der Effekt, den der Siebzehnjährige damit erzielte, war nicht im Mindesten beeindruckend. Ben unterdrückte einen trockenen Kommentar.

Ihr Vater hielt eine Liste mit Einkaufen in der Hand. „Und Zimt und zehn Pfund Mehl", las er Mr Bogler, dem Ladenbesitzer, vor.

„Wie laufen Ihre Geschäfte mit den Pferdegeschirren, Mr Hanby?" Mr Bogler hob einen Mehlsack auf den Tresen.

„In letzter Zeit sehr gut", sagte Bens Vater. Die grauen Strähnen in seinen Haaren lenkten nicht von seiner immer noch beeindruckenden Statur ab. Selbst mit Mitte vierzig konnte er immer noch mit Leichtigkeit mit jedem jüngeren Mann mithalten. „Die Bahnstrecke hat natürlich geholfen. Was gut für Columbus ist, ist auch gut für Westerville." Er faltete seine Einkaufsliste zusammen und sah Ben an. „Bist du fertig, Junge?"

„Ja, Sir." Ben hatte ein Notenblatt ausgewählt und ging damit zur Kasse. Er suchte in seiner Tasche nach Münzen. Er würde selbst bezahlen – sein Vater hatte genug Mäuler zu füttern. Außerdem verdiente Ben durch seine zeitweilige Arbeit als Lehrer genug, um für den Beitrag am College aufzukommen und sich den einen oder anderen Luxus leisten zu können.

Draußen schrie ein Mann, dann noch einer. Bens Vater erstarrte. Ben folgte seinem Blick nach draußen durch die staubigen Fensterscheiben.

Eine kleine Gruppe Schwarzer schlurfte mit hängenden Schultern die Straße entlang. Ketten fesselten ihre Füße, sodass sie sich innerhalb weniger Meilen das Fleisch wund reiben würden. An ihren nackten, geschundenen Füßen konnte man erkennen, dass die Sklaven schon viel weiter als ein paar Meilen gelaufen waren. Hinter ihnen gingen vier Weiße mit breitkrempigen, staubigen Hüten und abgewetzter Kleidung. Einer trug eine lange Peitsche über der Schulter, als wäre es eine Angelrute. Ein anderer schrie, dass die Sklaven sich beeilen sollten, und ein Dritter lachte, als er den hintersten Sklaven anstieß und der stolpernd vorwärtstaumelte. Stöhnend fiel er in den Staub. Der Sklavenhändler trat dem Gefallenen in den Bauch, wieder und wieder, bis dieser sich vor Schmerzen krümmte. Bens Magen zog sich zusammen.

Mit drei schnellen Schritten war er an der Tür.

„Ben." Die Stimme seines Vaters war scharf.

Ben erstarrte und kämpfte gegen den Drang an, die Tür aufzureißen und nach draußen zu stürmen. Es war einfach zu viel. Diese Grausamkeit konnte er nicht tolerieren.

Er wandte den Kopf. „Müssen wir etwa tatenlos zusehen?"

„Ja. Es tut mir leid, mein Sohn. Wir haben schon oft genug darüber gesprochen." Die dunklen Augen seines Vaters sagten mehr als seine Worte und erinnerten Ben daran, dass sie ein solches Thema nicht in der Öffentlichkeit diskutieren durften.

Der selbstgefällige Gesichtsausdruck des Sklavenhändlers reizte Ben immer noch. „Aber sie bringen sie vor unseren Augen die State Street entlang. Sie reiben es uns unter die Nase."

„So ist das Gesetz, Ben. Es reicht jetzt." Eine leise Warnung schwang in den Worten seines Vaters mit.

Ben biss die Zähne zusammen und ging zurück zum Tresen. Er schnappte sich den Mehlsack und seine Noten, griff seinen Hut von dem Haken an der Wand und riss die Tür auf. Mit schnellen Schritten stapfte er davon, ohne einen weiteren Blick auf das Spektakel auf der Straße zu werfen. Cyrus würde seinem Vater helfen müssen, den Rest der Einkäufe nach Hause zu bringen. Wenn Ben noch länger hierblieb, konnte er für nichts mehr garantieren – Gesetz oder nicht.

Kapitel 3

Das schummrige Licht im Flur vor dem Büro des Collegedekans konnte den starren Ausdruck auf dem Gesicht von Kates Mutter nicht abmildern. Ihr angespannter Mund und die zusammengekniffenen Augen verhießen Schlimmes für den Augenblick, wenn sie und Kate wieder in die kalte Formalität des Hauses der Familie Winter zurückgekehrt wären.

Kate saß vorne auf der Kante ihres Stuhles und hielt sich so gerade, wie es den jungen Damen beigebracht worden war. Es war eine Angewohnheit. Sie würde auch durch perfektes Benehmen die Gunst ihrer Mutter nicht gewinnen, nicht nach dem Debakel bei ihrer Ansprache.

Professor Hayworth öffnete die Tür und trat einen Schritt zurück. „Meine Damen, wenn Sie so freundlich wären, zu uns zu stoßen." Das Bemühen hinter seinem freundlichen Tonfall machte alles nur noch seltsamer.

Kates Mutter glitt wortlos an ihr vorbei über den roten Teppich mit dem rankenden Rebenmuster. Präsident Lawrence hatte sich erhoben, um die Damen willkommen zu heißen. Nachdem Kate und ihre Mutter in den beiden samtenen Ohrensesseln Platz genommen hatten, ließen der Dekan und Professor Hayworth sich ihrerseits wieder hinter dem großen Schreibtisch aus glänzend poliertem Ebenholz nieder.

„Mrs Winter, ich danke Ihnen, dass Sie Ihre Tochter heute Morgen begleiten", begann Dekan Lawrence.

Kates Mutter nickte kühl.

Mr Lawrence, der Dekan des Colleges, hatte ein freundliches, offenes Gesicht – sehr sorgfältig glatt rasiert, sodass seine gesunde Gesichtsfarbe zu sehen war. Seine Lider fingen an den Seiten schon etwas an zu hängen, da er nicht mehr zu den Jüngsten zählte, doch seine Augen funkelten immer noch klar und hell. Er trug die traditionelle schwarze Robe über seiner Weste und der Krawatte. Der Dekan nahm einen Bogen Papier aus der Schublade vor sich und legte es auf den dunklen Schreibtisch – eine einsame elfenbeinerne Insel in einem Meer von Dunkelheit, dachte Kate.

Einen Moment starrte Mr Lawrence versunken auf das Papier. „Ich vermute, Sie sind sich dessen bewusst, Mrs Winter, dass Ihre Tochter äußerst feinfühlig und sensibel ist. Bisher musste sie deshalb keine Vorträge vor ihren Kommilitonen halten. Doch die Vorträge sind nun einmal unerlässlich, um einen Otterbein-Abschluss zu erlangen."

„Ja." Die Lippen ihrer Mutter waren nun nur noch eine schmale Linie.

Der scharfe Geruch der weiß getünchten Wände drehte Kates Magen um. Wenn sie gnädig wären, würden sie diese Sache schnell und ohne großes Brimborium regeln.

Professor Hayworth musterte ein weiteres Blatt Papier, das er in Händen hielt. „Sie sollten auch wissen, Madam, dass Ihre Tochter eine unserer begabtesten Studenten ist."

Die Lippen von Kates Mutter zuckten, doch sie sagte nichts. Unter ihren schwarzen Locken wirkte sie wie eine Säule. Was hatte sie sagen wollen? Mit Sicherheit nichts Schmeichelhaftes.

„Sie ist die Beste in ihrem Kurs in Latein und Griechisch und auch in Mathematik", fügte der Professor hinzu.

Mr Lawrence beugte sich vor und legte seine gefalteten Hände auf den Schreibtisch. „Aufgrund ihrer außergewöhnlichen Fähigkeiten möchten wir Miss Winter auf keinen Fall vom College verweisen. Die Vorträge sind für die Studentinnen nicht so essenziell wie für die Studenten."

Kate musste sich verhört haben. Sie würden sie nicht entlassen?

„Nichtsdestoweniger können wir die Anforderungen hier am Otterbein College natürlich nicht völlig außer Acht lassen", warf Professor Hayworth ein. „Und deshalb möchten wir Ihnen mehr Zeit geben, Miss Winter. Im neuen Jahr, also in etwa acht Monaten, müssen Sie dazu in der Lage sein, einen Vortrag vor dem Kurs zu halten. Bis dahin können Sie Ihre mündlichen Arbeiten mir vortragen in Begleitung der Anstandsdame."

„Möchten Sie unter diesen Umständen weiterstudieren?", fragte Dekan Lawrence.

Kate murmelte: „Ja, Sir."

„Wunderbar." Der Dekan ließ sich in seinen Sessel zurücksinken, als wäre eine innere Anspannung von ihm abgefallen. Auch Professor Hayworth schien erleichtert, obwohl man es wegen seines dichten Bartes nicht mit Sicherheit sagen konnte.

„Danke, Dekan Lawrence." Ihre Mutter erhob sich. Das silberne Handtäschchen baumelte von ihrem Handgelenk und raschelte gegen die lila Seide ihres Kleides. Sie hatte sich angezogen, als würde sie Präsident Pierce im Oval Office treffen und nicht den Dekan eines kleinen Colleges.

Die Männer erhoben sich ebenfalls und Kate folgte ihnen schnell. Sie trat einen Schritt vor, um ihrem Kleid Raum zu geben.

„Kate, du willst dich doch sicher auch bei den Gentlemen bedanken." Ihre Mutter warf ihr einen eisblauen Blick zu.

Kate hob den Kopf. „Ich danke Ihnen, meine Herren." Ihre Antwort war zu leise, zu weich, das wusste sie – die Männer hatten sie kaum gehört. Mit Sicherheit würde ihre Mutter sie nachher dafür tadeln. Die Worte waren ihrem Mund auf Drängen ihrer Mutter hin entwischt, nicht aus freiem Willen. Vermutlich dachten die beiden Männer, sie wären großzügig und gütig zu Kate. Doch Kate wusste, dass ein Sommer und ein Semester keinen Unterschied machen würden. Sie hatte ihr Bestes gegeben, um vor den anderen zu sprechen, doch ihr Körper hatte ihrem Willen nicht gehorcht. Die Abmachung, die sie jetzt mit Dekan Lawrence und Professor Hayworth getroffen hatte, würde nichts an ihrer Schwäche ändern. Es war nur ein Vollstreckungsaufschub.

„Sie sind eine sehr vielversprechende Studentin, Miss Winter", sagte Professor Hayworth. „Wir hoffen, dass Sie Ihre Möglichkeiten nutzen."

Ihre Mutter umklammerte ihr silbernes Handtäschchen mit einer Faust. „Danke, Professor. Guten Tag, Gentlemen." Sie nickte knapp und verschwand in einer Lavendelduftwolke durch die Tür.

Kate folgte ihr den Flur hinunter. Der feste Haarknoten zog an ihren Schläfen. Sie konnte es kaum ertragen, zurück durch das Eisentor in die Residenz der Winters zu gehen, doch sie hatte keinen anderen Ort, an dem sie leben konnte.

Sobald das Hausmädchen Tessie sie zur Tür hineingeleitet hatte, segelte Kates Mutter durch das Foyer und rief im Befehlston über ihre lila Schulter: „Komm in den Salon."

Kate versuchte, Tessies mitleidigen Blick zu ignorieren, als sie ihrer Mutter durch die Doppeltür folgte. Sie hatte die blau-weiße Förmlichkeit, die spinnenbeinigen Möbel und die harten Polster des Salons noch nie gemocht.

Kate unterdrückte ein Zittern, als ihre Mutter sie umrundete und mit prüfenden Blicken fast durchbohrte.

„Ich vermute, wir müssen uns glücklich schätzen, dass Dekan Lawrence so großmütig ist." Die dünne Haut um ihren Mund legte sich in Falten.

„Ja, Mutter." Wenn Kate nicht widersprach, wäre alles schneller vorbei.

Ihre Mutter starrte sie an. „Offensichtlich hast du irgendwo da drin doch ein Gehirn versteckt. In deinen Studien scheinst du ja zu glänzen. Also warum stolperst du über einen einfachen Vortrag?"

„Ich weiß es nicht." Tief in ihrem Innersten stach Kate der Ärger über diese schwache Antwort wie eine Klette unter dem Sattel.

„Und mit den wenigen geeigneten Verehrern, die ich für dich eingeladen habe, wolltest du auch nicht sprechen."

„Es ist keine Absicht, Mutter. Ich bin nun mal ungeschickt, wenn es um gesellschaftliche Anlässe geht."

„Du bist zu intelligent, um nicht eine normale Konversation führen zu können. Etwas in dir möchte sich mir widersetzen, Kate."

„Es ist nicht meine Absicht, dich zu verärgern." Doch Kates Innerstes rebellierte gegen diese höfliche Antwort. Ihre Mutter war einfach fest entschlossen, unzufrieden zu sein. Mit allem und jedem.

Ihre Mutter nahm einen Stickrahmen von einem kleinen Tischchen, ließ ihn aber gleich wieder sinken. „Wie ich höre, inszeniert der junge Mr Hanby eine Aufführung für das College. Bald wird doch das Vorsprechen abgehalten, nicht wahr? Mrs Bogler hat es mir erzählt. Jedenfalls bin ich überzeugt davon, dass es eine gute Gelegenheit für dich wäre, deine alberne Angst zu überwinden. Du musst vorsprechen."

„Mutter, ich habe bewiesen, dass ich nicht in der Öffentlichkeit sprechen kann." Kate starrte auf das Parkett neben dem Saum ihres meergrünen Kleides. Es erschien ihr ungerecht, von dem Diktat so vieler anderer abhängig zu sein, ohne jemals selbst eine Wahl zu haben. Sie musste ruhig wirken, doch in ihr rebellierte ihr Eigenwille wie ein Tier, das in eine Falle getappt war. Sie presste die Hände zusammen und zählte innerlich langsam auf Griechisch.

„Was hast du gesagt? Ich kann dieses halblaute Gemurmel kaum verstehen." Kates Mutter ging einige Schritte, um die Uhr auf dem Kaminsims zu betrachten. „Dekan Lawrences Tochter wird auch an der Aufführung mitwirken. Und warum? Weil Mr und Mrs Lawrence wissen, dass ihre Tochter selbstsicher und redegewandt sein muss, wenn sie einmal eine gute Partie außerhalb dieser heruntergekommenen kleinen Stadt machen will."

„Ich bin nicht selbstsicher, Mutter. Ich bin sicher, dass ..."

„Sprich lauter, habe ich gesagt!"

„Ruth, lass das Mädchen in Ruhe." Die lallende Stimme von Kates Vater drang aus dem Arbeitszimmer nebenan zu ihnen. Ein süßlich-scharfer Geruch drang an Kates Nase, als breite sich der Bourbon in seinem Atem in Schlieren im ganzen Haus aus.

Ihre Mutter wandte den Kopf nur einen Millimeter. In ihrem steifen Kleid wirkte sie wie eine Herzogin. „Halte dich da raus, Isaiah. Du bist wohl kaum in der Position, um gesellschaftliche Notwendigkeiten zu beurteilen. Kate wird tun, worum ich sie bitte, und zu dem Vorsprechen gehen."

Die Silhouette von Kates Vater zeichnete sich im Türrahmen ab. Seine geröteten Augen waren auf den Rücken ihrer Mutter gerichtet. „Lass sie tun, was sie möchte."

„Ist schon gut, Vater. Ich werde gehen." Ob es sinnvoll war oder nicht, war unwichtig. Wichtig war nur, dass Kate dieses Gespräch beenden musste, bevor ihre Eltern in einem ihrer Streits endeten. Ihr Kopf schmerzte. Kate atmete tief ein. „Aber ich würde gerne singen und nicht frei sprechen."

Ihre Mutter hob eine ihrer dünn gezupften Augenbrauen. „Singen ist für dich weniger schlimm?"

„Ja." Wenn sie mit anderen zusammen in einem Chor sang, würde sie es vielleicht schaffen, unauffällig in der Gruppe zu verschwinden. Sie würde ein Solo vermeiden.

„Ruth, sag ihr, dass sie singen darf. Sei nicht so hartherzig." Die Stimme ihres Vaters war wie immer zu laut für den Raum. Der Alkohol musste sich negativ auf sein Gehör auswirken.

Ihre Mutter starrte ihn mit kalter Abneigung an. „Nun gut."

Kate senkte den Kopf. Sie durfte sich ihre Erleichterung nicht anmerken lassen. „Darf ich in mein Zimmer gehen?"

Ihre Mutter antwortete nicht, sondern nickte nur knapp, als hätte sie sich mit der Sticknadel gestochen. Ihre Augen waren dunkel, das eigentlich immer noch wunderschöne Gesicht war hart und verkniffen.

Kates Vater trottete ohne weiteren Kommentar zurück in sein Arbeitszimmer. Ein Glas klirrte. Kate beeilte sich, von dem Geräusch wegzukommen, das sie mittlerweile hasste.

Oben auf dem Treppenabsatz war die Tür zum Zimmer ihrer Schwester geschlossen. Kate wollte nicht allein sein. Selbst Leah wäre jetzt eine willkommene Gesellschaft. Kate klopfte an, drehte den Knauf und trat ein.

Leah wirbelte an ihrem Frisiertisch herum, wobei sich ihre elfenbeinerne Bürste in ihren langen dunklen Haaren verfing. Ihre weit aufgerissenen Augen gaben ihr das Aussehen eines kleinen Mädchens und erinnerten Kate an die Zeit, als sie noch mit Lätzchen und Windeln herumgekrabbelt war.

„In Zukunft klopf bitte an." Leahs Versuch, erwachsen zu wirken, passte nicht zu ihren kindlichen Zügen.

Kate schloss die Tür. „Ich muss hier weg. Ich kann hier nicht mehr leben."

„Du hast keine Wahl. Keine von uns hat eine." Leah befreite die Bürste aus ihren Haaren und fing an, ihr Haar mit langen Strichen zu kämmen, während sie in den Spiegel schaute. „Ich werde heiraten, sobald ich achtzehn bin. Wenn du nur einen Funken Verstand hättest, hättest du schon lange das Gleiche getan. Du hättest vor einem Jahr hier verschwinden können." Sie wickelte eine Haarsträhne zur Locke und klemmte sie fest.

„Ich will nicht von einem Gefängnis zum nächsten laufen. Ich werde einen Weg finden, mich selbst zu versorgen. Man muss nicht immer heiraten."

„Aber die Alternativen sind kaum respektabel oder verlockend.

Wirst du dich trotzdem für eine von ihnen entscheiden?" Leah warf einen angewiderten Blick über ihre Schulter, kümmerte sich aber weiter um ihre Haare.

Kates Augen fingen an zu brennen. „Ich werde einen ehrbaren Weg finden. Du wirst schon sehen." Sie verließ den Raum und musste sich zusammenreißen, dass sie die Tür nicht hinter sich zuschlug.

Wann würde sie es endlich lernen? Sie hatte keine Familie wie andere. Leahs Charakter hatte sich durch die Härte ihrer Eltern in den letzten Jahren stark verändert. Ihre oberflächliche Art war nicht ihre eigene Schuld; deshalb würde Kate ihr dafür keine Vorwürfe machen. In glücklicheren Tagen, als sie beide noch sorglose Kinder gewesen waren, hatte Leah oft gekichert und ihre Schwester umarmt.

Kates eigenes Zimmer bot auch keinen Zufluchtsort, wie sie ihn sich ersehnte – mit seinen dunklen Mahagonimöbeln und dem schweren Himmelbett, das den Großteil des Raumes einnahm, wirkte es eher erdrückend als befreiend. Doch es war der einzige Ruheort, den sie hatte, also schloss sie die Tür hinter sich und ging in ihre Leseecke. Hier fand sie Trost. Ihr Bücherregal und ihr Lehnsessel, der vor der Wand stand und von dem aus sie entweder ihre Bücher sehen oder aus dem Fenster schauen konnte. Kate sank in die willkommene Umarmung des Sessels.

Sie würde nicht mehr an den Vortrag denken, an ihre Blamage oder daran, wie sie jemals wieder ihren Kommilitonen unter die Augen treten sollte. Sie beugte sich vor und zog aufs Geratewohl ein Buch aus dem Regal. *Rasselas* von Samuel Johnson. Sie hatte schon den Prolog über den Prinzen gelesen, der einen verborgenen Tunnel aus seinem isolierten Königreich heraus fand und in die wirkliche Welt kam, um die wahre Bedeutung des Glücks zu finden.

Eine verwegene Idee kam ihr in den Sinn. Kate erhob sich und ließ den Blick aus dem Fenster schweifen.

Otterbein war nicht ihr einziger Weg in die Freiheit. Sie musste sich nicht den erniedrigenden, unausweichlichen Misserfolgen aussetzen, die ihre Mutter ihr auferlegte. Es könnte einen anderen Weg geben, sich einen eigenen Lebensunterhalt zu erarbeiten, wenn sie nur die richtige Lehrmeisterin fand, die ihr ein ehrbares Handwerk beibringen konnte. Kates Verstand raste, als hätte sie drei Tassen Tee getrunken. Sie musste aufhören, das Unterrichten als ihre einzige Möglichkeit zur Selbstständigkeit anzusehen und das College als den einzigen Weg, um dies zu erreichen. Als Lehrerin zu arbeiten, würde öffentliches Sprechen erfordern. Und das würde sehr unangenehm, wenn nicht gar unmöglich für sie werden, selbst wenn es nur vor jungen Mädchen war.

Es würde nicht schwer sein, hier wegzugehen. Niemand kannte ihren Plan, niemand würde sie aufhalten. Kate stellte sich vor, wie sie weit weg von ihrem Zuhause leben würde, und ihr Herz wurde leicht.

Doch Prinz Rasselas hatte das Glück nicht gefunden.

Aber er hatte seine Wahl getroffen. Seine eigene Entscheidung. Kate würde alles wagen, um die Möglichkeit zu solch einer Entscheidung zu haben. In jedes Handwerk würde sie sich sorgfältig einarbeiten. Vielleicht war ja die Hutmacherei das Richtige für sie. Hüte hatte sie schon immer gemocht und je nach Mode in den verschiedensten Ausführungen getragen. Eine Hutmacherin in der Stadt würde sie vielleicht ausbilden und ihr ein Zimmer zur Verfügung stellen.

Die Zukunft erstrahlte vor Kates innerem Auge, hell und offen und voller Versprechen. Was wäre es für ein Glück, von hier zu verschwinden! Selbst die Angst, allein zu sein, und die Was-wäre-wenns konnten ihr frohlockendes Herz nicht mehr einfangen. Kate presste das Buch fest an sich und lächelte.

Sie konnte weggehen und ihren eigenen Weg beschreiten. Es erschien ihr nun endlich nicht mehr abwegig. Sie konnte diesem traurigen Haus entkommen – vielleicht schneller, als sie dachte. Doch zuerst musste sie überlegen, wann und wie sie es anstellen würde.

Kapitel 4

Weder die Noten noch die Worte flossen heute aus der Feder. Ben tunkte den Stift in die Tinte und schrieb eine weitere Zeile. *Und die arme Nelly sah ihren Mann nie wieder.* Nein, das war es auch nicht. Er strich die Worte durch und verwarf sie damit genau wie die anderen Sätze, die er schon auf das Blatt geschrieben hatte.

Die Öllampe flackerte, sodass die Schatten an den Wänden des Salons um ihn herumtanzten. Die Uhr tickte gleichmäßig wie ein Metronom, das einzige Geräusch um zwei Uhr in der Frühe. Doch die Anwesenheit seiner schlafenden Familie erfüllte das Haus, die Wärme ihres Atems. Ein Haus voller Menschen, die er liebte.

Im Schlafzimmer seiner Eltern knarrte eine Diele. Ben wandte sich vom Piano um und sah seine Mutter, die ihren Morgenmantel um sich zog, als sie in den Salon kam.

„Ich dachte, ich hätte etwas gehört." Ann Hanby runzelte ihre Stirn.

„Ich bin's nur, Mutter. Ich muss hier noch etwas fertig machen."

„Mitten in der Nacht?" Seine Mutter kam langsam heran und trat hinter ihn. Die zerzausten Haare umrahmten ihr immer noch hübsches Gesicht. „Ach, Ben – wieder das Nelly-Lied. Wenn es dir den Schlaf raubt, dann lass es bleiben. Du hast so viele gute Lieder geschrieben." Sie setzte sich in den nahen Lehnstuhl, immer noch zart und schmal, selbst nach der Geburt von acht Kindern.

„Ich kann nicht. Nicht bis ich dieses Lied so geschrieben habe, wie es seiner würdig ist."

„Du quälst dich nur selber, wenn du es immer und immer wieder umschreibst. Ich habe schon Teile davon gehört. Ben, es ist wirklich gut. Beende es einfach." Sie legte ihre Hände in den Schoß und zog ihre Füße unter ihren Morgenmantel, sodass sie wie ein junges Mädchen wirkte.

„Frierst du?" Ben erhob sich, nahm die Wolldecke vom Sofa und brachte sie ihr.

„Danke, mein Junge." Seine Mutter legte die Decke über ihre

Beine. „Wenn ich dich nur davon überzeugen könnte, auf dich selbst ebenso achtzugeben.“ Sie schenkte ihm ein Lächeln, voll mit Erinnerungen an eine Kindheit mit zerschrammten Knien und verfrorenen Gliedmaßen.

„Ein paar Stunden zu wenig Schlaf werden mir nicht schaden. Es ist ja für eine gute Sache.“ Ben massierte den schmerzenden Punkt an seiner Schläfe.

„Aber ich mache mir Sorgen wegen dieses Liedes. Du darfst dir keine Vorwürfe machen wegen Joseph – du warst zu jung, um solche Dinge zu sehen. Das habe ich damals auch deinem Vater gesagt.“

Joseph … eine Erinnerung durchzuckte ihn. Die dunkle Haut des Mannes, die plötzlich grau geworden war, das letzte Rasseln seines Atems in seiner Brust, der Schmerz und die Hoffnung, die in seinen Augen plötzlich zu einem schwarzen Loch wurden. Selbst nach so vielen Jahren verspürte Ben immer noch einen Nachgeschmack seiner kindlichen Angst.

„Ich war neun Jahre alt, Mutter. Vater wusste, dass er mich nicht für den Rest meines Lebens beschützen kann.“

„Aber wärst du nicht so jung gewesen, würde es dich nicht bis heute verfolgen.“

„Vielleicht gibt es einen Grund dafür, etwas, wozu ich berufen bin.“

Seine Mutter seufzte. „Du bist genau wie dein Vater und dafür liebe ich dich.“ Sie zog die Decke um sich und erhob sich. „Du kannst nicht jede gefangene Seele in unserem Land befreien – du kannst nur tun, was ein einzelner junger Mann tun kann. Und dafür bewundere ich dich.“

Josephs raue Stimme klang noch immer in seinen Ohren. *Nelly … Nelly.* Sie vibrierte in seinen Knochen, rief Entsetzen hervor. Ben blinzelte und tunkte wieder den Federhalter in die Tinte.

Seine Mutter legte die Decke zurück aufs Sofa, trat hinter ihn und legte ihre Hände auf seine Schultern. „Geh ins Bett, mein Junge.“ Ihr Kuss fiel auf seinen Scheitel. Sie lachte leise. „Mehr kann ich nicht tun, wo du schon so groß bist. Gute Nacht … oder guten Morgen.“

„Gute Nacht, Mutter.“

Sie ging davon und ließ ihn mit den Schatten allein.

Ben kratzte ein paar Zeilen aufs Papier, starrte sie an, zählte das Versmaß. Seine Ideen waren nie gut genug für dieses Lied. Das Ideal lag immer außer Reichweite, trieb ihn an, irritierte ihn mit seiner abstrakten Perfektion. Er rieb sich die Augen und erhob sich. Heute Nacht würde es nicht mehr passieren. Er murmelte enttäuscht vor sich hin, während er sich vom Piano abwandte.

Moment. Was war mit dem Gegenstand, den Joseph vor so vielen Jahren bei ihnen gelassen hatte? Ben ging zu der kleinen Vitrine, öffnete die Tür und griff hinter das ovale Porträtgemälde seiner Großmutter, die schon lange verstorben war. Seine Finger berührten ein Geflecht. Da war es – er zog es hervor. Seit Jahren hatte er es nicht mehr geöffnet.

Der Korb war so klein und zierlich, dass eine seiner Schwestern ihn als kleines Mädchen beinahe zum Spielen mit den Puppen benutzt hätte, wären Ben und sein Vater nicht eingeschritten. Er hob den Deckel. Darin lag eine einzelne Haarlocke, schwarz und glänzend schmiegte sie sich gegen das Holz. Sein Herz zitterte. Hier war der Beweis für Nellys Existenz, für ihr schreckliches Schicksal. Sie würde leiden, wenn sie erfahren musste, dass der Mann, den sie liebte und dem sie vertraute, nicht zu ihr zurückkommen würde.

War diese Locke alles, was von Nelly übrig geblieben war? Oder lebte sie immer noch und wartete irgendwo in ihrem Sklavendasein auf einen Ehemann, der niemals wiederkehren würde?

Er durfte nicht wie ein Neunjähriger hier herumsitzen und sich in Gedanken alle möglichen Was-wäre-wenns ausmalen, ermahnte sich Ben. Er kannte viele Helfer der *Untergrundbahn*, einem geheimen Netzwerk von Gegnern der Sklaverei, um Sklaven die Flucht aus den Südstaaten zu ermöglichen. Einer von ihnen mochte Informationen über Nellys Aufenthalt haben.

Vielleicht war es nicht das ungeschriebene Lied, das Ben in all den Jahren wach gehalten hatte. Vielleicht wartete eine ganz andere Aufgabe auf ihn.

Denn wenn er Nelly fand, konnte er ihr womöglich zur Freiheit verhelfen.

Kapitel 5

Das Vollblut trug sie im rasenden Galopp über das brachliegende Feld. Kates Hut wäre ihr vom Kopf geweht, wenn er nicht unter dem Kinn festgebunden gewesen wäre.

Sie presste die Knie fest gegen das Horn des Damensattels, als der Zaun immer näher kam, mit jedem Schritt größer wurde. Ihr Atem ging schneller und ihr Blick konzentrierte sich auf die oberste Latte des Zaunes. Vier Schritte. Drei. Einer. Ihre Stute Granat verlagerte ihr Gewicht nach hinten. Kate beugte sich vor und riss die Zügel bis an ihren Hals. Die Vorderbeine der Stute hoben vom Boden ab, als sie in die Höhe stieg.

Kate flog, schwerelos auf dem Rücken ihres Pferdes, während die Zeit stillzustehen schien. Dann trafen Granats Hufe mit einem Schlag auf dem Boden auf. Kate richtete sich auf und korrigierte ihr Gleichgewicht, als sie eine Anhöhe hinaufritten. Die trommelnden Hufe spiegelten das wilde Schlagen ihres Herzes wider, als sie Granat weiterlaufen ließ. Endlich bremste Kate sie zu einem Trab. Vor ihr breitete sich ein Flickenteppich aus unzähligen Feldern aus, die alle von hellen Zäunen umgeben waren. Wie gerne wäre sie einfach weitergeritten, über jeden Zaun gesprungen, immer weiter weg von ihren Eltern und ihrem Kummer.

Aber das würde nichts werden. Noch nicht. Sie konnte die Stadt nicht ohne Geld oder Gepäck verlassen. Es war schon schwer genug, die Erlaubnis zu bekommen, allein auszureiten, selbst wenn es nur auf einem benachbarten Feld war. Eine Reisetasche über dem Sattel ihrer Stute würde Kates Mutter nicht entgehen. Doch Kate würde einen anderen Weg finden.

Sie lenkte Granat am Zaun entlang und kam an einigen Birken vorbei, die in vollem, grünem Laub in der Ecke des Feldes wuchsen.

Oh nein – zwei Männer, dort, zu Pferde! Kate hatte sie durch die Bäume nicht bemerkt, doch die beiden mussten ihren waghalsigen Sprung gesehen haben. Sie musste sie unbedingt umgehen, denn es war nicht wirklich damenhaft, im Galopp über ein Feld zu preschen wie eine Hindernisreiterin. Kates Mutter durfte auf keinen Fall davon erfahren, sonst würde sie ihr auch noch diese kleine Freiheit verbieten. Kate wendete Granat, um das Tor auf der anderen Seite des Feldes zu erreichen.

Der erste Mann trieb sein Pferd den Zaun entlang, erst in schnellem Schritt, dann im Trab. Er schien sie abfangen zu wollen.

Die drei Pferde würden sich am Tor treffen. Kate konnte es nicht vermeiden. Also zügelte sie Granat und ließ sie die letzten Meter langsam trotten. Der Mann auf dem schwarzen Pferd wartete am Torpfosten, während sein Begleiter zu ihm aufschloss.

„Miss Winter?“ Der junge Mann hob seinen Hut zum Gruß und enthüllte dabei bronzefarbenes Haar. Es fiel ihm über groben Gesichtszügen in die Stirn. Kate kannte ihn – er war Mitglied der Literaturgesellschaft der männlichen Studenten, die sich die Philomatheaner nannte.

„Frederick Jones, zu Ihren Diensten. Obwohl Sie diese nicht zu benötigen scheinen, bei solch einem Mut.“ Mr Jones grinste. „Und Sie kennen sicherlich meinen Freund, Mr Hanby.“

Der dunkelhaarige junge Mann, der mittlerweile ebenfalls am Tor angekommen war, lüftete seinen Hut und vertrieb so den Schatten, der über seinen Augen gelegen hatte. Seine nachdenkliche, ruhige Art zeigte ihn als zurückhaltenden Gentleman und unterschied sich damit vollkommen von dem leidenschaftlichen Redner, den Kate im College erlebt hatte.

Die Erinnerung an ihre eigene Rede kam ihr wieder in den Sinn. Ein heißes Stechen kroch über ihre Wangen. Sie musste hier verschwinden, bevor Mr Hanby sie darauf ansprach.

Sie nickte den beiden Männern wortlos zu. Wenn sie schwieg, würden sie vielleicht den Hinweis verstehen und einfach wegreiten.

Ben Hanby lenkte sein Pferd zum Tor und öffnete es, indem er sein Pferd mit dem Hinterteil dagegenstoßen ließ. Kate presste ihre Beine in Granats Flanke und lenkte sie hindurch. „Danke.“ In wenigen Sekunden würde sie ohne weiteren Zwischenfall davonreiten können. Sie hielt ihren Blick auf Granats Ohren gerichtet.

„Ich habe Sie springen sehen“, sagte Frederick, als sie an ihm vorbeiritt. Kate hob den Blick und sah, dass er sie anlächelte. „Es war ausgezeichnet. Ich kenne nicht viele Reiter, die bei einem vier Fuß hohen Zaun im Sattel bleiben."

Kate hielt Granat an und starrte in Fredericks grünbraune Augen. Für ihn war es leicht, so unbeschwert zu sein – er, der umgeben war von unzähligen Freunden, sorglos im Reichtum aufwuchs und von keiner Last von Geheimnissen niedergedrückt wurde. „Ich hoffe, Sie werden niemandem davon erzählen", sagte sie schließlich.

„Natürlich nicht", sagte Ben Hanby. Seine dunklen Augenbrauen zogen sich zusammen, als studiere er Kate genau. „Sie haben unser Wort, Miss Winter. Nicht wahr, Frederick?"

„Natürlich", sagte Frederick. Sein Pferd warf den Kopf in den Nacken und schnaubte. „Sehen Sie, sogar Bayard stimmt zu." Er gluckste.

Sie musste diese Unterhaltung beenden – ihre Handflächen waren schon ganz feucht. Kates Zunge klebte an ihrem Gaumen. Fieberhaft überlegte sie, was sie sagen sollte, und sprach das Erstbeste aus, das ihr in den Sinn kam. „Ich habe gehört, dass morgen das Vorsprechen für Ihre Musikaufführung stattfindet."

„Ja." Ben Hanby musterte sie überrascht.

„Ich werde teilnehmen."

„Sie wollen vorsprechen?" Er schien erfreut. Fredericks Augenbrauen schossen bis zur Krempe seines Hutes.

„Ja." Durch ihre Einsilbigkeit wurde die Unterhaltung noch seltsamer. Natürlich würden Mr Hanby und Mr Jones es lächerlich finden, dass so ein Mauerblümchen sich zum Vorsprechen wagte. Doch Kate würde Westerville verlassen, bevor die Musikaufführung stattfand. Bis dahin würde sie sich den Wünschen ihrer Mutter beugen und so tun, als sei alles in bester Ordnung.

Genug war genug. Mit diesem kurzen Gespräch hatte Kate die Regeln der Höflichkeit befolgt. Mittlerweile hatten sich ihre Finger so sehr in die Zügel verschlungen, als müsste sie sich selbst zügeln und nicht ihr Pferd. Granat trat zur Seite, spürte ihr Unbehagen. „Guten Tag, Mr Hanby, Mr Jones."

„Guten Tag, Miss Winter." Frederick lenkte Bayard zur Seite, um Granat mehr Platz zu geben.

„Dann bis morgen", sagte Ben Hanby.

Kate trieb Granat zum Schritt an, dann zum Trab und passte

sich dem Auf und Ab ihrer Bewegungen an. Die Augen der Männer waren auf ihren Rücken gerichtet, das konnte sie spüren. Nach einer halben Ewigkeit erreichte Kate endlich die Einsamkeit der von Bäumen gesäumten Straße.

Wenn Kate dieses eine Mal die Strapazen eines Vorsprechens über sich ergehen lassen musste, war es eben so. Doch sie würde nur ein paar Zeilen singen, nichts sagen, nichts weiter von sich geben. Vielleicht würde sie es schaffen, wenn sie das Publikum nicht anschauen musste. Für heute jedenfalls wollte sie keinen Gedanken mehr daran verschwenden. Sie hatte nur noch wenige Minuten, um die Freude und den Frieden hier draußen in der warmen Frühlingssonne zu genießen. In den Baumwipfeln trällerte ein Vogel wie auf einer verstimmten Flöte. Ein leichtes Lüftchen zauste Granats Mähne.

Es würde schlimm werden, ihre Stute zurückzulassen. Kate beugte sich vor, um ihren weichen Hals zu streicheln, während Granats Hufe dumpf auf der Straße klapperten. Sollte sie wirklich dieses Tier im Stich lassen, das ihr vertraute? Doch Kenny, der Stallbursche, würde sich gut um Granat kümmern, auch wenn niemand sonst in der Familie sich etwas aus Tieren machte.

Kate würde niemals wieder den ekelerregenden Gestank des Bourbons ihres Vaters riechen oder unter der Gefühlskälte ihrer Mutter leiden müssen. Und Leah würde Kate nicht vermissen, wenn sie so sehr mit ihrem eigenen Spiegelbild beschäftigt war. Die schmerzvolle Wahrheit versengte Kate wie ein entzündetes Streichholz und setzte ihre Gedanken in Brand.

Ihre Familie müsste nicht von eisiger, harter Kälte und alkoholgeschwängerten Tobsuchtsanfällen gequält werden – wenn nur ihre Mutter und ihr Vater sich anders entscheiden würden. Doch Kate brauchte sich keinen Illusionen hinzugeben. Sie hatte schon viel zu lange in kindlicher Hoffnung für ihre Eltern gebetet, nur um die beiden dann wieder schreiend im Salon zu finden – er betrunken, sie kreischend. Kate würde all den Schmerz hinter sich lassen, wie man alte Kleider von sich warf. Und sie würde nicht zu denen zurückschauen, die sie weder vermissen noch sich um sie sorgen würden.

Noch heute Nacht würde sie ihre Tasche packen und sie in ihrem Schrank verstecken. Mit dem Gedanken daran, dass diese Verheißung der Freiheit auf sie wartete, würde Kate das Vorsprechen überstehen.

Kapitel 6

Eine Note nach der anderen entschlüpfte dem Piano und klang in dem hallenden Saal nach. Die elfenbeinernen Tasten widerstanden Bens Fingern nur den Bruchteil einer Sekunde und gaben dann nach, verwandelten die Stille in ihr mysteriöses Gegenteil, die Musik.

Er sollte aufhören und seine Notizen für das Vorsprechen sortieren, doch die Intensität des neuen Liedes zog Ben unwillkürlich in ihren Bann. Sollte die Melodie sich hier wie eine Welle sammeln oder wie Regen plätschern? Er probierte das eine, dann das andere. Nein, so war es noch nicht perfekt.

„Hanby, du verrücktes Genie! Warum sitzt du im Dunkeln?"

Ben wandte sich nach dem Sprecher um. Frederick stand in der Tür, umrahmt von dem gelben Lichtschimmer aus dem Flur. Er nahm seinen Hut ab und hängte ihn auf.

Ben sah ihn ungerührt an. „Ich arbeite. Aber das verstehst du ja nicht. Und jetzt sei so freundlich und entzünde die Lampen. Die Damen werden jeden Augenblick hier sein."

„Sehr schön." Frederick schnappte sich die lange Stange und hielt sie wie einen Säbel vor sich, während er nach draußen in den Flur ging. „Wir werden ihnen ein philomatheanisches Willkommen bereiten."

Ben griff in die offene Tasche, die an seiner Bank lehnte, und zog einige Blätter hervor. Notenzettel vermischten sich mit seinen Collegeunterlagen: Latein, die Physiologie des Menschen, höhere Mathematik. Aber es war zu dunkel, um zu erkennen, was genau auf den Papieren stand. Und Frederick würde noch eine Weile brauchen, bis er wieder da war und die Lampen hier im Saal entzündete. Also erhob sich Ben und ging in Richtung Flur, um sich die Seiten anzuschauen. Er blätterte durch den Stapel, zog hier eine Seite hervor, dann dort.

Hier war eine Handschrift, die er nicht kannte. *An William Hanby: Wir bitten um eine Predigt bei unserem Treffen zur Abschaffung der*

Sklaverei, nächsten Sonntag. Was war das? Die Papiere seines Vaters waren versehentlich unter seine eigenen geraten. Und da war noch ein Zettel, auf dem nur Bens Handschrift stand. *Joseph und Nelly ... für immer getrennt ...*

Er wandte sich um und sah in den leeren, dunklen Vortragssaal. Die Hand mit den Zetteln ließ er sinken, während sein Seufzen zwischen den Stuhlreihen widerhallte und seine Gedanken in die Dunkelheit der Erinnerung glitten.

Vor zwölf Jahren war es gewesen, als sein Vater ihn in ein ähnlich abgedunkeltes Schlafzimmer geführt hatte. „Ben, komm her. Ich will, dass du unseren Gast kennenlernst, Joseph Selby."

Ein Streichholz flackerte auf und sein Vater entzündete die Öllampe auf dem Nachttisch. Das matte Licht verdrängte die Schatten ein wenig und enthüllte das Gesicht des unbekannten Mannes, der im Bett lag. Seine Haut war braun, seine Wangen hager und eingesunken. Er musste ein Flüchtling von der anderen Seite des Flusses sein. Ben hatte solche wie ihn schon vorher hier gesehen. Seine Eltern boten ihnen Zuflucht.

Der Mann öffnete die Lippen, als wollte er etwas sagen, doch er brachte nur ein Husten hervor, der seinen Oberkörper schüttelte. Als er wieder atmen konnte, sprach er wie zu sich selbst. „Mir macht es nichts aus. Mir ist es gleichgültig, ob meine Zeit gekommen ist." Sein ausgezehrtes Gesicht spannte sich noch mehr an, so sehr, dass es schmerzen musste. „Aber für Nelly wird es schwer. Sie ist immer noch dort."

Die Melodie eines Liedes flog durch Bens Gedanken.

Dann erhellte plötzlich das Licht des Kerzenanzünders den Raum und die Schatten der Vergangenheit flohen.

„Hanby, lass mich durch." Fredericks Bitte zerriss auch den letzten Fetzen der Erinnerung. Gehorsam trat Ben einen Schritt zur Seite. Eine nach der anderen entzündete sein Freund die Wandlampen, bis der Vortragsraum das heimelige Leuchten eines Wohnzimmers bei Nacht hatte.

„Ben, du hast nicht auf mich gewartet.“ Sein Bruder Cyrus stürmte in den Saal und zeigte anklagend mit dem Finger auf ihn, während er gleichzeitig den Kopf schief legte.

„Die Pflicht hat gerufen“, erwiderte Ben. „Wenn du pünktlicher gewesen wärst, hätte ich dich gleich mitgenommen. Wo sonst könnte ich solch geistreichen Witz, solch sprudelnde Schlagfertigkeit finden?“

Cyrus lachte. „Nirgendwo als in der Philomatheanischen Gesellschaft am Otterbein-College.“ Er riss mit Schwung den Hut von seinem lockigen Wuschelhaar und verbeugte sich tief. „Stets zu deinen Diensten.“ Zwei weitere Mitglieder der Studentenvereinigung folgten Cyrus auf den Fersen und nahmen ebenfalls schnell ihre Hüte ab.

„Das freut mich zu hören“, sagte Ben trocken. „Dann sorg doch gleich dafür, dass genug Stühle für alle da sind. Schnellstens. Sechs hier für die Männer und sieben dort für die Damen.“

„Sieben? Aber ich dachte, in unserer Schwestergesellschaft wären nur sechs Studentinnen.“ Frederick hob einen Stuhl und trug ihn an die entgegengesetzte Seite des Raumes, sodass er in Richtung Piano zeigte. Cyrus und die anderen folgten seinem Beispiel.

„Ihr erwartet doch nicht, dass sie ohne ihre Anstandsdame hier erscheinen?“ Ben hob eine Augenbraue. „Mit Mrs Gourney zusammen sind es sieben.“

Sie waren gerade mit dem Stellen der Stühle fertig, als die fröhlichen Stimmen der jungen Damen den Saal erfüllten.

„Jetzt schnell, ordentlich in eine Reihe stellen und einen guten Eindruck machen.“ Frederick stellte sich auf die Seite der Männer. Die anderen beeilten sich, es ihm gleichzutun, bis sie alle Schulter an Schulter auf die Ankunft der Damen warteten. Ben nahm seinen Platz neben dem Piano ein.

Mrs Gourney betrat den Raum als Erste mit erhobenem Kinn, adrett gekleidet mit ihrem Strohhut und damit ein hervorragendes Vorbild für ihre jungen Schützlinge. Die Leiterin des Damenbereiches des Otterbein-Colleges war ein leuchtendes Beispiel dafür, wie weibliche Studenten sich zu verhalten hatten. Bisher ließen nur wenige Colleges das schöne Geschlecht zu; deshalb musste es strenge Regeln geben. Ben verstand, warum das so sein musste, obwohl Cyrus sich immer wieder darüber beschwerte, dass die Gelegenheiten viel zu selten waren, bei denen er mit den hübschen Mädchen in Kontakt kommen konnte.

Die jungen Damen betraten den Raum hintereinander und nahmen sofort ihre Plätze den Männern gegenüber ein. Jede von ihnen trug eine kleine Tasche über der Schulter – das Kennzeichen ihrer außergewöhnlichen akademischen Betätigung. Ben war immer wieder von Neuem beeindruckt von seinen Kommilitoninnen. Sie waren genauso gebildet und belesen wie ihre männlichen Kollegen.

„Die Damen der Philalethischen Literaturgesellschaft grüßen die Herren der Philomatheanischen Gesellschaft." Cornelia Lawrences rotbraunes Haar wurde von einem kleinen Hut bedeckt, doch ihre Ausdrucksweise hätte jedem auf dem Campus ihre Identität verraten.

„Und wir Herren der Philomatheanischen Gesellschaft sind unvergleichlich beehrt durch Ihre Gegenwart", erwiderte Frederick. Er benutzte häufig die blumige Sprache, die das Zeremoniell verlangte. Deshalb war er als derjenige ausgewählt worden, der bis zum Beginn des Vorsprechens das Reden übernehmen sollte.

„Vielen Dank, Mr Jones." Miss Lawrence wandte sich an den gesamten Raum, als sie weitersprach. „Wir möchten Ihnen nun unser jüngstes Mitglied vorstellen, eingeführt bei unserem letzten Treffen. Miss Winter, bitte treten Sie vor."

Das schwarzhaarige Mädchen trat einen Schritt nach vorne. Ein zartroter Schimmer trat auf ihre blasse, fast durchscheinende Haut und sie hielt den Blick unentwegt auf die Lampen über den Köpfen der Männer gerichtet. Miss Winters Augen strahlten in einem fast königlichen Blau. Die Wellen ihres dunklen Haares umrahmten ihr Gesicht wie das einer Statue und ihre Anspannung verstärkte diesen Effekt nur noch. Ben hatte Mitleid mit ihr – man sollte sie nicht so anstarren, wo doch alle wussten, wie schüchtern Miss Winter war.

Miss Lawrence lächelte und hob leicht ihr Kinn. „Ich weiß, dass die Herren um Miss Winters hervorragende intellektuelle Leistungen wissen."

Das Objekt der Aufmerksamkeit errötete vollends und senkte den Kopf.

„Wir flehen sie nun schon eine ganze Weile an, zu uns zu stoßen", erklärte Miss Lawrence. „Und nun hat sie endlich zugestimmt. Sie wird ein heller Stern am philatheischen Firmament sein. Sie, meine Herren, sollten sich um Ihre Lorbeeren sorgen, vor allem in Latein."

Das stimmte. Alle Studenten wussten, dass Mary Katherine Winter in den Kursen der Sprachwissenschaften und Literatur die Beste war, doch kaum einer hatte sie jemals reden hören. Ben war erstaunt gewesen, als sie gestern mit ihm gesprochen hatte, auch wenn es nur sehr kurz gewesen war, denn sie hatte sich sichtlich unwohl dabei gefühlt. Kate Winter war immer schon ein schüchternes und rätselhaftes Wesen gewesen, das mit seiner großen Schönheit auffiel. Dennoch vergaß man sie schnell, wenn sie nicht anwesend war. Außer Cyrus, der immer mal wieder bewundernd seufzte und ihre Schönheit rühmte oder was seinem jugendlichen Sinn sonst noch so einfiel.

Miss Winter trat wieder zurück in die Reihe der anderen Damen und hielt ihren Blick dabei gesenkt. Miss Lawrence demonstrierte ihre Rolle als stolze Vorsitzende der Philalethianer, indem sie ihren goldenen Stab ergriff. „Und nun sind wir bereit für unsere gemeinsame musikalische Unternehmung."

Frederick nickte Ben zu. „Mr Hanby, Sie haben das Wort."

„Oder besser gesagt das Piano", sagte Ben ohne Schnörkel. Er hatte keine Lust, den ganzen Abend den Philomatheaner zu spielen und die strengen Regeln zu befolgen, nach denen sich sogar die Studenten untereinander förmlich ansprechen mussten. Also ging er ohne großes Zeremoniell ans Klavier und sortierte seine Zettel auf dem Ständer.

Dann wandte er sich zu den anderen um. „Ich heiße Sie alle herzlich willkommen und danke Ihnen, dass Sie die erste Musikaufführung des Colleges unterstützen wollen."

Der schallende Applaus, der darauf folgte, überraschte ihn. Cyrus und zwei seiner Freunde klatschten mit vorgetäuscht ernsten Gesichtern in die Hände, die jedoch durch ein gelegentliches Grinsen Lügen gestraft wurden.

Ben runzelte die Stirn. In Gegenwart der Damen sollten sie sich nicht so kindisch benehmen. Während er seinen Bruder streng ansah, fuhr er fort: „Einige von Ihnen wissen schon, dass die Kinder aus meiner Sonntagsschulklasse ein kleines Bauernschauspiel zu Liedern von Schumann aufführen. Ich brauche mindestens zwei Sänger, die sie begleiten."

Er warf Cyrus einen vernichtenden Blick zu und beeilte sich, einer zweiten Runde Applaus zuvorzukommen. „Wir werden einige Stücke über die Kindheit vortragen, vielleicht kann auch jemand ein Märchen zitieren. Dann folgt der musikalische Abschnitt. Darf ich fragen, wer von Ihnen am Singen und wer am Sprechen interessiert ist?"

Niemand sagte etwas. Vielleicht brauchte es einen deutlicheren Hinweis, damit Freiwillige vortraten. „Ich möchte gerne mit den Sängern anfangen." Ben ging zum Klavier, setzte sich und spielte ein paar Akkorde. „Mir ist jedes Kinderlied recht. Wer will singen?"

Frederick erhob sich und ging nach vorne. „Ich komme mir ein bisschen albern vor, aber ich werde es versuchen. Was soll ich singen?"

„Ein Kinderlied, das du auswendig kannst. Vielleicht *Kommt ein Vogel geflogen*?"

Bens Finger spielten die ersten Töne, um Frederick die Tonart anzugeben. Frederick fing an zu singen: *„Kommt ein Vogel geflogen, setzt sich nieder auf mein' Fuß ...* "

Die jungen Damen fingen an zu kichern. Sie hatten recht – es war amüsant, ein einfaches Kinderlied zu hören, das voller Inbrunst von einem erwachsenen Mann gesungen wurde. Frederick hatte einen leichten Bariton, sehr schön anzuhören. Er sang die beiden Strophen und endete dann mit einer besonders dramatischen Betonung auf den beiden letzten Zeilen *„... denn ich kann dich nicht begleiten, weil ich hierbleiben muss"*, was bei den Damen für noch mehr Erheiterung sorgte. Zur Antwort grinste er breit und setzte sich, während ihm freudig – und diesmal gar nicht übertrieben – applaudiert wurde.

Stuhlbeine kratzten, als Cyrus und einer seiner Freunde gleichzeitig aufsprangen, wahrscheinlich, weil sie bei den Damen ebenso großen Eindruck schinden wollten.

Ben stoppte sie mit einer Handbewegung. „Vielleicht geben wir erst einmal einer Dame die Möglichkeit?"

Rebecca Bogler erhob sich und stapfte zum Klavier. Leider war das eine Stimme, die Ben allzu bekannt war.

„*Weißt du, wie viel Sternlein stehen*, bitte.“ Rebecca reckte ihre untersetzte Gestalt und legte den blonden Kopf seltsam schief. Das würde nicht sehr angenehm werden. Ben spielte, so schnell er es wagte, um möglichst rasch das hinter sich zu bringen, was aus ihrem Mund kommen würde – oder eher aus ihrer Nase, denn dort schien ihr quietschender Sopran seinen Ursprung zu haben.

„*Weißt du, wie viel Sternlein stehen an dem bla-hauen Himmelszelt*“, sang sie eine Oktave zu hoch.

Ben versuchte, das Bild zu unterdrücken, das sich in seinem Kopf formte, nämlich das Bild einer Hexe, die auf ihrem Besen am eben besungenen Himmelszelt entlanghuschte. Er spielte lauter, um Rebecca halbwegs zu übertönen.

„*Gott im Himmel hat an allen seine Lust, sein Wohlgefallen, kennt auch dich und hat dich li-hieb, kennt auch di-hich und hat dich lieb*“, quietschte sie endlich die letzten Töne. Ben hätte fast laut aufgeseufzt vor Erleichterung, dass die Tortur endlich vorbei war. Er hämmerte den Schlussakkord und ließ ihn so lange ausklingen, bis Rebecca nach Luft schnappen musste.

Als sie zu ihrem Platz zurückging, wandte Ben sich an Mrs Gourney. „Gibt es noch andere Damen, die singen möchten, Ma'am?“ Gestern hatte Kate Winter angedeutet, dass sie vorsingen wollte, doch Ben wollte sie nicht unter Druck setzen, indem er sie direkt ansprach.

Die grauhaarige Leiterin des Damenbereichs des Colleges trug ihren hohen Kragen steif und zugeknöpft, doch ihr Gesichtsausdruck zeigte Milde. Sie musterte die Studentinnen. „Mary Katherine?“

Miss Winter starrte auf den polierten Boden, als wünschte sie sich, er würde sich öffnen und sie verschlingen. So ein ängstliches Mädchen würde nicht singen, da war Ben sich sicher. Doch sie würde auch nicht sprechen wollen, wie man nach ihrer Flucht aus dem Vorlesungssaal vergangene Woche vermuten konnte. Was also wollte sie hier? Warum tat sich dieses schüchterne Wesen so etwas Unangenehmes an?

Miss Winter stand auf und hob ihren Blick, überraschte Ben mit der Intensität ihrer blauen Augen, die so gar nicht zu ihrer Schüchternheit passen wollte.

„Ich würde gerne von hier aus singen, Mr Hanby, wenn es Ihnen nichts ausmacht", sagte sie. Sie sah ihn von ihrem Platz aus an, wodurch sie den anderen den Rücken zugewandt hatte. Vielleicht war sie zu schüchtern, sich ihnen zuzuwenden.

„Natürlich!", sagte er. „Was möchten Sie singen? Vielleicht *Mary had a Little Lamb* – oder in diesem Fall wohl eher *Mary Kate had a Little Lamb*?"

Miss Winter sah zur Seite und presste ihre Hände gegeneinander. Warum musste er so vor sich hinplappern? Ben errötete und schüttelte den Kopf. Er hoffte sehr, dass sie nicht kehrtmachen und fluchtartig den Raum verlassen würde.

„Das Lied ist genauso gut wie jedes ..." Das Ende ihres Satzes war so leise, dass er die letzten Worte kaum verstehen konnte.

Ben spielte die Eröffnungsakkorde, wobei seine Hände ihren Weg von allein fanden. Er nickte Miss Winter ermutigend zu. Sie fing an zu singen.

Ihre Stimme klang wie glänzendes Silber. Obwohl sie nicht laut war, erfüllte ihre Klarheit und Reinheit den gesamten Saal. Ben musste an Weihnachtsglocken denken und daran, wie seine jüngeren Geschwister aussahen, wenn sie schliefen.

Er hatte aufgehört zu spielen, ohne dass er es bemerkt hatte. Kate Winter sah ihn überrascht an, als ihre Stimme die letzten Worte allein durch die Luft trug. Dann verstummte sie schnell.

„Danke, Miss Winter. Das war wunderschön." Das war es wirklich. Irgendwie musste Ben jetzt seine Verwirrung bezwingen. „Noch jemand?"

Niemand bewegte sich. Cyrus und die anderen jungen Männer musterten Kate interessiert. Sie strich ihr braunes Kleid glatt und setzte sich wieder. Eines der anderen Mädchen beugte sich zu ihr und flüsterte ihr etwas ins Ohr.

Mit Kate Winter und Frederick Jones hatte Ben die beiden perfekten Stimmen gefunden. Hoffentlich wollte es jetzt auch niemand anders mehr versuchen. Das Vorsingen war beendet, also konnte es mit den Sprechrollen weitergehen. Ben blätterte in seinen Zetteln, um die Geschichten zu finden.

Irgendjemand räusperte sich. Ben blickte auf und sah Cyrus noch vorne zum Klavier kommen. Als er an den Damen vorbeiging, deutete er eine leichte Verbeugung an, doch seine hüpfenden Locken zerstörten den beabsichtigten Effekt. Ein paar junge Damen kicherten, als er nach vorne kam. Er legte die Hand an das Klavier wie ein italienischer Tenor und stellte sich in Pose.

Ben starrte auf den Rücken seines Bruders. Warum musste Cyrus sich lächerlich machen?

Er beugte sich um das Klavier herum und sagte zu seinem Bruder: „Ich denke, ich kenne deine melodiöse Stimme schon, mein Freund." Er spielte zwei unheilvolle Mollakkorde, um seine Worte zu unterstreichen. Die Versammelten lachten.

„Sagst du mir, dass ich keine Gelegenheit bekomme, hier vorzusingen?" Cyrus packte seine Stimme voll mit tragischer Melancholie.

Ben schwieg, spielte aber zur Bestätigung zwei Durakkorde. Doch Cyrus wollte nicht kampflos aufgeben. Dann musste man es wohl einfach schnell hinter sich bringen.

„Also gut. Du singst *Der Kuckuck und der Esel.*" Ben spielte die ersten Akkorde.

Cyrus trat einen Schritt auf das Publikum zu und legte die Hand ans Ohr, als warte er auf etwas. Dann sah er erstaunt drein und fing mit der ersten Zeile an. *„Der Kuckuck und der Esel, die hatten einen Streit –"*

„Das reicht, danke!", schnappte Ben, während die Damen wieder angefangen hatten zu lachen.

Cyrus stapfte zurück auf seinen Platz, wo seine Freunde ihn beglückwünschten.

Ben wollte sichergehen, dass niemand mehr auf eine ähnliche Idee kam wie sein Bruder. „Sollen wir dann mit den Vorträgen weitermachen?"

Das Vorsprechen ging weiter, als einige der jungen Herren und Damen die vorbereiteten Passagen vorlasen. Als die Leser fertig waren, dachte Ben einige Minuten nach und arrangierte gewisse Stücke in seinem Kopf neu. Sechs Sprecher, zwei Solosänger und der Rest für den Chor.

Er wandte sich der Gruppe zu. „Ich danke Ihnen für Ihr Interesse. Das Stück wird von Ihrem Mitwirken und Ihren Talenten profitieren, deshalb werde ich die Musik und die gesprochenen Teile so arrangieren, dass jeder von Ihnen mitwirken kann. Mr Jones und Miss Winter sind die Solosänger."

Cyrus hob seine Faust in die Luft. „Drei Mal Hurra für unseren künstlerischen Leiter! Hipp hipp –"

„Das ist nicht nötig." In Bens Nacken stieg die Hitze auf. Er raschelte verärgert mit seinen Blättern. Womit hatte er nur so eine lästige Nervensäge als jüngeren Bruder verdient?

Die Damen erhoben sich, griffen nach ihren Taschen und machten sich bereit für den Heimweg. In ihren weißen Seidenblusen und den ausladenden Röcken sahen sie zart und grazil aus. Ben erhob sich, um ihnen seinen Respekt zu erweisen, und alle anderen jungen Männer taten es ihm gleich.

Als Miss Winter ihre braune Ledertasche hob, verfing diese sich in ihrem Rock. Schnell schnappte sie danach, doch durch ihre hektische Bewegung kippte die Tasche zur Seite und alle Zettel ergossen sich auf den Fußboden. Miss Winters Wangen wurden rot.

Bens Herz setzte einen Schlag aus, dann klopfte es voller Mitleid für sie. Sie war so schrecklich schüchtern. Er konnte sie in dieser Situation nicht allein lassen. Er schaute weder nach rechts noch nach links, sondern ging zielstrebig zu Miss Winter und ließ sich vor ihr auf die Knie nieder, um ihre Blätter einzusammeln. Es dauerte nur wenige Sekunden und so konnte er ihr diese unwürdige Haltung ersparen. Dann erhob er sich wieder.

Er hatte den Abstand zwischen sich und Kate Winter falsch eingeschätzt – er war ihr sehr nahe gewesen. Ben nahm einen sanften Duft wahr, der an Wildblumen und weite Felder erinnerte. Miss Winter schien von seiner Nähe überrascht zu sein und trat einen Schritt zurück. Ihr dunkles Haar schimmerte im Kerzenlicht und die blauen Augen funkelten.

„Miss Winter?", rief Mrs Gourney von der anderen Seite des Raumes her.

Die junge Dame wandte sich um und ging davon. Ben sah ihr nach, bis sich die Tür hinter ihr geschlossen hatte.

Dann wandte er sich um und entdeckte Cyrus in der Ecke, der ihn mit gerunzelten Brauen beobachtete. Ben mochte diesen Gesichtsausdruck nicht.

„Komm, Cyrus." Er sammelte seine Notenzettel ein. „Wir müssen Vater noch bei der Arbeit helfen."

„Du warst ja wirklich sehr besorgt um Miss Winter, Ben. Ich wage nicht zu vermuten, dass das etwas mit ihren beeindruckenden blauen Augen zu tun haben könnte." Jedes Wort, das Cyrus sprach, klang wie der Schlag eines Viehtreibers.

„Behalt dein Geschwätz für dich." Ben schloss den Klavierdeckel und ging zur Tür.

Cyrus war nur eifersüchtig, zweifellos, doch trotzdem ärgerte sich Ben über seine Bemerkung. Jeder Gentleman wäre ihr zu Hilfe geeilt, vor allem nach der Katastrophe bei ihrer Rede. Und ja, Miss Winter war außergewöhnlich schön, aber das hatte gar nichts damit zu tun. Cyrus war ein Schuft. Das Thema Mary Katherine Winter war abgeschlossen.

Kapitel 7

Das Eisentor war zu ihrem Feind geworden. Kate musterte es voller Abscheu von ihrem Zimmer aus. Wieder saß sie in ihrem Lieblingssessel und starrte durch die Glasscheibe. Wie sollte sie an diesem unerbittlichen schwarzen Monster mit den schwarzen Spiralen und gewundenen Stangen vorbeikommen und trotzdem ihre Tasche mitnehmen? Nur mit den Kleidern wegzugehen, die sie am Leib trug, erschien ihr unvorstellbar. Da war es beruhigender – und deshalb auch viel weniger Furcht einflößend –, das Haus mit einem zweiten Kleid und einigen Toilettenartikeln zu verlassen.

Vielleicht hing ihre Besessenheit in Bezug auf das Tor mit dem Buch *Rasselas* zusammen, denn der Prinz in der Geschichte lebte auch hinter einem Tor in seinem Gefängnis. Ihr Notizbuch lag an der Stelle aufgeschlagen auf ihrem Schoß, an der sie eine Passage aus dem Buch abgeschrieben hatte.

> *Er wagte nicht, das eiserne Tor zu öffnen, denn es wurde ununterbrochen von Wachen beobachtet und war durch seine Position fortwährend den Blicken aller Einwohner ausgeliefert.*

Ununterbrochene Überwachung – ein unüberwindbares Problem auch für Kate. Bisher hatte es keine Möglichkeit zur Flucht gegeben, außer in ihren zaghaften Gebeten dorthin, wo sie sich Gott vorstellte – weit entfernt im Himmel. Er war anscheinend zu weit weg, um sie zu hören, so wie er es offensichtlich immer gewesen war.

Die Türglocke schellte im Erdgeschoss. Kate erhob sich und legte ihr Notizbuch zurück ins Regal.

Die Glocke klingelte noch einmal – leise, aber hartnäckig. Vielleicht würde Kate einfach nicht nach unten gehen. Sie konnte hier oben bleiben und aus ihrem Fenster schauen und in Frieden ihren Nachmittagstee trinken. Sie scherte sich nicht um Sitten und Gebräuche, vor allem dann nicht, wenn Westervilles prominente Bürger ins Haus der Familie Winter kamen. Doch trotz allem würde sie gehen, das wusste Kate jetzt schon, denn andernfalls würde sie sich nachher dem Zorn ihrer Mutter aussetzen müssen.

Tessies Stimme drang vom Foyer her nach oben, wo sie die Tür geöffnet hatte und die Gäste begrüßte.

Vielleicht waren es die schwatzhafte Rebecca Bogler mit ihrer Schwester oder Rose Everett, deren scharfe Kritik sich stets hinter zuckersüßen Komplimenten verbarg. Die meisten Besucher der Winters gingen ebenfalls wie Kate und ihre Familie in die methodistische Kirche von Westerville. Es gab einige Familien, über deren Besuch sich Kate gefreut hätte. Nur leider waren das nicht diejenigen, die diese förmlichen Anlässe wählten.

Unten antwortete Tessie eine männliche Stimme.

Ein Gentleman – Kate hoffte, dass es sich nicht um einen von den Verehrern aus Columbus handelte, die ihre Mutter im letzten Monat einbestellt hatte und mit denen sie kein einziges Wort zu wechseln gewusst hatte. Wer auch immer es war, sie musste sich beeilen, ihn wieder loszuwerden, bevor ihre Mutter nach Hause kam.

Kate holte ihr zweitbestes Kleid aus dem Kleiderschrank, ein blaues Seidenkleid mit fließenden Ärmeln und einem Ausschnitt, der perfekt für ihren schönsten Kragen war. Ihre Mutter bestand darauf, dass sie aufwendig gekleidet zum Tee erschien. Man konnte ja nie wissen, wer zu Besuch kam, sagte sie immer. Kate knöpfte ihr Alltagskleid auf und zog ihre Arme aus den Ärmeln. Der voluminöse Rock hing auf ihrer Hüfte. Sich ohne Tessie umzuziehen, war schwierig, doch Kate würde sich ohnehin daran gewöhnen müssen. Wenn sie allein die Stadt verließ, würde sie kein Hausmädchen mehr zur Verfügung haben. Endlich schaffte sie es mit einem Seufzer der Erleichterung, sich von den Stoffbahnen zu befreien, legte das braune Kleid auf ihr Bett und begann mit dem umständlichen Prozess des Anziehens des blauen Kleides.

Als Kate die vielen Meter des Rockstoffes auf ihren Armen arrangiert hatte und sich gerade das Kleid über den Kopf gezogen und über dem Korsett glatt gestrichen hatte, kam Tessie atemlos ins Zimmer gelaufen.

„Oh, Miss Winter, Sie sind noch nicht fertig?“ Das Hausmädchen wirkte alarmiert. „Ich hatte vergessen, dass Sie sich noch umziehen müssen. Es tut mir leid, Miss.“ Sie lief um Kate herum und zog den blauen Stoff so in Position, dass die Falten besonders gut zur Geltung kamen und der Saum exakt einen Zentimeter über dem Boden schwebte.

Die Winters waren eine der wenigen Familien in der Stadt, die sich den Luxus eines Hausmädchens leisten konnten. Nachts war Tessie außerhalb des Hauses untergebracht, doch tagsüber kümmerte sie sich um die Belange der Familie Winter. Sie öffnete die Haustür, machte sauber, kochte, polierte das Tafelsilber und half den drei Damen des Hauses beim Ankleiden. Und sie behielt ihre Anstellung, indem sie niemals – aber auch wirklich niemals – Ruth Winter verärgerte.

Sie ging noch einmal um Kate herum und betrachtete deren Frisur. Mit einem unzufriedenen Schnalzen trat das Hausmädchen näher und richtete die Haarnadeln.

„Wer ist denn da, Tessie?"

„Ich kenne ihn nicht, Miss."

„Und du hast mir nicht seine Karte mitgebracht?"

„Es tut mir leid, Miss. Er hat sie auf den Tisch gelegt und ich war so in Eile, Sie zu holen, dass ich sie dort gelassen habe."

Keine gute Ausgangssituation. Doch die gerunzelte Stirn des Hausmädchens bat um Verzeihung.

„Keine Angst", sagte Kate. „Vielleicht kann Leah ja nach unten gehen, bis ich hier fertig bin."

Leah liebte Kleider und formale Anlässe, war aber noch zu jung – und nach Kates Meinung auch nicht klug genug –, um allein die Gastgeberin zu spielen. Doch es handelte sich ja nur um wenige Minuten und Tessie konnte immer noch im Salon bleiben und aufpassen.

Das Hausmädchen sah sie skeptisch an, verschwand aber dann nach draußen. Kate hörte, wie sie mit Leah sprach. Ohne Zweifel war ihre jüngere Schwester schon seit einer halben Stunde umgezogen. Sie würde die Gelegenheit, die Dame des Hauses zu sein, nur zu gerne beim Schopf ergreifen. Ihre Mutter war unterwegs zu den Whites, trotzdem erwartete sie, dass ihre Töchter die Besucher angemessen gekleidet empfingen.

Tessie kam zurück ins Zimmer und schloss die Knöpfe, die sich an Kates Kleid von der Hüfte bis hinauf zum Nacken befanden.

Leahs Schritte waren auf der Treppe zu hören. Tessie und Kate warfen sich nur einen kurzen Blick zu, dann eilte das Hausmädchen schnell wieder nach unten. Man durfte Leah keinesfalls mit dem Besuch allein lassen.

Kate ging zur Tür und lauschte nach den Stimmen, die über das Geländer zu ihr drangen. Leah redete mit dem ominösen Besucher. Wie Kate es erwartet hatte, ließ sie den Mann gar nicht zu Wort kommen. Wenigstens war Leahs permanentes Geplapper besser als Kates unhöfliche Schweigsamkeit.

Nachdem sie vor dem Spiegel ihre Haare gerichtet hatte, machte Kate sich daran, die Treppe hinunterzusteigen. Mit jedem Schritt kam ihr eine neue peinliche Situation in den Sinn, die sie im Salon ihres Elternhauses erlebt hatte. Kate wurde übel.

Als ihr Rock über die letzte Stufe streifte, kam die weiße Doppelflügeltür des Salons in Sicht. Der Besucher saß in einem der französischen Ohrensessel. Er hatte den Kopf schief gelegt und hörte Leah zu, die ohne Pause auf ihn einredete. Dieses bronzefarbene Haar kam ihr bekannt vor – der junge Gentleman war Ben Hanbys Freund, Frederick Jones, der andere Solosänger bei der Musikaufführung. Kate musste sich etwas einfallen lassen, was sie zu ihm sagen wollte, doch sie spürte, wie ihre Hände feucht wurden. Zum Glück würde der blaue Stoff des Kleides jeden Anflug von Schweiß verbergen. Trotzdem fühlte sich ihr Hals immer enger an und ein Stechen meldete sich hinter ihrer Stirn.

Kate huschte leise durch das Foyer und versteckte sich neben dem Türrahmen. Sie konnte sehen, dass Tessie in ihrem schwarzen Kleid kaum sichtbar an der Wand des Zimmers stand und über den guten Ruf der jungen Miss Winter wachte.

„Wo in aller Welt haben Sie denn diese bezaubernden Schuhe her?“, fragte Leah gerade Frederick.

Seine ebenmäßigen Züge entgleisten einen kurzen Moment, bevor er sein gutmütiges Lächeln wiedergewann. Kate konnte sich nicht vorstellen, dass ein Mann gerne das Attribut *bezaubernd* über seine Garderobe hörte.

„Da muss ich meinen Hausdiener fragen.“

Ein Hausdiener – Kate hatte noch nie einen jungen Mann ihres Alters getroffen, der einen Angestellten hatte, der ihm Schuhe kaufte. Kate beugte sich weiter vor. Frederick bot einen beeindruckenden Anblick in seinem Gehrock. Er saß sehr aufrecht in dem Ohrensessel und seine gesunde Gesichtsfarbe überstrahlte die blassen Weißtöne des Raumes.

Leahs Blick wanderte zu Kate. Frederick entdeckte sie ebenfalls und erhob sich schnell. Er war größer als Kate und wirkte in dem Salon sehr beeindruckend. Der Raum schien gar nicht groß genug zu sein, um seine männliche Tatkraft fassen zu können.

„Guten Tag, Miss Winter."

„Guten Tag", sagte Kate. „Und herzlich willkommen, Mr Jones." Eine unangenehme Pause folgte – die erste von vielen, fürchtete sie. Sie setzte sich neben Leah. Ihr Verstand raste fieberhaft, doch sie fand kein geeignetes Gesprächsthema. Die Aufführung war das einzige Thema, das sie gemeinsam hatten, aber sie wollte es nicht in Gegenwart ihrer Schwester anschneiden.

„Hätten Sie gerne etwas Tee?", fragte Leah.

Frederick murmelte ein höfliches Dankeschön. Kate hob die Kanne, um einzuschenken.

„Es war für mich keine Überraschung, dass Ben Hanby Sie als Sängerin ausgewählt hat", sagte Frederick.

Die Teekanne in Kates Hand zitterte. Sie stellte sie ab und warf ihrer Schwester einen Blick zu.

Leah starrte sie an und ihre übertriebene Freundlichkeit war wie weggeblasen. „Du singst in der Musikaufführung?"

„Ich weiß es noch nicht." Eine knappe Antwort würde weitere Fragen unterbinden. Sie wollte nicht lügen, denn sie würde definitiv *nicht* bei der Aufführung singen. „Mr Hanby scheint es sich zu wünschen."

„Mutter wird sich freuen." Leah sprach wie eine Schauspielerin, die ihren Text aufsagte. Die langen Ringellocken, die um ihre Wangen hingen, erzitterten bei ihrem dramatischen Tonfall.

Frederick beugte sich zu Kate und sagte ernst: „Sie dürfen jetzt keinen Rückzieher mehr machen. Nicht bei Ihrer wunderschönen Stimme."

Kate konnte nicht einfach weglaufen, fand aber auch kein anderes Thema, über das sie sprechen konnte. Ihr Herz schlug immer schneller. Doch sie konnte Frederick keinen Vorwurf machen. Er wusste nicht, dass sie von ihrer Mutter dazu gezwungen worden war, am Vorsprechen teilzunehmen.

Leah mischte sich wieder ein. „Wie ich höre, haben Sie aber auch eine sehr schöne Gesangsstimme, Mr Jones."

Leah musste mit Rebecca Bogler gesprochen haben, die gerne und ausführlich über die reichen und gut aussehenden Mitglieder der Philomatheaner tratschte. Während Kate solche Gespräche mied wie vergiftetes Wasser, lebte Leah dafür.

„Ich würde mich wirklich freuen, Sie singen zu hören." Schon wieder hörte Leah sich an wie eine schlechte Schauspielerin, die ihre Vokale so dehnte, als wäre sie plötzlich zur Engländerin mutiert.

Kate hätte sich am liebsten verkrochen – doch stattdessen nahm sie sich eine Tasse und goss einen perfekten Strahl Tee hinein. Ihre Schwester trug ihr bestes rosafarbenes Kleid. Ihr dunkles Haar umrahmte ihr Gesicht wie das einer Puppe. Sie war ein hübsches Mädchen, doch nach Kates Meinung viel zu direkt.

Frederick rutschte auf seinem Sessel hin und her. „Ich muss zugeben, dass ich nicht ohne Hintergedanken hierhergekommen bin. Und, das gebe ich zu, natürlich bin ich auch hier, um dem Wunsch Ihrer Mutter zu entsprechen."

Kate reichte ihm eine Teetasse.

Leah überbrückte die Stille. „Mr Jones hat uns gerade zum Frühlingsfest auf dem Anwesen seiner Familie am nächsten Samstag eingeladen."

Frederick stellte seine Tasse auf den niedrigen Tisch und schaute Kate an. Seine grünbraunen Augen erinnerten sie irgendwie an die Wälder draußen. Diesen Gedanken fand sie sehr beruhigend. „Miss Winter, ich würde mich freuen, wenn Sie in meinem Einspänner mit mir dorthin fahren würden."

Leahs Mund stand offen. Jetzt fehlten auch ihr die Worte.

Als Kate endlich wieder an etwas denken konnte und ihren Mund öffnete, um zu sprechen, konnte sie ihre Zunge kaum kontrollieren. „Und wird Leah uns begleiten?"

Frederick zögerte und sah durch das Fenster nach draußen. „Ich fürchte, mein Einspänner ist zu eng, um drei Personen ausreichend Platz zu bieten. Aber ich möchte keinesfalls auf die Gesellschaft Ihrer Schwester verzichten. Es würde mich freuen, wenn sie mit Ihren Eltern käme."

„Oh." Kate nahm ihre Untertasse in die Hand und berührte den Henkel ihrer Tasse, betrachtete die milchig braune Flüssigkeit, die darin umherschwappte. „Ich muss meine Eltern fragen, ob ich mit Ihnen fahren darf. Wenn sie einverstanden sind, nehme ich Ihre Einladung an." Jetzt musste sie Frederick wieder anschauen. Der Raum war viel zu klein, um es nicht zu tun.

Er lächelte. „Ich habe schon mit Ihren Eltern gesprochen. Sie haben ihre Erlaubnis gegeben."

Hatte er mit ihrem Vater oder ihrer Mutter gesprochen? Es musste ihre Mutter gewesen sein, die wenigstens nicht mit vernebeltem Geist durch den Tag ging.

„Ihre Gesellschaft wird an diesem Tag die größte Freude für mich sein", sagte er strahlend.

Kates Gesicht brannte. Auf solche Aussagen brachte man den jungen Damen am College keine passenden Antworten bei.

„Nun, ich muss weiter, um die anderen Familien einzuladen." Frederick verbeugte sich leicht. „Miss Winter." Er nickte ihrer Schwester zu. „Miss Leah."

Kate erhob sich und folgte ihm zur Tür, ganz die pflichtbewusste Gastgeberin. Eine pflichtbewusste, schweigsame Gastgeberin. Am liebsten hätte sie sich selber vors Schienbein getreten, wenn das nicht eine völlige Unmöglichkeit gewesen wäre. Tessie eilte voraus und hielt die Tür auf.

Frederick war kräftiger, als es Kate bisher bemerkt hatte. Seine Schultern wurden durch den maßgeschneiderten Mantel gut betont. Auf der Türschwelle hielt er noch einmal inne und schaute in die Nachmittagssonne. Vor dem Hintergrund des grünen Rasens sah er aus wie der perfekte Gentleman auf einem Spaziergang. Was, wenn er irgendwie ihre Gedanken spürte? Kate wurde rot.

Seine Augen ruhten einen Moment auf ihr, dann lächelte er. „Ich freue mich auf Samstag." Dann wandte er sich um und ging zu seinem Einspänner, der an der Pferdestange festgemacht war.

Tessie schloss die Tür und verschmolz mit der Dunkelheit des Hauses.

„Sieh an, sieh an." Leah war Kate gefolgt und hatte sich neben der Treppe postiert. Sie hob eine Augenbraue wie ein hinterlistiger Kobold und tippte mit dem Finger auf das Geländer.

„Oh, bitte lass mich in Ruhe. Was soll ich nur tun?“, murmelte Kate. Sie konnte wohl kaum mit einem jungen Mann in einem Wagen fahren, wenn es ihr nicht möglich war, mit ihm zu sprechen. Es würde ein Desaster werden.

Leah legte theatralisch eine Hand an ihre Stirn und warf den Kopf in den Nacken. „Gütiger Himmel, was soll ich nur tun?“

Von ihrer Schwester würde Kate keine Hilfe bekommen. Sie ignorierte sie und ging auf die Treppe zu.

„Wirst du wirklich bei der Aufführung singen? Hast du Ben Hanby vorgesungen? Ist Frederick Jones nicht ein guter Fang?“ Vor Aufregung hüpften Leahs Locken wild um ihr Gesicht.

Kate kämpfte gegen den Drang an, sich die Ohren zuzuhalten, und ging langsam die Treppe hoch.

Da klingelte es wieder. Leah sah in Richtung Tür. Kate drehte sich um und schritt dann resigniert die Stufen wieder hinunter. Hatte Frederick etwas vergessen?

Tessie ging zur Tür, bedeutete den beiden jungen Damen aber mit einem Nicken, dass sie sich wieder im Salon niederlassen sollten. Sie mussten bereit sein, ihren Besuch zu empfangen.

Kate nahm ihren Platz auf dem Sofa ein und richtete ihren Rock. Von der Tür her erklang die Stimme einer jungen Frau.

„Bitte kommen Sie doch herein, Miss“, sagte das Hausmädchen.

Ein Mädchen, noch jünger als Leah, erschien im Türrahmen und blieb dort unsicher stehen. Kate erhob sich. Das Gefühl, fehl am Platz zu sein, kannte sie nur allzu gut. „Guten Tag“, sagte sie.

„Guten Tag. Ich bin nicht für einen Besuch zum Tee gekleidet“, sagte die junge Besucherin verlegen.

„Sie sehen ganz wundervoll aus.“ Kate lächelte sie an.

„Ich bin Jenny Hanby.“

„Ich kenne dich“, rief Leah und sprang auf. „Wir waren zusammen in der Akademie.“ In den unteren Semestern am Otterbein-College waren mittlerweile so viele Studenten, dass es unmöglich war, sich alle Namen und Gesichter zu merken.

„Ja, das waren wir.“ Jenny Hanby hatte ein offenes, neugieriges Gesicht und trug ihr Haar in einem einfachen Zopf, was einem jungen Mädchen viel besser stand als die aufwendige Aufmachung, die Leah bevorzugte. „Ich habe eine Botschaft für Sie, Miss Winter."

Die Haustür öffnete sich und Kates Mutter betrat das Foyer. Erst wirkte sie erschöpft, doch als sie den Gast sah, glitt ein freundlicher, unverbindlicher Ausdruck auf ihr Gesicht. „Guten Tag."

„Mutter, das ist Miss Jenny Hanby."

„Es tut mir leid, dass ich Ihre Familie störe, Mrs Winter." Das Mädchen knickste höflich. „Aber ich habe eine Nachricht für Miss Winter."

Oh, das würde unangenehm werden. Denn von wem sollte Jenny eine Nachricht bringen, wenn nicht von ihrem Bruder, dem Verantwortlichen für die Musikaufführung?

„Danke, dass Sie gekommen sind." Kates Mutter schenkte Jenny ein Lächeln, das ihre Augen jedoch nicht erreichte.

„Vielen Dank, Ma'am. Ben ..."

Kate war wie erstarrt. Sie konnte nichts tun.

„Mein Bruder Ben lässt Miss Winter fragen, ob sie so freundlich wäre, mich wegen ihres Soloparts zur Probe zu begleiten. Er probt gerade im Vortragssaal mit meiner Schwester und meinem Bruder."

Eine Probe. Also würde Kate nicht nur das schreckliche Vorsingen über sich ergehen lassen müssen, das sie kaum überlebt hatte. Die Qual würde weitergehen, bis sie endlich die Stadt würde verlassen können.

Ihre Mutter lächelte nun breit, was ihre Wangen mit vielen kleinen Fältchen überzog. „Aber natürlich wird sie kommen. Sehr gut, Kate. Ab mit dir. Hol deinen Hut."

Die ungetrübte Freude ihrer Mutter hätte fast ausgereicht, um Kates Laune zu heben. Aber nur fast, denn Kate musste ihrer Mutter immer noch wie eine willenlose Marionette gehorchen. Sie stellte sich selbst vor, wie sie an dünnen Fäden hing und nicht das tun konnte, was sie wollte – da kam plötzlich eine silberne Schere ins Bild. Schnipp-schnapp. Es wurde nicht mehr lange dauern – mit der Angst vor den ständigen Proben würde sie vielleicht durch das Eisentor schlüpfen und nichts als ihren Mut mit auf die Flucht nehmen.

Der Klang einer Violine drang aus dem Collegegebäude, bevor Kate die Tür erreichte. Sie folgte dem schwebenden Klang zum Vortragssaal. Die Musik beruhigte das Stechen in ihrem Kopf und stärkte ihre Nerven.

Je näher sie dem Raum kam, desto langsamer wurden ihre Schritte. Durch die halb geöffnete Tür sah sie eine junge Frau, die mit dem Rücken zu ihr stand und Geige spielte, das Kinn an das Instrument geschmiegt, während der Bogen über die Saiten glitt. Neben ihr holte ein junger Mann mit wilden Locken ein Cello aus seinem Koffer und legte es auf den Boden. Dann zog er einen langen Bogen hervor und spannte ihn, bevor er das Cello wieder in den Arm nahm und zu dem Mädchen ging. Das war Ben Hanbys Bruder – Kate erkannte ihn von dem Vorsprechen wieder. Und das Mädchen musste dann seine Schwester sein.

Sie blieb im Schutz der Tür stehen. Noch könnte sie sich einfach umdrehen und weggehen, bevor Ben sie sah.

„Wir haben eine hübsche Besucherin", verkündete Bens Bruder genüsslich, als er sich setzte und das Cello gegen seine Beine lehnte.

Dank dieser mehr als unhöflichen Begrüßung würde Kate wie eine Närrin wirken, wenn sie nicht in den Saal ging. Sie legte ihre Hand an die Tür, doch bevor sie sie öffnen konnte, zog sie jemand von innen auf. Kate sah in die ernsten Augen von Ben Hanby. Sein dunkles Haar war zerzaust, als hätte er es sich gedankenverloren gerauft, während er sich auf seine Musik konzentrierte.

Eine kurze Stille zeigte seine Überraschung. „Guten Tag." Er verbeugte sich leicht und strahlte sie dann an, als hätte sie ihm einen ganzen Korb voller Geschenke mitgebracht und nicht nur ein Bündel blank liegender Nerven. Er streckte ihr den Arm entgegen und trat mit einer altertümlichen Höflichkeit einen Schritt zurück, die sie erröten ließ.

„Möchten Sie sich vielleicht setzen?" Ben Hanby holte ihr einen Stuhl und stellte ihn ein paar Schritte neben seinen eigenen. Dann rückte er ihn, mit einem kleinen Seitenblick auf sie, noch etwas weg, um die Otterbein'schen Anstandsregeln zu befolgen. Seine Anspannung linderte Kates eigene etwas. Sie setzte sich hin. Er nahm ebenfalls Platz, wobei er sie immer noch beobachtete.

Sie sollte irgendetwas sagen, doch ihre Zunge war wie festgeklebt und wollte ihr einfach nicht gehorchen.

Ben schien ihr Unwohlsein zu spüren. „Vielleicht wollen Sie erst einmal hören, wie wir spielen? Ihre Stimme wird mit den Saiteninstrumenten zusammen wunderbar klingen." Seine intensive Aufmerksamkeit zog sie gleichzeitig an und brachte sie durcheinander – Ben war so zuvorkommend, als wäre Kate eine Person, die er respektierte und deren Wünsche und Gedanken ihm wichtig wären. Er wandte sich um, um die anderen mit einzubeziehen. „Sie erinnern sich bestimmt an meinen Bruder, Mr Cyrus Hanby. Und das ist meine Schwester, Miss Amanda Hanby. Amanda, das ist Miss Winter."

Kates Erwiderung war so leise, dass selbst sie ihre Worte kaum hören konnte.

„Wir spielen sehr gut", sagte Cyrus. Er sägte mit dem Bogen auf den Saiten herum, sodass nur ein paar kratzende Töne hervorkamen.

Ein Lächeln zitterte in ihr, doch der Gedanke daran, dass sie gleich singen musste, zerschmetterte es wieder. Sie stählte sich für das Unausweichliche.

Ben erhob sich. „Ihr braucht die Musik für Miss Winters Lied." Er blätterte ans Ende des Zettelstapels, der auf Cyrus' Notenständer lag. „Hier ist sie." Er nahm seiner Schwester vorsichtig die Violine ab und zupfte die dritte und vierte Saite an, dann drehte er einige Male am Feinstimmknopf.

Amanda blätterte durch ihre eigenen Zettel und streckte dann die Hand nach ihrem Instrument aus. Ben gab es ihr und sie setzte es sich an die Schulter.

„Lasst uns anfangen." Ben hob seine Hand wie ein erfahrener Dirigent. „Auf vier ... eins, zwei ..." Die letzten beiden Schläge waren stumm und nur durch die ruhige Bewegung seiner Hand zu erkennen.

Cyrus lehnte sich in seinen Bogen. Sanfte, volltönende Klänge erfüllten den Raum und schienen von den hölzernen Wänden aufgesogen zu werden wie Wein von einem Korken. Die Melodie, die das Cello spielte, war langsam, fast königlich, aber gleichzeitig voller Schönheit und Großmut wie das Echo aus einer perfekteren

Welt. Sie senkte sich in Kates Geist und hob sie davon, weg von sich selbst. Amandas Violine setzte ein. Die schillernden, klaren Töne boten einen wunderbaren Kontrast zu dem tieferen, warmen Cello.

Ben winkte mit der Hand und seine Geschwister hielten inne, ihre Bögen immer noch in Position.

„Und an dieser Stelle setzen Sie ein", sagte er zu Kate. In seinen Augen konnte Kate nicht nur intensive Konzentration sehen, sondern auch ein Bitten, das dahinterstand.

„Ich kenne das Lied nicht." Kates Hals wurde eng. Sie musste ihm sagen, dass sie nicht für ihn singen würde. Sie konnte nicht lügen und ihn dann im letzten Moment seiner Sängerin berauben, wenn sie von hier wegging.

„Können Sie Noten lesen?"

„Nicht gut genug." Eine wunderbare Ausrede.

Ben dachte kurz nach, dann nahm er das Liedblatt in die Hand, von dem sie eben gespielt hatten. „Dann werde ich Ihnen diesen ersten Abschnitt beibringen. Für die Klarheit Ihres Soprans könnte es kein besseres Lied geben. Ich gebe zu – wenn ich es selber singe, wird es dem Lied nicht gerecht, aber wenn ich Sie damit überzeugen kann, dann versuche ich es." Er trat weg von ihr und hinter Amanda, als wollte er sich etwas verbergen.

Also war er auch schüchtern, zumindest in diesem Punkt. Es war unglaublich, dass dieser kluge junge Mann in seinem schwarzen Gehrock und dem gestärkten weißen Kragen, der ohne Probleme selbstsicher vor einem ganzen Saal voller Zuhörer sprechen konnte, jetzt Angst hatte, in ihrer Gegenwart zu singen.

„Spielt es eine Terz tiefer." Ben nickte seinen Geschwistern zu. Das Cello spielte die gleiche liebliche Melodie, die Kate fast den Atem raubte, nur etwas tiefer. Dann setzte ganz zart die Violine ein. Schließlich fing Ben an zu singen.

Seine Stimme klang genauso voll wie das Cello, doch hatte sie diese ganz spezielle Intensität, die man nur bei Stimmen finden konnte. Sie strömte unmittelbar durch jegliche Zurückhaltung und Befangenheit.

Dort, wo du weilst,
durchwürzet süßer Duft …

Dieser Text aus einer Oper von Georg Friedrich Händel war Kate bekannt. Er war das Bekenntnis eines Liebenden. Wärme stieg in ihren Wangen auf, trotzdem war das Lied tröstend in seinem Versprechen von Geborgenheit.

Dort, wo du ruhst,
kühlt Zephyrs Hauch die Luft.

Ben Hanbys Bariton klang so ehrlich, als entspringe er seiner Seele. Sein Blick wanderte zu ihr.

Dort, wo du ruhst,
kühlt Zephyrs Hauch die Luft.

Kate spürte, wie die Röte in ihr Gesicht stieg, doch sie konnte sich der Intimität dieses Liedes nicht entziehen.

Ben hielt inne. Seine Wangen hatten ebenfalls eine andere Farbe angenommen, als er sich nun wieder zu seinen Geschwistern umdrehte. „Sehr gut. Und jetzt zeigt Miss Winter uns, wie es wirklich gesungen wird."

Kate wollte seine freundliche Aufforderung nicht ablehnen, vor allem jetzt nicht, wo er seine eigene Scheu überwunden und gesungen hatte, um ihr zu helfen. Auch seine dunklen Augen spiegelten seinen tiefen Wunsch wider, sie dieses Lied singen zu hören.

„Aber ich habe Angst, wenn ich beobachtet werde", sagte Kate.

„Dann werden wir Sie nicht anschauen." Ben Hanby machte sich nicht lustig, sondern nahm ihren Wunsch ernst. „Bitte kommen Sie hierher und ich halte Ihnen das Blatt. Dann müssen Sie uns nicht sehen und wir schauen Sie auch nicht an."

Seine Bitte zog sie auf die Füße. Sie ging zu ihm und stand neben seinem Ellbogen, richtete die Augen auf die Partitur in seiner Hand.

Als die Musik begann, deutete er auf die Melodie des Cellos, um ihr zu zeigen, wo sie sich gerade befanden. Sie öffnete den Mund – doch nur ein Krächzen kam heraus.

Kate schlug die Hände vor das Gesicht. Ben würde sie für eine Närrin halten. Ein bekanntes Zittern überkam sie – nein, es durfte nicht schon wieder geschehen. Sie ließ ihre Hände sinken und ihr Herz tat es ihnen gleich.

„Sie haben eine wunderschöne Stimme", sagte Ben sanft. „Denken Sie nur daran, tief und regelmäßig zu atmen. Und singen Sie für Gott, nicht für uns."

Ein ungewöhnlicher Gedanke. Als ob Gott etwas so Unbedeutendem wie ihrer Stimme Beachtung schenken würde! Ben Hanby war sehr freundlich, aber Kates Mutter wäre bestimmt der Ansicht, dass er etwas fanatisch war, was Gott anging. Kate wandte sich ihm nicht zu. Er war sowieso schon beunruhigend nah.

„Ich bin selber unheimlich schüchtern, was das Singen angeht." Ben sah auf den Notenständer, wodurch seine Haare in die Stirn fielen. „Es hilft, wenn man sich vorstellt, dass man irgendwo anders ist, an einem Ort, an dem man sich völlig entspannen kann."

Das würde nicht helfen, da ihr Leben von Enge umschlossen war – sei es zu Hause, im Otterbein-College oder von den Grenzen von Westerville.

Doch dann dachte sie an Granat, an ihre Ausritte durch die Wälder und Felder. Sie stellte sich die offene Landschaft vor und versuchte, die Selbstsicherheit zu spüren, die sie fühlte, wenn sie galoppierte und sprang.

„Atmen Sie etwas ein, wenn die Violine einsetzt." Ben musste das Zeichen gegeben haben, den Cyrus spielte wieder und Amandas Violine setzte ein, jetzt wieder in der höheren Tonart, die für ihren Sopran geeignet war. Kate atmete ein, wie er es ihr gesagt hatte, wappnete sich innerlich, starrte auf die Noten auf dem Papier. Ihre Stimme würde stark sein, so stark wie ein Pferd, das über einen Zaun flog. Sie öffnete den Mund und die Melodie entströmte ihr, unterstützt von ihrer Atmung und der Freiheit des weiten Landes in ihren Gedanken.

Dort, wo du weilst,
durchwürzet süßer Duft ...

Sie sang in ihrer eigenen Tonlage, einem leichten Sopran. Die Saiten unterstützten sie, umgaben sie, halfen ihr, sich weniger ungeschützt zu fühlen.

Dort, wo du ruhst,
kühlt Zephyrs Hauch die Luft.

Sie beendete den letzten Vers und die Musiker ließen ihre eigenen Töne ausklingen.

„Miss Winter, mein Bruder hat nicht übertrieben." Amanda legte ihren Bogen beiseite und sah Kate bewundernd an. „Ihre Stimme ist großartig. Ich könnte Ihnen stundenlang zuhören."

Kate senkte den Kopf und murmelte ein Dankschön. Vielleicht war Amanda nur genauso liebenswürdig wie ihr Bruder Ben. Doch auch Cyrus war ungewöhnlich still.

Sie hatte zu lange gewartet. Jetzt hatte sie getan, was er sich gewünscht hatte – er hatte sie singen gehört. Länger durfte sie es nicht aufschieben.

„Es tut mir leid, Mr Hanby, aber ich muss jetzt gehen." Kate schlang ihre Finger ineinander und starrte hinunter auf ihre Hände.

„So schnell?" Seine Augenbrauen hoben sich. „Miss Winter, Sie haben wunderbar gesungen. Wir könnten nächste Woche noch einmal proben. Darf ich Sie zur Tür begleiten?"

„Guten Tag, Miss Winter", sagte Amanda.

Cyrus erhob sich und machte einen tiefen Diener. „*Au revoir.*"

Kate musste lächeln, vor allem, als sie den genervten Blick sah, den Ben seinem jüngeren Bruder zuwarf.

Er führte sie aus dem Vortragssaal und durch den Flur.

Jetzt musste sie es ihm sagen, ob es ihr gefiel oder nicht. Es mochte ihre einzige Gelegenheit sein, mit ihm allein zu sprechen. Sie wandte sich ihm zu und ihr Hals war wie zugeschnürt. „Mr Hanby, zum Wohle Ihrer Musikaufführung muss ich Ihnen etwas sagen."

Ben hielt abrupt inne und sah sie überrascht an, sodass sie ebenfalls stehen bleiben musste, wenn sie ihre Stimme nicht erheben wollte. Momentan schien niemand in der Nähe zu sein, der ihr unangemessen vertrautes Gespräch hier mitten im Flur beobachten konnte. Sie musste schnell sein.

„Ich werde nicht in Ihrer Aufführung singen können. Sie müssen mich ersetzen."

„Aber Sie können es. Sie haben es eben getan."

„Meine Angst vor der Bühne ist zu groß. Ich würde im letzten

Moment weglaufen." Es war die Wahrheit oder zumindest ein Teil davon. So musste Kate nicht noch mehr preisgeben. Je weniger sie über ihre Familie sprach, desto besser. Sie musste einfach hoffen, dass ihre Mutter nichts davon erfuhr, dass sie ersetzt worden war.

„Ich glaube, dass Sie es schaffen können."

„Nein, das kann ich nicht." Kates Stimme erhob sich über das laute Klopfen ihres Herzens. Sie wandte sich auf dem Absatz um und lief zur Tür.

„Miss Winter, bitte!"

Ben war ihr durch den schummrigen Flur gefolgt. Mit ein paar eiligen Schritten trat er ihr in den Weg, sodass sie abrupt stehen bleiben musste.

„Ihre Stimme ist ein Geschenk Gottes." Er trat so nah an sie heran, dass sie seinen Herzschlag unter der Haut an seinem Hals sehen konnte. „Er hat wunderschöne Dinge erschaffen und hilft uns auf diese Weise, die weniger guten Aspekte des Lebens zu überstehen. Und Ihre Stimme ist so etwas Wunderschönes. Sie dürfen sie nicht verstecken."

Kate blickte zu Boden. Sie konnte ihm unmöglich alle Gründe nennen, warum das, was er sagte, nicht stimmte. Und die Gedanken, die sie an Gott richtete, waren viel zu privat, als dass sie sie hätte teilen können.

„Ich gebe die Hoffnung nicht auf, dass Sie Ihre Meinung noch ändern", sagte Ben flehend.

Sie musste etwas sagen, um ihn zu überzeugen. Sie vermied seinen Blick und flüsterte: „Ich habe keinen Mut zu verschwenden. Das bisschen, was ich besitze, muss ich für wichtigere Dinge aufheben."

Sie ging um ihn herum und floh auf den Ausgang zu. Ihre Absätze hämmerten laut auf die Fliesen. Aus den Augenwinkeln sah sie, wie Ben neben ihr herlief und die schwere Holztür öffnete. Sie rannte die Stufen hinunter und stürmte über den quadratischen Hof, ohne noch einen Blick zurückzuwerfen.

Kapitel 8

Die Stunde vor Morgengrauen war die beste, um unbemerkt etwas zu erledigen – es war immer noch schummrig, aber doch schon hell genug, um die Straße zu erkennen. Ben musste an den luxuriösen Häusern der Northwest Street vorbei, um zu seinem Ziel zu kommen. Außer den Dienern war noch niemand wach, was perfekt war. Je weniger Zeugen, desto besser.

Sein Pferd suchte sich den Weg über die staubige Straße. Einige Frühaufsteher mochten zufällig ans Fenster treten und sich über die geisterhafte Erscheinung seines Wallachs Gabriel wundern. Seine Hufen machten nahezu kein Geräusch auf dem festgetretenen Grund.

Das rote Backsteingebäude auf der linken Seite war das Haus von Kate Winters Familie. Nur wenige Bewohner von Westerville besaßen sowohl Stall als auch Scheune, wie es ihre Familie tat, doch wie Isaiah Winter sein Geld verdiente, wusste niemand so genau. Er war ebenso geheimnisvoll wie seine Tochter.

Die bogenförmigen, weiß umrahmten Fenster im ersten Stock zogen Bens Blick auf sich. War eines davon Kates Zimmer? Sie war gestern bei der Probe so rätselhaft gewesen, so voller Gegensätze. Als sie gesungen hatte, hatten die silbrige, engelgleiche Stimme, das elegante Kleid und ihr schimmerndes Haar einen Augenblick vollkommener Perfektion geschaffen. Die andächtige Stille von Amanda und Cyrus nach Kates Lied hatte bewiesen, dass Ben nicht der Einzige war, den diese unvergleichliche Kombination aus Kunst und körperlicher Schönheit in ihren Bann schlug. Doch dann hatte sich das genaue Gegenteil offenbart – ihre unerklärliche Angst, die sie glauben ließ, dass sie ihre Begabung nicht mit anderen teilen konnte. Ben würde sie niemals gegen ihren Willen zum Singen zwingen, doch er war von Miss Winter fasziniert – sowohl von ihren außergewöhnlichen Fähigkeiten als auch von ihrer Unfähigkeit, sich auszudrücken. Vielleicht konnte er ihr durch die Aufführung helfen und sie so von den erstickenden Fesseln ihrer Angst befreien.

Während Gabriel an dem Eisentor vor dem Haus vorbeitrottete, warf Ben einen weiteren Blick zu den oberen Fenstern. Ein Vorhang wurde zur Seite gezogen. Da war sie – ihr Kopf sichtbar, als säße sie für ein Porträt. Selbst in diesem schummrigen Licht sah Ben, wie sie erstarrte, als sie ihn auf Gabriel bemerkte. Er lüftete seinen Hut und winkte in ihre Richtung, beugte höflich den Kopf. Ein leichtes Lächeln umspielte ihre Lippen.

Hinter Kate erschien kalt und stolz ein zweites Gesicht. Mrs Winter, vermutete Ben. Sie wirkte nicht im Mindesten begeistert, ihn zu sehen, und fixierte ihn mit eisigem Starren. Das schwarze Haar und die helle Haut glichen der ihrer Tochter, wirkten aber wie eine harte, kalte Maske. Ben drückte den Hut zurück auf den Kopf, während sein Lächeln erstarb und ihm Hitze den Nacken hinaufkroch. Mrs Winter hob eine Hand und zog den schweren Vorhang wieder vor das Fenster.

Er hatte nichts getan, dessen er sich schämen müsste, doch Mrs Winter hatte ihn gemustert, als sei er ein Straßensänger, der um Münzen bettelte.

Ben musste seine Gedanken auf sein Ziel fokussieren, das weitaus mehr Bedeutung hatte als Mrs Winters seltsame Blicke. Doch er würde auf dieser Straße zurückkommen.

Mit schnellen Bewegungen band Ben sein Pferd an einen Baumstamm, dann stieg er vorsichtig über einige Äste, die die Frühlingswinde heruntergerissen hatten. Er gab sich alle Mühe, keine Geräusche zu machen, um sich nicht zu verraten.

Jetzt musste er sich der dunklen Hütte sehr leise und mit wachsamen Sinnen nähern. Man konnte nie wissen, wer die kleine Siedlung der Freien an der Africa Road beobachtete. Ben wollte keinesfalls von neugierigen Augen entdeckt werden. Vor allem nicht heute, wo der Mann, den er suchte, vielleicht dort drinnen war. Er zog seinen Hut in die Stirn, um sein Gesicht zu verbergen.

Nur wenige Meter von einem der Fenster entfernt versteckte er sich im Schatten einiger Bäume. Die Lichtung um die Hütte herum war leer. Er konnte sich nähern.

Etwas packte ihn im Genick und riss ihn auf die Beine, schlug ihm den Hut vom Kopf. Ben ließ sich zurückfallen, trat um sich und wehrte sich, krallte seine Finger in den steinharten Arm des Mannes, der ihn am Hals gepackt hielt und ihm die Luft abschnürte. Er drehte den Kopf wenige Zentimeter zur Seite, konnte nur noch röcheln, weil kaum noch Sauerstoff durch seinen Kehlkopf drang. Das dunkle Gesicht war ihm bekannt. Er bekam nicht genug Luft, um zu sprechen. Neben seinem Ohr klickte der Hahn einer Pistole.

Er konnte nur noch krächzen. „John!"

Der tödliche Druck um seinen Hals ließ nach. „Ben Hanby?"

Ben taumelte zurück, schnappte nach Luft und wandte sich dann um. „War das wirklich nötig?" Er rieb sich seine Kehle.

John Parkers dunkelbrauner, harter Gesichtsausdruck veränderte sich nicht. „Ja. Ich habe Flüchtlinge bei mir." Er sicherte die Pistole und steckte sie zurück in das Holster unter seinem Arm. „Nächstes Mal solltest du nicht herumkriechen wie ein Dieb in der Nacht."

„Ich wollte nicht, dass mich jemand bemerkt."

John schnaubte belustigt und wandte sich ab. „Komm rein und sag mir, was du willst."

Ben hob seinen Hut vom Boden auf und klopfte ihn aus, dann folgte er John um die Hütte herum zur Vordertür. Johns Füße waren nackt – er musste hastig nach draußen geeilt sein.

In der Hütte war es dunkel. John öffnete den Laden am hinteren Fenster, dann ließ er sich im Schneidersitz auf dem Boden nieder, ohne etwas von seiner Furcht einflößenden Art zu verlieren.

Ben blickte in Richtung der schlafenden Körper unter einer Decke auf dem Bett. „Wie viele sind bei dir?"

„Zwei Mädchen. Ich bringe sie nach Sinai." Wie alle Helfer der *Untergrundbahn* benutzte auch John Codenamen für seine Ziele. „Einer der Freien hat den beiden seine Hütte angeboten und ich habe mit ihm nebenan geschlafen." John war stets darauf bedacht, die Privatsphäre seiner Gäste zu schützen, was auch immer die Frauen in ihrer vorherigen Gefangenschaft durchgemacht haben mochten.

„Ich habe eine Frage an dich." Ben musste direkt zur Sache kommen – John hatte keinen Sinn für unnützes Wortgeplänkel, wenn es um das Leben seiner Flüchtlinge ging. „Ich suche nach einer Frau namens Nelly. Ich weiß nur, dass sie auf der Macrae-Plantage war, kurz hinter der Grenze nach Kentucky."

„Und ich soll sie finden?" Johns Stimme blieb ruhig, doch er legte den Kopf schief. Für ihn bedeutete das so viel wie Überraschung. In seiner Jugend als Sklave hatte er es gelernt, stoische Ruhe zu bewahren. Erst später hatte er sich freigekauft und war ein erfolgreicher Geschäftsmann geworden.

„Ja." Ben öffnete seinen Beutel und nahm den Miniaturkorb heraus. Er hob den Deckel und zeigte John den Inhalt. „Siehst du das?" Die schwarze Locke schimmerte im Dämmerlicht, das vom Fenster her kam. „Das ist ihr Haar. Ihr zukünftiger Ehemann hat es bei uns gelassen, als er starb. Das war vor zwölf Jahren."

„Also soll ich dieser Frau sagen, dass er gestorben ist?"

„Nein, ich will nur, dass du mir Bescheid gibst, wenn du sie gefunden hast. Ich kümmere mich um den Rest."

„Mach aber bitte keine Dummheiten. Ich helfe dir, falls nötig. Wenn sie noch am Leben ist und immer noch auf der Macrae-Plantage arbeitet, ist sie nicht weit von meinem Haus entfernt."

„Danke." Ben hätte am liebsten Johns Hand geschüttelt, doch er hielt sich zurück. John war niemand, der Überschwänglichkeit schätzte.

„Ich schreibe dir, wenn ich etwas in Erfahrung bringe." John suchte unter dem dunklen Bett nach seinen Stiefeln, dann zog er sie rasch an. „Ihr Name ist Nelly", sagte er zu sich selbst, als wolle er den Namen in sein Gedächtnis einbrennen. Er erhob sich und ging durch den Raum, sein ernstes, dunkles Gesicht wie das eines Generals im Krieg. „Mädchen!", befahl er streng. „Raus aus dem Bett!"

Die beiden Mädchen kamen vollständig angekleidet unter der Decke hervor, wie ein Schwarm Vögel, der erschrocken in die Luft aufsteigt. Sie rieben sich die Augen.

„Wir müssen gehen", sagte John zu Ben. „Ich habe gehört, dass uns in Cincinnati eine Horde auf den Fersen war, deshalb müssen wir unseren Vorsprung halten." Er schnappte sich eine Tasche von einem Haken, während die Mädchen ihre Schuhe anzogen. John musste sie ihnen gegeben haben, denn die wenigsten Sklaven besaßen solche Luxusgüter. Der große Mann hielt ihnen die Tür auf und hob eine Hand zum Abschied.

Die verschlafenen Mädchen taumelten aus der Hütte, als Ben ihnen nachrief: „Gott sei mit euch.“

John folgte den beiden wortlos und auf leisen Sohlen.

In der Scheune seines Vaters sattelte Ben Gabriel ab. Der Wallach war nicht überhitzt, da Ben auf dem Heimweg ein gemäßigtes Tempo vorgegeben hatte. Er hievte den Sattel an seinen Platz an der Wand und wandte sich dann dem Zaumzeug zu. Ben nahm Gabriel das Mundstück ab, damit er seinen Hafer genießen konnte. Ein Pferd verdiente Geduld und Pflege für seine harte Arbeit.

Die Scheunentür öffnete sich und ließ die frühe Morgensonne herein.

„Ben?“ Sein Vater trat ein und stützte sich auf die halbhohe Tür der Box. „Warst du gerade unterwegs?“

Ben zögerte. Lügen wollte er nicht. „Ja.“

„Darf ich fragen, wo?“

„Ich habe mich mit einem Freund getroffen.“

Der fragende Blick seines Vaters zeigte ihm, dass ihm diese Antwort noch nicht ausreichte.

„Ich war bei der Africa Road, um mich mit John Parker zu treffen.“

„John? Woher wusstest du, dass er dort sein würde?“

„Dekan Lawrence hat mir gesagt, dass er kommen würde.“ Der Collegedekan unterstützte den Kampf gegen die Sklaverei und hatte schon oft Flüchtlingen Unterkunft geboten, die auf ihrem Weg nach Norden waren.

„Ich wünschte, John hätte uns einen Besuch abgestattet.“

„Er hatte Fahrgäste dabei.“

„Ich verstehe. Und welche wichtige Angelegenheit hat dich vor Morgengrauen zu ihm getrieben?“

„Das würde ich gerne für mich behalten.“

„Natürlich.“ Sein Vater sah Ben zu, wie er Gabriel trocken rieb. „Das ist dein gutes Recht, denke ich, jetzt, wo du einundzwanzig bist. Aber ich vermute, es sind Angelegenheiten, die ich befürworten würde."

„Ja, Sir." Sein Vater würde es bestimmt befürworten, dass sie Nelly fanden. Ob ihm das gefiele, was danach folgen würde, war eine andere Frage. Ben tunkte seine Hände in den Wassereimer und wusch sie sauber.

Sein Vater wandte sich ab und ging auf die andere Seite der großen Scheune. Ben verließ die Box und schloss den Riegel hinter sich. „Brauchst du heute Morgen meine Hilfe, Vater?"

„Wenn du mir eine Stunde schenken könntest, würde das schon ausreichen. Ich will bis heute Abend unbedingt die Bestellung des Pferdegeschirrs fertig machen. Der Kunde kommt im Laufe der Woche in die Stadt."

Lederriemen lagen über der Sattelbank und Geschirrstücke hingen an Nägeln an den rustikalen Bohlen der Scheune. Ben ging zu den Lederbändern hinüber und betrachtete sie im aufsteigenden Licht der Morgensonne.

An der Wand der Scheune knöpfte sein Vater sein sauberes Hemd auf und hängte es ordentlich auf. Als er sich umwandte, um sein ölverschmiertes Arbeitshemd anzuziehen, offenbarte er Ben seinen Rücken.

Ben hatte ihn schon vorher gesehen, doch er zuckte immer noch zusammen. Weiße Narben bedeckten den muskulösen Rücken seines Vaters, obwohl es Jahrzehnte her war, dass die Schläge seines Herrn ihm fast das Leben genommen hätten. Seine weiße Haut hatte seinen Vater nicht vor der brutalen Behandlung bewahrt, die allen Sklaven widerfuhr.

Wegen dieser Narben hatte sein Vater sich immer davor gescheut, sein Hemd vor seinen Kindern auszuziehen, selbst jetzt noch, wo Ben schon längst erwachsen war. Doch andererseits würde Bens Vater es niemals wagen, seiner Mutter ein dreckverschmiertes Hemd ins Haus zu bringen, nicht, wenn er es vermeiden konnte. Er achtete stets auf sein Aussehen, denn, wie er einmal Ben erklärt hatte, schätzte ein Mann, der einmal im Schmutz gelebt hatte, Sauberkeit über alles.

Doch Ben wollte nicht länger über dieses traurige Thema nachdenken. Was war das lustigste Lied, das er kannte? Er fing an, *Tim*

O'Galway zu summen, während er die Lederriemen in den Händen hielt.

Sein Vater hatte sich fertig umgezogen und wandte sich mit einem matten Lächeln um. „Hebt die Stimmung."

Man konnte ihn einfach nicht zum Narren halten. Er tätschelte Bens Schulter, als er an ihm vorbeiging und sich dann auf die Sattelbank setzte.

„Soll ich mich um den Nasenriemen kümmern?"

„Wenn es dir nichts ausmacht."

Ben setzte sich neben seinen Vater. Konzentriert arbeiteten sie einige Minuten nebeneinander, während sein Vater eines der Lieder summte, die er auf seinen Reisen gesammelt hatte.

Plötzlich verstummte das Summen. Bens Vater blickte auf. „Ich habe deiner Mutter gesagt, dass du sie nächste Woche vielleicht nach Columbus begleitest, wenn du Zeit hast. Kommt das deinen Proben in die Quere?"

„Nein, Vater." Ben nahm mit dem Hammer Maß und verpasste der Ahle einen kräftigen Schlag, sodass sie sich ins Leder bohrte. Ein perfektes Loch für den Dorn der Schnalle. „Was will sie denn in Columbus?"

„Es ist Ende Mai." Sein Vater lehnte sich zurück und angelte nach zwei Nadeln, die hinter ihm auf dem Arbeitstisch lagen. Er fädelte sie ein und fing an zu nähen. „Ich möchte, dass sie einen Ausflug macht, um sich von ihren traurigen Gedanken abzulenken."

„Ich verstehe." Ben schlug ein weiteres Loch. Sein Großvater mütterlicherseits, Samuel Miller, war im Monat Mai gestorben. Kurz danach hatte seine Mutter die Fehlgeburt ihres ersten Kindes erlitten. Selbst nach über zwanzig Jahren wurde seine Mutter im Mai immer still und zog sich in sich zurück.

„Soll der Stirnriemen rund oder flach sein?" Ben machte das letzte Loch und wandte sich dann dem nächsten Lederriemen zu.

„Flach. Dein Großvater hat das immer bevorzugt und ich sehe es genauso."

Ben ging zum Arbeitstisch, um sich ebenfalls Nadeln und Fäden zu holen. Er wünschte sich zum tausendsten Mal, dass er seinen Großvater gekannt hätte. „Was hätte Großvater von den Gesetzen über entflohene Sklaven gehalten?"

„Er hätte sie ignoriert. Und denen in Not geholfen. Und weiter gute Sättel gemacht."

„Er hätte keine Angst vor dem Gefängnis gehabt?"

„Er hätte einem Flüchtling, der blutend, arm und hungrig zu ihm gekommen wäre, niemals die Hilfe verweigert, ungeachtet dessen, was das Gesetz vorschreibt."

Ben durchbohrte das Leder mit der Nadel und zog den Faden hindurch.

Sein Vater beugte sich über seine Arbeit und sprach langsam weiter. „Für ihn war Kolosser, Kapitel drei, immer wichtig – nicht nur in der Sattlerei, sondern auch in Bezug darauf, wie wir mit entflohenen Sklaven umgehen sollen."

„Welcher Vers?"

„Alles, was ihr tut, das tut von Herzen als dem Herrn und nicht den Menschen."

Mit einem geschickten Drehen seiner kraftvollen Hände vollendete sein Vater die Reihe feiner Stiche, das unverwechselbare Markenzeichen des Vermächtnisses seines Großvaters.

Den legalen Teil seines Vermächtnisses.

Was den illegalen Teil betraf, musste Ben abwarten, bis er etwas von John Parker hörte.

Kapitel 9

Der Tag des Festes begann warm und freundlich, was sich im launenhaften Monat Mai aber durchaus innerhalb kürzester Zeit ändern konnte. Kate verbrachte den Morgen damit, für ihr Studium zu lernen.

Anatomie war anspruchsvoll, auch wenn die weiblichen Studenten an einigen Unterrichtsstunden nicht teilnehmen mussten, in denen es um einen gewissen anstößigen Bereich des menschlichen Körpers ging. Endlich gelang es Kate, die Knochen des Skeletts auswendig zu lernen. Sie schlug die erste Seite ihrer Notizen auf, den Teil, in dem es um die menschliche Hand ging. *Distale, mediale und proximale Fingerknochen, Mittelhandknochen* … so viele einzelne Glieder. Kates Blick fiel auf ihre Hand, die neben dem Buch auf dem Schreibtisch lag. Der menschliche Körper vermittelte von außen den Eindruck einer Ganzheit. Doch unter der Haut war er eine Ansammlung zerbrechlicher Einzelteile, die von Sehnen und Bändern zusammengehalten wurden.

Ein Klopfen riss sie aus ihren Gedanken. Ihre Mutter trat ein. „Was willst du heute anziehen?“ Wie immer klang ihre Stimme angespannt. „Was auch immer es ist – ich bin sicher, dass du einen passenden Sonnenhut auswählen wirst.“

„Ja, Mutter.“ Kate konnte die Weisheit hinter dieser Aussage nicht leugnen. Die eiserne Regel, stets einen Hut zu tragen, wenn sie das Haus verließ, hatte die Haut ihrer Mutter glatt gehalten. Nur um die Augen und die Mundwinkel zeigten sich leichte Falten.

„Ich habe mich noch nicht entschieden, was ich tragen werde.“ Dafür gab es auch keinen Grund, da ihre Mutter sowieso für sie entscheiden würde. „Es ist nur ein kleines Fest, also werde ich vielleicht auf Seide verzichten.“

„Aber natürlich wirst du das. Die Seide würde ein Picknick nicht überstehen. Trag das blaue Leinenkleid. Das schmeichelt dir.“ Ihre Mutter schritt mit einer Haltung an den Kleiderschrank, die ihre Jugend in den feinen Häusern von Philadelphia zeigte. Sie bewegte sich immer noch mit der königlichen Eleganz, die sie an den teuren Benimmschulen erlernt hatte, die sie dank des Kaufmannsreichtums ihrer Familie hatte besuchen dürfen. Sie griff zwischen die Roben und zog das kornblumenblaue Kleid hervor. Nachdem sie es eingehend betrachtet hatte, musterte sie Kate in gleicher Weise.

„Ich werde es tragen, Mutter." Kate hoffte, dass damit alle Gespräche über das Picknick beendet wären. Ihre Mutter versuchte seit Tagen, Kates Meinung über Frederick Jones in Erfahrung zu bringen. Kate hatte sich jedes Mal in nichtssagende Äußerungen geflüchtet.

Ihre Mutter ging hinaus. Resigniert fing Kate an, ihr Kleid zu lösen. Die Knöpfe am Rücken waren immer schwer zu erreichen. Doch sie wollte Tessie nicht rufen, weil sie wusste, dass das Hausmädchen auch noch Leah und ihrer Mutter beim Ankleiden helfen müsste. Außerdem brauchte Kate alle Übung, die sie bekommen konnte, wenn sie sich in Zukunft allein an- und auskleiden musste. Sie schlüpfte aus den Ärmeln und hängte das Tageskleid vorsichtig an seinen Platz, bevor sie das blaue nahm.

Nachdem sie sich mit den Armen durch die vielen Stoffbahnen gearbeitet hatte, fand sie endlich die Mitte des Kleides und bewegte sich wie ein Schwimmer durch die Lagen hindurch nach oben. Schließlich strich sie das Oberteil über ihrem Korsett glatt und richtete die bestickten Leinenärmel über den Spitzenärmeln, die sie darunter trug. Ein Seufzen entschlüpfte ihr. Jetzt musste sie nach unten gehen und sich mit ihrer Mutter in den Salon setzen.

Beim Ticken der Uhr warteten Kate und ihre Mutter auf Fredericks Ankunft. Leise Schritte von oben zeugten davon, dass Leah noch lange nicht fertig mit dem Ankleiden war. Kates Vater war außer Haus – Kate wagte nicht zu fragen, wo er war. Er begleitete sie niemals irgendwohin, also würde er auch diesmal nicht mit ihnen zum Picknick kommen. Allein der Gedanke daran war schon Furcht einflößend. Schnell schob Kate ihn beiseite.

Ihre Mutter wirkte friedlich, während sie in ihrem weißen Sessel stickte. Doch dieser Eindruck täuschte, das wusste Kate. Da war es auch schon vorbei mit der Ruhe.

„Hast du noch einmal über Frederick Jones als möglichen Kandidaten nachgedacht?"

„Ich glaube nicht, dass ich in näherer Zukunft irgendeinen Mann als *möglichen Kandidaten* ansehe."

„Das wäre eine wenig weise Entscheidung. Ich habe mit achtzehn geheiratet. Die besten Ehen schließt man in jungen Jahren."

Kate schwieg und sah ihre Mutter ungläubig an. Die besten Ehen – wie die ihrer Eltern? „Wirklich?", fragte sie laut. Oh, das hätte sie nicht sagen sollen. Die Augen ihrer Mutter wurden schmal.

Kate musste ihre unbedachte Frage mit einem weiteren Kommentar abmildern. Sie erinnerte sich vage an eine Predigt aus der Kirche. „Vielleicht zeigt Gott mir, wen er sich für mich wünscht."

„Sprich nicht wie einer dieser albernen Erweckungsprediger." Ihre Mutter stach die Nadel vehement in den Stoff und zog sie wieder hervor. „Das sind Phrasen für Dumme und Verzweifelte. Wenn du nicht deine eigenen Entscheidungen triffst, trifft sie ein anderer für dich. Gott hat damit nichts zu tun."

Das würde einen langen Vortrag geben. Kate fing an, die blauen Blumen auf der Tapete zu zählen. Wenn sie doch sofort von hier verschwinden könnte!

Räder knirschten draußen auf den Steinen. Kates Mutter sah von ihrer Stickerei auf. „Anscheinend ist dein Verehrer da."

Die Glocke schellte. Einen Augenblick später führte Tessie Frederick in den Salon.

Mit dem Hut in der Hand nickte der junge Gentleman in die Runde und lächelte als Antwort auf die freundliche Begrüßung von Kates Mutter. Wenn sie wollte, konnte Ruth Winter jederzeit ein bezauberndes Gesicht aufsetzen.

Genauso würde es immer weitergehen, wenn Kate in Westerville blieb, selbst wenn sie verheiratet wäre. Tee am Nachmittag, Kirche am Sonntag und Klatsch und Tratsch. Dann würde sie eine weitere Generation Kinder großziehen, die dasselbe tat.

„Wir sehen uns auf dem Fest, Mrs Winter." Frederick geleitete Kate zur Tür hinaus.

Auf dem Weg zur Farm der Jones' lenkte er sein Pferd und den

Wagen gekonnt. Die Sicherheit seiner Hand entsprang jahrelanger Übung. Es war offensichtlich, dass er sich mit Pferden auskannte. Die Hufen des Pferdes klapperten auf der Straße; Kates Zunge klebte an ihrem Gaumen.

„Haben Sie den Aufsatz für Professor Allen schon beendet?", fragte Frederick.

„Ja."

„Und ich vermute, in Latein sind Sie auch schon eine Woche vor dem Lehrplan?"

„Ja."

„Das sollten Sie nicht zugeben." Er lächelte. „Jetzt werde ich Sie nur fragen, ob Sie mir helfen."

Sie dachte darüber nach. „Das werde ich, wenn Sie Hilfe brauchen."

Er grinste und sah sie direkt an. „Sie sind hier in Westerville völlig fehl am Platz, Miss Winter. Ich habe Ihre Arbeiten gesehen. Mit Ihrem Verstand und Ihrer Stimme könnten Sie die erste Lady von Boston werden und Ihren eigenen Musiksalon führen, wo Ihnen die Männer von Harvard zu Füßen liegen würden."

„Das hört sich scheußlich an." Abwegig, wie es war, musste Kate über diese Unmöglichkeit lächeln.

Er lachte und richtete seinen Blick wieder nach vorne auf das Pferd. „Sehen Sie, wir sind fast da. Unser Land beginnt dort hinter dem Ulmenhain." Sein Gesicht barg keine Geheimnisse – er war ein junger Mann, der zufrieden mit sich und der Welt war. Seine Lippen waren dazu gemacht, siegesgewiss zu lächeln.

Kates Herz schlug seltsam in ihren Ohren. Sie wandte sich ab, um die Bäume am Rande der Straße zu betrachten. Ein großes Anwesen kam in Sicht, mit stolzen Säulen, die sich bis zum Dach erhoben. Wie ein Pantheon, das man in die Wälder gestellt hatte.

Der Einspänner umrundete einen glitzernden Teich und hielt vor dem Eingang. Frederick verließ den Wagen, um Kate beim Aussteigen zu helfen. Wenn sie sich nur nicht so hölzern und unbeholfen fühlen würde!

Ein dunkelhäutiger Diener öffnete ihnen die Tür und ließ sie mit einer ehrerbietigen Verbeugung ein. Frederick trat einen Schritt zurück, um Kate den Vortritt zu lassen.

Eine kleine Gruppe Menschen stand im Salon. Cornelia Lawrence, die Tochter des Dekans, sah sehr elegant aus in ihrem hellgelben Kleid mit dem blumenbesetzten Strohhut. Sie sprach mit einem älteren Mann, der groß, grauhaarig und offensichtlich wohlgenährt war. Als sie Kate bemerkte, hielt sie inne und winkte sie zu sich herüber. Cornelia war seit ihrer Rückkehr von einem zweijährigen Aufenthalt in Frankreich sehr warmherzig und freundlich zu Kate. Wenn Kates Familie anders gewesen wäre, hätten sie vielleicht Freundinnen werden können.

Frederick bot Kate seinen Arm an, um sie durch den Salon zu geleiten.

„Mr Jones", sagte Cornelia zu dem Mann, mit dem sie sich unterhalten hatte, „die Dame in Begleitung Ihres Sohnes ist Miss Winter."

Trotz der Körperfülle des älteren Mannes konnte Kate die Ähnlichkeit zu Frederick sehen. Mr Jones hatte ein freundliches, offenes Gesicht.

„Ich bin hocherfreut, Sie kennenzulernen." Er ergriff Kates Hand mit einem Kopfnicken. „Doch ich muss Sie fragen, was Sie mit diesem Schuft zu schaffen haben." Er sprach mit einem langsamen Südstaatenakzent, als hätte er alle Zeit der Welt.

Frederick blickte Kate mit offener Bewunderung an. „Ich stelle mir die gleiche Frage, Vater." Die beiden Männer grinsten sich an. Kate gefiel es, wie gut sie sich verstanden. So sollte eine Familie sein – voller Harmonie.

Während Cornelia und Frederick über sein Pferd und seinen Einspänner sprachen, nahm Kate ihre Umgebung in sich auf. Das Haus wirkte noch recht neu, war mit dicken Teppichen ausgelegt und eingerichtet in Burgunderrot und Jägergrün, die Wände waren mit Holz verkleidet. Den riesigen Salon zierte zusätzlich eine wunderschöne Tapete, welche die eine Wand gänzlich bedeckte. Sie zeigte ein weißes Anwesen inmitten grüner Felder mit Tieren – und Sklavenarbeitern. Kate wandte sich unbehaglich ab.

„Sie haben ein wunderbares Haus", sagte Cornelia gerade.

„Danke." Mr Jones hatte seine Daumen in die Westentaschen gehakt und sah sich voller Stolz in seinem Salon um. „Viele Möbelstücke sind schon seit Generationen im Besitz meiner Familie."

Frederick bot Kate wieder seinen Arm an. „Darf ich Ihnen das Grundstück zeigen?“

Sie legte ihre Hand auf seinen weißen Ärmel, durch den sie seinen starken Arm spüren konnte, der sich so ganz anders anfühlte als ihr eigener.

Frederick rief dem schwarzen Hausmädchen zu: „Marie, bitte bring uns Brot. Wir wollen die Enten füttern.“

Er lud Cornelia ein, sie zu begleiten. Sie nahm seinen anderen Arm und Frederick führte die beiden jungen Damen an einigen Gästen vorbei zur Hintertür.

Als sie das Foyer durchquerten, öffnete ein Diener gerade die Haustür. Kates Mutter trat in ihrem wunderschönen lila Kleid ein, dicht gefolgt von Leah. Doch zu Kates Entsetzen schritt auch ihr Vater durch die Tür, reichte dem Diener seinen Hut und wartete darauf, ihrer Schwester zu folgen.

Es wunderte Kate nicht, dass ihre Mutter sehr angespannt wirkte. Ihr Lächeln war starr und sie schien noch blasser als sonst, als sie Mr Jones begrüßte. Kate beobachtete ihren Vater genau. Er schien nicht zu schwanken, während er ging, und roch auch nicht nach Bourbon. Vielleicht würde trotz aller Befürchtungen von Kate dieser Nachmittag ruhig und ereignislos verstreichen.

In diesem Moment betrat plötzlich Ben Hanby das Haus.

Kate lief es kalt über den Rücken. Er durfte die Musikaufführung auf keinen Fall erwähnen, nicht nach ihrem Gespräch bei der letzten Probe. Ihre Mutter wäre alles andere als begeistert, wenn sie davon erfuhr. Doch vielleicht würde ihre Mutter Ben ohnehin ignorieren. Sie war schockiert gewesen, als Kate ihn neulich morgens durch das Fenster gegrüßt hatte, und hatte es als *vulgär* bezeichnet, dass Kate von ihrem Schlafzimmer aus Kontakt zu einem jungen Mann gehabt hatte.

Hinter Ben trat ein Mann ein, den Kate als seinen Vater, Mr William Hanby, erkannte. Er führte eine hübsche Frau mittleren Alters an seinem Arm, wahrscheinlich Bens Mutter. Ben und sein Vater reichten dem Diener ihre Hüte. Warum waren alle im Raum verstummt?

„Mr und Mrs Hanby!“, dröhnte Mr Jones’ Stimme durch den Salon. Er stolzierte zu ihnen herüber und schob seinen Bauch dabei vor sich her wie ein Fass. „Willkommen.“

„Danke, Mr Jones.“ Nach einem Augenblick des Zögerns streckte Mr Hanby ihm die Hand hin. Mr Jones ergriff sie, obwohl beide Männer seltsam argwöhnisch wirkten. Mr Hanbys breite Schultern und seine schlanke Statur bildeten einen deutlichen Kontrast zu Mr Jones' massiger Gestalt.

Ben Hanby war noch etwas größer als sein Vater. Beide hatten die gleichen dunklen Augen und Haare.

„Ben, komm mit uns! Wir gehen zum Teich“, rief Frederick.

Ben nickte und kam zu ihnen herüber.

Das Hausmädchen brachte ihnen einen Sack mit altem Brot und Cornelia ließ sich ein paar Schritte zurückfallen, um mit Ben zu gehen. Die vier jungen Leute traten durch eine Glastür hinaus in den Garten. Einige Gäste spazierten über den Rasen und die farbenfrohen Kleider der Damen leuchteten wie Blumen im Sonnenlicht. Cornelias Eltern und ihre beiden jüngeren Brüder standen neben Rebecca Bogler und ihrer Schwester in der Nähe des Hauses und ließen die Blicke über die fruchtbaren Felder schweifen, welche die Hügel des Anwesens umgaben. Mr Lawrence pflückte ein Gänseblümchen.

„Guten Tag, Dekan Lawrence“, sagte Frederick. „Genießen Sie die Aussicht?“

„Einfach wunderbar“, antwortete er und reichte seiner Gattin das Gänseblümchen, ohne auch nur ein Fünkchen seiner ruhigen Würde zu verlieren. Sein Haar war durchzogen von Grau, doch man konnte immer noch das rotbraune Schimmern erkennen, das er auch an seine Kinder vererbt hatte. Heute wirkte er nicht so einschüchternd auf Kate, da er seine Robe nicht trug.

„Wir wollen die Enten füttern“, sagte Cornelia. „Kommt ihr mit uns?“

Die anderen stimmten gerne zu. Bald machte sich eine ganze Schar Entenfütterer auf den Weg zum Teich.

Kate ließ Fredericks Arm los, als sie am Ufer angekommen waren. Ihn zu berühren, verunsicherte sie, auch wenn es nicht unangenehm war. Sie lenkte sich damit ab, die Entenküken zu füttern.

„Die Entchen sind sehr munter.“ Was war sie nur für ein Dummkopf. *Die Entchen sind sehr munter.*

Doch Frederick lächelte Kate an und reichte ihr noch ein Stück

Brot. „Sie lassen sich von Ihrer Schönheit inspirieren." Er lachte, was sie sein Kompliment leichter ertragen ließ.

Kate nahm das Brot aus seiner warmen Hand. *Sie lassen sich vom Brot inspirieren.* Als sie endlich den Mut gefasst hatte, diesen Kommentar laut auszusprechen, war der Moment längst vorbei. Es war ihr unbegreiflich, wie Frederick ihre Gesellschaft genießen konnte, wo sie nicht einmal in der Lage zu einer normalen Unterhaltung war. Doch er lächelte einfach weiter und plauderte vergnügt über ihre gemeinsamen Collegekurse.

Er stand nur wenige Schritte von ihr entfernt und Ben trat an ihre andere Seite, als sie am Rande des Teiches standen. Cornelia war in ein Gespräch mit ihren Eltern vertieft und stand ein wenig abseits.

Kate kämpfte gegen ihr aufsteigendes Entsetzen an. Die Aussicht darauf, mit *zwei* jungen Männern sprechen zu müssen, war so schrecklich, dass sie sich nach Hause in ihr Zimmer wünschte.

Frederick und Ben rissen Brot für sie ab, das sie den Enten zuwerfen konnte. Nach einer Weile schienen die beiden jungen Männer das Brot schneller und schneller abzureißen, sodass Kate bald Probleme bekam, mit dem Tempo mithalten zu können, mit dem sie ihr die Stückchen reichten. Frederick hatte ein angedeutetes Lächeln im Gesicht, Ben wirkte bestimmt und ruhig.

„Mein Freund", sagte Frederick zu Ben, „als ich Miss Winter eingeladen habe, hatte ich geplant, sie ganz egoistisch den gesamten Tag für mich zu behalten." Er lächelte Kate an und reichte ihr ein weiteres Stück Brot.

„Ich denke nicht, dass du genug Essen für all die Enten hast. Meine Absicht entsteht aus reiner Nächstenliebe", erwiderte Ben. Mit einem amüsierten Blick auf seinen Freund hielt er Kate ein noch größeres Stück Brot hin. Sie sah zwischen den beiden hin und her, dann nahm sie Ben das Brot ab. Ihre Wangen wurden warm, als sie die Aufmerksamkeit der beiden auf sich spürte.

In wenigen Minuten hatten sie alles Brot verfüttert. Kate nutzte die Gunst der Stunde und entschuldigte sich bei ihren beiden Begleitern, dann ging sie, so schnell es die Höflichkeit erlaubte, zu Cornelia, wo sie völlig außer Atem ankam.

„Sollen wir ein paar Schritte um den Teich spazieren?", fragte Kate. Die Worte purzelten nur so aus ihrem Mund.

„Natürlich, gerne." Zusammen gingen sie über das kurze Gras auf einen schmalen Weg, der in einer langen Kurve um den Teich herumführte.

Ein Blick zurück offenbarte Kate, dass Frederick und Ben am Ufer des Teiches stehen geblieben waren. Die beiden jungen Männer funkelten sich einen Moment lang an, dann starrten sie auf die Enten. Endlich bot Frederick Ben offensichtlich an, ihm die Pferde zu zeigen. Gemeinsam gingen sie weg und es schien, als gewännen sie ihre Gelassenheit zurück, je weiter sie sich vom Teich entfernten.

Cornelia und Kate setzten ihren Spaziergang fort.

„Ich hatte dieses Semester noch gar keine Gelegenheit, richtig mit dir zu reden." Cornelia lächelte. „Wollen wir zurück zum Haus gehen?"

„Sehr gerne." Es war eine willkommene Atempause von der ganzen männlichen Aufmerksamkeit.

Cornelia nahm Kates Hand, als wären sie beste Freundinnen. Ein weiteres seltsames Gefühl für Kate – sie war es nicht gewöhnt, berührt zu werden. Doch auch als sie Fredericks Arm gehalten hatte, war es nicht unangenehm gewesen. „Weißt du", sagte Cornelia, als sie zurückgingen, „jedes Mädchen in der Stadt würde jetzt am liebsten mit dir tauschen. Die beiden Boglers haben vor Wut gekocht, als du die Enten gefüttert hast."

„Die beiden hätten mich gerne erlösen können. Ich fand es schrecklich."

„Tja, auf jeden Fall lässt du Frederick für sein Vorrecht arbeiten. Du hast keine zwei Worte mit ihm gesprochen." Die Freundlichkeit in Cornelias Augen milderte ihre Worte zu einem lieb gemeinten Scherz ab.

„Es waren mindestens vier oder fünf."

Ben Hanby ging auch gerade zurück zum Haus, etwa zwanzig Meter entfernt von ihnen.

„Warum bist du denn vorhin nicht weiter mit Mr Hanby spazieren gegangen?", fragte Kate leise.

„Ich habe gemerkt, dass ihn irgendetwas beschäftigt. Er hat sich nicht wirklich für mich interessiert, also habe ich ihm gesagt, dass ich bei meinen Eltern bleiben will. Ich mag ihn, aber er wird bestimmt Geistlicher, weißt du, und die Möglichkeit, bei diesem

Beruf ein angenehmes Leben zu führen, ist verschwindend gering. Vielleicht wird er nicht einmal dazu in der Lage sein, eine Familie zu ernähren."

„Oh." Kate wollte zu diesem Thema nichts weiter sagen. Mit einer anderen jungen Frau über Männer zu sprechen, war gefährliches Terrain, weil Cornelia ihr vielleicht persönliche Fragen stellen könnte. Obwohl es für Kate seltsam war, dass jemand wie Ben, der ein so großes musikalisches Talent und eine solche Liebe zu allem Schönen hatte, sich für so etwas Fremdartiges wie das Predigen entscheiden könnte. Es war ein Aspekt an ihm, den Kate nicht verstehen konnte. Warum hatten manche Menschen einen starken Glauben und andere nicht? Vielleicht war es wirklich vorherbestimmt, wie einige dachten. Doch es wäre tröstlich, Bens Überzeugung zu haben, seinen Glauben, dass Gott immer nahe war und zuhörte. Denn wenn er es nicht tat – wenn er irgendwo weit weg war und die Welt leiden und ihrem Ende entgegengehen ließ –, dann wäre eine Stimme, die sich zu ihm erhob, nicht besser als Schweigen. Das jedenfalls war die Ansicht von Kates Mutter. Kate beeilte sich, vor Cornelia in das Speisezimmer zu treten, um nicht weiter über dieses Thema sprechen zu müssen.

Der Tisch war üppig beladen mit verschiedensten Braten. Es gab zwei riesige Truthähne und einige Platten mit Schwein, Rind und Wild. Terrinen mit dampfender Suppe standen zwischen kleinen Schalen mit gekochten Bohnen und gerösteten Tomaten. Frisches Brot war geschnitten und kunstvoll in Körben drapiert worden. Es war eine beeindruckende Zurschaustellung. Kates Eltern verfügten auch über einige finanzielle Mittel, da war sie sich sicher, doch sie führten kein gastliches Haus, vor allem nicht in diesem Stil.

Durch die geöffneten Salontüren sah sie ihre Eltern und Leah, die mit Daniel Jones, Fredericks Vater, sprachen. Kate musste sich jetzt als pflichtbewusste Tochter zeigen oder sie würde sich nachher die Vorhaltungen ihrer Mutter anhören müssen. Sie trat zu ihrer Familie.

Mr Jones zwinkerte ihr zu, richtete seinen Kommentar jedoch an ihre Mutter. „Ich habe vorhin schon Ihre bezaubernde Tochter kennengelernt, Mrs Winter. Und ich glaube, mein Sohn findet sie noch viel entzückender als ich."

Kate wurde rot, doch das Gesicht ihrer Mutter erhellte sich vor Freude. Unausgesprochener elterlicher Stolz hob die Stimmung während des anschließenden Gespräches.

Der Nachmittag wurde immer anstrengender. Der Mittelpunkt von so viel Aufmerksamkeit zu sein, war Kate unangenehm und peinlich, fast sogar körperlich schmerzhaft. Vor allem weil ihre Mutter es mitbekam. Ihr Vater blieb still und wirkte wahrscheinlich auf alle Anwesenden mürrisch.

Wenn Kate Westerville verließ, würde sie niemals mehr mit ihren Eltern auf eine solche Veranstaltung gehen müssen.

Auch der Rest der Gesellschaft fand sich allmählich wieder im Haus ein. Alle waren beeindruckt von dem reichhaltigen Buffet, das die Jones' aufgetischt hatten.

„Wo wollen wir sitzen?", fragte Cornelia. Es waren Plätze eingedeckt worden, doch obwohl der Tisch riesengroß wirkte, würde er doch nur einem Drittel der Gäste Platz bieten.

Frederick erhob das Wort. „Wir haben noch weitere Tische um das Haus herum aufgebaut, um Ihnen, liebe Gäste, ein wunderbares Picknick zu ermöglichen. Kommen Sie mit mir mit! Je mehr, desto besser. Die Diener folgen uns mit Körben und kümmern sich um unser Wohlergehen."

Während die meisten Gäste das Haus wieder verließen, kam Mr Jones mit einem breiten Grinsen aus dem Salon. „Aber, aber, Sie wollen doch wohl nicht alle hinaus ins Grune verschwinden", rief er. „Einige von uns werden hier drinnen speisen. Frederick, komm bitte zurück und leiste uns Gesellschaft, wenn du unsere anderen Gäste zu ihren Tischen gebracht hast. Warum essen Sie nicht mit uns, Mr und Mrs Hanby? Und Mr und Mrs Lawrence, Mr und Mrs Winter, bleiben Sie bitte mit Ihren Familien. Meine Frau wird bald hier sein. Sie hat die Köche und Diener beaufsichtigt."

Als die vier Familien sich gesetzt und alle anderen Gäste den Raum verlassen hatten, waren sie zu zwölft am Tisch, da Cornelias jüngere Brüder und Leah darum gebeten hatten, draußen picknicken zu dürfen. Frederick saß rechts von Kate und zu ihrer Überraschung saß Ben Hanby zu ihrer Linken. Am Fuß des Tisches saß Fredericks Mutter, Mrs Sapphia Jones. Sie war klein und blond und so kultiviert, wie ihr Ehemann laut war. Spielend leicht unterhielt sie sich mit Ben und seinen Eltern. Am anderen Ende des Tisches sprach Daniel Jones mit Kates Mutter und den Lawrences über seine Heimat in Kentucky.

Die vier Collegestudenten schwiegen. Da Kate sich der männlichen Gegenwart von Frederick und Ben, die nur wenige Zentimeter von ihr entfernt saßen, viel zu bewusst war, richtete sie ihre Aufmerksamkeit ausschließlich auf ihr Essen, das exzellent war.

„Es ist sehr freundlich von Ihnen, Ihr neues Heim für Gäste zu öffnen", sagte Ida Lawrence zu Mrs Jones.

„Ja, und dann gleich so vielen!", fügte Mr Lawrence hinzu. „Es ist gut für die Gemeinschaft. Wir wissen Ihre Gastfreundschaft und Großzügigkeit zu schätzen."

Alle murmelten ihre Zustimmung.

Kates Vater saß einige Plätze von ihr entfernt am Tisch, doch sie konnte sehen, dass sich sein Weinglas mit alarmierender Geschwindigkeit leerte und wieder füllte. Gerade trat ein Diener zum vierten oder fünften Mal an den Tisch, um nachzuschenken. Kate hatte den Überblick verloren. Sie konnte sich nicht auf die Gespräche konzentrieren, so ängstlich wartete sie auf das mögliche Desaster, das sich nur wenige Meter von ihr entfernt anbahnte. Ihre Schultern waren angespannt und ihr Rücken schmerzte.

Sie vermied es, die anderen anzusehen. Doch als sie nach ihrem Limonadenglas griff, traf sich ihr Blick mit dem von Ben Hanbys Mutter, deren braune Augen voller Mitgefühl waren. Am liebsten hätte Kate sich verkrochen. Schnell wandte sie sich ab. Doch das war nicht viel besser, denn sie merkte, dass auch Ben sie anschaute.

Jetzt musste sie irgendetwas sagen, um ihn abzulenken. „Sie scheinen heute nicht Sie selbst zu sein, Mr Hanby."

„Das tut mir leid. Ich bin mit den Gedanken woanders", gab er zu.

Die Gespräche um sie herum waren lauter geworden und das Klirren des Geschirrs schirmte seine Worte vor anderen Zuhörern ab.

„Oh nein, ich wollte Sie nicht kritisieren." Kate strauchelte über ihre eigenen Worte. „Ich bin eine schreckliche Gesellschaft, sonst hätte ich so etwas nicht gesagt. Am besten kann ich eben schweigen."

„Miss Winter, ich bin glücklich, neben Ihnen zu sitzen, ob Sie nun reden oder schweigen."

Sie ließ den Blick sinken und sortierte das Essen auf ihrem Teller neu.

Er senkte die Stimme. „Haben Sie noch einmal über das nachgedacht, was ich gesagt habe? Dass Ihre Stimme ein Geschenk Gottes ist und Sie sie mit anderen teilen sollten?"

„Worüber sprecht ihr beide denn da?" Fredericks Stimme erklang sehr dicht neben Kates Ohr. Erschrocken wandte sie sich zu ihm. Sie holte tief Luft, zögerte aber mit einer Antwort.

„Theologie", erwiderte Ben Hanby gelassen. „Aber ich möchte eine so bezaubernde Dame nicht mit diesem Thema langweilen."

„Natürlich nicht. Also dann, Ben, erzähle uns etwas über deine Musikaufführung. Wann wird sie stattfinden?" Fredericks braune Augen strahlten unbekümmert, als er sie ins thematische Armageddon führte. Kate konnte ihm keine Vorwürfe machen.

Sie wagte es nicht, ihre Mutter anzuschauen. *Bitte, Gott. Lass dieses Thema an mir vorbeigehen.* Ihre Hände krallten sich unter dem Tischtuch ineinander.

„Mr Jones, ein exzellentes Mahl." Die Aussprache ihres Vaters klang merklich verwaschen. „Ist Ihre Köchin eine Sklavin? Man sagt ihnen nach, dass sie ausgesprochen gut kochen."

Die Köpfe aller drei Hanbys schnellten in seine Richtung, als hätte ein Puppenspieler an einem unsichtbaren Faden gezogen. Mr Jones stockte mitten in dem Satz, den er gerade zu Kates Mutter hatte sagen wollen. Alle schwiegen.

„Natürlich ist sie jetzt keine Sklavin mehr, wo wir hier leben", sagte Mr Jones. „Aber sie kocht genauso gut wie damals in Kentucky." Er nahm eine Karaffe und goss Kates Mutter noch etwas Limonade ein.

Niemand sagte etwas. Kate sah Frederick an. Er war errötet und starrte auf seinen Teller.

„Sind Sie ein Sympathisant des Südens, Jones?" Ihr Vater blamierte sich weiter, er blamierte sie alle. Er hob sein Glas, als habe er gerade riesengroßen Spaß.

Sogar Daniel Jones schwieg jetzt peinlich berührt. Es war unangemessen und unangebracht, politische Themen und Sklaverei in gemischter Gesellschaft zu erwähnen. Kates Mutter beugte sich vor und flüsterte ihrem Mann etwas zu.

„Nein, es ist noch nicht Zeit, nach Hause zu fahren. Ich habe das Essen kaum probiert." Ihr Vater schwang seine Gabel und stach in ein Stück Fleisch. Beim ersten Versuch verfehlte er seinen Mund, doch dann kaute er genüsslich.

Kate versuchte, sich auf das wunderschöne Blumengesteck in der Mitte des Tisches zu konzentrieren, während ihr Puls immer schneller und schneller schlug. Es war zu schrecklich und demütigend, ihren Vater anzuschauen.

Dekan Lawrence räusperte sich und wandte sich an Frederick. „Wie gefallen Ihnen Ihre Studien bisher?"

„Sehr gut, Sir", sagte Frederick. „Vor allem der Rhetorikkurs."

„Ah, das ist ein junger Mann nach meinem Geschmack", lobte Mr Lawrence. „Ich liebe es, die alten Reden zu lesen."

Von da an plätscherte die Unterhaltung wieder vor sich hin. Ein wenig Frieden legte sich über den Raum, während Kates Vater schwieg. Doch ein Rest Anspannung blieb unter den Gästen, bis alle aufgegessen und die Dienstmädchen den Tisch abgeräumt hatten.

Während die anderen noch weitersprachen, erhob sich Mrs Hanby, trat hinter Kates Eltern und beugte sich vor, um etwas zu sagen.

Kates Vater erhob sich sofort, musste sich aber an seiner Stuhllehne festhalten, um nicht das Gleichgewicht zu verlieren. Ihre Mutter stand ebenfalls auf.

Mrs Hanby lächelte Kates Vater gewinnend an. Er wirkte geschmeichelt. Mrs Hanby nahm seinen Arm und ließ es so aussehen, als stütze er sie und nicht andersherum. Kates Mutter nahm seinen anderen Arm und zu dritt verließen sie den Speiseraum in Richtung Foyer. Was auch immer Mrs Hanby gesagt hatte, es hatte funktioniert. Kate hätte sich ihr am liebsten zu Füßen geworfen und ihr gedankt.

Mrs Hanby kam allein zurück. Kate sank erleichtert in ihren Stuhl und konnte endlich Cornelia zuhören, die irgendetwas über das College erzählte.

Wenige Minuten später erhoben sich die Hanbys und verabschiedeten sich bei den Jones'. Mrs Hanby wirkte reserviert und höflich, als sie mit Mr Jones sprach, doch als sie sich umwandte, fing sie Kates Blick ein und lächelte – ein wunderschönes Lächeln, vermischt mit Traurigkeit. Kate würde einen Weg finden, ihr zu danken.

Als es langsam dämmerte, kamen die Gäste von draußen wieder ins Haus. Kate hörte den anderen Studenten zu, wie sie über die Musikaufführung sprachen. Glücklicherweise waren ihre Eltern nicht mehr da. Als die Boglers Cornelia erzählten, welche Bücher sie am liebsten lasen, flüsterte Frederick Kate zu: „Soll ich Sie nach Hause fahren?"

Sie erstarrte. Das wäre völlig unangemessen, jetzt, wo es draußen dunkel wurde.

Frederick musste es gemerkt haben, denn er wurde verlegen. „Oder vielleicht hat Ihnen Miss Lawrence ja schon ihre Begleitung angeboten. Ich habe Sie schon viel zu lange von ihr ferngehalten."

Sie nickte.

Cornelia hatte die leise Unterhaltung mitbekommen, denn sie wandte sich von den Boglers ab. „Kate, du musst mit uns nach Hause fahren. Darauf habe ich mich schon den ganzen Tag gefreut."

Wieder einmal gerettet von der gesellschaftlichen Kompetenz einer anderen jungen Dame.

„Danke, Cornelia."

Kate wünschte sich nichts sehnlicher, als dass sie schweigend nach Hause fahren würden. Und abgesehen von einigen knappen Kommentaren von Mr Lawrence über das Wetter taten sie das auch. Die Lawrences waren viel zu rücksichtsvoll, um nach dem beschämenden Verhalten ihres Vaters eine Konversation von ihr zu erwarten. Und dafür war Kate mehr als dankbar.

Sie betrat das Haus durch die Vordertür. Alle Lichter waren bereits für die Nacht gelöscht. Aus dem Schlafzimmer ihrer Eltern drangen gedämpfte, aber erregte Stimmen. Eine Öllampe in einer Wandnische erhellte die Treppe, sodass Kate nach oben gehen konnte. Ihre Röcke flüsterten leise, als sie langsam die Treppe hinaufstieg. Anstatt in ihr eigenes Zimmer zu gehen, ging sie zu Leah. Ihre Schwester saß mit grauem Gesicht angespannt auf dem Bett.

„Streiten sie sich, seit ihr nach Hause gekommen seid?“, fragte Kate.

„Ja, es geht immer wieder um die gleichen Sachen. Ich werde noch verrückt.“ Leah gab solche Dinge normalerweise nicht zu. Sie musste mitbekommen haben, was sich beim Abendessen abgespielt hatte, obwohl sie im Garten bei den Boglers gesessen hatte. Sonst verbarg sie ihre Gefühle, doch heute war sie nur ein fünfzehnjähriges Mädchen, das nicht wusste, was es tun sollte.

„Sollen wir nach unten gehen, damit wir sie nicht hören?“ Kate hätte am liebsten ihre Hand auf die Schulter ihrer Schwester gelegt und ihr so ihr Mitgefühl gezeigt, doch niemand in ihrer Familie tat so etwas.

„Gerne.“ Leah sprang auf, als hätte sie nur auf diesen Vorschlag gewartet. Sie rannte förmlich zur Tür, sodass sie Kate überholte und als Erste den Flur betrat.

Als Kate ihr folgte, flog plötzlich die Schlafzimmertür auf. Ihre Mutter stürmte heraus, eine Hand über ihr Auge gelegt, den Mund vor Angst verzogen. Ihr Vater taumelte mit wutverzerrtem Gesicht hinterher. Er griff nach seiner Frau, riss sie an den Haaren zurück, sodass sie auf die Knie fiel.

Kate erstarrte.

„Nein!“ Leah lief auf ihn zu und griff nach seiner Hand.

Seine Augen waren glasig vor Wut und Alkohol, als er seine Faust kräftig in Leahs Bauch rammte. Sie flog wie eine Puppe gegen die Wand und prallte dann auf den Boden. Keuchend rollte sie sich zusammen und versuchte, nach Luft zu schnappen. Ihre Augen verdrehten sich, als ihr Körper erschlaffte. Kates Mutter kauerte noch immer vor ihrem Vater und hatte die Hände an den Kopf gelegt, um das Reißen an ihrem Haar zu verhindern.

„Vater!“ Kate sprach mit zitternder Stimme von dort aus, wo sie stand. „Du bist nicht du selbst. Bitte geh, bevor du etwas tust, was nicht mehr ungeschehen gemacht werden kann.“ Sie hielt den Atem an.

Seine verschwommenen Augen blinzelten, als er innehielt. Er ließ das Haar ihrer Mutter los, dann taumelte er an Leah vorbei die

Treppe hinunter. Auf dem ersten Absatz stolperte er und musste sich am Geländer festhalten. Seine freie Hand suchte Halt auf der anderen Seite und riss eine Vase herunter, die klirrend zerbarst.

Er schwankte weiter, warf sich gegen die Haustür und stürmte nach draußen.

Kates Mutter kniete neben Leah. „Leah“, flehte sie und streichelte ihr Gesicht. Leahs Lider flatterten und sie öffnete die Augen, sah sich fragend um, als erwache sie gerade aus tiefem Schlaf.

„Lass mich dich ins Bett bringen“, sagte ihre Mutter.

„Ich mache das.“ Kate schob ihren Arm unter Leah. Jetzt war keine Zeit für hysterische Tränen. Sie musste sichergehen, dass Leah nicht ernsthaft verletzt war, oder im Notfall den Arzt rufen lassen.

Sie schleppte ihre Schwester zu ihrem Bett und legte sie vorsichtig hin. Dann zog sie die Decke über ihren Körper.

„Mir ist nur ein bisschen schlecht“, versicherte Leah. „Geh und hilf Mutter.“

Die Klarheit in ihren Augen beruhigte Kate. Sie ging zurück in den Flur, doch ihre Mutter war nicht mehr dort. Vielleicht war sie zurück ins Schlafzimmer gegangen. Kate öffnete die Tür.

Ihre Mutter hing in einem Sessel. Ihr Gesicht war nass, ihr wunderschönes Nachthemd an der Schulter zerrissen.

„Mutter …“, sagte Kate.

Ihre Mutter öffnete die Augen. „Geht es Leah gut?“

„Anscheinend schon.“

„Verschwinde hier“, sagte ihre Mutter flach.

„Ich wollte nur –“

„Verschwinde!“

„Aber ich –“

„Ich werde nicht mit dir darüber sprechen! Es geht dich nichts an.“

Wie konnte es Kate nichts angehen, wenn ihre Mutter und ihre Schwester angegriffen wurden? „Du musst zulassen, dass ich dir helfe“, sagte Kate.

„Du kannst mir nicht helfen!“ Das müde Gesicht ihrer Mutter wurde plötzlich zornig. „Ich werde nicht mit dir diskutieren. Verschwinde aus meinem Zimmer.“

Kate ging in den Flur und schloss mit zittrigen Händen die Tür.

Wenn ihre Mutter sich nicht helfen lassen wollte, woher sollte Kate dann wissen, dass ein solcher Angriff nicht wieder passieren würde? Das nächste Mal könnte es für Leah oder ihre Mutter schlimmer ausgehen.

Plötzlich fing Kate an, am ganzen Körper zu zittern. Sie musste sich an die Wand lehnen, um nicht zusammenzubrechen.

So konnte es nicht weitergehen.

Sie ging in ihr Zimmer und ins Bett. Obwohl es so spät war, konnte sie lange nicht schlafen, da sie immer wieder lauschte, ob sich die Haustür öffnete. Doch ihr Vater kam nicht zurück.

Kate musste sichergehen, dass so ein Angriff nicht wieder passieren würde, und sie musste schnell sein. Ihre Gedanken flogen durch ihren Kopf wie Kiesel in einem Bach, bis sie alle davongespült wurden in einen unruhigen Schlaf.

Kapitel 10

„Ben, du brauchst Ablenkung. Du solltest mit uns nach Columbus kommen. Es ist eine Ehre für Cornelia, im *Neil House* zu spielen", sagte seine Mutter, die eine Teetasse in Händen hielt. Mrs Lawrences Teetassen hatten einen Silberrand und passten hervorragend zu der schlichten Eleganz ihres Salons.

Mrs Lawrence setzte das Milchkännchen ab. „Oh, bitte kommen Sie mit, Ben."

Ihre Tochter Cornelia saß hinter ihnen an dem glänzenden Flügel. Ihre flinken Finger entlockten dem Instrument wunderschöne Töne, die Ben etwas entspannten. Dass er Zeuge der Entgleisung von Kates Vater geworden war, beschäftigte Ben immer noch, auch jetzt noch, am Tag danach. Er konnte Kates beschämtes Gesicht nicht vergessen. Kein Wunder, dass sie es vorzog, unsichtbar und ungehört zu bleiben.

Er sollte Cornelia seine Unterstützung zeigen, auch wenn die Reise mit wichtigeren Dingen kollidierte. „Es wäre mir eine große Ehre."

Cornelia beendete das Stück von Chopin sanft und hob ihre Hände von den Tasten. „Das ist so lieb von Ihnen, Ben."

Ben hatte Cornelia kaum wiedererkannt, als sie letztes Jahr im August aus dem Zug gestiegen war. Die Tochter des Dekans war zwei Jahre lang in Frankreich gewesen. Sie war als schlaksiges Mädchen weggefahren und als junge Dame im Pariser Schick zurückgekehrt. Schon immer war sie eine gute Pianistin gewesen, doch jetzt war sie brillant – auf jeden Fall die beste der Stadt und wahrscheinlich auch die beste in Columbus. Ben hatte ihr früher unter den wachsamen Augen ihrer Mutter das Klavierspielen beigebracht, doch nun hatte sich das Blatt gewendet. Jetzt war sie diejenige, von der er sich etwas abschauen konnte.

Cornelia erhob sich vom Piano, wobei ihre Eleganz durch ihr grünes Kleid perfekt unterstrichen wurde. „Mit Ihrem Talent werden Sie meine Schwächen sofort bemerken." Sie lächelte, als sie in ihre Runde kam und sich neben Ben auf das Sofa setzte. „Aber ich bin trotzdem glücklich, dass Sie mitkommen."

„Ach was!" Ben lächelte zurück. „Sie wissen genauso gut wie ich, dass Sie keine Schwächen haben, nicht seit Ihrer Rückkehr. Ich kann nur bescheiden von Ihnen lernen, Cornelia."

Bens Mutter griff nach einem gebutterten Toast und legte ihn auf einen Teller, dann erhob sie sich und brachte ihm den Teller. Er hatte keinen Hunger, doch er lehnte trotzdem nicht ab.

„Wir reisen nächste Woche ab und bleiben eine Woche in Columbus, vielleicht auch zwei", sagte seine Mutter. „Wenn wir Cornelias Konzert besucht haben, können wir vielleicht auch in den Zirkus gehen."

Wie sollte sich seine Familie das leisten? Diese Frage würde Ben natürlich niemals laut stellen. Doch die Hanbys hatten acht Kinder. Seine Eltern hatten viele Münder zu stopfen und viele Körper zu kleiden. Aber es war die letzte Woche im Mai. Sein Vater würde alles für seine Mutter tun.

Mrs Lawrence hob ihre Arme in einer liebenswürdigen Geste. „Sie werden mit uns im *Neil House* wohnen", schlug sie vor.

Cornelias Mutter hatte eine bewundernswerte Gabe, andere zu lesen – wahrscheinlich weil sie durch die berufliche Stellung ihres Mannes am College ständig mit unterschiedlichen Menschen zu tun hatte.

„Mr Neil hat uns eingeladen und uns drei Zimmer zur Verfügung gestellt", fuhr sie fort. „Wir brauchen einen Mann, der uns begleitet, und Teddy ist mit seinen Studien beschäftigt. Ihr Vater möchte zu Hause bleiben und auf Ihre Geschwister aufpassen, also sind Sie die offensichtliche Wahl."

Zum Glück würde Mr Neils Gastfreundschaft die Lawrences daran hindern, den Hanbys die Reise zu bezahlen. Die Familie Lawrence stammte aus Massachusetts und es war offensichtlich, dass sie ein großes Vermögen besaßen. Ihr Reichtum hatte es Cornelia ermöglicht, in Paris zu studieren und auch all die Kleider zu bezahlen, die ihr so hervorragend standen. Das Gehalt eines Collegedekans konnte für solch einen Lebensstil nicht reichen, denn Otterbein war ein junges College und konnte Mr Lawrence nicht viel für seine Dienste bezahlen.

„Was werden Sie spielen, Cornelia?“, fragte Ben.

„Das wird eine Überraschung.“ Sie lächelte ihn an. Ihr Gesicht war hübsch und weich geschwungen, wodurch sie immer noch jung und unbekümmert aussah.

Die Fenster des Anwesens waren geöffnet und ließen die kühle, erfrischende Frühlingsluft herein. Ben spürte, wie sich seine Unruhe wegen Kate Winter langsam legte.

„Sie haben wunderschöne Geranien vor den Fenstern, Ida.“ Seine Mutter erhob sich und trat ans Fenster, um die farbenfrohen Blumen zu bewundern. Sie und Mrs Lawrence fingen an, sich über Blumen zu unterhalten.

Bens Gedanken gingen auf Wanderschaft. Gedankenverloren bemerkte er zu Cornelia: „In Columbus habe ich selbst noch einige Dinge zu erledigen, deshalb kommt mir die Reise sehr gelegen.“

Das war dumm gewesen. Er sollte nicht darüber sprechen, was er vorhatte, ungeachtet der Tatsache, dass die Lawrences der Abschaffung der Sklaverei zustimmend gegenüberstanden.

„Und was haben Sie zu erledigen?“ Cornelias feine Augenbrauen hoben sich.

„Das wird eine Überraschung.“ Ben zwang sich zu einem Lächeln.

Er musste noch heute Abend einen Brief an John Parker schicken.

„Cornelia, hast du das gehört?“ Mrs Lawrence wandte sich vom Fenster ab und lief in Richtung Foyer. „Wir gehen zum Fluss und pflücken Geranien, damit Mrs Hanby auch einige hübsche Gestecke für ihr Haus hat. Kommst du mit?“ Sie setzte ihre seidene Haube auf ihr ergrauendes Haar und band sich eine Schleife unter dem Kinn.

„Oh ja, natürlich.“ Cornelia ging ebenfalls los, um ihren Hut anzuziehen.

„Ben, möchtest du uns nicht begleiten?“ Seine Mutter berührte seinen Arm und strahlte ihn an. „Es ist ein wunderschöner Tag für einen Spaziergang.“ Ihre Freude ließ sie wie ein junges Mädchen wirken.

„Ich muss leider ablehnen. Ich muss noch einen Sattel machen.“

Die Damen unterhielten sich weiter über Columbus, während

sie das Haus verließen. Ben folgte ihnen mit dem Hut in der Hand. Das Lied, das ihm durch den Kopf ging, war melancholisch und doch gleichzeitig grimmig. *Go down, Moses, way down in Egypt's land. Tell old Pharao to let my people go.* Mit John Parkers Hilfe würde Ben in sein eigenes Ägypten gehen. Und auch der Pharao, der Ben vor Augen stand, würde nicht zugänglich sein für freundliche Überredungskünste.

☙

Heiße Tropfen ergossen sich um den Topf herum und tropften auf Kates Hand. Tessie zuckte zusammen. „Oh, Miss, ich habe Sie doch nicht verbrannt, oder? Ich bin so ungeschickt – ich habe den Löffel in die Suppe fallen lassen."

„Mach dir keine Sorgen." Kate widerstand dem Drang, ihren Handrücken zu reiben. „Warum bist du so nervös?"

„Ich habe vergessen, Kartoffeln fürs Abendessen zu holen. Die Kiste ist leer. Aber jetzt, wo die Suppe kocht, traue ich mich nicht, die Küche zu verlassen." Tessie stocherte mit einer Gabel in der Suppe herum und suchte nach dem verlorenen Löffel.

„Ich gehe in den Rübenkeller und hole welche." Für so einen kurzen Gang würde Kate ihre Haube nicht aufsetzen. Der Keller war hinter dem Haus, direkt vor der Baumgrenze. Die Northwest Street grenzte an die Wälder, doch wenn man durch den Alum Creek ging und dann weiter durch die Bäume, kam man nach nur einer halben Meile zu den Everetts.

„Oh, danke, Miss. Sie sind ein Schatz."

Kate ging zur Küchentür hinaus und die beiden Stufen hinunter ins frische Frühlingsgras. Die Bäume lockten sie mit ihrem Schatten, ihrem Schutz. Sie hatte diesen Ort der Ruhe schon so häufig aufgesucht, wo sie sich so viel geborgener fühlte als in ihrem eigenen Zimmer.

Sie bückte sich und zog am Griff der Kellertür, die sich mit einem Schwung öffnete. Der Rübenkeller wäre ein Paradies für die Wildschweine, die hier in der Gegend lebten; deshalb musste die Tür immer sorgfältig geschlossen werden.

Ungleichmäßige Stufen führten in das kalte, dunkle Loch hinab.

Kate ging vorsichtig und passte auf, dass sie sich nicht den Kopf an der niedrigen Decke anstieß. Das Licht von der Tür her drang nicht sehr weit vor, doch sie konnte die Kiste mit den Kartoffeln zu ihrer Rechten erkennen. Kate hob den Deckel und sammelte zehn kühle Kartoffeln in ihren Korb. Die Kälte hier unten kroch durch ihr dünnes Kleid, sodass sie anfing zu zittern.

Als sie die Stufen wieder hinaufging, drangen vom Wald her fröhliche Stimmen an ihr Ohr. Sie reckte den Kopf, um zu sehen, wer dort war. Lachen erklang und zwischen den Bäumen konnte sie das Schimmern bunter Seide sehen. Sie sollte nicht herumschnüffeln, doch die Spaziergänger wirkten so glücklich, dass Kate ihre Neugier nicht unterdrücken konnte. Sie schloss den Keller und stellte den Korb ab. Am Rande des Wäldchens lehnte sie sich gegen einen Baumstamm und spähte zwischen den Bäumen hindurch. Sie hatte das seltsame Gefühl, vor einem Fenster zu stehen und eine Feier zu beobachten, zu der sie nicht eingeladen war.

Cornelia, in ein grünes Kleid gekleidet, hatte ihre Haube abgenommen und sie an einen Ast gehängt. Ihr dickes, rotbraunes Haar war mit einem Blumenkranz gekrönt. Gerade hielt sie auch ihrer Mutter ein wunderschönes Flechtwerk hin. „Trag es, Mutter. Ich habe die Wälder hier vermisst, als ich weg war. So eine wilde Schönheit hatten wir in Paris nicht." Cornelia sprang wie ein kleines Mädchen über einen heruntergefallenen Ast.

„Wo ist denn bloß die elegante Pariserin abgeblieben?", erklang eine Stimme hinter einem weiteren Baum. Mrs Hanby trat mit einem Arm voller Blumen aus dem Schatten.

„Das stimmt, Cornelia. Du musst durch einen Wechselbalg ausgetauscht worden sein." Mrs Lawrence lachte fröhlich und grub eine ganze Geranienpflanze aus.

Kate würde vielleicht so bald keine andere Gelegenheit bekommen, Mrs Hanby für ihre Unterstützung beim Picknick der Jones' zu danken. Sie musste ihre Schüchternheit überwinden.

„Guten Tag." Kates erster Gruß war so leise, dass niemand sie hörte, also ging sie noch ein paar Schritte auf die Damen zu und sagte noch einmal: „Guten Tag, Mrs Hanby."

„Ach, guten Tag, Miss Winter." Mrs Hanby war ganz offensichtlich erstaunt. Sie legte die Blumen in einen Korb zu ihren Füßen.

Cornelia und Mrs Lawrence hatten sich immer noch nicht umgedreht.

„Ich wollte Sie nicht stören", sagte Kate.

„Aber überhaupt nicht." Mrs Hanby kam näher.

Cornelia sah sie über die Schulter. „Kate!" Sie hielt immer noch den Blumenkranz in ihren Händen. „Da meine Mutter die Blumen nicht will, schenke ich sie dir." Sie lachte und streckte ihr den Kranz entgegen. Kate kam zögernd näher. Cornelia hob den Kranz und legte ihn Kate aufs Haar. Die Blumen dufteten wunderbar.

„Hier", sagte Cornelia. „Jetzt sind wir beide Wechselbälger." Sie nahm Kates Ellbogen. „Gehst du mit uns an den Fluss? Wir genießen die Luft und die Schönheit der Natur."

Kate nickte. Mrs Hanby und Mrs Lawrence nahmen ihre Körbe auf und folgten den beiden Freundinnen.

Kate hörte den anderen Damen zu, wie sie plauderten, während sie auf den sonnengefleckten Waldpfaden zum Fluss gingen. Sie wussten ja nicht, was nach der Feier gestern passiert war – eine Szene, die Kate niemals vergessen könnte. Als sie den Fluss erreicht hatten, zeigte Cornelia ihrer Mutter voll Entzücken einen Frosch.

Kate wandte sich an Mrs Hanby. „Ich möchte Ihnen für Ihre Freundlichkeit gestern danken."

„Das brauchen Sie nicht", sagte Mrs Hanby liebevoll. „Ich habe mich gefreut, Ihre Familie kennenzulernen."

Kate blinzelte und trat näher ans Flussufer heran. Wenn ihre Familie doch auch nur ein kleines bisschen wäre wie diese Familien, wie die Lawrences oder Hanbys! Eine tiefe Sehnsucht, die sie plötzlich erfasste, durchfuhr Kates Herz. Sie spürte Mrs Hanby hinter sich, zart und klein und trotzdem so stark wie einer dieser Bäume, die im Flussbett verwurzelt waren.

„Würden Sie mich vielleicht auf eine Reise nach Columbus begleiten?", fragte Mrs Hanby.

Kate wandte sich um und sah sie an. „Bitte was?"

„Wir drei reisen nächste Woche in die Stadt. Cornelia wird im *Neil House* ein Konzert geben. Wir werden einkaufen gehen und die Sehenswürdigkeiten besichtigen. Ich würde mich freuen, wenn Sie mit uns kämen. Meine Tochter Amanda will nicht mitfahren, sodass wir noch ein Bett frei haben."

Kate kämpfte gegen die Woge der Fassungslosigkeit an, die über ihr zusammenschlug. Sie könnte mit Mrs Hanby und den Lawrences fahren, umsonst in Columbus wohnen und sich dann heimlich aus dem Staub machen, wenn niemand sie beobachtete. Doch was würde mit Leah und ihrer Mutter geschehen, wenn Kate Westerville verließ? Vielleicht konnte sie sich erst selbst ein solides Leben aufbauen und dann Leah helfen, ehrliche Arbeit zu finden. Sie könnte ihre Schwester heimlich zu sich kommen lassen, sodass zumindest sie beide in Sicherheit wären.

„Ich weiß nicht, ob meine Mutter mir die Erlaubnis gibt.“ Das war die einzige Schwierigkeit – und nicht gerade eine kleine.

„Vielleicht nicht, wenn wir allein reisen würden“, gab Mrs Hanby zu. „Ihre Mutter kennt mich nicht gut. Doch Mrs Lawrence ist eine bekannte und geschätzte Bürgerin unserer Stadt. Ich glaube, ihre Anwesenheit wird Ihre Mutter positiv beeinflussen.“

Mrs Hanby hatte recht – dass Mrs Lawrence mitfuhr, würde Kates Mutter vielleicht umstimmen. Ihr Ruf war tadellos. Ruth Winter hatte sich in der Vergangenheit schon oft bemüht, Ida Lawrence zu beeindrucken, wenn sie sich beim Kaffeetrinken oder bei Wohltätigkeitsveranstaltungen getroffen hatten. Altes Geld und Privilegien zogen Ruth Winter an wie sonst nichts auf der Welt.

„Aber meine Frage ist vielmehr, ob Sie selbst gerne mitkommen wollen.“ Mrs Hanby legte den Kopf schief.

„Oh ja, das wäre wundervoll.“ Kate hoffte, Mrs Hanby wurde ihre Freude erkennen, auch wenn sie ihr nicht in die Augen schauen konnte. Es war peinlich, denn sie wusste, dass Mrs Hanby sie bemitleidete. Doch Kate durfte sich diese Gelegenheit nicht entgehen lassen.

„Dann sorge ich dafür, dass Mrs Lawrence mit Ihrer Mutter spricht, vielleicht noch heute Nachmittag.“ Mrs Hanby lächelte und nahm ihren Blumenkorb.

„Kommt Kate mit uns?“ Cornelia lief mit freudestrahlendem Gesicht auf sie zu. „Das ist ja großartig.“

„Das finde ich auch.“ Mrs Lawrence schnaufte etwas, als sie zu ihnen aufschloss. Ihr Korsett war vermutlich etwas zu eng und schnürte ihr die Luft ab, wenn sie so schnell ging. „Es wäre doch wunderbar für Cornelia, eine Freundin dabei zu haben.“

„Vor allem dich.“ Cornelia nahm Kates Hand.

„Wenn ich die Erlaubnis bekomme“, bemerkte Kate vorsichtig.

Mrs Lawrence winkte ab, als verscheuche sie lästige Fliegen. „Ich werde persönlich mit Ruth sprechen. Sie wird zustimmen.“

„Danke.“ Plötzlich fielen Kate ihre Kartoffeln wieder ein. „Ich muss zurück nach Hause. Man wartet auf mich.“

„Gut. Und richten Sie sich schon mal auf einen schönen Ausflug ein.“ Ida Lawrence lachte fröhlich und Mrs Hanby winkte Kate zum Abschied zu.

Endlich war ihre Gelegenheit gekommen. Doch jetzt musste Kate ihr neues Heim nicht nur für sich, sondern auch für Leah planen. Und sie musste sich beeilen, denn Leah wäre bei ihrem Vater nicht mehr lange sicher. Und niemand durfte wissen, wo sie waren.

Vielleicht war ihr Plan zu riskant. Vielleicht würde ihr Vater sich auch nie wieder dermaßen in ihrer Gegenwart vergessen. Doch solange er trank, war sein Verhalten unberechenbar.

Kate hängte ihren Blumenkranz an die Kellertür, nahm den Korb mit den Kartoffeln auf und ging zurück in die Küche. Doch als sie Tessie die Kartoffeln reichte, waren ihre Gedanken schon wieder weit aus dem Fenster hinausgeflogen, Richtung Südwesten nach Columbus.

Kapitel 11

Die Kutsche rumpelte und schaukelte über die Straße, doch die Damen im Inneren waren durch die meterlangen Stoffbahnen ihrer Röcke geschützt, als befänden sie sich in einem Nähkästchen. Kate nahm staunend die vielen Eindrücke durch die regentropfenbedeckte Fensterscheibe auf. Die Feuchtigkeit des späten Abends schien die Wagen, Männer mit Hüten und Frauen mit Regenschirmen nicht zu beeindrucken, welche die Straßen bevölkerten.

In den verschiedenen Geschäften herrschte ein reges Kommen und Gehen. Ein Hutgeschäft erregte Kates Aufmerksamkeit. Genauso ein Geschäft könnte sie eines Tages eröffnen, mit diesen wunderbaren Hüten, die so dekorativ im Schaufenster ausgestellt waren. Doch sie würde natürlich nicht in Columbus bleiben können. Man würde nach ihr suchen. Stattdessen würde sie nach Cincinnati gehen, nahe genug, um gut erreichbar zu sein, doch weit genug weg, um anonym zu bleiben.

Solch ein Chaos und Durcheinander würde es einfach machen, sich von ihren Begleitern davonzustehlen. Kate warf Mrs Hanbys nichts ahnendem Gesicht einen schnellen Blick zu, die gerade Mrs Lawrence ein bestimmtes Geschäft zeigte. Bens Mutter würde vielleicht die Schuld bekommen, wenn Kate verschwand. Das wäre nicht gerecht. Kate musste es so anstellen, dass weder der Ruf der Hanbys noch der der Lawrences beschädigt werden würde. Wie sie das machen sollte, wusste sie allerdings noch nicht. Ihr Plan schien immer komplizierter zu werden, jetzt, wo sie so nahe dran war, ihn umzusetzen.

„High Street!", rief der Kutscher von oben. Die Kutsche schlitterte durch den Matsch, sodass die Frauen gegeneinanderstießen.

„Ich hoffe, wir haben Ben während der Fahrt nicht verloren. Wie er sich da oben festgehalten hat, ist mir ein Rätsel." Mrs Hanbys Tonfall klang leicht, doch sie umklammerte angespannt ihre Handtasche. Ben war mit den anderen Männern auf dem Dach gereist.

Es wäre unziemlich gewesen, sich als Mann hierher zu den Damen zu setzen.

„Es gibt Griffe dort oben. Aber er ist bestimmt ganz durchgeweicht.“ Cornelia schloss ihr Buch. „Sind wir nicht bald da?“

„Doch, das Hotel ist nahe der Ecke Broad und High Street.“ Mrs Lawrence setzte ihre Haube auf. Die Kutsche kam rumpelnd zum Stehen. „Siehst du?“

Draußen riefen die Männer laut. Es rumpelte laut auf dem Kutschendach, während die Gepäckstücke abgeladen wurden.

Die Tür öffnete sich und Ben Hanby schaute herein. Sein Gesicht lag im Schatten seines breitkrempigen Hutes, von dem der Regen tropfte, und der Mantel hing nass um seine Schultern. Er reichte den Damen seine Hand, um ihnen beim Aussteigen zu helfen. Die älteren Damen verließen die Kutsche zuerst, dann folgte Cornelia, die ihm dankte und mit der Anmut einer erfahrenen Reisenden ausstieg.

Kate sah hinunter auf die Stufe. Es wäre einfach, wenn sie nicht die weiten Röcke und das Korsett getragen hätte, das ihren Rücken steif wie ein Waschbrett machte.

Ben hielt ihr seine Hand hin und sah sie schweigend an. Sie legte ihre Finger in den zierlichen Handschuhen in seine Hand. Ben beobachtete jeden ihrer Schritte, damit sie ja nicht stolperte. Sie sah hinauf in seine braunen Augen. Seine Hand fühlte sich durch den dünnen Handschuh ganz anders an als Fredericks. Bens Hand war schmaler und trotzdem kräftig – die Hand eines Handwerkers und Musikers. Doch solche Dinge durfte Kate nicht denken – sie waren ungehörig. Sie entzog ihm ihre Hand und sah weg. „Danke“, murmelte sie.

Das *Neil House* war fünf Stockwerke hoch und aus beeindruckendem grauem Stein erbaut. Über den Säulen, die den Eingang säumten, prangte in großen Lettern der Name. Jetzt erst bemerkte Kate eine Reihe von Flammen, die völlig unbeeindruckt von dem Nieselregen in den Straßenlaternen vor sich hin flackerten und die gesamte Straße erhellten. Sie bewunderte den schönen Anblick.

Cornelia wartete am Fuß der Stufen auf sie. „Mr Neils Hotel ist großartig.“

„Oh ja.“

Sie betraten die Treppe gemeinsam, während uniformierte Angestellte an ihnen vorbeigingen, um sich um das Gepäck zu kümmern.

„Charles Dickens selbst hat das *Neil House* gelobt, als er hier gewohnt hat“, erklärte Cornelia.

Ein weiterer Livrierter hielt ihnen die Tür auf. Sie betraten ein großes Foyer, das von einem riesigen Gaslicht erhellt wurde, dessen Kristallverzierungen in dem beständigen weißen Licht funkelten.

„Wunderschön, nicht wahr?“, fragte Cornelia.

„Beeindruckend.“ Kate schaute sich um. In dem hellen, kräftigen Licht strahlte die dunkle Wandvertäfelung und die Schnitzereien an den Treppenpfeilern konnte man noch meterhoch erkennen, bis sie oben im zweiten Stock verschwanden.

„Meine Damen, herzlich willkommen.“ Ein eleganter Mann kam auf sie zu.

„Danke, Mr Neil.“ Mrs Lawrence reichte ihm ihre Hand zur Begrüßung, dann besah sie ihre Tasche, die der Diener gerade hereingetragen hatte. Sie schien in der Gegenwart des einflussreichsten Mannes der Stadt völlig entspannt zu sein.

„Und Sie müssen Mrs Hanby sein.“ Mr Neil nahm die Hand der zierlichen Frau. „Ich habe Ihren Ehemann schon einige Male getroffen. Wie geht es Bischof Hanby?“

„Sehr gut, Sir, obwohl ich Ihnen wohl sagen sollte, dass er nicht auf Förmlichkeiten beharrt. Die Ältesten nennen ihn Bischof, doch ihm reicht es, wenn man ihn einfach Mister ruft. Wenn Sie ihn Bischof nennen, hat er Angst, er müsste in Robe und spitzem Hut herumlaufen.“ Mrs Hanby lächelte ein wenig frech.

Mr Neil lachte. „Dann werde ich ihn das nächste Mal einfach Mr Hanby nennen.“ Jetzt sprach er zu ihnen allen. „Wir freuen uns sehr, Sie hier zu haben. Miss Lawrence, ich freue mich auf Ihr Konzert.“

Cornelia machte einen Knicks.

Ein großer, stämmiger Mann betrat das Hotel. Seine Stiefel verteilten Matsch auf der Fußmatte, als er sie dort abwischte. Es war Mr Jones, Fredericks Vater. Wie seltsam!

Mrs Hanby erstarrte, doch die Lawrences schienen unbeeindruckt.

„Mrs Hanby!“ Seine Stimme klang genauso laut und zügellos wie auf seiner Feier. „So ein Zufall, dass wir uns hier treffen. Wo ist Mr Hanby?" Er trat zu ihr.

Mrs Hanby blieb höflich kühl. „Er ist zu Hause und kümmert sich um die Sattlerei. Mr Jones, kennen Sie Mr Neil?"

Mr Neil lächelte, als die beiden Männer sich die Hände schüttelten. „Mr Jones und ich kennen uns gut. Willkommen, Daniel. Wenn du mich entschuldigen würdest, ich möchte den Damen ihre Zimmer zeigen. Sie möchten sich vor dem Abendessen sicher noch ausruhen."

„Natürlich." Mr Jones trat einen Schritt zurück und bedeutete seinem Diener, ihm nach oben zu folgen.

Er warf noch einen Blick zurück über die Schulter, als er ging. Irgendetwas an seinem Gesichtsausdruck erinnerte Kate an einen Fuchs, der gerade die Hühner geraubt hatte.

Ben taumelte unter dem Gewicht von Cornelias Koffer, als er ihm vom Dach der Kutsche in die Arme fiel. Ihr Konzertkleid musste aus purem Gold gemacht sein. Cornelia hatte ihn darum gebeten, diesen Koffer nicht aus den Augen zu lassen, da er auch ihre Notenblätter enthielt. Er hatte ihr versichert, dass er den Koffer persönlich auf ihr Zimmer bringen würde, obwohl sie protestiert hatte, das sei nun wirklich nicht nötig.

Ben suchte nach dem Griff des Koffers, ohne diesen im Matsch abzusetzen. Als er ihn endlich gefunden hatte, nahm er noch Miss Winters Tasche in die andere Hand. Jeder einzelne Schritt hinauf bis zur Eingangstür des *Neil House* war unsicher. Er schaffte es, doch er war froh, dass keine der Frauen sehen konnte, wie sehr er sich anstrengen musste. Bens schmale Statur war nicht geschaffen für solche Herkulestaten.

Zwei weitere Stufen, dann hatte er die Tür erreicht. Ein Diener bot an, ihm das Gepäck abzunehmen. Doch Ben lehnte ab. Er hatte gesagt, er würde es persönlich tragen, und er würde sein Wort nicht brechen.

Wenn er erst einmal drinnen war, würde es hoffentlich nicht mehr so anstrengend werden.

„In welchem Stock sind die Zimmer der Damen, die gerade angekommen sind?", fragte er atemlos.

„Im fünften, Sir. Zimmer 30 und 31. Und ich vermute, Sie residieren in 32, Sir."

Natürlich, der fünfte Stock. Ben umfasste seufzend die Griffe der beiden Gepäckstücke fester und stieg die erste Treppenflucht hinauf.

Im dritten Stock drohten ihm die Koffergriffe zu entgleiten. Er wollte Koffer und Tasche nur kurz abstellen, um zu verschnaufen.

„Mr Hanby?"

Diese Stimme kannte er. Von oben her kam ihm der grauhaarige Südstaatler entgegen, erstaunlich leichtfüßig für einen Mann seiner Statur.

„Guten Abend, Mr Jones. Ich bin überrascht, Sie hier zu sehen."

„Frederick hat mir von Ihren Reiseplänen erzählt, als er gestern nach Hause kam. Als ich erfahren habe, dass Miss Lawrence hier ein Konzert gibt, wollte ich die Gunst der Stunde nutzen und meinen alten Freund Neil besuchen."

„Sie wird bestimmt erfreut sein, Sie im Publikum zu wissen." Ben atmete tief ein. Langsam fingen seine Beine an zu zittern.

„Frederick begleitet mich. Er ist gerade im Stall, um sicherzugehen, dass man die Pferde gut versorgt, aber er kommt bald zurück."

„Das freut mich zu hören, Sir."

„Ihr beiden jungen Kerle könnt gemeinsam die Stadt erkunden. Ich weiß, dass er Ihre Gesellschaft der aller anderen jungen Männer vorzieht."

„Danke, Sir. Für mich ist er auch ein sehr guter Freund."

„Nun, ich will Sie nicht länger aufhalten." Mr Jones ging an ihm vorbei die Treppe hinunter. Sein teurer Mantel passte perfekt zu der kostbaren Einrichtung, die sie umgab.

Endlich erreichte Ben den obersten Stock. Seine brennenden Arme schienen bis auf den Boden zu hängen. Das nächste Mal würde er zweimal darüber nachdenken, bevor er einer jungen Dame versprach, ihr Gepäck zu tragen.

Gerade als er das Ende des Flures erreicht hatte, öffnete sich die Tür des Zimmers Nummer 30 und Miss Winter trat heraus. Sie starrte ihn unter ihrem Hut hervor mit großen blauen Augen an.

Miss Lawrences Gesicht erschien über ihrer Schulter, genauso adrett gekleidet. „Mr Hanby, das hätten Sie nicht tun sollen!"

„Ist ja nicht so schwer", behauptete Ben entgegen aller Offensichtlichkeit. Er biss sich auf die Lippen, als er die Gepäckstücke langsam abstellte. „Ich habe Ihnen versprochen, dass ich mich um die Sicherheit Ihrer Noten kümmern würde."

Miss Winter trat ganz in den Flur, um die Tür freizugeben. Miss Lawrence trat einen Schritt zurück und Ben schob den Koffer über die Schwelle.

„Es tut mir leid, dass Sie meinetwegen so viel Mühe hatten", sagte Cornelia. „Aber danke, Mr Hanby."

„Gerne."

Die Mädchen zogen den Koffer ins Zimmer. Seine Anstrengungen waren der Preis seiner Ritterlichkeit – ein Diener hätte das Zimmer ohne Weiteres betreten können, um das Gepäck abzuliefern; für einen jungen Gentleman ziemte sich das jedoch nicht.

Seine Mutter trat zu ihm. „Hier ist dein Zimmerschlüssel." Sie drückte ihm den Schlüssel mit der Nummer 32 in die Hand. „Kann ich dich kurz unter vier Augen sprechen?"

„Natürlich." Er wandte sich um, schloss sein Zimmer auf und hielt ihr die Tür auf. Nachdem er die Tür wieder geschlossen hatte, wandte sie sich ihm zu. „Mr Jones ist hier", sagte sie mit neutralem Gesichtsausdruck.

„Ja, Frederick auch. Ich bin sicher, sie werden unseren Aufenthalt bereichern."

Seine Mutter antwortete nicht. Irgendetwas schien nicht zu stimmen, doch andererseits schrieb man die letzte Maiwoche. Bald würde es seiner Mutter sicher wieder besser gehen.

„Stimmt etwas mit Mr Jones nicht?", fragte er vorsichtig.

„Nichts, was eine Erwähnung wert wäre." Sie trat näher und senkte die Stimme. „Dein Vater hat mir erzählt, dass du hier etwas mit John Parker planst. Er wusste aber nichts Genaues. Ich nehme an, es geht um die *Untergrundbahn*?"

„Ja."

„Hast du mit Frederick darüber gesprochen?"

„Natürlich nicht, Mutter. Ich habe es nicht einmal Vater erzählt, dann werde ich es sicher nicht einem anderen Studenten erzählen."

„Gut." Seine Mutter wirkte immer noch beunruhigt. „Bitte sag mir, worum es geht. Es macht mich zu nervös, es nicht zu wissen. Vor allem, wo wir auch noch für Miss Winter verantwortlich sind."

Es würde ihr nicht gefallen, doch er wollte auch nicht, dass sie sich unnötige Sorgen machte, also sollte er es lieber gleich zugeben. „Ich will Nelly finden."

Sie sah ihn schockiert an. „Josephs Nelly?"

„Ja."

„Aber woher willst du wissen, ob sie noch lebt?"

„John Parker sucht für mich auf der anderen Seite des Flusses."

„Auf der anderen Seite des Flusses! Also willst du nach Kentucky, um sie zu holen?"

„Ja. Aber so einfach wird es nicht."

Sie spießte ihn mit ihren Blicken förmlich auf.

„John hat mir gesagt", erklärte er, „dass auf den Grenzplantagen Lockvögel eingesetzt werden, welche die Sklaven zum Flüchten überreden sollen. Wenn sie sich dann darauf einlassen, wird an ihnen ein blutiges Exempel statuiert. Deshalb muss ich Nelly davon überzeugen, dass ich kein Spitzel bin, sondern zur *Untergrundbahn* gehöre."

„Und wie willst du das machen?"

Ben griff in seine Tasche und zog den Miniaturkorb hervor. „Erinnerst du dich noch daran?"

Sie nahm ihm den Korb ab und öffnete den kleinen Deckel. „Nellys Haar."

„Und, was noch viel wichtiger ist, Nelly hat das Körbchen für Joseph gemacht. Sie wird es erkennen und mir glauben, dass ich kein Betrüger bin."

Seine Mutter seufzte. „Ich denke, ich muss dir nicht sagen, dass diese Sache hier viel gefährlicher ist, als Flüchtlinge durch Ohio zu schleusen." Sie berührte seinen Arm. „Ich will, dass du deinem Gewissen folgst. Immerhin hast du John, der dir hilft." Sie strich ihr Mieder glatt. „Ich sehe dich in einer Stunde beim Abendessen." Mit raschelnden Röcken verließ sie den Raum und zog die Tür hinter sich zu.

Irgendetwas an den Jones' machte seine Mutter nervös. Aber Frederick war ein guter Freund und Ben hatte keinen Grund zu vermuten, dass hinter seiner Anwesenheit hier eine verschwiegene Absicht lag. Allein der Gedanke war schon grotesk. Frederick hatte noch nie auch nur das geringste Interesse daran gezeigt, sich über Sklaverei oder deren Abschaffung zu unterhalten.

Da fiel Ben ein, dass er nicht vergessen durfte, mit dem Rezeptionisten zu sprechen. Wenn ein Brief von John Parker hier eintraf, würden er und die anderen vorerst getrennte Wege gehen.

Kapitel 12

Das Gaslicht, das Kate vorher noch so bewundert hatte, war so hell, dass es keinen Schatten ließ, in dem sie sich vor den Blicken ankommender Gäste verbergen könnte. Sie trat einen Schritt zurück und wünschte sich, sie könnte mit den Holzpaneelen an der Wand verschmelzen. Doch mit ihrem grünen Kleid würde ihr eine Tarnung nicht gelingen.

„Miss Winter, kommen Sie mit uns.“ Mrs Hanby lächelte und zeigte die Stufen hinauf, wo die bunten Röcke der Damen, die gerade angekommen waren, schimmerten.

Kate hob den Saum ihres Kleides und folgte den anderen.

Als sie im Ankleidezimmer waren, nahmen die Damen ihre Hüte ab. Ein Zimmermädchen ging mit einem heißen Eisen herum, damit eventuelle frisurliche Missstände sofort behoben werden konnten. Draußen rüttelte der Wind an den Fensterläden, doch das Geräusch wurde schnell durch das Geplapper der Damen übertönt.

Mrs Lawrence hatte Kate alle Anwesenden vorgestellt, als sie eingetreten waren, doch sie hatte sich keinen einzigen Namen gemerkt.

„Geben Sie mir das Eisen, wenn Sie fertig sind, Mary.“ Eine elegante Dame mit scharf nachgezogenen Augenbrauen sprach in einem Tonfall, der keinen Widerspruch erlaubte.

Eine etwas dickliche Dame in Nelkenrosa murmelte etwas vor sich hin und wandte sich dann an Mrs Lawrence. „Wir sind schon so gespannt, Miss Lawrence spielen zu hören, Ida. Wie müssen Sie sich freuen, dass Sie Ihre Tochter endlich wieder bei sich haben!“

Ida Lawrence strahlte genauso wie ihr scharlachrotes Kleid. „Oh ja, Mary. Ich hänge seit ihrer Rückkehr förmlich an Cornelias Lippen. Zwei Jahre waren eine viel zu lange Zeit. Aber als Mutter könnte ich nicht stolzer auf sie sein.“

„Das ist nur natürlich“, sagte Madam Augenbraue, aber durch ihre eisige Art wirkten die Worte wie auswendig gelernt.

Kate fühlte sich eingeschüchtert von so viel Kälte und tat, als interessiere sie sich für ein geschnitztes Beistelltischchen, das in der Ecke des Raumes stand.

„Lassen Sie sich nicht einschüchtern." Mrs Hanby sprach leise neben ihrem Ohr. Ihr Kleid war bei Weitem nicht so beeindruckend wie die Roben der anderen Damen, doch mit dem sorgfältig ausgewählten Schnitt und dem dunklen Braun schmeichelte es ihrer zarten Figur hervorragend. Abgesehen von den feinen Fältchen im Gesicht wirkte Bens Mutter viel jünger als die anderen Damen ihres Alters. Es war kaum zu glauben, dass sie acht Kinder hatte. „Ich bleibe den ganzen Abend an Ihrer Seite, wenn Sie das wünschen." Das Gesicht der zierlichen Frau blickte Kate freundlich an.

Kate wollte Mrs Hanby durch ihre Flucht nicht verletzen – allein bei dem Gedanken wurde ihr schon schlecht. Doch sie konnte auch nicht nach Westerville zurückkehren. Und sie war die Einzige, die Leah helfen konnte. Ihre Schwester hatte durch ihre zerrüttete Familie schon genug Schaden an ihrem Charakter erlitten. Sie verdiente es nicht, dass man sie auch noch körperlich misshandelte.

Mrs Lawrence trat zu ihnen. „Ich denke, die Gentlemen erwarten uns bereits im Salon. Sollen wir uns zu ihnen gesellen?"

Mrs Hanby nahm Kates Arm und führte sie hinter Mrs Lawrence her.

Der prächtige Salon wurde von einem Gaskronleuchter erhellt, der noch beeindruckender war als der im Foyer. In einer Ecke stand ein polierter Ebenholzflügel. Mehrere Dutzend Stühle waren für das Publikum in kleinen Gruppen arrangiert worden. Mr Jones trug einen schwarzen Abendmantel und eine weiße Krawatte, ebenso die anderen Gentlemen, die sich im hinteren Teil des Raumes aufhielten. Er schlich in einer Ecke herum und unterhielt sich gedämpft mit zwei anderen Männern.

Ben hatte sich mit einem verzückten Gesichtsausdruck über den geöffneten Flügel gebeugt. Sein Aussehen hatte sich im Vergleich zu vorhin, als er nass und außer Atem im Flur gestanden hatte, deutlich verbessert. Kate unterdrückte ein Lächeln. Er hätte einen Diener die Arbeit machen lassen sollen. Doch sie mochte ihn für die Bestimmtheit, mit der er ihnen versichert hatte, dass alles in Ordnung war, und für seine Gewissenhaftigkeit, mit der er Cornelias Auftrag ausgeführt hatte.

Ben sah zu ihr herüber. Schnell wandte Kate sich ab, um sich einen Platz zu suchen. Mrs Hanby hatte sich schon neben Mrs Lawrence in die Nähe des Flügels gesetzt. Kate nahm ebenfalls Platz und bewunderte die feinen Schnitzereien der Stuhllehne. Ein einziger solcher Stuhl hätte einen Salon schon verschönert, doch hier befanden sich mindestens dreißig, alle genauso schön.

Von der rechten Seite des Raumes her erklang eine bekannte Stimme, die die anderen Männer begrüßte. Kate wandte sich um und sah Frederick, der mit glänzendem Haar und im maßgeschneiderten Anzug den Salon betreten hatte. Er lächelte sie an, doch sie senkte schnell den Blick – es war unschicklich, so durch den Raum zu kommunizieren. Aus dem Augenwinkel sah sie, wie Ben zu seinem Freund hinüberging. Die beiden jungen Männer begrüßten sich und standen dann Schulter an Schulter nebeneinander. Frederick beugte sich zu Ben und flüsterte ihm etwas ins Ohr, woraufhin dieser lachte. Seine Augen funkelten belustigt. Doch sie sollte die beiden jungen Männer nicht beobachten.

Mr Neil trat mit sorgsam frisiertem Haar und mit frisch getrimmtem Bart an den Flügel. „Meine lieben Freunde, es ist mir eine Freude, Ihnen heute Miss Lawrence zu präsentieren, die direkt aus Paris gekommen ist, um uns die Ehre ihres Klavierspiels zuteilwerden zu lassen."

Ein höflicher Applaus folgte, der lauter wurde, als Cornelia in der Salontür erschien. Ihr schwarzes Kleid hätte mit seinen silbernen Stickereien und den Perlen in jedem europäischen Königshaus problemlos bestehen können. Die lange Schleppe legte sich sanft um ihre Füße, als sie sich setzte und den Zuhörern zunickte. Kate konnte nicht glauben, wie selbstsicher eine junge Dame ihres Alters sein konnte. Falls Cornelia nervös war, ließ sie sich nichts anmerken. Ihre Augen wirkten verträumt, als sie die Finger auf die Tasten legte. Eine Locke ihres rotbraunen Haares lag auf ihrer Schulter, die anderen waren kunstvoll hochgesteckt.

Dann atmete sie einmal tief ein und ließ eine Kaskade wunderschöner Töne in den Raum hineinplätschern.

Kate schloss die Augen und verlor sich in der Musik.

Ben hatte sich an die Wand neben den Stühlen der Damen gelehnt. Es war gut, dass Frederick hier war. Sein trockener Humor würde die Freude an diesem Abend noch vergrößern.

Die Musik war unglaublich faszinierend. Ben hätte sich davontragen lassen sollen, genau wie Kate Winter es tat. Ihr hübsches blasses Gesicht mit den geschlossenen Augen war leicht angehoben, sodass es im Licht des Leuchters erstrahlte. Sie verdiente es, ihre Probleme hinter sich lassen und für eine Weile vergessen zu können. Und nichts Irdisches hatte mehr Kraft dazu als die Musik, die in die Seele floss und alle Lasten von einem nahm.

Doch Ben erreichte diese Musik trotz ihrer großen Virtuosität heute nicht. Cornelias Finger entlockten dem Flügel zarte Töne, dann wieder vehemente. Erst hatte sie den Kopf gesenkt, dann hob sie ihn, wobei sich ihr gesamter Körper anzuspannen schien. Sie war eine exzellente Musikerin, die das gesamte Publikum in Atem hielt.

Doch selbst diese ausgezeichnete Musik konnte Ben nicht bewegen, weil er innerlich so angespannt auf Johns Brief und damit den eigentlichen Grund seines Hierseins wartete.

Er hätte Nelly nicht so lange in ihrer Gefangenschaft allein lassen dürfen, nur weil er gedacht hatte, er könne nichts tun, denn eigentlich ließ ihm die Bibel keine andere Wahl. „*Was ihr nicht getan habt einem von diesen Geringsten, das habt ihr mir auch nicht getan.*“ Es musste einen besonderen Grund dafür geben, dass Joseph ausgerechnet in ihrem Haus gestorben war – eine Möglichkeit, Gutes aus dieser Tragödie entstehen zu lassen. Ben klammerte sich an diesem Gedanken fest.

Als Cornelia das erste Stück mit einem klingenden Schlussakkord beendet hatte, nutzte Ben den Moment des Applauses, um zur Salontür zu gehen. Der Bronzeknauf lag warm in seiner Hand, als er die Tür leise hinter sich zuzog. Sofort wurden die Geräusche durch die dicken roten Teppiche und das dunkle Holz an den Wänden gedämpft. Cornelia begann ihr nächstes Stück: Mozart.

Er würde schnell nach unten gehen und sich noch einmal nach seiner Post erkundigen. Wenn er zurückkam, würde Cornelia mit Mozart fertig sein und er könnte den Rest des Konzertes genießen.

Die Treppe war genauso leer wie die Eingangshalle, als Ben auf den Empfangstresen zuging. Der Rezeptionist, ein kleiner Mann mit Schnauzbart, saß auf einem Stuhl und kritzelte Zahlen in ein Buch.

Er blickte auf und erhob sich, als Ben zu ihm trat. „Guten Abend, Sir."

„Guten Abend. Ist vielleicht ein Brief für mich eingetroffen? Ich bin Benjamin Hanby, Gast von Mr Neil."

Der Mann schien den Namen zu kennen. „Ja, Sir", sagte er gleich. „Einen Augenblick bitte." Er verschwand durch die Schwingtür hinter seinem Schreibtisch und kam mit einem Umschlag zurück.

„Es tut mir wirklich sehr leid, Mr Hanby." Der Rezeptionist verbeugte sich. „Es scheint so, als sei der Umschlag in der Post beschädigt worden." Er legte ihn in Bens ausgestreckte Hand.

Die eine Hälfte des Briefes hatte einen langen Riss, als wäre ein Reiter mit seinen Sporen daran hängen geblieben – was allerdings mehr als unwahrscheinlich war, da der Brief per Postkutsche gekommen sein musste.

Ben nahm den Brief aus dem Umschlag und öffnete ihn, um sich den Schaden anzuschauen. Gut. Es war immer noch alles lesbar. Er faltete ihn wieder zusammen. „Es ist nichts passiert. Den Brief kann man noch gut lesen."

„Danke, Sir." Der Mann war sichtlich erleichtert. Wahrscheinlich reagierten andere Gäste nicht so verständnisvoll.

Ben schob den Brief in seine Tasche und ging wieder die Treppe hinauf. Ein paar Meter entfernt stand ein Stuhl in einem kleinen Alkoven. Er ging dorthin und setzte sich, um den Brief in Ruhe zu lesen. Das Stück von Mozart klang leise durch die geschlossenen Türen. Ein oder zwei Minuten hatte er noch.

Das Papier war zerknittert und auf einer Seite eingerissen. Ben strich es glatt.

John Parker
Ripley, Ohio
23. Mai 1855

An Mr Benjamin Hanby
Gast im Neil House
Columbus, Ohio

Sehr geehrter Mr Hanby,
ich habe Ihren Brief gestern erhalten und Nachforschungen angestellt. Der Botengang, den Sie zu erledigen gedenken, ist möglich. Die fragliche Person befindet sich auf der anderen Seite des Flusses. Treffen Sie mich am Freitag, den ersten Juni, mittags im Red Stag *in Cincinnati.*
Herzlich
John Parker

Ben las den Brief noch einmal, um sicherzugehen, dass er sich alles merken konnte. Langsam faltete er ihn wieder zusammen und steckte ihn mit einem Ausatmen der Erleichterung zurück in seine Tasche.

Jetzt konnte er wenigstens die Musik genießen.

Kapitel 13

Heute war der Tag, an dem Kate in ein neues Leben fliehen würde. Ihre Hände wurden feucht und zitterten.

Sie stand vor dem riesigen Zelt, das die Größe einer Kathedrale zu haben schien und von meterlangen Stangen gestützt wurde. Leuchtende Banner verkündeten die Attraktionen: *Zirkus und Menagerie, Elefantenschau, Die älteste Frau der Welt, Liebreizende Reiterinnen.*

Was auch immer Mrs Lawrence inspiriert hatte, diesen Ausflug zu unternehmen – es könnte keinen besseren Ort für Kate geben, in der Masse verloren zu gehen und nicht zurückzufinden. Sie hatte den Gedanken aufgegeben, ihre Tasche mitnehmen zu können, doch ihre goldene Kette lag warm auf ihrer Haut unter ihrem Kragen. Glück oder Vorsehung hatte sie nach Columbus geführt und ihr eine freie Unterkunft gewährt. Jetzt würde sie sich auf den Wert ihrer Kette und ihren Einfallsreichtum verlassen müssen, um nach Cincinnati zu gelangen. Kates Herz schlug heftig unter dem engen Korsett. Sie durfte jetzt noch nicht an all das denken. Der perfekte Augenblick war vermutlich nach der Aufführung, wenn die Zuschauer alle gleichzeitig aus dem Zelt strömten. Ihre Begleiter würden erst vermuten, dass sie sich aus Versehen verloren hatten, und nicht sofort Alarm schlagen.

„Du meine Güte, ein echter Elefant", sagte Mrs Hanby und beugte sich vor, um einen besseren Blick auf die seltsame Kreatur zu bekommen, die eines der Banner dominierte.

„Und das *Römische königliche Hippodrom* und *Andere einzigartige Kuriositäten*", las Cornelia auf einem anderen Schild. „Ach, ich kann es kaum erwarten."

„*Empfohlen von der Geistlichkeit*, das ist ein Vorteil." Mrs Lawrence zeigte auf einen der Schriftzüge, die etwas kleiner geschrieben waren, und nickte zufrieden, sodass die Feder auf ihrem Hut auf und ab hüpfte.

Cornelia nahm Kates Hand. „Lass uns hineingehen, ja?"

Ben ging vor, um ihnen einen Weg zu bahnen. Vielleicht war es sein höfliches Auftreten – auf jeden Fall waren die Menschen sehr freundlich, denn mehrere traten beiseite, um ihre kleine Gesellschaft hindurchzulassen.

Ben stand in dem höhlengleichen Eingang und sah sich im Inneren um. „Diese Seite sieht vornehmer aus." Er rückte seinen Hut zurecht. „Vielleicht dort oben?" Er zeigte auf einen Platz hoch oben auf der steilen Tribüne mit hölzernen Stühlen.

Als seine Mutter ihr Einverständnis geäußert hatte, führte er sie die Treppe hinauf. Die Stufen waren tückisch und Kate hob ihren Rock, um freie Sicht auf die ausgetretenen Planken unter ihren Füßen zu haben und nicht zu stolpern, auch wenn sie damit die neugierigen Blicke einiger Zuschauer auf sich zog. Oben angekommen, wandte sie sich um und setzte sich neben Cornelia auf einen Klappstuhl. Jetzt konnte sie sich zurücklehnen und die Vorstellung genießen, die bald mit einigen Jongleuren begann. Kates Laune hob sich wie die Keulen, die durch die Luft sausten. Sie war so abgelenkt, dass sie sich einige Minuten lang keine Gedanken darüber machte, wie es weitergehen und was die Zukunft bringen würde. Sie war noch niemals im Zirkus gewesen. Vor ihrer Flucht wollte sie so viel wie möglich davon auskosten.

Ein Drehorgelspieler stand mit seinem Instrument in der Mitte der Manege und drehte mit Elan an dem Hebel. Ein fröhlicher Marsch erscholl in atemraubender Geschwindigkeit und klang an einigen Stellen sehr verstimmt. Zwischen den Rücken der anderen konnte Kate Ben beobachten, der sich zurückgelehnt hatte. Er zuckte zusammen und legte den Kopf schief, als ein besonders schriller Ton erklang. Als sie gleichzeitig mit ihm zusammenzuckte, wandte er sich ihr zu und sah sie aufmerksam an. Ein weiterer schiefer Ton erklang. Kates Schultern zuckten nach oben, bevor sie sie daran hindern konnte. Sein Mund verzog sich zu einem Lächeln und Kate hätte fast laut aufgelacht. Bald wäre sie weg – dieser seltsame Gedanke machte sie ganz schwindelig und fast sorglos in seiner Gegenwart.

Der Drehorgelspieler beendete seinen Auftritt und zog seinen Wagen zum Ausgang hinaus. Die Plätze im Publikum waren voll besetzt: Damen, Herren und Kinder, einfache und vornehme

Menschen saßen Ellbogen an Ellbogen. Überall im Zelt zogen die Männer nach und nach ihre Mäntel aus, als die Temperatur stieg. Ben ließ seinen an, doch an seinem Haaransatz konnte Kate einige Schweißperlen erkennen.

Es war gut, hier oben zu sitzen, wo man noch atmen konnte. Ben hatte ihren Platz mit Bedacht gewählt.

Hörner bliesen einen Tusch. Eine Schar Musiker in blauen Uniformen mit Messingknöpfen marschierte in die Manege. Die Zuschauer klatschten und pfiffen im Rhythmus ihrer Musik.

Kate sah sich im schummrigen Zuschauerraum um. Immer noch betraten Menschen das Zelt durch den Eingang unter ihr und zu ihrer Linken. Eine frische Brise wehte von dort her.

Ein großer Mann schritt durch den weiten Eingang, sah wie beiläufig auf eine Taschenuhr und steckte diese dann zurück in seine Weste. Er nahm seinen vornehmen Hut nicht ab und stand etwas abgewandt von Kate, doch sie kannte dieses graue Haar und die korpulente Statur. Es war Mr Jones. Frederick kam ein paar Schritte hinter ihm ins Zelt. Sie wandten sich den Stühlen zu und setzten sich in die unteren Ränge.

Es wäre wahrscheinlich höflich gewesen, die beiden zu diesem Ausflug einzuladen, doch Kate war froh, dass die Lawrences es nicht getan hatten. Fredericks offensichtliches Interesse an ihr machte sie nervös. Die Unterhaltungen mit den Hanbys und Lawrences waren für sie deutlich weniger anstrengend. Sie warf einen schnellen Blick zu ihren Begleitern hinüber, doch diese waren versunken in den Anblick von sechs weißen Pferden, die in die Manege galoppierten. Frauen in auffälligen roten Kostümen standen auf ihren Rücken, als wäre es das Normalste der Welt. Ihre Füße waren in Ringen über dem Widerrist der Pferde gesichert.

Die Reiterinnen sprangen von einem Pferderücken zum nächsten und wechselten ihre Positionen mit faszinierender Präzision. Diesen Anblick hatte wirklich ein Geistlicher empfohlen? Mit Frauen in knielangen Tutus und Beinen in engen Strumpfhosen? Wahrscheinlich war es nicht anders als im Ballett, vermutete Kate. Trotzdem spürte sie Bens Verlegenheit, denn er hatte den Kopf gesenkt, als wagte er es nicht, eine seiner Begleiterinnen anzuschauen, während die Artistinnen so offensichtlich ihren Körper zur Schau stellten.

Sie zeigten nicht nur ihre Knöchel, sondern ihre Waden, fast schon die Knie, wenn die Tutus um sie herumwirbelten.

Trotz allem war Kate fasziniert von dem Mut der Reiterinnen. Wie würde es sich anfühlen, auf zwei Pferden zu stehen wie ein römischer Streitwagenlenker? Beglückend, belebend? Und sie reisten von Stadt zu Stadt, durch das ganze Land, sahen alle beeindruckenden und interessanten Sehenswürdigkeiten Amerikas.

Der Auftritt endete mit einer menschlichen Pyramide aus drei jungen Mädchen, die auf den Schultern der Frauen auf den Pferden standen, während diese Seite an Seite durch die Manege galoppierten. Die Zuschauer erhoben sich begeistert, applaudierten und pfiffen und stampften auf die Planken unter ihren Füßen. Kates Begleiter erhoben sich ebenfalls, um weiterhin etwas sehen zu können, also erhob sie sich auch. Die Reiterinnen vollführten einen weiteren triumphalen Ritt durch die Manege.

Das Stampfen der anderen ließ Kates Füße vibrieren. Kate ließ sich erleichtert wieder auf ihren Platz fallen, als der Applaus endlich abebbte. Es war zwar aufregend, aber auch schrecklich laut. Jetzt wechselte die Musik zu einem fröhlichen Walzer.

Ein riesenhaftes Tier schlurfte in die Manege. Sein langer Rüssel war bis zur Stirn aufgerollt. Die Zuschauer schwiegen ehrfürchtig. Was für ein Anblick! Kate hatte noch niemals zuvor einen echten Elefanten gesehen. Der Mann, der den Elefanten führte, hob seinen Arm, sodass sich der graue Gigant auf die Hinterbeine erhob und ein ohrenbetäubendes Trompeten ausstieß. Wieder sprang die Menschenmasse auf, jubelte und trampelte vor Begeisterung.

Ein lautes Krachen, das wie ein Gewehrschuss nachhallte, übertönte den Jubel. Kate sprang auf und ergriff Cornelias Arm. Das Geräusch war direkt unter ihnen erklungen.

„Was war das?" Cornelias Augen funkelten angstvoll im Dämmerlicht, als sie ihre Finger in Kates Arm krallte. Andere um sie herum sahen nach unten und fingen an zu schreien. Die Blasinstrumente plärrten weiter und übertönten die angstvollen Rufe.

Ein weiteres scharfes Knacken – die Tribüne unter ihnen knarrte, dann gab sie nach.

Die Schreie wurden ohrenbetäubend, während die Holzkonstruktion unter den Zuschauern zusammenfiel. Cornelias Arme waren um Kate geschlungen, die ihre Freundin ebenfalls umklammerte, während sie ins Bodenlose stürzten. Ein alles erschütternder Knall, wie von einer Kanone, erklang durch das schrille Kreischen.

Die beiden Freundinnen prallten hart auf dem Boden auf, wodurch sie voneinander getrennt wurden. Schmerzen schossen durch Kates Beine. Sie brach auf dem zersplitterten Holz zusammen.

Wie betäubt saß sie dort und rang in ihrem engen Korsett nach Atem.

Zu ihrer Rechten lagen die Menschen übereinander in den Trümmern der Tribüne. Die Angstschreie vermischten sich nun mit Schmerzensschreien. Kate krabbelte rückwärts davon, um Abstand zwischen sich und den zappelnden Haufen zu bringen.

„Kate, Gott sei Dank!“ Mrs Hanby rannte auf sie zu und kniete sich neben sie. Ihr Haar war zerzaust und das Gesicht schmutzverschmiert. „Sind Sie verletzt?“

„Ich glaube nicht.“ Kates Stimme klang schwach – es war immer noch schwer, Luft zu bekommen.

„Lassen Sie mich helfen.“ Mrs Hanby fasste sie unter den Schultern und half ihr vorsichtig auf die Beine. „So. Können Sie laufen?“

Kate machte ein paar vorsichtige Schritte. „Es geht mir gut.“ Sie musste fast schreien, um in dem Tohuwabohu, das um sie herum herrschte, verstanden zu werden. Um sie herum riefen die Menschen nach Angehörigen und hasteten von einer Seite zur anderen oder rannten in Panik aus dem Zelt. Nur wenige blieben stehen, um den stöhnenden Opfern zu helfen. Kate hatte Angst, diese zu genau anzuschauen, da sie sich vor dem schrecklichen Anblick fürchtete, der sich ihr einprägen mochte.

„Wo sind die anderen?“, fragte Kate.

„Ich habe sie noch nicht gefunden.“ Mrs Hanbys Stimme erstarb. Sie wirkte erstaunlich besonnen, doch als sie ihre Hand hob, um sich über die Augen zu reiben, zitterte diese sichtbar.

Zusammen gingen sie näher an den Trümmerhaufen heran. Einige Verletzte krochen davon, doch zumindest schien niemand unter dem Berg begraben zu sein.

„Ben!“, schrie Mrs Hanby plötzlich, sprang auf die Trümmer zu und fing an, sich einen Weg zu bahnen. Nach einigen Schritten rutschte sie aus und ihr Hut fiel ihr vom Kopf.

Kate schnappte nach Luft, dann rief sie: „Seien Sie vorsichtig, Mrs Hanby!“

Bens Mutter hielt gerade lange genug inne, um sich den Hut wieder auf den Kopf zu setzen. Sie kletterte noch ein wenig weiter, dann ließ sie sich auf alle viere nieder und kroch vorwärts.

Kate konnte es nicht länger mit ansehen. Sie konnte nicht unbeteiligt danebenstehen, wenn ihre Freunde verletzt in den Trümmern lagen. Ein bitterer Geschmack stieg in ihrer Kehle auf.

Sie schluckte energisch, zog sich an einem Trümmerteil hoch und folgte Mrs Hanby. Ein Mann griff nach ihrem Kleid und schrie um Hilfe. Das Blut strömte über seine Stirn und in seine Augenbrauen. Kate blieb stehen. Was konnte sie tun? Sie bezwang ihre Panik.

„Mary, Mary, bleib bei mir“, flehte er Kate mit schwacher Stimme an.

Jetzt war nicht der richtige Zeitpunkt, um schwach zu sein. Kate kniete sich neben den Mann und suchte in ihrer Tasche. Alles, was sie hatte, war ihr Taschentuch, doch sie gab es ihm und half ihm, es gegen seine Stirn zu pressen. Das Mitleid mit dem Mann machte sie ruhig, sodass es ihr gelang, ihre Hände ohne Zittern fest an die Stirn des Mannes zu pressen. Doch als sie sich umsah und erneut den Schrecken um sich herum wahrnahm, kam ihre Angst mit Macht zurück, wie ein Sturm, der sie von den Füßen wehte. Sie ließ das blutige Taschentuch fallen und musste es erst ausschütteln, bevor sie es dem Mann wiedergeben konnte.

„Danke, Miss“, erklang die Stimme einer Frau, die neben sie kletterte. „Charlie, erkennst du mich?“

„Mary!“ Er streckte seine Hand nach ihr aus. Die Frau übernahm das Taschentuch und presste es gegen die Stirn ihres Mannes.

Kate erhob sich und kletterte weiter. Sie wollte sich einen Stock nehmen, um sich darauf abzustützen, doch ein stechender Schmerz schoss durch ihre Hand. Sie entdeckte einen nadellangen Splitter, der in ihrer Handfläche steckte. Selbst der Schmerz konnte den albtraumhaften Nebel nicht vertreiben, der sich in ihrem Kopf ausgebreitet hatte. Es erschien ihr fast, als ergriffe nicht sie selbst den Splitter, um ihn zu entfernen, sondern eine andere junge Frau. Wie in Trance ging sie weiter.

Mrs Hanby kniete neben Ben, der aufrecht saß. Er war blass,

doch es war kein Blut zu sehen. Eine warme Welle der Erleichterung durchspülte Kate und löste den seltsamen Schleier, der ihre Gedanken umhüllt hatte.

Doch einer seiner Füße war vom Knöchel an unter einem zerborstenen Balken eingeklemmt. Sie musste irgendwie zu den Hanbys gelangen, um ihnen zu helfen. Ihr Puls beschleunigte sich, als sie sich nach einem Weg durch die Trümmer umsah.

„Kate!" Der Ruf erklang hinter ihr. Die Lawrences! Cornelia und ihre Mutter standen staubig, aber offensichtlich unverletzt neben der zusammengebrochenen Tribüne, während die Menschenmenge sie umströmte.

Kates Knie wurden schwach und sie blinzelte die aufsteigenden Tränen zurück, die ihr vor Erleichterung und Dankbarkeit in die Augen stiegen. Dafür hatte sie jetzt keine Zeit. Ben brauchte ihre Hilfe.

„Holen Sie einen Arzt", rief Kate und hoffte, die Lawrences würden sie hören. „Mr Hanby ist verletzt!"

Sie schienen ihre Worte verstanden zu haben, denn Mrs Lawrence ergriff Cornelias Hand und zog sie schnell mit sich aus dem Zelt.

Kate arbeitete sich durch die Trümmer, bis sie die Hanbys erreichte.

„Ich bekomme meinen Fuß nicht frei." Bens Stimme klang schmerzverzerrt, während er sein Bein anspannte und gleichzeitig fest daran zog.

„Wie können wir dich nur befreien?" Mrs Hanby besah sich den Trümmerhaufen. Die Bretter und Balken waren ineinander verschoben wie die Weidenstränge eines Korbes.

„Vielleicht, wenn wir diesen Balken dort anheben?" Kate zeigte darauf, dann ergriff sie das Ende des Pfostens und stemmte sich mit voller Wucht dagegen. Er verrutschte etwas, doch nicht genug. Mrs Hanby sprang herbei und befreite ihn von einem Brett. Dann schoben sie gemeinsam, bis der Balken von allein ins Rutschen geriet und den letzten Pfeiler freigab, der Bens Bein noch unter sich begrub. Kate schnappte nach Luft. Das Korsett stach ihr in die Rippen, als schnüre es sich von selbst immer enger zusammen.

Kate humpelte zu Ben. Der verbliebene Balken war größer als die anderen, vielleicht ein Stützpfeiler. „Ich glaube nicht, dass ich den anheben kann“, sagte sie zu ihm. Am liebsten hätte sie sich neben ihn fallen lassen und um Luft gerungen. Doch das durfte sie nicht.

Bens Gesicht war schweißgebadet. „Bringen Sie mir ein Brett, das in etwa die Länge meines Armes hat“, bat er.

Kate nickte und sah sich um. Vorsichtig kroch sie durch die Stangen und Pfosten. Dort! Eine Latte, die recht stabil wirkte. Kate zog fest daran, bis sie sich von dem einen Nagel löste, der sie noch hielt. Zufrieden kehrte Kate zu Ben zurück, erschrak aber schrecklich, als sie ihn sah. Sein Gesicht war mittlerweile aschgrau.

„Hier.“ Sie hielt ihm den Pfosten unbeholfen hin. Ben schob ihn unter den Balken, in den Spalt direkt unterhalb seines Knöchels.

Dann sah er zu ihr auf. „Jetzt legen wir unsere Hände an den Pfosten. Auf *drei* drücken wir ihn nach oben, so fest wir können.“

Kate tat, wie er gesagt hatte, und spürte, wie verschwitzt ihre Hände waren. Hoffentlich würde sie nicht abrutschen.

„Wartet.“ Mrs Hanby kniete sich neben Bens Fuß und legte ihre Hände um das Bein ihres Sohnes. „Falls du ihn nicht allein rausziehen kannst.“

„Gut.“ Er sah Kate in die Augen. „Eins … zwei … drei!“

Ben stemmte sich gegen den Hebel und Kate lehnte sich mit ihrem gesamten Körper dagegen.

Der Balken bewegte sich nur ein kleines Stück.

Mrs Hanby zog fest an Bens Bein. Ben biss die Zähne zusammen und verzog das Gesicht, ohne einen Schmerzenslaut von sich zu geben. Dann, endlich, rutschte der Fuß aus der Falle.

Blut bedeckte seinen Knöchel und tropfte zu Boden.

Kate wurde schwindelig. „Sie bluten!“

„Das ist nur ein Kratzer, glaube ich.“ Er kniete sich hin, dann stellte er den gesunden Fuß auf, um sich zu erheben. „Sehen Sie?“ Er sah sie triumphierend an. Dann versuchte er, sein verletztes Bein zu belasten, doch er taumelte. Mrs Hanby war sofort an seiner Seite und half ihm, sein Gleichgewicht wiederzufinden.

„Stütz dich auf mich, dann verschwinden wir von hier.“ Mrs Hanby musste ihre Stimme immer noch erheben, um die Rufe und Schreie um sie herum zu übertönen.

„Du bist zu klein, um mich zu stützen.“

„Wir müssen aber hier raus und dich so schnell wie möglich zu einem Arzt bringen."

„Ich helfe Ihnen." Kate trat zu ihnen und stellte sich an Bens andere Seite. Er stützte sich auf seine Mutter und legte dann zögernd seinen Arm um Kates Schultern. Die Wärme dieser halben Umarmung sickerte durch ihre Benommenheit. Angesichts der widrigen Umstände sollte sie es nicht genießen, doch seine Berührung ließ in ihrem Bauch Schmetterlinge aufflattern. Ben humpelte mühsam vorwärts, wobei er sein gesamtes Gewicht auf seinen gesunden Fuß verlagerte.

Männer waren schwer. Kate bemerkte, dass Ben versuchte, sich nicht auf seiner Mutter und ihr abzustützen, doch sie mussten sich sehr anstrengen, um ihn mit seiner viel größeren Statur zu halten. Selbst als sie den Trümmerhaufen hinter sich gelassen hatten, kamen sie nur langsam voran. Als sie endlich aus dem Zelt hinaus ins trübe Tageslicht traten, waren alle drei völlig außer Atem. Noch niemals hatte ein wolkenverhangener Himmel so freundlich und einladend ausgesehen! Kate atmete tief ein und ließ all die Angst mit einem langen Seufzer aus sich herausströmen.

Ben nahm seinen Arm von ihrer Schulter. Kate trat einen Schritt von ihm weg. Sie konnte ihm nicht ins Gesicht schauen und auch er schien von dem Staub auf seinem Mantel fasziniert zu sein.

Mrs Hanby allerdings hielt ihren Sohn weiterhin fest, als habe sie Angst, ihn zu verlieren. „Ida und Cornelia werden mit einem Arzt herkommen."

„Was ist passiert?", fragte Kate Mrs Hanby. „Warum ist die Tribüne zusammengebrochen?"

„Ich weiß es nicht", sagte Bens Mutter mit zusammengezogenen Augenbrauen. „Vielleicht war das Trampeln der Zuschauer zu stark."

„Die Balken müssen doch verrottet gewesen sein", vermutete Kate. „Muss der Zirkus sie nicht regelmäßig überprüfen?"

„Egal, ob sie es getan haben oder nicht, behaupten werden sie es auf jeden Fall", sagte Ben. „Bei diesem ganzen Chaos wird niemand sagen können, was passiert ist. Es sei denn, die Zeitungen finden es heraus und berichten darüber."

„Diese armen Menschen da drinnen! Beten wir, dass niemand getötet wurde", sagte seine Mutter besorgt.

Ben schloss eine Sekunde lang seine Augen. Sein Gesichtsausdruck faszinierte Kate – so vollkommen ruhig trotz der Schmerzen. Was sagte er zu Gott?

„Du solltest dich hinsetzen", mahnte Mrs Hanby. „Lass uns dort drüben hingehen." Sie zeigte auf eine Bank, die einige Meter entfernt stand.

„Ich kann stehen." Bens Gesicht war grau, während er auf einem Fuß stand und versuchte, den anderen nicht zu belasten. „Jemand anderes wird die Bank dringender brauchen. Es gibt so viele Verletzte."

„Aber bisher wollte niemand den Platz." Mrs Hanby sprach mit lang erprobter mütterlicher Überzeugungskraft. „Du kannst immer noch aufstehen, wenn jemand die Bank braucht."

Doch gerade in diesem Moment traten drei Männer aus dem Zelt, die eine ältere Frau zwischen sich trugen, als säße sie in einem Stuhl. Ihr Kopf fiel von Seite zu Seite, die Augen waren geschlossen. Sie riefen einander etwas zu und der eine Mann nickte in Richtung der Bank. Eilig lief die Gruppe an Kate vorbei, um den schlaffen Körper der Frau abzulegen.

Noch mehr Zuschauer strömten aus dem Zelt: Arbeiter mit Kappen, kleine Kinder, denen die Tränen über die Wangen strömten, eine brünette Frau, die in einer melodiösen, unverständlichen Sprache redete.

Ben legte den Kopf in den Nacken und stieß einen frustrierten Laut aus.

„Dein Fuß?", fragte Mrs Hanby.

„Nein. Ich dachte gerade an den Freund, den ich in Cincinnati treffen wollte." Er und seine Mutter tauschten einen Blick, den Kate nicht verstand.

„Ich werde diese Sache nicht aufgeben", sagte Ben zu Mrs Hanby. „Das ist bestimmt nur eine kleine Verstauchung."

Was meinte er mit Cincinnati? Jetzt erst dämmerte es Kate, dass sie ihre Gelegenheit zur Flucht verpasst hatte. Doch unter solchen Umständen hätte sie die Hanbys nicht verlassen können. Gab es vielleicht noch einen anderen Weg?

„Was wollten Sie denn in Cincinnati erledigen?", fragte sie Ben. „Vielleicht können Mrs Hanby und ich Sie begleiten."

Er schüttelte den Kopf. „Ich fürchte, das geht nicht."

Mrs Hanby ließ Bens Arm los, griff in ihre Handtasche und holte ein Tuch hervor. „Dreh dich zu mir, Ben."

Er tat, wie ihm geheißen wurde. Seine Mutter fing an, ihm den Schmutz von den Wangen zu reiben. Er warf Kate einen Blick zu, der sie an einen verärgerten Schuljungen erinnerte.

Mrs Hanby knüllte das Taschentuch zusammen und sagte ruhig: „Ich denke, ich werde mit dir gehen, genau wie Kate es vorgeschlagen hat, falls du Hilfe brauchst. Sie und die Lawrences werden zurück nach Westerville reisen und ich komme mit dir nach Cincinnati." Ihr festes Kinn und die Ruhe, mit der sie sprach, erinnerten Kate sehr an Ben.

„Mutter, ich glaube kaum ..."

„Jemand muss an deiner Stelle gehen, falls du nicht richtig laufen kannst."

„Bitte ...", brach es aus Kate heraus. „Bitte lassen Sie mich auch mitgehen. Ich kann Ihnen bestimmt irgendwie helfen." Und was wäre es für ein Glück, wenn sie mit der Hilfe der Hanbys nach Cincinnati gelangen könnte und sich erst dort absetzen müsste! Kate hob entschlossen ihren Kopf. Sie durfte sich ihre Aufregung nicht anmerken lassen – oder die Schuldgefühle, die in ihrem Magen wühlten wie ein Maulwurf.

„Meine Liebe, ich fürchte, das steht nicht zur Debatte", sagte Mrs Hanby. „Wir haben doch gar nicht die Erlaubnis Ihrer Mutter, Sie mit nach Cincinnati zu nehmen. Sie müssen mit den Lawrences zurückkehren."

Ben fiel seiner Mutter ins Wort. „Ich glaube, keiner von euch sollte gehen, Mutter. Für Damen ist eine solche Sache viel zu gefährlich."

„Ich habe schon mit *solchen Sachen* zu tun gehabt, lange bevor du geboren wurdest, mein Sohn." Mrs Hanbys Tonfall klang trocken.

Das war alles sehr mysteriös. Musste Ben in einen verrufenen Teil der Stadt, um seinen Freund zu treffen? Oder warum würde es gefährlich werden?

Ein Wagen näherte sich mit klirrendem Zaumzeug.

Mrs Hanby legte eine Hand auf Kates Arm. „Miss Winter, ich

verstehe Sie gut. Als ich noch jung war, wollte ich auch viel von der Welt sehen. Aber was sollte ich Ihrer Mutter sagen?"

„Die Wahrheit." Wenn Kate sich nicht beeilte, würde die Kutsche bei ihnen ankommen, bevor sie die Hanbys überredet hatte. „Sagen Sie ihr, dass Mr Hanby einen Unfall hatte und wir ihn bei einer wichtigen Erledigung begleiten mussten."

Ben senkte seine Stimme, sodass nur Kate ihn hören konnte. „Sie wissen nicht, was Sie da verlangen." Er sah sie fest an.

Sie errötete und blickte zu Boden. Bevor sie sich eine neue Taktik überlegen konnte, erklang plötzlich eine bekannte Stimme hinter ihr.

„Ben!" Frederick stand vor dem Zelt, offensichtlich unverletzt, sein Vater nur wenige Schritte hinter ihm. In wenigen Augenblicken hatten sie den Hof überquert.

„Bist du verletzt?" Frederick schaute auf Bens Fuß hinunter. „Ja, das bist du!"

„Es ist nichts", wiegelte Ben ab.

„Was für ein Schock", sagte Mr Jones. „Haben Sie so etwas schon einmal erlebt? Dem Himmel sei Dank, dass wir alle unverletzt sind. Oder wenigstens größtenteils." Er sah Ben besorgt an.

Wenn Kate diese Gelegenheit nicht ergriff, würde sie ihre letzte Möglichkeit zur Flucht verlieren. Sie musste alles auf eine Karte setzen.

„Mr Jones, wir stecken in einem Dilemma." Ihre Stimme klang zittrig, doch sie zwang sich dazu weiterzusprechen. „Mr Hanby kann momentan nur schlecht laufen." Sie atmete schnell ein. „Mrs Hanby und ich haben ihm angeboten, ihn auf eine wichtige Reise nach Cincinnati zu begleiten, wo er Erledigungen zu machen hat. Doch er möchte unser Angebot nicht annehmen." Ihr Herzschlag pulsierte in ihren Schläfen, als würde er jeden Moment hervorbrechen wie ein Fluss durch einen maroden Damm.

Mrs Hanby sah Kate schockiert an, bevor sie schnell wieder ein höfliches Gesicht aufsetzte.

Mr Jones allerdings sah interessiert aus. „Aber warum denn nicht, Mr Hanby? Wünschen Sie die Gesellschaft solch bezaubernder Damen etwa nicht auf Ihrer Reise?"

„Doch, natürlich", sagte Ben. „Aber Miss Winter hat nicht die Erlaubnis ihrer Mutter."

Frederick grinste. „Mrs Winter wird nichts zu befürchten haben, wenn ihre Tochter mit dir als Vorbild der Ehrbarkeit reist."

„Frederick!", wies Mr Jones ihn zurecht. „Vielleicht sollten wir alle mit Ben gehen und unseren Urlaub verlängern. Wir haben zu Hause nichts Dringendes zu tun und Mrs Winter wäre äußerst beruhigt, wenn ihre Tochter mit halb Westerville reist."

„Aber wir können Mrs Winter gar keine Nachricht zukommen lassen", gab Mrs Hanby zu bedenken.

„Oh doch, das können wir", sagte Kate. „Mrs Lawrence kann ihr davon berichten, wenn sie mit Cornelia zurückkehrt. Dann wird sich meine Mutter keine Sorgen machen."

Ben schwieg einen Moment. „Ich würde mich über Ihre Gesellschaft freuen", sagte er zu Kates Überraschung zu den Jones'. „Ich habe nur eine langweilige geschäftliche Angelegenheit zu regeln. Sie könnten sich um die Damen kümmern, während ich unterwegs bin."

Seine Mutter wandte sich ab und schaute in Richtung der Straße.

Geschafft! Kate hatte Mrs Hanby nicht verärgern wollen, doch nun würde alles perfekt werden. Die Jones' würden sie begleiten, dann würden die Hanbys auch nicht die alleinige Schuld an ihrem Verschwinden bekommen. Die Erleichterung ließ ihre Knie weich werden, doch sie musste sich zusammennehmen und durfte sich nichts anmerken lassen.

„Das müssten die Lawrences sein", sagte Mrs Hanby mit angespannter Stimme.

Sie zeigte auf eine Droschke, die gerade um die Ecke bog und auf sie zuhielt. Das Pferdegespann bewegte sich in leichtem Trab vorwärts.

Die Droschke hielt an und die Pferde stampften fest auf.

Mr Jones grinste. „Dann ist es beschlossene Sache."

„Vielen Dank für Ihr freundliches Angebot, Mr Jones." Kate ließ ein Fünkchen Euphorie in ihrer Stimme mitschwingen. „Ich wollte Cincinnati schon immer mal kennenlernen."

Kapitel 14

Bens Mutter war still und verhalten gewesen, seit sie aus Columbus abgereist waren. Selbst der beeindruckende Hof des *Cincinnati Red Stag Inn* schien ihr Schweigen nicht durchbrechen zu können. Die gemietete Droschke war vorgefahren und alle waren ausgestiegen. Nun liefen eilfertige Diener in Livree hierhin und dorthin, um sich um das Gepäck zu kümmern. Trotzdem blieb Bens Mutter wie fest mit dem Boden verwurzelt in der Mitte des Hofes stehen.

„Mutter", rief Ben. „Komm weiter, bevor du noch überfahren wirst!"

Einige Kutschen und ein Fuhrwerk rollten durch den Hof. An verschiedenen Stellen waren Pferde angebunden, die sich in der milden Sonne ausruhten. Mr Jones und Frederick waren schon nach drinnen gegangen, um sich die Zimmer und den Speiseraum anzuschauen. Miss Winter war bei der Droschke geblieben und sah unsicher zwischen der Veranda und seiner Mutter hin und her.

Seine Mutter bewegte sich nicht, winkte ihm aber, zu ihr zu kommen. Also humpelte Ben mithilfe der Krücke, die der Arzt ihm gegeben hatte, über den Hof.

„Was ist denn? Wir müssen nach drinnen. Hier draußen ist es nicht sicher, es gibt zu viel Verkehr."

„Das hier ist wahrscheinlich der letzte Moment, den wir ungestört miteinander haben, da ich mit Miss Winter auf einem Zimmer wohne und du mit den Jones'."

„Und worum geht es?"

„Dein Vater und ich haben nie mit dir über Mr Jones gesprochen, weil du mit seinem Sohn befreundet bist. Wir wollten nicht, dass du voreingenommen bist, sollten sich unsere Vermutungen nicht bestätigen."

„Welche Vermutungen?" Ein Einspänner jagte so dicht an ihnen vorbei, dass Ben den Windzug spüren konnte. Er zuckte zurück. „Mutter, das hier ist nicht der Ort für eine lange Unterhaltung. Lass uns auf die Veranda gehen, bevor wir überfahren werden."

„Nur noch einen Moment. Wenn wir da hochgehen, wird Miss Winter uns folgen. Auch sie darf uns nicht hören." Der Strohhut seiner Mutter schirmte ihr besorgtes Gesicht vor der jungen Frau ab. „Sei vorsichtig, vor den Jones' nichts über deine Angelegenheiten hier zu erwähnen. Weißt du noch, als sie damals in Rushville in unserer Nähe gelebt haben?"

„Ja." Ben hatte mit Frederick Frösche gefangen und Boote gebaut. Nachdem die Hanbys weggezogen waren, hatte er seinen Freund allerdings zehn Jahre lang nicht gesehen. Doch die Jones' waren nach Westerville gekommen, um Frederick den Besuch am Otterbein-College zu ermöglichen. Als die beiden jungen Männer sich wieder begegnet waren, hatte die Erinnerung an die Abenteuer ihrer Kindheit sie erneut zusammengeschweißt.

Seine Mutter flüsterte: „Hast du denn nicht bemerkt, dass wir nie mit den Jones' gegessen haben?"

„Nein."

„Du warst zu jung, um so etwas zu bemerken. Doch dein Vater hat Mr Jones immer im Verdacht gehabt, für das Misslingen einer Mission der *Untergrundbahn* verantwortlich gewesen zu sein. Zwei Flüchtlinge, die gerade unser Haus verlassen hatten, wurden wieder eingefangen, weil die Sklavenjäger einen Hinweis bekommen hatten. Dein Vater hat vermutet, dass Mr Jones unser Haus beobachten ließ."

Das konnte nicht stimmen. „Das sind doch alles nur Spekulationen." Am liebsten hätte Ben noch mehr gesagt, doch er schwieg. Ihm war klar, dass seine Eltern Fredericks Vater nicht beschuldigen wollten – die Mitglieder der *Untergrundbahn* mussten immer und überall vorsichtig sein.

„Deshalb haben wir dir auch nie davon erzählt", sagte seine Mutter. „Aber mir gefällt es gar nicht, dass sie mit uns hierhergekommen sind."

„Frederick und ich sind gute Freunde. Sie sind wohlhabend und sein Vater verhätschelt ihn. Vielleicht wollen sie wirklich nur gerne die Zeit mit uns in der Stadt verbringen. Ich glaube nicht, dass wir voreilig urteilen sollten."

„Vielleicht nicht. Aber sei besonders vorsichtig." Seine Mutter hielt seinen Blick fest. „Du musst wissen, dass Mr Jones mit dem

U.S. Marshal in Columbus befreundet ist. Der Marshal war sogar schon in Westerville und ist mit Mr Jones zum Gottesdienst gegangen."

Das war wichtig zu wissen. „Ich werde vorsichtig sein." Sein Gewissen meldete sich, als bedeute die Tatsache, dass er seiner Mutter zustimmte, gleichzeitig auch, dass er seinem Freund misstraute.

„Danke. Und jetzt kannst du Miss Winter nach drinnen begleiten. Ich sage dem Portier, wohin er unser Gepäck bringen lassen soll."

Ben humpelte auf seiner Krücke zu Miss Winter, während seine Mutter zurück zur Kutsche und dem aufgetürmten Gepäck ging.

„Ist alles in Ordnung?", fragte Kate und senkte sofort den Blick, um auf ihre Hände zu schauen. Vielleicht bereute sie ihre Bitte, Ben und seine Mutter begleiten zu dürfen, obwohl es für Ben ein Vergnügen gewesen war, den kurzen Augenblick der ungewohnten Begeisterung und Tapferkeit zu sehen. Und jetzt, wo Frederick hier war, brauchte Ben sich nicht um die Damen zu sorgen, wenn er dem eigentlichen Anlass dieser Reise nachging.

Er lächelte sie an. „Meine Mutter hat gesagt, ich soll Sie ins Haus begleiten, wobei ich hiermit wohl eher keine große Hilfe sein werde." Er hob die Krücke einige Zentimeter hoch.

Das Abendessen war weit besser, als es dem normalen Standard eines schlichten Gasthofes entsprach: Es gab geröstete Tauben, weiche gebutterte Brötchen, die noch warm waren, und Erdbeer-Rhabarber-Kuchen mit vielen knusprigen Streuseln. Mr Jones schaufelte sein Essen ohne großes Zeremoniell in sich hinein, während er fröhlich mit Frederick plauderte und Miss Winter ab und an Komplimente machte, die sie erröten ließen. Seine Mutter war immer noch ungewöhnlich schweigsam, was Ben beunruhigte.

„Ben, Sie müssen heute Abend mit in den Klub eines Freundes kommen", sagte Mr Jones. „Mrs Hanby und Miss Winter werden sich nach der langen Reise ohne Zweifel früh zurückziehen wollen. Aber wir könnten uns Pferde mieten und Sie meinem Freund vorstellen."

Ben schaute seine Mutter fragend an. „Willst du, dass ich bei dir bleibe?"

„Nein", sagte sie. „Du solltest gehen. Wir werden dafür den morgigen Tag nutzen, um einkaufen zu gehen. Sind Sie einverstanden, Miss Winter?"

Die junge Dame nickte und wirkte lebhafter, als Ben sie jemals zuvor gesehen hatte. Der Ortswechsel tat ihr offensichtlich gut.

„Also gut, Mr Jones", sagte er. „Ich komme mit."

Ben wollte John Parker erst morgen Mittag treffen. Er war neugierig auf diese Herrenklubs. Bisher hatte er darüber nur in Zeitungen gelesen. Es schienen Orte zu sein, an denen Geschäfte während des Zigarrenrauchens und Kartenspielens abgeschlossen wurden, ohne jedoch ausschweifend oder unmoralisch zu sein. Die Spielerei schien das schlimmste Laster in diesen Klubs der gehobenen Gesellschaft zu sein. Und daran musste Ben sich nicht beteiligen, wenn er nicht wollte.

„Wunderbar!" Frederick grinste und nippte an seinem Ale, dann tupfte er seinen Mund mit einer Serviette ab. „Ich schlage vor, wir treffen uns in einer Stunde." Er erhob sich. „Sollen wir uns umziehen, Vater?"

Mr Jones erhob sich ebenfalls und sie verabschiedeten sich von den Damen. Frederick beugte sich über Miss Winters Hand und lächelte sie an. Vielleicht schmeichelte ihr seine Aufmerksamkeit – das konnte Ben schwer einschätzen –, doch mit Sicherheit war sie zu schüchtern, um seine offensichtliche Bewunderung zu erwidern. Und was, wenn Fredericks Komplimente ihr tatsächlich gefielen? Kate Winter war eine außergewöhnliche junge Dame und Frederick ein ehrbarer Mann, der für jedes Mädchen einen guten Ehemann abgeben würde. Es gab wirklich keinen Grund, deswegen irritiert zu sein oder sich Sorgen darum zu machen, dass Frederick um Miss Winter warb. Ben sollte nicht eifersüchtig sein, ermahnte er sich selbst – er sorgte sich einfach nur um eine junge Dame, die weit weg von zu Hause war. Also warum war er dann verstimmt, als Frederick und sein Vater die Treppe hinauf verschwanden?

Nach ein paar Minuten schickte sich Ben an, ebenfalls auf sein Zimmer zu gehen. Er verabschiedete sich von Kate, wie Frederick es getan hatte. Ihm gefiel ihr feines Lächeln, das sie immer dann zeigte, wenn sie sich wohlfühlte. Sie war ein Rätsel, doch ein sehr angenehmes. Und Ben hatte wenigstens einen Vorteil Frederick gegenüber – er teilte Kates Leidenschaft für die Musik. Frederick beschäftigte sich mit allerlei Freizeitaktivitäten, wie es von einem weltoffenen jungen Mann erwartet wurde. Für ihn war die Musik genauso interessant wie das Reiten oder Jagen. Miss Winter war da anders, viel verschlossener, genau wie Ben selbst. Und Ben wusste nur zu gut, dass solch ruhige Charaktere ihre Leidenschaften viel intensiver ausleben konnten.

Kate beobachtete Mrs Hanby, die ihren Kuchen aufaß und ihre Gabel beiseitelegte. Sie aß ihre Mahlzeiten sehr langsam – doch Kate wollte nicht ungeduldig sein, nicht nach all dem, was Mrs Hanby für sie getan hatte.

Ein stämmiges Dienstmädchen kam an den Tisch, um ihr Geschirr abzuräumen, das rote Haar ordentlich unter einer weißen Kappe zusammengesteckt. „Sind Sie Mrs Hanby, Ma'am?", fragte sie.

„Ja."

„Ich habe eine Nachricht von dem Schwarzen für Sie und Mr Hanby."

„Von wem?" Mrs Hanby legte ihre Serviette beiseite.

„Er sagt, sein Name sei Mr Parker." Das Mädchen verdrehte kurz ihre Augen, als wäre sie sich nicht sicher, ob der Name eines ehemaligen Sklaven wirklich wichtig war. „Er will Sie bei den Ställen treffen."

„Jetzt?"

„Er meinte, sobald wie möglich." Das Dienstmädchen stellte den letzten Teller auf ihren Arm und watschelte davon.

„Oh nein", sagte Mrs Hanby besorgt. „Und Ben ist schon weg!"

„Soll ich mit Ihnen kommen?", fragte Kate.

„Ich denke, Mr Parker wird allein mit mir sprechen wollen – aber ich kann auch nicht ohne Begleitung gehen, das wäre … unangemessen."

Kate wusste, dass Mrs Hanby eigentlich nicht unangemessen,

sondern skandalös meinte. Eine Frau konnte sich unmöglich allein mit einem Mann treffen.

„Das macht mir nichts aus. Ich kann mich außer Hörweite stellen, wenn Sie es so wünschen", bot Kate an.

„Vielen Dank. Dann lassen Sie uns gehen."

Als sie bei den Ställen ankamen, blieb Kate am Eingang stehen. Mrs Hanby ging allein weiter ans Ende der Scheune, wo ein großer schwarzer Mann auf sie wartete. In ihrem einfachen Kleid und mit dem Strohhut sah Bens Mutter neben ihm noch zierlicher aus als sonst. Der Mann und Mrs Hanby standen etwa einen Meter voneinander entfernt, wie es der Anstand verlangte, und sprachen mit gesenkten Stimmen. An Mrs Hanbys Körperhaltung erkannte Kate jedoch, dass sie sehr beunruhigt sein musste.

Als sie sich umwandte und über den gepflasterten Steinboden auf Kate zukam, zeigten ihre hübschen Züge eine Resolutheit, die Kate noch niemals zuvor bei ihr gesehen hatte.

„Was ist los?", fragte Kate.

„Wir müssen unsere Taschen nach unten bringen."

„Brechen wir etwa auf?"

„Mr Parker braucht heute Abend meine Hilfe. Und ich kann weder Sie ohne Aufsicht hier allein lassen noch selber ohne Begleitung gehen. Sie müssen mit uns kommen. Wir beeilen uns, damit wir den letzten Dampfer erreichen, der heute Abend den Hafen verlässt. Wenn wir zu Mr Parkers Haus kommen, können Sie bei seiner Frau bleiben. Dort wird es sicher sein."

„Was ist mit Ben – Mr Hanby?"

„Ich versuche, ihm eine Nachricht zukommen zu lassen. Dafür müsste ich aber wissen, in welchen Klub er mit den Jones' gegangen ist. Ich bete darum, dass Ben pünktlich am Boot nach Ripley sein wird."

Ripley? Trotz unzähliger Fragen, die in ihrem Kopf hin und her schwirrten, schwieg Kate. Mrs Hanby wirkte nicht so, als wolle sie ausgefragt werden. Doch sie reisten in eine andere Stadt – was würde das aus ihrem perfekten Plan machen, sich in Cincinnati abzusetzen?

Die beiden Damen mussten den Hof überqueren, um zurück zum Gasthaus zu gelangen. Er war sogar noch belebter als zuvor, voller Reisender, die das Boot benutzt hatten, mit dem auch Mr Parker gekommen war. An jeder Pferdestange waren Tiere angebunden. Manche waren Vollblüter mit langen Beinen, sehr hübsch anzuschauen, andere robuste Arbeitstiere mit Kraft und Ausdauer. Ein Botenjunge lief mit einer für seine kurzen Beine erstaunlichen Geschwindigkeit über den Hof. Das Täschchen, das um seine Schulter hing, verriet seinen Beruf.

„Verzeihung", rief Mrs Hanby und trat in den Hof, um seine Aufmerksamkeit zu erregen.

„Ma'am?" Der Botenjunge blieb stehen und wandte sich zu ihr um.

In diesem Moment bog eine Kutsche um die Ecke, auf deren Dach ein loser Stoff flatterte. Das schwarze Pferd, das an der äußersten Stange festgemacht war, warf wild den Kopf, wieherte, stieg auf die Hinterbeine und riss mit aller Macht an der Leine. Angstvoll rollten seine Augen. Es warf den Kopf hin und her, bis das Seil riss und es nach links davongaloppieren konnte – direkt auf Mrs Hanby und den Jungen zu. Mrs Hanby blickte auf und erstarrte, nur wenige Fußlängen von den fliegenden Hufen des Tieres entfernt.

Kate stürmte los, machte die lauten, zischenden Geräusche eines erfahrenen Stallburschen und ruderte mit ihren Armen wie eine Windmühle durch die Luft. Das Pferd fiel auf seine vier Hufe zurück und tänzelte auf der Stelle, noch verwirrter durch diese seltsame Erscheinung in ihrem wallenden Kleid als durch das flatternde Tuch.

Ein Mann kam angelaufen, schnappte sich die Zügel und führte das Pferd wieder zurück an die Stange, wo es zitternd und schnaufend stehen blieb.

Mrs Hanbys Augen stachen groß aus ihrem weißen Gesicht hervor. „Danke – ich danke Ihnen, Kate. Ich habe einen Moment lang meine Geistesgegenwart verloren."

„Das war unglaublich mutig, Miss", sagte der Junge bewundernd. „Ich habe noch niemals gesehen, dass eine Dame so schnell laufen kann."

„Ich bin sicher, ich sah albern aus", sagte Kate verlegen. „Aber ich habe keine Angst vor Pferden. Sie sind alle gleich, wenn sie sich fürchten."

Die verantwortliche Kutsche hatte am anderen Ende des Hofes angehalten. „Tut mir leid, Leute", rief der Kutscher ihnen zu. „Weiß auch nicht, was in das Vieh gefahren ist." Es war wahrscheinlich ein weiterer Mietwagen, jedenfalls nach der Menge des aufgeladenen Gepäcks zu urteilen.

Mrs Hanby führte eine eilige Unterhaltung mit dem Botenjungen über die örtlichen Klubs, in denen sich die Gentlemen trafen, und über die Vermutung, wo ihr Sohn mit den Jones' hingegangen sein könnte.

Hinten beim Stall stand der groß gewachsene, dunkelhäutige Mann, mit dem Mrs Hanby gesprochen hatte, immer noch in der Doppeltür. Er musterte Kate überrascht. Sie hatte keine Aufmerksamkeit auf sich ziehen wollen – vor allem nicht, indem sie wie eine Vogelscheuche über den Hof lief. Er würde sie bestimmt für eine Närrin halten. Zumindest hatte Mrs Hanby nicht mitbekommen, dass Mr Parker Zeuge dieses Zwischenfalles geworden war. Je weniger davon wussten, desto besser.

Mrs Hanby gab dem Boten einige Münzen und wandte sich zu Kate. „Ich muss etwas aus Bens Zimmer holen. Wenn Sie den Portier bitten könnten, unsere Taschen aus dem Zimmer holen zu lassen, treffe ich Sie gleich wieder hier." Sie stieg die Treppe hinauf.

Kate sah sich auf dem Hof um, der immer noch voller Menschen, Tiere und Wagen war – und bemerkte Mr Parker, der sie weiterhin beobachtete. Das war vermutlich ihre letzte Gelegenheit für lange Zeit. Sie konnte jetzt weglaufen oder die nächsten Tage mit Mrs Hanby verbringen. Doch wenn sie weglief, würde Mr Parker es sehen.

Außerdem könnte Mrs Hanby unmöglich mit Mr Parker reisen, wenn Kate sie nicht begleiten würde. Und es musste sich um eine dringende Angelegenheit handeln, wenn Mrs Hanby sogar ohne ihren Sohn abreisen würde.

Kate schuldete Bens Mutter zu viel, um ihr jetzt nicht zu helfen. Sie würden nach dieser mysteriösen Reise sicherlich wieder nach Cincinnati zurückkommen. Dann konnte Kate ihren Plan immer noch weiterverfolgen.

Jetzt musste sie erst einmal ihre Taschen holen lassen und nach Ripley reisen. Mit dem Dampfschiff durch die Nacht.

Kapitel 15

Zigarrenrauch zog in Schwaden durch die Luft, ein aromatischer Hinweis auf die Gespräche und Verhandlungen, die in den einzelnen Separees des *Metropolitan Club* geführt wurden.

„Ben, kommen Sie, ich möchte Ihnen einen Freund vorstellen." Mr Jones stand bei einem dunkelhaarigen Mann, der ernst und würdig aussah.

Als Ben zu ihnen trat, legte Mr Jones eine Hand auf seine Schulter. „Mr Hayes, das ist der Sohn meines Freundes, Ben Hanby. Ben, das ist Mr Rutherford Hayes."

„Es ist mit eine Ehre, Sie kennenzulernen." Ben schüttelte die Hand des Mannes.

„Mr Hayes ist Jurist und tut viel für das Wohlergehen der Stadt", erklärte Mr Jones.

„Normalerweise halte ich mich im Literaturklub auf, doch heute hat mich ein Geschäft hergeführt", sagte der Mann. „Wenn Sie mich bitte entschuldigen." Er sah sich im Raum um, bevor er seinen Gesprächspartner gefunden zu haben schien und mit seinen eleganten Rockschößen davonging.

Es gab noch mehr Gesichter und Namen, noch mehr Handschläge und Vorstellungen. Viele Männer schienen Juristen zu sein. Fredericks kluge Bemerkungen und sein Interesse am Rechtswesen gewann die Aufmerksamkeit der älteren Männer. Dieser Klub würde zweifelsfrei der Ort sein, an dem Frederick seinen Mentor in seinem gewünschten Beruf finden würde. Viele Politiker hatten ihre Karriere als Jurist begonnen. Ben wusste, dass Frederick beides anstrebte. Doch auch Ben gegenüber waren die Männer aufmerksam und interessiert, fragten ihn nach seinen Studien und Interessen. Einige schienen sogar seinen Humor zu teilen und machten das eine oder andere Scherzchen.

Mr Jones bewegte sich durch den Raum wie ein dickbäuchiges Insekt. Er schwirrte hierhin und dorthin, tauschte Höflichkeiten mit diesen und jenen Bekannten aus, kehrte jedoch immer wieder zu seinem Sohn zurück. Sein Gesicht strahlte vor väterlichem Stolz. Schon mehr als einmal hatte Ben gehört, wie er den anderen Gentlemen gegenüber Fredericks Vorzüge herausgestellt hatte – nicht aufdringlich, sondern so taktvoll, dass die anderen Juristen daraufhin mehr über Fredericks Fähigkeiten und seine Ausbildung wissen wollten.

Es musste schön für Frederick sein, einen Vater zu haben, der so interessiert an seinem Leben und seiner Zukunft war – ein Vater, der überall mit seinem Sohn hinging und ihm seine Partnerschaft und freundschaftliche Leitung anbot.

Doch Ben würde niemals gering von seinem eigenen Vater denken, der pausenlos arbeitete, um denen zu helfen, die ihn brauchten. Mit sieben Geschwistern und all den anderen Verpflichtungen seines Vaters wusste Ben die Gelegenheiten zu schätzen, bei denen sie beide gemeinsam in der Sattlerei arbeiteten – es war häufig die einzige Zeit in der Woche, in der er mit seinem Vater allein war.

Mr Jones klopfte Frederick auf den Rücken und lachte über einen Witz.

Ben hätte seinen eigenen Vater gerne auch einmal so entspannt und fröhlich gesehen, doch seine Arbeit brachte es mit sich, dass er oft in Gedanken vertieft war – genauso wie Ben. Sie lebten nicht in der gleichen heiteren Welt wie die Jones', die sich dazu entschieden hatten, viele Dinge nicht zu sehen. Ben versuchte sich vorzustellen, wie es wäre, all das Leid nicht zu sehen, sich nicht an Josephs Tod zu erinnern, nicht an all die entflohenen Sklaven zu denken, mit denen er schon zu tun gehabt hatte, und nicht den ständigen Drang zu verspüren, allen und jedem zu helfen. Das Leben wäre einfacher, wenn man sich nur mit sich selber beschäftigte. Viele der Männer hier legten die gleiche Jovialität an den Tag: das breite Lächeln, die teure Kleidung, den Hauch von Luxus.

Doch Mr Rutherford Hayes hatte nicht diesen Blick gehabt. Er hatte den gedankenverlorenen Ausdruck von Bens eigenem Vater getragen.

„Mr Jones“, sagte Ben in eine kleine Gesprächspause hinein. „Welches Aufgabengebiet bearbeitet Mr Hayes?“

„Er kümmert sich um die Fälle, die unter das Gesetz der geflüchteten Sklaven fallen“, sagte Mr Jones. „Er vertritt meistens Sklaven, die versuchen, die Gerichte zu hintergehen, indem sie aus Kentucky fortlaufen. Er liebt die Herausforderung, doch seine Arbeit ist meist sinnlos. Schriftsätze sind Schriftsätze."

„Ich verstehe." Mr Hayes war Ben plötzlich noch sympathischer.

„Doch er ist ein brillanter Mann und – merken Sie sich meine Worte – er wird es eines Tages weit bringen, wenn er sich wichtigeren Themen zuwendet. Vielleicht wird er einmal Bürgermeister von Cincinnati."

„Ja, Sir."

„Und jetzt lassen Sie uns nach einer Erfrischung Ausschau halten. Es gibt hier alles, was das Herz begehrt – Essen, Getränke, Unterhaltungen oder Kartenspiele, Zeitungen und Magazine. Wir haben noch einige fröhliche Stunden vor uns."

Stunden? Ben wollte nicht so lange weg sein. Seine Mutter und Kate würden auch allein zurechtkommen, das wusste er. Doch trotz allem wollte er sie nicht länger als zwei Stunden allein lassen. Er würde zurückgehen, auch wenn Mr Jones den ganzen Abend blieb.

Das Kartenspielen interessierte ihn, doch nur von einem Beobachterposten aus. Den anderen Männern zuzusehen, wie sie Geld verloren und dabei lachten, verblüffte Ben. Er verstand den Sinn des Spielens nicht, der zu sein schien, das hart verdiente Geld aus dem Fenster zu werfen. Die Unterhaltungen allerdings fesselten ihn. Am liebsten hätte er die eine oder andere spitze Bemerkung gemacht, doch er hielt sich zurück und genoss die schlagfertigen Antworten der Mitspieler. Er war hier nur Gast und sollte keine Aufmerksamkeit auf sich ziehen.

Ben sah auf seine Taschenuhr. Er war erst eineinhalb Stunden hier. Er würde das neue Kartenspiel beobachten, das Mr Jones dort am Ecktisch spielte, und sich dann verabschieden.

Die Karten blitzten weiß auf dem grünen Filztisch. Rauchkringel schwebten durch die Luft und verschwanden dann.

„Mr Hanby?" Ein Angestellter mit schwarzer Krawatte sprach ihn an.

„Ja?"

„Eine Nachricht für Sie." Er hielt ihm einen kleinen Umschlag auf einem Silbertablett hin. Als Ben ihn an sich genommen hatte, verbeugte sich der Mann und trat durch die Tür, die zur Eingangshalle führte.

Lieber Ben,
John war früher da. Wir haben uns auf den Weg gemacht, um den letzten Dampfer nach Ripley zu nehmen. Er sagt, heute Nacht sei die beste Möglichkeit, sich um die Angelegenheit zu kümmern.
Wenn Du es nicht rechtzeitig schaffst, werde ich John helfen. Ich habe den kleinen Korb bei mir.
Mach Dir keine Sorgen. Gott wacht über uns.
Deine Dich liebende Mutter

Ben schob den Brief in seine Tasche und lief zur Tür, wo er fast mit Frederick zusammenprallte. „Ich muss gehen – die Damen haben sich zu einem kleinen Ausflug aufs Land entschieden und brauchen meine Hilfe."

„Das ist aber plötzlich", sagte Frederick erstaunt. „Ist alles in Ordnung?"

„Alles bestens." Ben versuchte angestrengt, ganz entspannt zu wirken. „Sie sind ihrem weiblichen Impuls gefolgt, wie Frauen eben sind." Er lächelte. „Ich möchte nur sichergehen, dass sie nicht ohne Begleitung reisen. Guten Abend." Schnell eilte er am Empfang vorbei.

Er musste unbedingt den Anleger erreichen, bevor sich der letzte Dampfer auf den Weg machte.

Kapitel 16

Ripley lag hoch am Ufer des Ohio Rivers. In der Dämmerung flackerten in vielen Fenstern helle Kerzen.

„Warum haben die Menschen Kerzen in den Fenstern stehen?", fragte Kate Mrs Hanby.

Bens Mutter zögerte kurz, bevor sie ihre Teetasse an den Mund führte. „Sie sollen die flüchtigen Sklaven sicher über den Fluss führen." Während sie einen kleinen Schluck nahm, beobachtete sie Kate.

Mrs Hanby hatte Kate in ihr Vorhaben eingeweiht, die Sklavin zu befreien. Es erschien ihr vollkommen irreal, dass diese Lichter bald John und Ben – oder Mrs Hanby – auf dem Rückweg von ihrer gefährlichen Aufgabe leiten würden. Und es war illegal. Der Gedanke ließ Kate zusammenzucken, obwohl auch sie der Meinung war, dass die Sklaverei abgeschafft werden sollte. Entflohenen Sklaven zu helfen, war ein interessantes Thema für eine Podiumsdiskussion am College. Doch es war etwas völlig anderes, wenn John Parker seine Pistolen am Küchentisch reinigte, während seine Frau die Teller abräumte.

John kam zurück ins Wohnzimmer, wo Kate am Fenster stand und über den Fluss blickte.

„Ich fürchte, wir können nicht länger auf Ben warten", sagte John.

„So ist es wahrscheinlich am besten. Sein Knöchel ist noch nicht vollständig geheilt." Mrs Hanby stellte ihre Teetasse ab und erhob sich. „Ich werde an seiner Stelle gehen. Ich habe solche Dinge schon früher getan. Es war zwar bisher noch nie so gefährlich, aber immer riskant."

Johns Frau Miranda kam mit einem Wäscheberg in den Raum. „Die hier werden Sie brauchen, Mrs Hanby", sagte sie und hielt ihr eine Männerhose hin.

Kate starrte schockiert auf das Kleidungsstück.

„Warten Sie", sagte John Parker plötzlich.

Sein Tonfall war so ernst, dass alle zu ihm schauten.

„Ich denke“, sagte er zu Mrs Hanby, „dass wir die größte Aussicht auf Erfolg haben, wenn sie mitkommt.“ Er zeigte auf Kate.

Die Luft strömte aus ihren Lungen. Kate fand sich plötzlich in einem Sessel sitzend wieder.

„Ich möchte Sie nicht beleidigen, Mrs Hanby“, sagte Mr Parker. „Wir brauchen Sie, um am Ufer Wache zu halten. Doch Miss Winter kann laufen wie der Wind. Ich habe sie in Cincinnati gesehen. Und genau das werden wir wahrscheinlich brauchen, wenn wir von der Plantage zurück zum Fluss rennen.“

John Parker wollte sie anstelle von Bens Mutter mitnehmen? Das erforderte einen Augenblick des Nachdenkens, um es milde auszudrücken. Kate könnte geschnappt werden. Ihre Schläfen pulsierten und ihre Handflächen wurden feucht.

„Ich verstehe Sie, John“, sagte Mrs Hanby. „Doch das kann ich nicht erlauben. Sie ist nicht mein Kind.“

„Sie ist gar kein Kind“, bemerkte John. „Sie ist eine junge Dame, die ihre eigene Entscheidung darüber treffen muss, ob sie hilft, einen anderen Menschen aus der Gefangenschaft zu befreien.“

Eine eigene Entscheidung treffen. Wie seltsam, diese Worte von einem Fremden zu hören, der nichts von den Problemen wusste, die es in ihrer Familie gab, oder die wahre Absicht hinter ihrer Reise ahnte. Kate presste ihre feuchten Handflächen gegen ihren Rock.

„Mrs Hanby, ich würde wirklich gerne meine eigene Entscheidung treffen.“ Sie erhob sich und trat wieder ans Fenster, wo die flackernden Lichter die Dunkelheit erhellten. Sie musste ehrlich sein – sie durfte kein Leben aufs Spiel setzen. Kate sagte leise: „Ich glaube nicht, dass ich es schaffen kann. Ich fürchte, dass ich genau im falschen Moment versage.“

„Dann gehen Sie nicht“, sagte Mrs Hanby.

John Parker sah Kate fest an. „Glauben Sie, dass Sie ein Feigling sind, Miss Winter?“

Von jedem anderen Menschen hätten Kate diese Worte schockiert, doch in Johns Stimme schwang keine Häme mit. „Nein, das glaube ich nicht.“

„Und haben Sie jemals ein Risiko auf sich genommen?“

Sie hielt inne. „Ja." Und wenn sie es jetzt noch nicht getan hatte, dann würde sie es in der nächsten Zukunft tun.

„Und Ihr Mut hat Sie nicht verlassen."

„Nein."

„Und warum nicht?"

„Weil ein Scheitern inakzeptabel gewesen wäre." Kate stockte. „Ich verstehe, was Sie meinen."

Er betrachtete sie. „Wenn Sie diese Sklavin sehen, wird Ihr Mut Sie nicht verlassen."

„Miss Winter, wenn man Sie erwischt, wird man Sie festnehmen", gab Mrs Hanby zu bedenken.

Kate starrte zu Boden, dann schaute sie die anderen wieder an. „Ich denke, ich muss gehen." Eine Gänsehaut lief ihr über den Rücken.

„Sehr gut", sagte John und nickte.

Mrs Hanby sah zwischen den beiden hin und her und seufzte. „John, Sie glauben nicht, dass Sie allein gehen könnten?"

„Wenn ich allein gehe, wird die Frau denken, dass es eine List ist, eine Falle ihres Herrn. Aber wenn eine weiße Frau mit mir dorthin geht und sie diese Haarlocke bei sich trägt, von der Sie erzählt haben, wird Nelly wissen, dass wir es ehrlich meinen. Keine weiße Frau würde mit einem Schwarzen durch die Nacht schleichen, wenn es sich nur um eine Falle handelte. Haben Sie die Strähne?"

Mrs Hanby öffnete ihre Handtasche und holte den kleinen Korb hervor. „Hier."

„Geben Sie Miss Winter das Körbchen. Sie kommt mit mir zur Plantage. Mrs Hanby, Sie warten auf dieser Seite und sorgen dafür, dass keine Sklavenjäger oder Gesetzeshüter uns erwischen."

„Haben wir das denn zu befürchten?", fragte Kate entsetzt.

„Die Männer des Marshals patrouillieren normalerweise am Ufer des Flusses, aber wie ich schon Mrs Hanby gesagt habe, wurden sie für heute abgezogen, um ein Treffen zur Abschaffung der Sklaverei zu bewachen. Es ist eine seltene Gelegenheit, die wir nutzen müssen."

„Es ist gut, dass Ben nicht hier ist", sagte Mrs Hanby. „Er hätte darauf bestanden, selbst zu gehen. Er wäre entsetzt, wenn er wüsste, dass Sie Miss Winter mitnehmen."

Miranda hielt Kate eine Hose hin. „Junge Dame, es hört sich an, als würden Sie auch so eine brauchen.“ Der Stoff fühlte sich rau in Kates Händen an. Sie würde nicht zögern – sie musste beweisen, dass sie mutig genug war.

Eine junge Dame, die das Gesetz brach, sollte kein Problem damit haben, Hosen zu tragen.

Alles war still und dunkel. Das Boot schwankte wie eine Wiege, die ein Kind in den Schlaf schaukelte.

Kate, die unbeweglich im Bug saß, beruhigte das Auf und Ab allerdings nicht. Sie flocht ihre Finger im Schoß ineinander, wo John Parker sie nicht sehen konnte, und grub ihre Fingernägel in ihren Handrücken. Sie konnte das schreckliche Zittern, das in ihrem Inneren entstand und bis zu ihren Händen gekrochen war, nicht unterdrücken. John durfte es aber nicht sehen, sonst würde er denken, dass sie nicht mutig genug für die Mission war.

In der Dunkelheit der Nacht war nichts zu hören außer dem Zirpen der Grillen und dem leisen Plätschern des Wassers, das von den Rudern tropfte, während John Kate zum Kentucky-Ufer des Flusses brachte. Sie waren jetzt sehr nahe.

Sie musste diesen lähmenden Zustand endlich abschütteln. Kate spähte das Ufer nach rechts und links entlang. Soweit sie erkennen konnte, gab es zumindest kein Anzeichen einer Laterne.

Das Boot stieß gegen Schilf. John sprang hinaus, wobei er sich nicht um den Matsch und das zentimeterhohe Wasser zu scheren schien, und band das kleine Fischerboot an einem Baumstamm fest, der über das Wasser ragte.

Jetzt war Kate an der Reihe. Sie zwang ihre Beine, sich zu bewegen, und kletterte über die Bootswand ins dunkle Wasser.

Das ungewohnte Gefühl der Hosen an ihren Beinen verstärkte das Gefühl, in ein anderes Leben gereist zu sein, in einen anderen Körper. Sie konnte es gar nicht selbst sein, die hier mitten in der Nacht in Männerhosen in der Gegend herumschlich. Jemand anders war hier und machte sich gerade daran, diese gefährliche Mission zu erfüllen – jemand, der mutiger war, stärker; jemand, der ihr nur vom Äußeren her glich.

Einige Schritte brachten Kate zu John, der bereits am Ufer stand wie der Schatten eines Baumes im Mondlicht.

„Hier entlang." Er ging voraus, direkt auf ein dichtes Dornengestrüpp zu, und schlüpfte seitlich in eine kaum zu erkennende Lücke. Kate folgte ihm, obwohl die Dornen wie Katzenkrallen durch das Leinenhemd stachen. Auf ihrem Weg durch den Wald durchquerten sie einen kleinen Bach und schlichen etwa zehn Minuten durchs Unterholz, bevor die Bäume sich endlich zu lichten begannen. Kate roch die Feuchtigkeit kürzlich umgegrabener Erde und erkannte im schwachen Mondlicht die Reihen eines frisch gepflügten Feldes. Gespenstische Stille herrschte – selbst die Grillen hatten aufgehört, ihr Lied zu singen. John ging über das Feld und hinterließ dabei eine deutliche Spur. Sie brauchten ihre Fußabdrücke nicht zu verstecken. Jeder Flüchtige, der in der Nähe des Ohio Rivers wohnte, würde den Weg über den Fluss suchen. Das war kein Geheimnis für die möglichen Verfolger.

Kate folgte John über weitere Felder. Endlich wurde er langsamer, als sie sich einer kleinen Hütte näherten, die weiß in der Dunkelheit hervorstach.

John bedeutete Kate, mit ihm unter den Fensterrahmen zu kriechen. Die Läden standen offen. Er spähte vorsichtig hindurch, hockte sich wieder hin und gab dann Kate ein Zeichen hineinzu steigen.

Jetzt war es zu spät, es sich anders zu überlegen. Kate erhob sich, um durch das Fenster zu schauen. Im Inneren schliefen zwei Menschen auf einer Strohmatratze. John verschränkte seine Arme, um ihr beim Klettern zu helfen, und wartete. Kate setzte ihren Fuß in seinen Griff und er hob sie über das Fensterbrett.

Sie kroch zwischen den Mann und die Frau und kniete sich hin, um die Schlafende an der Schulter zu berühren. „Nelly", flüsterte sie, wie John es ihr aufgetragen hatte.

Die Augen der Frau öffneten sich. Erschrocken holte sie tief Luft.

„Wir sind Freunde", sagte Kate. *Bitte lass diese Frau keinen Alarm schlagen,* betete sie in ihrem Herzen. „Wir sind hier, um Sie mit über den Fluss zu nehmen." Kate zog den kleinen Korb hervor, wie

Mrs Hanby es ihr gesagt hatte. „In Erinnerung an Joseph Selby. Sind Sie Nelly?“

Das Gesicht der Frau erschlaffte. Sie berührte den Korb mit den Fingerspitzen, dann barg sie ihn in ihren Händen.

Der Mann öffnete die Augen. Sofort rollte er sich auf die Knie und ballte die Fäuste zum Angriff.

Nelly sah ihn an. „Nein.“ Sie beugte sich zu ihm und murmelte ihm etwas ins Ohr. Leise antwortete er ihr.

Die Frau wandte sich wieder an Kate. „Ich bin Nelly. Das ist mein Ehemann, Frank. Er muss mitkommen.“

Kate schlich zum Fenster. John sah sie aus der Hocke hinauf fragend an. Sie nickte ihm zu und er zog sich über das Fensterbrett hinein in die Hütte. Als er drinnen war, überragte er die anderen, die etwa Kates Größe hatten.

„Das ist ihr Ehemann. Können wir ihn auch mitnehmen?“, fragte Kate John.

„Ja.“ John sah Nelly und Frank an. „Seid ihr fertig?”

Verzweiflung erfüllte ihr Gesicht. „Nein, Sir, sind wir nicht.“

„Wir sind hier, um Sie zu befreien“, sagte John drängend.

„Wir können hier nicht weg“, sagte Nelly. „Wir haben eine Tochter. Der Master lässt sie im großen Haus schlafen. Er weiß, dass wir nicht ohne sie weggehen würden.“

John fuhr sich mit der Hand über die Stirn. „Kommen Sie mit.“

Nelly und Frank folgten ihm barfuß über die Holzdielen.

Das große Haus war etwa hundert Meter von den Sklavenhütten entfernt. John führte sie über das Gras und am Stall vorbei. Kate hörte mindestens ein Tier darin schnauben und stampfen. Wenn es auch Hunde gab, würde man sie ohne Zweifel fassen. Diese hundert Meter schienen weiter zu sein als der gesamte Wald und die Felder, die sie durchquert hatten, um hierherzugelangen.

Sie schafften es, in den Schatten des Hauses zu gelangen, und krochen einige Schritte an der weitläufigen Veranda entlang. John fragte Nelly mit Gesten, wo sich das Kind befand.

Nelly zeigte auf eines der Fenster im Erdgeschoss. John würde auf die Veranda steigen und durch das Fenster klettern müssen. Zum Glück war es Juni und heiß. Der Master hatte die Fenster öffnen lassen, um die Kühle der Nacht ins Haus zu lassen.

Aber es war zu gefährlich. Man würde sie sicher schnappen. Was würde Kates Mutter denken?

John griff nach unten und zog seine Schuhe aus, die er Nellys Ehemann reichte. Dann schlich er leise wie eine Katze auf die Veranda. Kate hielt den Atem an.

John beugte sich hinunter, glitt durch das geöffnete Fenster und verschwand im Haus. Kates Fingernägel gruben sich in ihre Handflächen. Eine tödliche Stille legte sich über alles.

Ein überraschter Schrei zerriss die Luft, als John mit einem kleinen Bündel auf den Armen durch das Fenster flog. Er sprang an ihnen vorbei von der Veranda.

„Ich habe das Kind!“, rief er ihnen zu. „Wenn Sie es jemals wiedersehen wollen, laufen Sie wie der Wind!“ Er schoss über die Felder davon.

Ein weißer Mann im Nachthemd kämpfte sich schreiend und fluchend durch das Fenster. Kate wandte sich um und rannte, so schnell sie konnte, hinter John her. Nelly und Frank folgten.

Während sie über die Felder stürmten, breitete sich das Geschrei im ganzen Haus aus. Ein schneller Blick über die Schulter zeigte Kate, dass mehrere Männer ihre Verfolgung aufgenommen hatten. Der Rand des Waldes kam immer näher. Sie versuchte, John vor sich ausfindig zu machen.

„Warten Sie“, schrie Frank.

Kate wandte sich um. Nelly war gestürzt – ihr Mann riss sie auf die Beine. Sie humpelte einige Schritte. Wahrscheinlich ein verstauchter Knöchel. Doch ohne zu zögern, humpelte Nelly weiter. Endlich erreichten sie den Waldrand.

Im Haus hatte jemand die Hunde freigelassen. Schneller als jeder Mensch hetzten sie uber die Felder und klafften dabei wie wild.

Kate führte die Flüchtigen einen Hang hinunter bis zum Bach. Immer noch kein Zeichen von John. Sie platschten flussabwärts durchs Wasser. Das schreckliche Bellen der Hundemeute wurde immer lauter. Dort – da war die kleine Öffnung im Gestrüpp, die sie zum Ufer bringen würde! Kate schob sich hindurch.

Scharfe Dornen zerkratzten ihre Arme und Beine, als sie durch das Dickicht brach. John saß im Boot, hatte es schon drei Meter in den Fluss hinausgerudert und das Baby sicher auf seinen Beinen abgelegt. Die Paddel lagen in seinen Händen. Die drei Fliehenden stürmten ins Wasser und bahnten sich spritzend ihren Weg durchs knietiefe Nass zum Boot. Frank zog sich als Erster über den Rand und nahm das Baby in die Arme, damit John frei rudern konnte.

Als Nächste fiel Kate ins Boot und wandte sich um, um Nelly zu helfen.

Der erste Hund brach aus dem Unterholz hervor und sprang ins Wasser. Eine Meute von sechs oder sieben Hunden folgte bellend und schnappend.

Nelly hing halb über dem Bootsrand, der dünne Stoff ihres Kleides durchtränkt von Wasser. Kate umklammerte ihren Arm, damit sie nicht zurück ins Wasser glitt. John stieß die Ruder ins Wasser und brachte sie mit kräftigen Zügen weg vom Ufer auf der Seite von Kentucky. Nelly glitt weiter ins Wasser, doch Kate schlang ihre Arme unter Nellys Achseln und hielt sie eisern fest.

Die Hunde paddelten ihnen wild hinterher, doch das Boot gewann immer mehr Abstand. Mit Franks Hilfe zog Kate Nelly an Bord, wo sie zusammenbrach.

Einer der Verfolger stürmte ans Ufer, ein unkenntlicher Schatten im Mondlicht, jetzt schon mehr als zehn Meter entfernt. Ein lautes Krachen zerriss die Nacht – eine Pistole! Kate duckte sich erschrocken. Mehr Männer versammelten sich um den Schützen. Kate hörte, wie Hähne gespannt wurden. John fluchte und ruderte schneller. Er wies Nellys Ehemann an: „Nehmen Sie meine Waffe aus dem Holster. Unter meinem Arm."

Mehr Kugeln zischten über ihre Köpfe hinweg in die Dunkelheit. Frank griff unter Johns Hemd, der an den Rudern riss wie ein Hafenarbeiter. Frank zog eine schwarze, langläufige Pistole hervor und wandte sich in Richtung des Ufers. Mit sicherer Hand legte er an und schoss auf die Verfolger. Sie schrien erschrocken auf und suchten nach Deckung.

„Nehmen Sie die." Frank reichte Kate die Waffe. Sie nahm sie an sich und war erstaunt über das unerwartet hohe Gewicht.

Ein zweites Paar Ruder lag im Fußraum des Bootes. Frank griff danach und setzte sich auf die Ruderbank. Er und John legten sich in die Riemen, sodass das Boot endlich mit großer Geschwindigkeit durchs Wasser schoss. Schnell waren sie fünfzig Meter vom Ufer entfernt, außer Reichweite der Pistolen der Verfolger.

Es war fast eine Meile zum Nordufer – eine große Entfernung selbst für zwei kräftige Männer. Ein weiteres Boot wurde hinter ihnen zu Wasser gelassen. Die Kälte, die über das Flusswasser wehte, entzog Kate alle Körperwärme. Zitternd hielt sie sich am Bootsrand fest, während sie mit der anderen Hand die Pistole in ihrem Schoß umklammerte und ihre Verfolger beobachtete. Nelly saß neben ihr und beruhigte das Baby, während sie die Verfolger so fest anstarrte, als wolle sie ihr Boot mit Gedankenkraft zum Sinken bringen.

Endlich kratzte der Rumpf des Bootes über Steine und stieß an das Nordufer des Flusses. John ließ die Ruder fallen und kletterte in das flache dunkle Wasser. Er watete schnell zu den hölzernen Stufen, die zum Ufer hinaufführten. Frank sprang ebenfalls ins Wasser und nahm das Baby, um Nelly den Ausstieg zu erleichtern. Kates müde Muskeln hatten sich vollkommen verkrampft, doch sie folgte ihnen rasch.

Mrs Hanby schlüpfte aus dem Schatten neben den Stufen. Selbst im Mondlicht konnte man die Sorgenfalten auf ihrer Stirn erkennen. In ihren großen Männerhosen wirkte sie noch kleiner als sonst.

„Geht es Ihnen gut?“, fragte sie Kate.

„Ja.“ Ohne ein weiteres Wort liefen sie den anderen hinterher die Treppe hinauf.

Kates Lungen schmerzten, als sie endlich oben auf der Front Street ankamen. Sie hatten nur wenige Minuten, um ein Versteck irgendwo hier in Ripley zu erreichen. Kate lief der Schweiß in Strömen übers Gesicht, während sie den anderen zu einem kleinen Haus folgte. An der Tür erwartete sie ein stämmiger Mann, etwa Ende fünfzig, der einen leichten Überwurf über seinem Nachthemd trug.

„Mr Collingworth, wir werden verfolgt“, keuchte John.

„Ich habe Sie über den Fluss kommen sehen.“ Er rief ins Haus: „Dora!“

Eine Frau erschien hinter ihm. Sie war genauso rundlich wie ihr Ehemann, mit dicken Wangen, die rosig strahlten. Sie blickte auf das jammernde Baby in Nellys Armen.

„Das Kind sollte hierbleiben, meine Liebe“, sagte sie sanft.

Nelly wurde blass und verstärkte den Griff um ihre sich windende Tochter. Doch dann reichte sie das Kind widerstrebend an die Frau weiter.

„Wir geben ihr etwas, damit sie sich beruhigt. Niemand wird merken, dass sie in unserer Wiege liegt", sagte Dora.

Ihr Ehemann lief an ihnen vorbei in den Hof. „Kommen Sie mit mir. Sie müssen sich verstecken – man wird Sie suchen."

Nelly warf noch einen letzten schmerzvollen Blick auf ihr Kind, dann überquerte sie den Hof. Kate, John und Frank beeilten sich, ihr zu folgen.

Ihr Helfer führte sie in einen kleinen Stall hinter dem Haus. Ein graues Pferd war dort angebunden. Mr Collingworth huschte zu einem riesigen Fass und zischte: „John, helfen Sie mir hiermit."

John stemmte die Schulter gegen das Fass und schob es zur Seite.

Der stämmige Mr Collingworth bückte sich und steckte seine Hand in einen Schlitz am Boden. Er hob einen Teil der Bodenplatten hoch und legte ein dunkles Loch frei.

John ließ sich, ohne zu zögern, in die Öffnung gleiten, wobei er seine breiten Schultern einziehen musste, um nicht stecken zu bleiben. Zunächst Nelly und Frank, dann Mrs Hanby folgten ihm und verschwanden in der Dunkelheit. Kate erschauderte. Bestimmt wimmelte es in diesem Loch von Spinnen. Doch es gab keine andere Möglichkeit. Wenn die anderen es ertragen konnten, konnte sie es auch.

Sie ließ sich auf dem Boden nieder und ließ ihre Beine in das Loch baumeln. Mr Collingworth streckte ihr seine Hand hin, um ihr zu helfen. Langsam ließ Kate sich in die Dunkelheit hinab. Ihre Füße berührten den Boden. Sie ließ die hilfreiche Hand los und kroch über den Boden an die Wand. Hektisches Atmen erfüllte die Luft um sie herum.

Das kleine helle Viereck über ihren Köpfen verschwand mit einem dumpfen Schlag. Polternd wurde das Fass zurück an seinen Platz geschoben. Die schweren Schritte ihres Helfers entfernten sich aus dem Stall, dann kamen sie wieder, begleitet von Hufklappern.

Das Pferd stand nun ebenfalls vor dem Fass und verbarg zusätzlich ihr Versteck. Brillant! Niemand würde auf die Idee kommen, hier nach ihnen zu suchen.

Die Minuten vergingen. Niemand sprach. Draußen hörten sie die Stimmen von Männern, die ihrem Helfer erklärten, dass einige entflohene Sklaven zu seinem Haus gelaufen seien. Mr Collingworth, der sich besonders müde und schläfrig anhörte, gab ihnen die Erlaubnis, sein Grundstück abzusuchen. Die Männer kamen in den Stall. Ihre Stiefel kratzten über das Holz über Kates Kopf. Ein einzelner Streifen Licht von ihren Laternen fiel durch einen Spalt in der Tür und erhellte Johns Gesicht. Doch als die Männer das Pferd in der Box stehen sahen, gingen sie wieder.

Als alles wieder still war, kam Mr Collingworth zurück und brachte ihnen Decken, Essen und eine Laterne. In dem gedämpften Licht konnte Kate endlich ihre Umgebung betrachten. Es war bei Weitem nicht so schlimm, wie sie erwartet hatte. Der geheime Keller war mindestens drei mal vier Meter lang und vollkommen mit Holz ausgekleidet. Der Boden war sauber und ein Stapel Decken und einige Strohballen lagen in der Ecke. Nelly und Frank setzten sich auf eine Decke. Kate und Mrs Hanby teilten sich eine andere. Der Körperkontakt spendete angenehme Wärme. Nur John saß allein an der weiter entfernten Wand des Kellers. Seine Füße waren nackt und zerkratzt, von Schlamm und getrocknetem Blut bedeckt.

„Mr Parker – Ihre Schuhe!", sagte Kate.

Er hatte sie unter der Veranda auf der anderen Seite des Flusses stehen lassen.

„Die sind unwichtig", sagte er. „Sie werden mich dadurch nicht ausfindig machen können. Ich habe sie in Westerville machen lassen, bei Armentor."

Der wütende Plantagenbesitzer konnte wohl kaum jeden Schuhmacher im Staat fragen, wer diese Schuhe bei ihm in Auftrag gegeben hatte. Es war eine lange Reise von Westerville hierher, sogar mit der Postkutsche.

John wirkte völlig erschöpft. „Lasst uns essen und versuchen, ein wenig Schlaf zu bekommen. Wir brauchen Kraft für unsere Reise."

Alle fünf verschlangen das geröstete Fleisch und das Brot förmlich und spülten mit Wasser nach. Dann löschte Mrs Hanby die Lampe. Kate war so müde, dass sie sich, ohne zu zögern, auf der Decke ausstreckte, sich in Richtung Wand drehte und ihren Arm unter den Kopf legte. Mrs Hanby deckte sie mit einer weiteren Decke zu und legte sich neben sie.

Gott, wenn du da bist, bitte hilf uns … Doch die Erschöpfung ließ ihre Gedanken verschwimmen. Schnell glitt Kate in einen tiefen Schlaf.

Kapitel 17

Ben schlug an die Tür des Hauses.

Eine untersetzte Frau mit Schlafkappe auf dem grauen Haar öffnete. „Bitte?" Sie wirkte nicht gerade freundlich, doch das konnte er verstehen, denn er wäre selbst nicht sehr gastfreundlich gewesen, würde man ihn vor Tagesanbruch aus dem Bett holen.

„Ich suche nach John Parker."

„Er ist nicht hier."

„Ich bin sein Freund, Ben Hanby. Miranda hat mich hierhergeschickt."

„Und warum sollte ich Ihnen glauben?"

„Sie sagte, ich sollte ihr ein Stück Ihres köstlichen Erdbeerkuchens bringen."

Die Frau lächelte, öffnete die Tür und bat ihn herein. „Ich bin Dora Collingworth. Sie sind im Wohnzimmer."

Ben humpelte durch die Tür, wobei sein verletzter Fuß immer noch schmerzte. Auf dem Dampfschiff hatte er wenigstens einige Stunden gehabt, um sich zu erholen, doch so, wie er John kannte, würde es ab jetzt keine Schonung mehr geben.

Der Flur war kurz und endete vor einer verschlossenen Tür. Dora klopfte dreimal. Eine verschlossene Tür innerhalb eines Hauses. Die Collingworths hatten offensichtlich schon häufiger Flüchtige beherbergt.

Ein lautes Schaben erklang, als ein Riegel zurückgeschoben wurde und ein rotgesichtiger Mann im Türspalt auftauchte. „Und wen haben wir hier?"

„Mr Ben Hanby, ein Freund von Mr Parker, den Miranda geschickt hat."

„Willkommen." Der Mann schüttelte Bens Hand. „Sie möchten bestimmt Ihre Freunde sehen, vermute ich."

„Ja, Sir." Ben wartete, während die Tür weiter aufschwang.

Zwei Frauen saßen vor dem kalten Ofen. Seine Mutter sprang auf. „Ben!" Sie stürzte auf ihn zu und umarmte ihn. Er drückte sie an sich. Höfliche Zurückhaltung, wie es der Anstand gebot, war ihm in diesem Moment gleichgültig. *Danke, Gott.* Er blinzelte und trat etwas zurück. Miss Winter stand einige Schritte entfernt. Er lächelte sie an.

Sie schien unverletzt zu sein, auch wenn sie dunkle Ringe unter den Augen hatte und ihr Haar sich auf wunderschöne Weise aus dem Zopf gelöst hatte.

„Ich bin froh, Sie zu sehen, Mr Hanby“, sagte sie.

Sein Herz erwärmte sich seltsam ungewohnt. „Es tut mir leid, dass ich zu spät bin. Ich habe Ihnen die ganze Arbeit überlassen.“

„Das macht nichts.“

„Wo ist Nelly?“ Ben konnte immer noch nicht glauben, dass er sie gleich kennenlernen würde.

„Oben, mit ihrem Ehemann und John“, sagte Mr Collingworth. „Es ist noch zu früh, sie hier in diesem Raum zu lassen, wo sie keine Fluchtmöglichkeit hätten. John leistet ihnen Gesellschaft.“

„Sie sind sehr gut vorbereitet, Sir.“ Ben streckte ihm seine Hand entgegen. „Vielen Dank.“

„Wie sehr viele Menschen in Ripley leben wir genau aus diesem Grund hier.“

„Gott segne Sie.“ Ben versuchte, seine Dankbarkeit durch seinen warmen Händedruck zu übermitteln. Für jeden Sklavenjäger im Land gab es eben auch einen Collingworth, der sich dagegenstemmte.

„Ich bringe Sie zu John“, sagte Mr Collingworth.

Seine Mutter nickte Ben zu und setzte sich, während Miss Winter es ihr gleichtat. Sie schienen sich mittlerweile ohne Worte zu verstehen. Das gefiel ihm – Miss Winter war seit ihrer Abreise aus Westerville förmlich aufgeblüht. Sie war immer noch ruhig, doch munter und strahlend, interessiert an ihrer Umgebung und versuchte nicht mehr, jeglicher Aufmerksamkeit zu entkommen.

Auf der obersten Stufe blieb Mr Collingworth stehen und wandte sich zur Wand. Die Paneele gaben auf seine Berührung hin nach – eine Tür halb so hoch wie ein Mann erschien unvermittelt.

„Passen Sie auf Ihren Kopf auf“, warnte er, als er sich duckte.

Als Ben sich wieder aufrichtete, fand er sich in einem länglichen, aber sehr schmalen Raum wieder. Am Ende dieses schrankähnlichen Zimmers saß John mit angezogenen Knien und dem Rücken an der Wand. Ihm gegenüber befanden sich ein Mann und eine Frau, deren Haut einige Nuancen heller war als Johns.

Sie alle erhoben sich.

„Du kommst spät", sagte John mit leichtem Lächeln. Er zeigte auf die Frau. „Ben, das sind Nelly und ihr Ehemann Frank."

Ben konnte die Augen nicht von Nelly nehmen. Die Frau starrte ihn fragend an. Sie war sehr schön, mit schwerem, schwarzem Haar und hohen Wangenknochen, obwohl das Leid ihres Lebens seine Spuren in ihrem Gesicht hinterlassen hatte.

„Mr Parker sagt, Sie hätten Joe gekannt", sagte sie endlich.

„Das habe ich, Ma'am."

„Sie waren bei ihm, als er starb."

„Ja, Ma'am. Er hat von Ihnen gesprochen. Er hatte keine Angst davor zu gehen, doch es tat ihm leid, dass er Sie zurücklassen musste, ohne Ihnen Lebewohl sagen zu können."

Nellys Augen umwölkten sich. Ihr Ehemann nahm ihre Hand.

Bens Hals schmerzte und er räusperte sich. Er wandte sich an John. „Was jetzt?"

„Wir warten auf die Kutsche, die unser Gastgeber bestellt hat. Dann verschwinden wir von hier."

„Was, wenn man uns auf der Straße anhält?", fragte Ben.

„Mach dir keine Sorgen. Die Kutsche ist genau für unsere Bedürfnisse ausgestattet."

Kate rutschte auf ihrem Platz in der Kutsche hin und her und zog ihr Kleid zurecht. Miranda Parker hatte ihre Kleider zum Haus der Collingworths schicken lassen und so trug Kate wieder ihre Röcke und ihr Korsett. Nach der Bewegungsfreiheit, die sie in den Hosen gehabt hatte, wirkte das Kleid noch beengender, doch sie hätte vor Ben niemals Hosen getragen. Außerdem hatte John recht gehabt, als er gesagt hatte, dass sie viel weniger auffielen, wenn sie wie Damen gekleidet reisten.

Zweimal in den letzten Stunden hatten Nelly und Frank sich in den leeren Abteilen unter den Sitzen verbergen müssen. Was auch immer die Nachteile von Glockenröcken sein mochten – um die gesamte Kutsche auszufüllen und die erhöhten Sitzbänke zu verstecken, waren sie perfekt geeignet. Zwischen Kates Rock und dem Kleid von Mrs Hanby waren nur wenige Zentimeter Platz.

Ben fuhr oben auf der Kutsche mit und John ritt einige hundert Meter hinter ihnen. Zu viele Sklavenjäger kannten ihn; deshalb wollte er die Aufmerksamkeit nicht auf ihre Kutsche lenken, indem er neben Ben saß. Doch Kate beruhigte es, dass er in der Nähe war und eine Pistole trug, während Ben die andere hatte. Vor allem jetzt, wo die Abenddämmerung einsetzte und die Bäume am Wegesrand immer dichter wurden und sich nach ihnen auszustrecken schienen. Kate kam sich vor wie in einem verzauberten Märchenwald.

Doch sie musste ihre Gedanken unter Kontrolle bringen. Sie brauchte all ihren Verstand, jetzt, wo sie nach Cincinnati zurückkehrten. Enttäuscht über eine weitere verpasste Gelegenheit starrte sie aus dem Fenster. Nein, sie würde nicht aufgeben – irgendeine andere Fluchtmöglichkeit würde sich auf dem Rückweg nach Westerville ergeben. Es erschien ihr allerdings nicht richtig, jetzt nur an sich zu denken. Die Erinnerung an die Hunde am Fluss war noch zu frisch. Was Nelly und Frank erwartete, wenn sie gefasst wurden, war viel schlimmer als eine kaltherzige Mutter und ein betrunkener Vater.

Die Kutsche hielt an. Nelly und Frank tauschten über den Kopf des Babys hinweg einen ängstlichen Blick. Kate und Mrs Hanby sprangen auf, um die Sitzkästen zu öffnen.

„Es ist alles gut." Bens Stimme klang gedämpft durch das Dach der Kutsche. Alle sanken erleichtert zurück auf ihre Plätze.

Mrs Hanby öffnete die Tür und rief nach oben: „Was ist los?"

„Wir halten für die Nacht. John hat mir gesagt, dass wir ihn hier treffen sollen." Bens Stimme kam näher, als er vom Dach kletterte, und entfernte sich dann wieder, als er nach vorne zu den Pferden ging.

Mrs Hanby stieg aus der Kutsche, also folgte Kate ihr. Sie wurde ungeduldig, als sich ihr Rock in der Tür verhakte, und riss verärgert daran. Immer musste man darauf achten, dass diese lästigen Reifen nicht hängen blieben.

Sie starrte in die Dunkelheit des Waldes. Woher hatte Ben gewusst, dass er ausgerechnet hier anhalten musste? Mitten im Nirgendwo?

Er sah sie an. Mit einem leichten Heben seiner Augenbrauen zeigte er auf einen Baum. In die dunkle Rinde war die Form eines Kreuzes geschnitzt, zwei Fuß lang, nicht einmal im Dunkeln zu übersehen. Kate lächelte befangen. Wie vorlaut von ihm!

Nelly kletterte aus der Kutsche und wirkte dabei in ihrem einfachen Kleid ohne Unterrock viel anmutiger als Kate. Frank reichte ihr das schlafende Baby, das kurz gluckste, bevor es die Augen wieder vollständig schloss und sich an die Schulter seiner Mutter schmiegte. Als Nelly ihre Tochter umfasste, verschwand kurz der Ausdruck der Erschöpfung und Anspannung. Doch schnell schwappte er wieder über ihr Gesicht wie eine Welle, die sich nicht vom Strand entfernen konnte. Welches Leid hatte sie schon erfahren?

„John hat mir den Weg zu einer Schutzhütte beschrieben", erklärte Ben. „Mutter, du bleibst mit Miss Winter bei der Kutsche. Ihr schlaft heute Nacht hier, aber Nelly und Frank müssen sich weiter abseits der Straße verstecken. Sie können nicht in den Sitzen schlafen, eingeklemmt wie Klappmesser."

Franks Lippen verzogen sich fast zu einem Lächeln.

„Ich würde gerne ein bisschen spazieren gehen", sagte Kate. Ihre Beine waren steif von der Anstrengung durch das Laufen gestern und der stundenlangen Unbeweglichkeit heute während der Fahrt. „Mrs Hanby, macht es Ihnen etwas aus, wenn ich die anderen ein Stück begleite?"

„Überhaupt nicht, meine Liebe." Mrs Hanby ging zu ihrem Sohn und nahm ihm die Zügel ab.

„Nimm die hier", sagte Ben. „John wird in ein paar Minuten hier sein, sonst würde ich dich nicht allein lassen." Er hatte seine Pistole aus dem Mantel gezogen und reichte sie ihr mit dem Griff voran. Seine Mutter nahm die Waffe ohne Zögern. Vermutlich hatte sie schon öfter so etwas in der Hand gehabt, wenn sie solche Missionen kannte.

Auf dem Pfad unter den Bäumen wuchsen Moos und Farne. Die Erde war feucht und bedeckt mit Blättern, die unter den Füßen nachgaben. Hier war lange niemand mehr entlanggegangen. Kates Beine schmerzten, als sich ihre überanstrengten Muskeln dehnten und zusammenzogen. Sie stellte sich die anatomischen Zeichnungen aus dem Unterricht vor – die Muskelabbildungen, deren Anblick den Studentinnen gestattet war. Sehnen und Muskeln waren akzeptabel, wenn die jungen Damen unter sich waren; andere menschliche Systeme waren allerdings absolut verboten.

Ein Geräusch wie ein Flüstern oder leises Lachen war immer deutlicher zu hören, während sie weitergingen, bis schließlich ein kleiner Bach in Sichtweite kam, der sich klar und etwa knöcheltief durch den Wald schlängelte. Ben nahm die Trinkflasche aus seinem Beutel und kniete sich neben das Ufer, um sie aufzufüllen. Die anderen traten neben ihn. Kate raffte ihre Röcke, um sich vorzubeugen, und tauchte ihre Finger ins Wasser. Wenn sie noch Hosen angehabt hätte, wäre sie hineingewatet, so kalt und wunderschön lockte das Wasser im abendlichen Zwielicht.

Während Frank seine Hände ins Wasser hielt, Wasser schöpfte und seinen Durst stillte, reichte Ben Kate die Flasche, dann bot er sie Nelly an. Danach gingen sie weiter über eine kleine Anhöhe, die sich in einer langen Bahn wieder absenkte. Nicht weit von ihnen entfernt schmiegte sich der dunkle Schatten eines Unterstandes an den Stamm eines großen Baumes.

Nellys Baby hob den Kopf und sah sich aufmerksam mit großen schwarzen Augen auf der Lichtung um. Während Ben Frank die Lichtung zeigte und ihm das Essen gab, das er in seiner Tasche mitgenommen hatte, trug Nelly ihre Tochter zu einem Baum und ließ sie die Rinde berühren.

„Der Master hat auf seinem Grundstück die meisten Bäume fällen lassen", sagte sie zu Kate.

Nelly setzte sich und ließ ihre Tochter mit den Farnen spielen. Die Kleine quietschte vergnügt. Sie griff nach den langen Blättern und zog daran, doch ihre zarten Babyhände konnten die Zweige nicht zerbrechen. Sie beobachtete einen Vogel, der sie ebenfalls aufmerksam musterte und dann seinen Schnabel in die Erde steckte. Es war ein schlichter, brauner Vogel mit gesprenkelter Brust.

„Eine Drossel", sagte Nelly leise. „Joe hat sie mir gezeigt." Ihre Augen wurden weich. „Hören Sie das? Dort oben in den Bäumen?"

Der Vogelgesang über ihnen löste sich aus dem Klangteppich der Waldgeräusche, während Kate lauschte. Das Lied war erstaunlich abwechslungsreich und schwebte durch das Blätterdach zu ihnen hinab.

„Ich erzähle Ihnen, was Joe immer gesagt hat." Nelly beobachtete weiter die Drossel. „Sehen Sie nur, wie unauffällig und plump dieser Vogel wirkt. Niemand würde ihn bemerken."

Kate nickte.

„Aber es ist gleichgültig, wie er aussieht. Dort oben, wo niemand ihn fangen kann, singt er sein Lied der Freiheit."

Kate verschlug es die Sprache. Ihre Gedanken woben eine Mischung aus Erinnerungen und Emotionen, während das Baby weiter mit den Farnen spielte.

Nelly streckte ihre Hand aus. Ihre Tochter schlang ihre kleinen Fingerchen darum. „So wird eines Tages auch meine Kleine singen, wenn es dem Herrn gefällt." Ein leises Lächeln umspielte ihre Lippen.

Kate wandte sich ab und ging durch den Farnteppich davon, blindlings in Richtung der Kutsche. Sie war so klein und unwichtig. Ihr Kummer in Westerville, ihre Angst, vor Menschen zu sprechen, selbst der Vorfall mit ihrem Vater – alles war vollkommen belanglos, verglichen mit dem Leid dieser Frau und ihrer einfachen Hoffnung für ihre Tochter. Könnte sie wirklich in Cincinnati weglaufen und vergessen, dass sie Nelly, Frank und ihre Tochter kennengelernt hatte? Könnte sie so tun, als wäre Kate Winters unglückliches Leben die wichtigste Sache der Welt, auf die sie all ihre Anstrengung und Aufmerksamkeit konzentrieren sollte?

„Miss Winter", sagte Ben.

Kate erstarrte und sah über die Schulter, wo Ben nur wenige Meter hinter ihr lief und sich beeilte, sie einzuholen.

„Ich bringe Sie zurück zur Kutsche", sagte er. „Es wird immer dunkler – Sie könnten sich verlaufen. Und Frank weiß, wie er sich um seine Familie kümmern muss." Seine dunklen Augen hielten ihren Blick fest, dann trat er näher und bot ihr seinen Arm an.

Es war mehr als unangemessen – sie hatten für den Rückweg keine Anstandsdame. Bens Gesicht zeigte dies alles ohne Worte: sein Zögern, gegen die Regeln zu verstoßen; seinen Wunsch, ihr zu helfen, und vielleicht auch, ihr nahe zu sein. Und vor allem wollte er nicht, dass sie ablehnte.

Kate blickte zur Seite und unterdrückte ein leises Zittern, dann schob sie entschlossen ihren Arm durch seinen. Als sie nebeneinander hergingen, schwoll das Lied der Drossel wild und mit unvorhersehbarer Melodie an. Es war das einzige Geräusch außer dem Rascheln von Kates Röcken im Farn. Kate wurde von der Wärme seines Armes angezogen wie ein Magnet, genau wie von seiner Gegenwart nur wenige Zentimeter von ihr entfernt – vor allem aber von seinen Gedanken, die sich mit ihren zu vereinen schienen, ohne dass sie ein einziges Wort miteinander sprachen.

Sie wollte diese private, schummrige Welt unter den Bäumen nicht verlassen, wollte Ben weiter festhalten. Vor ihnen lag jedoch schon der dunkle Schatten der Kutsche. Kate konnte Mrs Hanby und John erkennen, die sich um die Pferde kümmerten.

Ben ließ sanft ihren Arm los, hielt aber weiter ihre Hand, damit sie auf den letzten Metern bis zur Straße nicht stolperte. Kurz bevor sie bei der Kutsche ankamen, gaben sie gegenseitig ihre Hände frei und begrüßten Mrs Hanby und John, als wäre nichts Außergewöhnliches geschehen. Doch es schien Kate, als hätten sich ihre Herzen nicht so leicht voneinander gelöst wie ihre Finger.

Kapitel 18

Das laute Getrappel von galoppierenden Hufen übertönte das gleichmäßige Knirschen der Kutschräder. Ben warf einen schnellen Blick über die Schulter. Es war John, der von seinem Posten hinter ihnen näher kam. Ben atmete erleichtert auf. Doch John winkte Ben und bedeutete ihm, stehen zu bleiben. Ben zügelte die Pferde in einen langsamen Schritt. „Was ist los?"

„Wir werden verfolgt." Johns Pferd hatte Schaum vor dem Mund und der Schweiß strömte ihren Leib hinab.

„Von wem?" Ben ließ die Kutsche vollends anhalten.

„Von ein paar Männern auf Pferden, vielleicht drei Meilen hinter uns. Ich habe sie entdeckt, als sie auf einer Anhöhe ritten. Dann habe ich mich am Straßenrand verborgen, um auf sie zu warten."

„Woher weißt du, dass sie uns folgen?"

„Ich habe sie belauscht. Sie sind Sklavenjäger. Jemand hat ihnen einen Tipp gegeben, dass sie noch heute fündig werden könnten. Sie suchen nach einer Kutsche, doch sie haben euch noch nicht entdeckt. Aber sie holen auf."

„Ich kann die Pferde nicht galoppieren lassen. Die Kutsche ist mit uns allen viel zu schwer. Sie würden keine zwei Meilen durchhalten."

„Ich weiß. Du wirst mir die Kutsche überlassen. Ich schicke die Sklavenjäger auf eine fröhliche kleine Verfolgungsjagd und du musst die anderen zu Fuß weiterführen."

„Wie weit?"

„Washington ist nur noch fünf Meilen entfernt; wenn ihr durch den Wald geht, sind es wahrscheinlich nur drei. Haltet euch einfach Richtung Nordosten. Ihr trefft wieder auf die Straße, kurz bevor ihr die Stadt erreicht. Wenn ihr dort ankommt, sucht nach dem zweistöckigen Haus an der Kreuzung. Man erwartet euch dort. Ich muss zurück zu Miranda, aber ihr werdet auf dem Weg nach Westerville Hilfe haben."

Die Sonne würde am späten Nachmittag im Westen zu sinken beginnen, also war es nicht schwer, die Richtung zu halten.

„Gut“, sagte Ben. „Wir müssen uns beeilen. Sag den anderen, dass sie aussteigen sollen.“ Er kletterte vom Kutschbock.

John wandte sein Pferd und klopfte an das Fenster der Kutsche. Bens Mutter öffnete die Tür. „Ja?“

Ben beugte sich um die Kutschenlaterne herum. „Wir müssen zu Fuß weiter. John wird die Kutsche übernehmen. Schnell!“

Nelly, Frank und das Baby stiegen zuerst aus, dann schloss seine Mutter die Kutschentür wieder. Was tat sie da? Nach wenigen Minuten kamen sie und Miss Winter schließlich heraus – allerdings völlig verändert. Sie hatten sich offensichtlich ihrer voluminösen Unterröcke entledigt. Gerade reichte seine Mutter Miss Winter das Halteband der Gardine. Sie knoteten die improvisierten Gürtel um ihre Taillen und zogen den Stoff ihrer Röcke so hoch, dass er nicht mehr um ihre Füße wirbelte.

Einfallsreich und notwendig, denn wer konnte schon meilenweit durch einen Wald laufen, wenn er wie ein Ballon angezogen war? Miss Winter sah in ihrem ungewöhnlichen Aufzug schlank und kraftvoll aus. Doch er durfte sie nicht anstarren wie ein unhöflicher Bauernjunge.

„Los geht's“, sagte Ben energisch und führte die anderen von der Kutsche fort, während er den Sonnenstand überprüfte. Hinter ihnen schnalzte John. Schwerfällig setzte sich die Kutsche in Bewegung.

„Ich frage mich, was sie denken werden“, sagte Bens Mutter und stieg über ein paar Zweige, „wenn sie John anhalten und die Unterröcke in der Kutsche finden.“

„Dass er einen seltsamen Kleidungsgeschmack hat“, sagte Ben.

Kate lachte leise. Er grinste, ohne sich umzuschauen. Sie hatten noch eine lange und gefährliche Reise vor sich, doch es war besser, sie mit unverzagtem Herzen und einer kräftigen Prise Humor anzugehen.

Als die Straße endlich wieder in Sicht kam, ließ das Tageslicht schon nach. Kates Waden schmerzten wieder und die Schuhe hatten Blasen an ihren Füßen gerieben. Sie humpelte weiter, ohne sich zu beschweren. Mit Ben, dessen Fuß noch immer verbunden war, und Nelly, die sich auf der Flucht aus dem Herrenhaus verletzt hatte, waren Mrs Hanby und Frank die Einzigen, die normal gehen konnten.

Ein kleines Gebüsch wuchs neben der Straße.

„Wartet hier", sagte Ben.

Alle ließen sich hinter den Büschen nieder, um sich einen Augenblick auszuruhen, während Ben sich einer Kreuzung näherte. Eine Handvoll Häuser stand dort an den vier Ecken, einige mit Brettern verkleidet, andere gekalkt. „Das ist Washington", erklärte er. „Es gibt hier auch eine Bahnstrecke, aber die bringt uns nichts. Sie verläuft von Ost nach West."

Das Baby brabbelte vor sich hin. Das unschuldige Geräusch ließ Kates Magen flattern. Sie hatten nichts, um die Kleine zu beruhigen.

„Wir könnten uns sowieso nicht in einem Zug verstecken", sagte Mrs Hanby zu Ben.

„Wenn du wüsstest." Er sah kurz abwesend aus, so, als hätte er eine solche Situation schon einmal erlebt. „Aber es bringt uns nichts, vom Weg abzuschweifen. Wir müssen nach Norden. Und wir werden mit diesem Haus dort anfangen." Er zeigte auf das einzige zweistöckige Gebäude an der Kreuzung, das ihnen direkt gegenüberlag. „Nach dir, Mutter." Seine Augen funkelten, obwohl er sehr ernst war.

„Ich soll zuerst gehen?", fragte Mrs Hanby. In der Dämmerung ließ ihre Überraschung sie wie ein junges Mädchen in Kates Alter wirken, nicht wie eine achtfache Mutter.

„Du und Miss Winter. Ihr seht am wenigsten verdächtig aus. Wenn alles in Ordnung ist, winkt ihr und wir kommen nach", sagte Ben.

Natürlich. Das stimmte. Zwei weiße Frauen konnten zur Abenddämmerung unterwegs sein, ohne unnötige Aufmerksamkeit zu erregen. Mit dunkler Hautfarbe wäre das ganz anders.

Mrs Hanby erhob sich, streckte ihre Schultern und trat hinter dem Busch hervor auf die Straße. Ihr Rock war am Saum schmutzig und ausgefranst, doch das würde in der Dunkelheit niemand erkennen. Kate folgte ihr und wäre fast über ihren eigenen Rocksaum gestolpert, bevor sie ihn schnell in ihren Gürtel zurücksteckte.

Mit wild klopfendem Herzen ging Kate neben Mrs Hanby her die Straße entlang bis zur Kreuzung. Geräusche drangen aus den Häusern um sie herum. In einem Haus schienen sich zwei Männer zu streiten. In einem anderen waren die Läden nicht geschlossen, sodass das Licht durch das Fenster auf die Straße fiel. Doch niemand schien die beiden Frauen zu bemerken.

Sie erreichten die Tür des Hauses, das Ben ihnen gezeigt hatte. Die Farbe blätterte von der Tür und der Türknauf hing nur noch notdürftig befestigt herab. Doch alle Äußerlichkeiten waren unwichtig, solange die Menschen im Inneren freundlich waren. Kate wandte sich um und sah in die Richtung, in der Ben, Nelly und Frank auf ihr Zeichen warteten. Sollten sie und Mrs Hanby auf die Dunkelheit warten? Würden die anderen sie dann noch erkennen können?

Die Tür öffnete sich. Kate zuckte zusammen und stolperte über ein paar Werkzeuge, die an der Wand lehnten. Es klapperte laut, doch sie blieb auf den Beinen.

Ein dunkelhäutiger, altersgebeugter Mann mit weißem Haar und Bart bedeutete ihnen einzutreten. Er trug keine Laterne. „Kommen Sie!“, flüsterte er. „Holen Sie sie her.“

Mrs Hanby drehte sich um und winkte dreimal. Kate hoffte, dass Ben ihren Arm überhaupt noch sehen konnte.

Nach langen Minuten erschienen Ben und Frank, dann Nelly mit dem Baby an der Schulter. Zum Glück schien die Kleine eingeschlafen zu sein. Sie gingen langsam über die Kreuzung. Mrs Hanby trat hinter dem Mann ins Haus, während Kate und die anderen folgten. Ben war der Letzte und versperrte die Tür mit einem Holzbalken.

Der alte Mann führte sie durch den ersten Raum zu einer Treppe. Auf dem Fußboden saß ein kleines Mädchen, nicht älter als fünf oder sechs Jahre, das sich den Zeigefinger vor die Lippen hielt. Mrs Hanby lächelte die Kleine wehmütig an. Bestimmt vermisste sie ihre eigenen Kinder.

Kate war die Treppe halb hinaufgestiegen, als ein lautes Pochen an der Tür erklang. Hektisch sah sie Ben an, der direkt hinter ihr war. Er zeigte mit ruhiger Hand geradeaus. Mrs Hanby eilte über den oberen Flur in eines der Zimmer, dessen Türen offenstanden. Kate folgte ihr, während der alte Mann den Rest ihrer Gruppe die Treppe hinaufschob und dann zur Tür ging.

Kate hörte ihn rufen: „Wer ist da?“, doch sie hatte keine Zeit, weiter zuzuhören. Frank und Ben folgten ihr auf dem Fuß und drängten sich hinter ihr in das kleine Schlafzimmer. Doch hinter ihnen wandte sich Nelly nach links und trug das Baby in ein anderes Zimmer. Frank versuchte, zu ihr zu gelangen, doch Ben hielt ihn zurück und schloss lautlos die Tür hinter sich.

Eine Stimme erklang von draußen. Selbst durch die Wände waren die Worte deutlich zu verstehen.

„Polizei! Öffnet im Namen des Gesetzes! Horace Abraham, öffne die Tür!“

Horace – das musste der Name des Alten sein – fing an, durch die Tür mit ihnen zu diskutieren. Zeitgleich durchquerte Ben das Zimmer und schubste die Fensterläden auf. Er steckte den Kopf durch das Fenster und sah nach oben. Das Hämmern an der Haustür wurde lauter; es schien, als würde es bald das Haus zum Einsturz bringen. Ben zog seinen Kopf zurück und nickte Frank zu. Die beiden ignorierten den Tumult unten, als Ben Frank durch das Fenster half. Dann wandte Ben sich Mrs Hanby zu, die seine Hände als Räuberleiter benutzte, sich erst am Dach festklammerte und dann nach oben verschwand, als wäre ein Engel vorbeigekommen und hätte sie mitgenommen. Schließlich zeigte Ben auf Kate.

Man würde sie erwischen, wenn sie sich nicht versteckte. Es gab keine Zeit zu verlieren. Sie lief zu Ben, als sie hörte, wie der Polizist und die anderen zur Haustür hereinkamen. Kate setzte ihren Fuß in seine Hände, ergriff den oberen Fensterrahmen und zog sich mit blindem Vertrauen nach draußen. Starke Hände fassten sie, dann zog Frank sie über die Schindeln des steilen Daches.

Kate wusste nicht, wie es ihnen gelang, dort oben zu bleiben. Selbst der kleinste Lufthauch hätte sie heruntergepustet. *Gott, steh uns bei.* Hatte sie bisher das Beten immer vernachlässigt, so waren der Anblick des weit entfernten Bodens unter ihr und das Geschrei im Haus ein Grund, damit zu beginnen. *Gott, rette uns. Bitte lass uns nicht fallen.*

Mit weißen, kalten Fingern klammerte Kate sich verzweifelt an die Schindeln. Schritte erklangen auf der Treppe unter ihnen.

Ben war immer noch in dem Zimmer – oder war er zu Nelly gegangen?

Genau in diesem Moment erschien er und zog sich über den Rand des Daches. Er rutschte über die Schindeln zur anderen Seite, wo sich unter ihm das Fenster zu dem Raum öffnete, in dem Nelly sich versteckte. Frank kroch hinter ihm her. Schweiß bedeckte seine Stirn, seine Augen wirkten gehetzt.

Kate hörte, wie unter ihnen eine Tür aufgerissen wurde. Fluchend und schimpfend bewegten sich die Stimmen weiter zu dem Raum, wo Nelly sich mit dem Baby versteckte.

„Sie sind nicht hier!“, rief einer.

Kate hielt den Atem an. Sie hatten sich gut versteckt.

„Unmöglich!“, sagte ein anderer. „Carter hat geschworen, dass sie hier sein würden.“

Wer war dieser Carter, der wusste, dass sie durch Washington kommen würden?

Immer noch beschimpften die Männer unten Horace.

„Also gut, alter Mann“, sagte einer von ihnen. „Dann müssen wir eben das Nächstbeste tun.“ Nach einer Pause sagte er: „Denn dein Name ist nicht wirklich Horace Abraham, stimmt's? Du bist Horace Campbell.“

Kate verstand nicht, was das zu bedeuten hatte, doch sie erkannte an Bens schockiertem Gesichtsausdruck, dass hier etwas völlig falsch lief.

„Das ist nicht mein Name!“, protestierte der alte Mann, doch seine Widerworte gingen in einem Gerangel unter. Das kleine Mädchen schrie: „Nein, Opa!“ Dann erhob sich Horaces Stimme wieder über den Tumult. „Ihr dürft sie nicht mitnehmen! Sie wurde frei geboren!“

„Wie willst du das beweisen?“, fragte die fremde Stimme. „Du bist vor zwanzig Jahren weggelaufen. Jetzt geht es für euch beiden zurück zu deinem Master.“ Er machte eine kleine Pause. „Es sei denn, du sagst uns, wohin sie gegangen sind. Wir wissen, dass sie hier waren.“

„Hier war niemand." Horaces Stimme war fest und trotzig.

Der Schlag, den man nur zu deutlich hören konnte, ließ Kate zusammenzucken. Doch der alte Mann sprach einfach weiter. „Sie sind kein Polizist, genauso wenig wie die anderen. Sie haben kein Recht –"

Der Mann unterbrach ihn. „Aber du hast uns in dein Haus gelassen, das ist, was zählt! Du bist der Flüchtling! *Du* bist derjenige, der keine Rechte hat!"

Das kleine Mädchen fragte: „Opa?"

Ein Jammern erklang in dem Zimmer direkt unter ihnen. Kate stockte der Atem. *Das Baby …*

Frank rutschte zum Fenster. Im Bruchteil einer Sekunde hatte Ben die Pistole aus seinem Holster gezogen. Er deutete damit auf Frank und spannte sie. *Nein,* formte Ben mit den Lippen.

Stampfende Füße liefen zurück zu dem Schlafzimmer. Die Sklavenjäger jubelten vor Freude, als sie Nelly unter dem Bett fanden. Das Baby schrie immer lauter.

„Hey, Mama!", sagte einer der Männer. „Und ein kleiner Wurm. Ist das nicht süß?"

Frank ballte die Hände zu Fäusten. Ben lief der Schweiß über die Stirn, doch er hielt seine Waffe unbeirrt auf ihn gerichtet.

Nach etlichen weiteren höhnischen Bemerkungen gingen die Sklavenjäger nach unten. Die Schreie des Babys wurden leiser, als sie das Haus verließen. Mrs Hanby beugte den Kopf, ihre Lippen bewegten sich in stillem Gebet. Frank legte fassungslos die Hände vors Gesicht. Kate hatte Angst, dass er sich eher vom Dach werfen würde, als ohne seine Frau von hier wegzugehen.

„Frank", flüsterte Ben. „Es sind zu viele. Sie werden Sie vor Nellys Augen töten. Wir müssen warten – wir müssen ihre Freiheit erkaufen, wenn man sie zum Sklavenmarkt bringt."

„Sie werden Nelly wieder über den Fluss bringen." Die Muskeln in Franks Gesicht arbeiteten.

„Wir werden sie freikaufen", wiederholte Ben. „John hat Freunde, die die Märkte beobachten. Und unsere Unterstützer werden uns mit dem Geld helfen. Vertrauen Sie mir. Es ist der einzige Weg."

Frank starrte Ben einen Augenblick hasserfüllt an. Langsam verließ der Zorn seine Augen. Doch es blieb eine Qual in ihnen zurück, als hätte ihm jemand das Herz herausgerissen. Kate musste wegschauen. Das alles durfte nicht passieren!

Die Laterne der Sklavenjäger hüpfte im Dunkeln auf und ab, während die Stimmen allmählich in der Ferne erstarben. Ben steckte seine Pistole weg und bedeutete Frank, vom Dach herab durch das Fenster zu steigen. Frank kam Bens Anweisung nach, schwang seine Beine über den Rand und rutschte außer Sicht. Ben half zuerst seiner Mutter nach unten und dann Kate, die am Fenster von Frank in Empfang genommen wurde. Vor lauter Benommenheit bemerkte Kate gar nicht, dass sie in der Luft baumelte. Erst als Frank sie nach innen zog, sackte sie zusammen.

Der alte Mann und seine Enkelin standen in dem Zimmer und warteten auf sie. Horace hatte seine Arme um das kleine Mädchen gelegt. Sie klammerte sich mit tränenverschmiertem Gesicht an ihm fest. Mit großen Augen beobachtete sie Ben, als er durch das Fenster schwang.

Horace versuchte, sie alle zu beruhigen. „Die Sklavenjäger kommen nicht so bald zurück. Sie müssen die Frau und das Kind erst über den Fluss bringen.“ Er warf Frank einen schnellen Blick zu. Dieser saß am Feuer und hatte verzweifelt den Kopf in die Hände gestützt. Horace seufzte und schlurfte zum Herd. Er werkelte einige Minuten herum und setzte dann einen Kessel auf. Das kleine Mädchen blieb unentwegt an seiner Seite und umklammerte seine Hand, doch er ließ es geschehen.

„Komm her, meine Kleine“, sagte Mrs Hanby. Sie hatte auf einer Bank an der Wand Platz genommen. Ihr Gesicht war weiß und ausgezehrt. „Wie heißt du?“

Die schönen Augen der Kleinen waren vom Weinen gerötet. „Rondie.“ Sie machte einen zögerlichen Schritt auf Mrs Hanby zu.

„Soll ich deine Haare hübsch machen, Rondie?“, fragte Mrs Hanby. „Ich habe das schon für andere kleine Mädchen gemacht, die bei mir zu Gast waren.“

Rondies Augen fingen an zu strahlen. „Meine Mama hat das immer gemacht, bevor sie in den Himmel gegangen ist.“ Sie rutschte auf die Bank, sodass Mrs Hanby die Haare aus dem Knoten auf ihrem Kopf befreien konnte.

Kate sprach leise mit Ben. „Was ist mit Horace und Rondie? Diese Männer werden zurückkommen."

Sie hätte diese Gedanken besser für sich behalten und später mit ihm besprechen sollen, denn Rondie sah sie angsterfüllt an.

Mrs Hanby tätschelte die Schulter der Kleinen und fing an, ihre Haare zu flechten. „Keine Angst, Rondie. Wir werden das nicht zulassen." Sie sah Ben besorgt an.

„Wir müssen sie mitnehmen", sagte Ben resigniert. „Sie können auf keinen Fall hierbleiben. Es ist nur eine Frage der Zeit, bis die Sklavenjäger wieder hier auftauchen. Horace und Rondie müssen mit Frank nach Kanada gehen." Ben behielt seine Fassung nur durch pure Willenskraft, das spürte Kate. „Und wenn John Nelly findet, bringen wir sie ebenfalls dorthin."

Das kleine Mädchen lehnte sich gegen Mrs Hanby, während diese kurz den Kopf senkte. Dann blickte sie wieder auf und flocht weiter.

Horace kam herübergeschlurft und reichte Kate eine heiße Tasse, die nach frischen Himbeeren duftete. Der Tee rann bitter über ihre Zunge.

Mrs Hanby hatte ihr erzählt, dass ein anderer Helfer die Flüchtlinge weiter nach Norden bringen würde, sobald sie Westerville erreicht hätten. Doch jetzt würde es nicht Frank und seine Familie sein – sondern Frank, Horace und Rondie.

Ein kalter Schauer lief Kate über den Rücken. Selbst der heiße Tee half nicht, das Frösteln zu vertreiben. Sie konnte sich nicht vorstellen, wie John Nelly und ihr Baby jemals finden sollte. Jetzt konnte Kate sich nicht mehr den Luxus leisten, daran zu zweifeln, ob Gott sie hörte. Nun musste sie glauben. *Hilf ihm, hilf ihm. Gott, bitte. Beschütze sie. Hilf John, sie zu finden.* Sie dachte an den Vogel und sein Lied. Tränen strömten über ihre Wangen.

Kapitel 19

Jedes Ruckeln und Rumpeln brachte sie wieder weiter zurück nach Westerville. Ben lenkte die beiden Maultiere mit langen Zügeln vom Kutschersitz aus und achtete sorgfältig darauf, dass keins der Tiere sich der Blumenpracht am Straßenrand nähern konnte. Gefleckter Schierling. Ein Bissen davon und die Tiere würden qualvoll zugrunde gehen.

Bens Herz sank mit jeder Meile tiefer. Er hatte Nelly nicht gerettet – stattdessen hatte er sie einem weitaus schlimmeren Schicksal ohne ihre Familie ausgeliefert. Er konnte kaum atmen, wenn er daran dachte. Die Schuld stach in seiner Brust. Sein Vater würde völlig niedergeschlagen sein. Und das Schlimmste war, dass Ben sich nichts anmerken lassen durfte. Die anderen Studenten erwarteten, dass die Proben für die Musikaufführung weitergingen. Ben hatte sich noch niemals so wenig danach gefühlt, Musik zu machen. Doch er musste weitermachen. Und er musste sich an die Hoffnung klammern, dass John Nelly und das Baby finden würde.

Um sie herum lagen die Häuser von Blendon Corners verstreut wie ausgeschüttete Würfel. Blendon war die älteste Siedlung in dieser Gegend und man konnte immer noch die raue Vergangenheit einer Grenzstadt spüren. Aus dem Saloon drangen selbst an diesem frühen Nachmittag Rufe und Gelächter.

Die Maultiere zuckten mit den Ohren, als es im Saloon laut klirrte. Jetzt lag nur noch etwa eine Meile Wegstrecke vor ihnen. Dank Horaces Wagen hatten sie sich lange Reisetage erspart. Bens Mutter saß schweigend neben ihm, wie sie es getan hatte, seit sie Washington verlassen hatten, während Kate hinten bei Rondie war. Das kleine Mädchen trug eine Haube und ein einfaches Kleid, wie es jedes Dienstmädchen tragen würde. Es gab also keinen Grund, warum jemand sie anhalten und befragen sollte. Trotzdem war Bens Stirn schweißnass. Er wollte Frank und die anderen nicht verlieren. Wenn der Marshal oder die Sklavenjäger Frank in die Hände bekamen, würden Nelly und er sich niemals wiedersehen. Genau wie es damals mit Joseph geschehen war.

Der Saloon verschwand hinter ihnen, doch die Straße blieb weit. Die Bäume standen weiter von der Straße entfernt als im Wald.

Ben hielt den Wagen an und drehte sich nach hinten um. „Rondie, weißt du noch, dass ich dir versprochen habe, du dürftest dich mit deinem Opa und Frank zusammen verstecken?"

Mit großen Augen nickte das Mädchen.

„Jetzt ist es so weit. Es wird auch nicht allzu lange dauern. Miss Winter, können Sie ihr helfen?" Er reichte Kate eine Feile, die unter dem Holzbrett zu seinen Füßen versteckt war.

Sie hatten seit Washington kaum miteinander gesprochen. Doch Ben spürte, dass sie nun die gleiche Last auf den Schultern trugen – Nellys erneute Gefangenschaft, Franks zusammengesackte Gestalt, seine unruhigen Augen. Es war gleichzeitig schrecklich und erleichternd, diese Gefühle mit jemandem teilen zu können, sei es auch unausgesprochen. Mehr als einmal hatte er gesehen, wie Kate sich die Augen trocken tupfte. Ben hatte gebetet, bis ihm keine Worte mehr eingefallen waren. Allein die Zusage aus dem Römerbrief hielt ihn aufrecht. *„Denn wir wissen nicht, worum wir in rechter Weise beten sollen; der Geist selber tritt jedoch für uns ein mit Seufzen, das wir nicht in Worte fassen können."*

Kate stapelte die Heuballen so, dass am hinteren Ende der Ladefläche eine Lücke entstand. Sie steckte die Feile in einen Spalt im Boden und hebelte so lange, bis sich ein Brett von etwa einem Quadratmeter anhob. Mühsam zerrte sie das Brett heraus.

Ben kletterte von seinem Sitz, ging nach hinten und half Rondie, die über das Heu zu der Öffnung kletterte. Unten waren die Gesichter von Horace und Frank sichtbar geworden. Sie atmeten tief die frische Luft ein.

„Können wir rauskommen?", fragte Horace. Die blauen Flecken von der unbequemen und viel zu engen Unterkunft waren selbst jetzt zu erkennen, wo man nur das Gesicht des alten Mannes sah. Frank hatte die gleichen Verletzungen gehabt, als Ben und Kate die beiden Männer das letzte Mal im Wald aus ihrem Versteck befreit hatten.

„Noch nicht", sagte Ben. „Aber wir sind fast da. Rondie muss jetzt zu euch kommen. Die Stadtbewohner wissen, dass wir keine Bediensteten in unserem Haus haben." Er zog sich auf die Ladefläche, um zu helfen.

„Komm, Mädchen", sagte Frank. Er rutschte zur Seite und verschwand. Horace streckte seiner Enkelin den Arm entgegen. Ben legte sie vorsichtig neben ihren Großvater. Er musste sich dazu zwingen, das Brett über ihren vertrauensvollen Kinderaugen zu schließen. Das Bild eines Sarges entstand in seinem Inneren, das er schnell wieder verdrängte. Zügig verteilte er eine leichte Schicht Heu über der Klappe.

Ben wandte sich um und sah direkt in Kates blaue Augen. Sie hatte sich wieder hingesetzt, ihr brauner Rock lag in Falten im Heu um sie herum. Sie erwiderte seinen Blick fest, als könne sie jeden seiner Gedanken lesen. Dann errötete sie verlegen und senkte den Blick. Er konnte sich nicht vorstellen, wie sie sich jemals wieder über die kleinen Lappalien am Otterbein-College unterhalten sollten, nachdem sie das alles gemeinsam durchgemacht hatten.

Der Wagen rumpelte langsam vor sich hin. Das Zaumzeug der Maultiere klirrte in der Stille der Mittagshitze. Die State Street war wie ausgestorben. Gut so, denn je weniger Augen sie sahen, desto besser – vor allem wenn man ihren wenig angemessenen Aufzug betrachtete. Die Röcke von seiner Mutter und Miss Winter waren fleckig und zerknittert, was man aus der Ferne allerdings nicht erkennen konnte.

Ben lenkte die Tiere um eine Ecke auf die College Avenue. Sie passierten das Vortragsgebäude, weiß und vertraut.

„Ben", rief eine Stimme. Frederick winkte von der Treppe her und lief die Stufen hinab. „Du bist wieder da! Ich hoffe, deine Reise war nicht zu anstrengend. Deine mysteriöse Abreise hat uns verwundert."

„Wir haben eine kleine Reise durchs Land gemacht, wie du siehst." Ben versuchte, so heiter zu klingen wie ein junger Mann, der einen lustigen Ausflug mit einem geliehenen Farmerwagen gemacht hatte.

„Es war eine wahre Freude", sagte seine Mutter, doch Ben spürte, wie sie sich neben ihm anspannte.

Fredericks Augen wurden groß, als er ihren Aufzug sah. „Eine ungewöhnliche Form des Vergnügens, würde ich sagen."

„Nicht wirklich, mein Freund. Nur ein ländlicher Ausflug nach all den Genüssen der Stadt." Er musste Frederick ablenken. „Bist du bereit für die Musikaufführung? Hast du auch brav geübt, während ich nicht da war?"

Frederick grinste selbstbewusst. „Ich bin bereit."

„Dann sehen wir uns morgen Mittag hier. Und sag den anderen Bescheid, die du siehst." Ben kämpfte darum, seinen Tonfall leicht zu halten, und hoffte inständig, dass Frank, Horace und Rondie keinen Laut von sich gaben, sonst würde alles auffliegen. „Und wir müssen jetzt weiter, denn die Damen haben genug vom Land."

„Eine Freude, Sie wieder hier zu haben, Mrs Hanby, Miss Winter." Frederick tippte sich an den Hut und trat zurück.

Ben trieb die Maultiere an. Ihre Hufe klapperten an Frederick vorbei. Bens Puls schlug im gleichen schnellen Rhythmus und wollte sich nicht beruhigen. Es war doch nur Frederick, sein bester Freund – doch seine Mutter war so nervös neben ihm, dass Bens eigene Aufregung nur noch verstärkt wurde.

Die Grove Street und das Haus der Hanbys kamen in Sicht. Neben ihm stieß seine Mutter ein leises Seufzen aus. Ben musste sich dazu zwingen, die Maultiere nicht anzutreiben, sondern sie langsam und gleichmäßig weiter zur Scheune traben zu lassen.

Die Türen der Scheune waren geöffnet und die Gestalt eines Mannes löste sich aus dem Schatten. Ben schnalzte den Maultieren zu, die den Wagen langsam in das Gebäude zogen. Der Mann trat vor und ergriff die Zügel. Ben war erleichtert über den vertrauten und willkommenen Anblick seines Vaters.

„Gott sei Dank", sagte sein Vater. „Wo wart ihr denn nur?" Er legte eine Hand auf Bens Schulter, wie um sicherzugehen, dass er ihn wirklich leibhaftig vor sich sah. Sein Blick lag auf seiner Frau.

„Schließt du bitte das Tor?", bat Ben.

Das Gesicht seines Vaters erhellte sich wissend. Er beeilte sich, das Tor zu schließen und mit einem Balken zu verriegeln.

Sie hatten es geschafft. Wenn auch nicht so, wie es geplant gewesen war. Doch jetzt gab es wenigstens noch Hoffnung für Nelly.

In einer halben Stunde würde Kate ihrer Mutter gegenübertreten müssen.

Mr Hanby ging am Wagen entlang und streckte seiner Frau die Arme entgegen, um ihr beim Absteigen zu helfen. Als er seine Hände an ihre Hüften legte und sie aus dem Wagen hob, trafen sich ihre Blicke mit einer solch tiefen Liebe, dass Kate wegsah, um die Intimität nicht zu stören. Sie hatte einen solchen Blick noch nie zwischen Eheleuten gesehen. Wahrscheinlich war es nur zwischen den Hanbys so. Die meisten Ehen schienen wie die ihrer eigenen Eltern zu sein, da war sie sich sicher. Man durfte nicht auf etwas so Besonderes hoffen, wie es die Hanbys hatten. Kates Herz zog sich vor Schmerz zusammen.

Ben sicherte die Zügel. Kate fing an, das Versteck vom Heu zu befreien. Mr und Mrs Hanby sprachen leise miteinander. Aus dem Augenwinkel sah Kate, wie die beiden sich umarmten. Mrs Hanby schmiegte sich an die Brust ihres Mannes und er beugte sich liebevoll über sie. Kates Wangen wurden warm, als sie an dem Brett zerrte und das Versteck freilegte.

Rondie kletterte aus dem Loch. Frank und Horace stöhnten erleichtert, als sie endlich wieder etwas mehr Platz hatten, um ihre langen Gliedmaßen auszustrecken.

„Das ist Frank“, sagte Mrs Hanby und führte ihren Mann zu den Flüchtlingen. „Und das sind Mr Horace Abraham und seine Enkelin. Das ist mein Ehemann, Mr William Hanby.“

„Guten Tag, Sir“, sagte Horace.

„Es ist mir eine Ehre.“ Als Mr Hanby das sagte, klang es aus vollstem Herzen aufrichtig und keinesfalls nur wie eine höfliche Floskel. Er stellte keine Fragen, sondern schüttelte die Hände der Männer. „Wenn Sie mit in die Zeugkammer kommen wollen, werden wir es Ihnen dort so bequem wie möglich machen. Ich bringe Ihnen Decken und Essen. Unsere Tochter Amanda kocht heute Abend. Es tut mir nur leid, dass wir Sie nicht zum Essen nach drinnen bitten können. Wir müssen vorsichtig sein.“

„Natürlich, Sir“, sagte Horace.

Als Mr Hanby die kleine Gesellschaft nach hinten führte, waren

Franks Schritte im Gegensatz zu denen von Horace und seiner Enkelin langsam und schwer. Die Last drückte auch auf Kates Schultern. Wir schlimm musste es für Frank sein, die Freiheit zu sehen, doch ohne seine Familie.

„Kate", sagte Mrs Hanby. „Wir werden Sie nach Hause bringen. Doch zuerst müssen Sie sich einen Reifrock von Amanda borgen und ich richte Ihre Haare, damit Sie Ihrer Mutter unter die Augen treten können."

Nachdem Kate sich gewaschen hatte, ihr Haar in ordentliche Wellen gelegt und das Kleid ausgebürstet worden war und sie den geliehenen Reifrock trug, machte sie sich zusammen mit Mrs Hanby auf den Weg zur Northwest Street. Das Eisentor sah genauso aus wie immer, doch irgendetwas in Kates Welt hatte sich verändert. Sie sehnte sich danach, sich in ihr Zimmer zurückziehen und die Fundamente ihrer Überzeugungen neu sortieren zu können.

Sie hatte Mrs Hanby versprochen, dass sie ihrer Mutter die Wahrheit über ihre Reise erzählen würde. Das würde kein Zuckerschlecken werden. Vielleicht sollte sie lieber warten, bis Mrs Hanby gegangen war. Doch sich heimlich ins Haus zu schleichen, würde auch nicht funktionieren, da Bens Mutter sie begleitete. Auf das Schlimmste vorbereitet, betätigte Kate den Türklopfer.

Tessie in weißer Schürze und grauem Kleid öffnete die Tür. Sie lächelte erfreut. „Miss Winter, was für eine Freude, Sie zu sehen. Willkommen." Sie knickste und hielt die Tür weit auf.

„Mrs Hanby, kommen Sie doch herein", sagte Kate wohlerzogen.

„Danke, für einen Augenblick", erwiderte Mrs Hanby höflich.

Es war, als sprächen sie unter den eigentlichen Worten einen völlig anderen Text.

Verlassen Sie mich nicht.

Ich bin hier.

Sie saßen nebeneinander im Salon, die Röcke perfekt arrangiert, als hätten sie sich nicht kürzlich durch Matsch und Gestrüpp gekämpft. Zum Glück lag das Arbeitszimmer von Kates Vaters im

Dunkeln. Vielleicht zechte er in Columbus oder im Saloon in Blendon, dachte Kate verbittert.

Ein leichtes Knarren der Stufen und das Flüstern von Stoff kündigten die Ankunft an, die Kate den Magen umdrehte. Ihre Mutter erschien mit gemessenen Schritten, zuerst der breite Reifrock, dann die schmale Taille und schließlich die ganze Gestalt mit kunstvoller Frisur.

Als Ruth Winter in den Raum schwebte, war ihr Gesicht ohne Ausdruck und schrecklich ruhig. Mrs Hanby und Kate erhoben sich, um sie zu begrüßen. Der blaue Fleck in ihrem Gesicht war verschwunden, also hatte Kates Vater nicht wieder die Hand gegen sie erhoben.

Plötzlich verzog sich ihr Gesicht zu einem höflichen Lächeln. „Mrs Hanby! Es ist eine Freude, Sie wiederzusehen. Und danke, dass Sie meine Tochter wohlbehalten wieder zurückgebracht haben.“ Kates Mutter setzte sich ihnen gegenüber. „Wir haben sie natürlich vermisst, doch Mrs Lawrence hat mir versichert, dass es einer guten Sache dient. Und wenn Ida sich für etwas einsetzt, wie könnte ich dagegen sein? Sie war so freundlich, mir während deiner Abwesenheit Gesellschaft zu leisten, Kate. Und Miss Lawrence ist wahrlich ein Schatz.“

So war das also! Mrs Lawrence hatte Kates Mutter mit Besuchen und der Aufmerksamkeit überhäuft, nach der sie sich so sehr sehnte.

Mrs Hanby faltete die Hände in ihrem Schoß. „Mrs Winter, Ihre Tochter hat auf unserer Reise unglaubliches Mitgefühl und innere Stärke bewiesen. Es war ein Segen, dass sie mir helfen konnte und ich die Gelegenheit hatte, sie besser kennenzulernen.“

„Das ist sehr freundlich von Ihnen.“

Die Unterhaltung plätscherte vor sich hin. Mrs Hanby war aufrichtig, doch förmlich; Kates Mutter lächelte, dass Kate fürchtete, ihr Gesicht würde zerspringen.

„Nun, ich muss mich zu Hause um einiges kümmern, Mrs Winter, deshalb werde ich mich nun verabschieden.“ Mrs Hanby erhob sich.

Kates Mutter tat es ihr gleich. „Ich hoffe, dass wir uns bald wiedersehen. Vielleicht zum Tee mit Ida?“

„Sobald es mir möglich ist. Einen guten Abend Ihnen“, verabschiedete sich Mrs Hanby. Tessie öffnete ihr die Tür.

„Guten Abend“, sagte Kate.

Auch ihre Mutter grüßte zum Abschied, als sich die Tür hinter Bens Mutter schloss.

Sofort wandte sich Kates Mutter um. „Ich bin froh, dass du es geschafft hast, etwas Ansehen zu erlangen, Kate.“ Die vertraute Kälte war in ihre Stimme zurückgekehrt, doch wenigstens schien sie sich nicht über Kates lange Abwesenheit aufzuregen. „Was genau war es denn nun, das dich so lange aufgehalten hat?“

Kate stählte sich für die Antwort. „Wir mussten armen Menschen helfen, einen Platz zu finden, wo sie Hilfe bekommen – Essen, Decken, Unterkunft.“

„Und haben sie es verdient?“

„Ja, das haben sie.“ Jetzt war der Zeitpunkt, ihrer Mutter zu erklären, dass sie Sklaven bei der Flucht geholfen hatte. Kate zögerte.

„Gut“, sagte ihre Mutter. „Nächstenliebe sollte nur denen zuteilwerden, die ein tugendhaftes Leben führen. Ich würde natürlich auch nicht erwarten, dass Freunde von Ida etwas mit zwielichtigen Gestalten zu tun haben. Nun gut. Gute Nacht.“ Ihre Mutter raffte die Röcke und schritt die Treppe hinaus.

Kate stand einige Sekunden lang still da. Die Gleichgültigkeit ihrer Mutter war verblüffend erleichternd.

Ich habe mein Wort gebrochen. Ich habe ihr nicht alles erzählt. Ich werde es morgen machen.

Doch sie wusste, dass sie es nicht tun würde.

Kapitel 20

„Vielleicht solltest du die Aufführung absagen.“ Cyrus’ allzu vertraute Stimme zerrte an Bens Nerven. Sein jüngerer Bruder stand in der Tür zum Musiksaal. „Wir haben nicht mehr viel Zeit. Bestimmt werden wir nicht deinen Ansprüchen genügen.“

„Überlass die Entscheidung doch einfach mir.“ Ben nahm seine Finger von den Klaviertasten und blickte auf.

Cyrus rückte die Cellotasche zurecht und warf seine lockigen Haare in den Nacken, als wolle er damit die Zurechtweisung seines älteren Bruders abschütteln. Er trat in den Raum.

„Wo sind die anderen?“, wollte er wissen.

„Die Probe fängt erst in fünf Minuten an.“

Amanda betrat hinter Cyrus den Saal und warf Ben einen mitfühlenden Blick zu. Als sein Bruder nichts weiter sagte, suchte Cyrus sich einen Stuhl und packte sein Cello aus, während Amanda ihre Violine stimmte und sich warm spielte.

„Der Händel, bitte.“ Sie blätterten durch die Noten. Ben leitete die Eröffnungsmelodie ein.

„Cyrus, spielst du bitte langsamer?“ Ben tippte mit dem Taktstock gleichmäßig auf das Notenpult.

Cyrus kratzte mit dem Bogen über die Saiten. „Noch langsamer und wir schlafen ein.“

Amanda hielt inne und setzte ihre Violine ab, während sie mit schwesterlicher Nachsicht wartete.

Cyrus zeigte mit seinem Bogen wie mit einem langen, anklagenden Finger auf Ben. „Außerdem bleibt die Frage, warum wir das Stück überhaupt spielen. Miss Winter war bei den letzten beiden Proben seit eurer Rückkehr nicht hier. Ich glaube nicht, dass sie überhaupt mitwirken wird. Wir sollten das Lied rausschmeißen.“

„Diese Entscheidung treffe ich erst morgen.“

Kate hatte auch schon vor diesem Ausflug, der sich als schicksalhafte Mission erwiesen hatte, nicht singen wollen. Ihre Abwesenheit war verständlich. „Vielleicht spielen wir es nur instrumental.“

„Das wäre doch Unsinn“, widersprach Cyrus. „Die Kinder spielen die Bäume. Niemand wird verstehen, warum sie all das Grünzeug halten.“

Ben atmete tief ein und versuchte, die Beherrschung zu behalten.

„Warum streichen wir den Händel nicht und lassen dieses nutzlose Proben sein?“ Cyrus’ Stimme klang so kratzig wie das Geschrei eines Fischhändlers.

Ben umklammerte seinen Dirigierstock, damit er ihn nicht vor Wut quer durch den Raum schleuderte. „Würdest du dich bitte um deine eigenen Angelegenheiten kümmern? Ohne dieses Lied hätte die ganze Aufführung kein richtiges Ende.“

„Ohne Text wird sowieso keiner das Ende verstehen.“ Cyrus legte den Kopf nach vorne wie ein verärgerter Ziegenbock.

„Cyrus, hör auf damit. Es sind doch nur ein paar Minuten“, versuchte Amanda zu vermitteln.

„Aber kommen die anderen nicht jeden Moment? Und wir haben die Dynamikzeichen für den Schubert noch nicht festgelegt.“ Cyrus’ Augen funkelten durch seine Lockenmähne.

„Mach einfach, was Ben sagt. Er hat viel zu tun und wir sollten ihm seine Aufgabe leichter machen.“ Amanda hob ihre Violine wieder an die Schulter. Cyrus verzog das Gesicht, setzte seinen Bogen aber auf die Cellosaiten.

„Eins, zwei …“, zählte Ben mit zusammengepressten Zähnen und gab den Takt an.

Die Tür des Vortragssaales schwang auf. Frederick Jones kam mit beschwingtem Schritt in den Raum und setzte sich leise, um dem Stück zu lauschen. Ben gab weiter den Takt an und achtete auf jede Variation im Tempo. Jetzt war es gut. Obwohl Ben den Eindruck hatte, Cyrus schwanke ab und an, um ihn zu ärgern.

Aus dem Augenwinkel sah er, wie die anderen Studenten den Saal betraten. Mrs Gourney führte die jungen Damen herein. Die übrigen jungen Männer folgten ihnen. Als der Händel sich dem Ende neigte, waren alle versammelt.

Ben sollte allen dankbar für ihren freiwilligen Einsatz sein, gleichgültig, wie schlecht es ihm gerade ging und wie gerne er die Aufführung abgesagt hätte. Kates Einsatz hätte die künstlerischen Effekte des Stückes vereint, indem sie die Darstellung der Kinder durch den

Text mit der lieblichen Musik zu einer Einheit verschmolzen hätte. Ben würde es niemals zugeben, doch Cyrus hatte recht, wenn er sagte, dass sie das Stück ohne Solisten lieber ganz streichen sollten. Die Musik allein wäre ohne die Worte verwirrend. Doch Ben brauchte Cyrus nicht, um ihm zu sagen, dass seine Anstrengungen ohne Miss Winter bedeutungslos waren. Er wusste es selbst am besten.

Kein anderer Sänger hatte den richtigen Klang und stimmlichen Umfang für dieses Lied, doch Kate hatte die gesamte letzte Woche nicht auf Jennys Einladungen reagiert. Zudem verdunkelte die Erinnerung an Nellys Gefangennahme seine Seele. Am liebsten hätte sich Ben in die Ecke gesetzt und gar nichts mehr getan. Allein sein Starrsinn ließ ihn noch an dieser Enttäuschung weiterarbeiten.

„Danke, dass Sie alle pünktlich hier erschienen sind." Er wandte sich den vor ihm Sitzenden zu, sorgfältig getrennt nach Männern und Frauen.

Bildete er es sich nur ein oder sahen sie alle ebenso erschöpft und uninspiriert aus, wie er sich fühlte? Falls dies der Fall war, war es nicht ihre Schuld. Er allein hatte die Verantwortung für dieses Stück.

Ben dachte daran, wie wenig Freude ihm die Aufführung bereiten würde. „Lassen Sie uns das Programm genau so singen, wie wir es morgen tun werden, ohne Unterbrechung. Eine Generalprobe, nur ohne die Kinder. Die stoßen morgen Nachmittag zu uns."

Die Sänger und Schauspieler nickten und nahmen ihre Plätze ein. Die Probe plätscherte vor sich hin. Langweilig. Offensichtlich wollte niemand wirklich hier sein. Ben interessierte nicht einmal, warum das so war. Das würde seine Stimmung nur noch weiter in den Keller rutschen lassen.

Cyrus kam ans Ende seines Sprechparts, der die letzte Nummer einleitete, den Händel. „Und so", fabulierte Bens Bruder, „schließen wir mit dem großartigen und wunderbaren Mysterium der Kindheit, der Liebe einer Mutter, einem Segen, der niemals endet." Cyrus' Blick sprühte Funken, als er Ben ansah. „Oh erhabener Dirigent, seid Ihr sicher, dass wir das Schlussstück spielen sollen?"

„Ja." Wenn Ben mehr gesagt hätte, hätte er es später bereut.

„Auch wenn Miss Winter uns nicht die Ehre ihrer Anwesenheit erweist?", stichelte Cyrus.

„Spielt es."

„Es ergibt aber keinen Sinn." Cyrus warf die Hände in die Luft.

Wie konnte er es wagen, vor den anderen so eine Szene zu machen? Bens Wut flackerte auf.

Die Tür öffnete sich.

Miss Winter trat in den Saal.

Ihre blauen Augen flogen zu den Gesichtern, die sich zu ihr umwandten. Mit ihren schwarzen Haaren, der zarten Figur und der hellen Haut sah sie aus wie eine Nymphe, die jeden Augenblick zurück in die Wälder fliehen könnte.

Ben starrte sie an. Unwillkürlich kam ihm ihr intimer Spaziergang durch den Wald in den Sinn, die Wärme ihrer Hand in der seinen.

„Ich möchte mich für mein Fehlen bei den vergangenen Proben entschuldigen, Mr Hanby", sagte Miss Winter. Irgendetwas an ihrem Tonfall war anders. Und er konnte sie ohne Probleme aus drei Metern Entfernung verstehen, obwohl sie immer noch nicht wirklich laut sprach.

„Möchten Sie noch, dass ich singe?", fragte sie.

„Nichts lieber als das." Wärme stieg seinen Nacken empor. Vor den anderen musste er seine Worte mit Bedacht wählen. „Wenn es Ihnen nichts ausmacht, dass Sie nur noch einen Tag zum Proben haben."

„Ich kenne das Lied mittlerweile sehr gut."

Ihre letzte gemeinsame Probe schien Jahrhunderte her zu sein. „Äh, ja. Dann kommen Sie doch bitte zu uns nach vorne." Er würde vollkommen sachlich sein. „Erinnern Sie sich noch an Ihren Einstieg? Vier Takte Vorspiel."

Sie nickte. Cyrus ging erstaunlich fügsam zurück zu seinem Platz und lehnte das Cello gegen seine Knie.

Ben reichte Kate das Liedblatt. Sie konnte besser nach Noten singen, als sie vorher zugegeben hatte. Die ersten Takte klangen ein wenig unsicher, doch dann schien sie genau zu wissen, was sie tun musste, um das Lied erstrahlen zu lassen. Ihre Stimme klang bezaubernd. Betörend.

Als die letzten Töne verklangen, war in den Gesichtern der anderen staunende Bewunderung zu lesen. Und als sie anschließend noch einmal die ganze Aufführung durchprobten, strahlten alle Mitwirkenden viel mehr Leben und Leidenschaft aus als zuvor.

Ben wusste nicht, was Kates Meinung geändert hatte. Das Lampenfieber entzog ihren Wangen noch immer jegliche Farbe, wodurch der Kontrast zu ihrem schwarzen Haar noch größer wurde. Doch aus irgendeinem Grund hatte sie sich dazu entschieden, trotz ihrer Angst zu singen.

Obwohl die Aufführung nur leichte Unterhaltung sein sollte, munterte Kates Entschlossenheit Ben auf. Nelly und ihr Baby, die immer noch nicht gefunden worden waren, ließen momentan alles andere in den Hintergrund treten und verblassen. Doch vielleicht konnte seine Musikaufführung wenigstens dieser jungen Dame helfen, die er so sehr bewunderte. Wenn es ihr gelang, ihre Angst vor dem Publikum zu überwinden, könnte sie vielleicht auch in Zukunft selbstbewusster unter Menschen gehen.

Am Ende der Probe dankte Ben allen Mitwirkenden mit echter Freude. In seiner Seele hallte immer noch der Klang von Kates reinem Sopran wider.

Sie hatte sich zum Gehen umgewandt.

„Miss Winter“, sagte er.

Sie hielt inne. Ihr meergrünes Kleid raschelte, als sie über die Schulter blickte.

Er durchquerte den Raum und trat neben sie. „Ich möchte Ihnen für das danken, was Sie hier tun.“

Röte stieg in ihre Wangen und sie hielt den Blick gesenkt, ihre dunklen Wimpern lagen auf ihren Wangen. „Sehr gerne, Mr Hanby. Musik bringt den Menschen Freude, auch wenn es nur für eine Stunde ist. Vielleicht ist es der einzige freudvolle oder freie Moment im Leben.“ Sie hob ihre Augen und sah ihn an. „Solche Augenblicke zählen. Sie sind Geschenke. Mr Hanby, Sie haben mir gesagt, dass solche Momente von Gott kommen und man sie teilen sollte. Ich bin frei. Und ich sollte singen.“ Sie wandte sich um und ging zu Cornelia, die an der Tür wartete.

Ben ließ sich langsam auf die Klavierbank sinken. Der Raum war jetzt leer. Die Entschlossenheit in ihrer Stimme faszinierte ihn. Was hatte Gott mit Miss Winter nur für ein ungewöhnliches Geschöpf erschaffen! Er rief sich ihre Anwesenheit noch einmal in Erinnerung

– wie sie den Raum betreten hatte, den Klang ihrer faszinierenden Stimme, den zarten Duft von Blumen, der ihrem dunklen Haar entströmte.

Er sah auf seine Partitur, folgte mit den Augen den Akkordverläufen und musikalischen Verzierungen des ersten Liedes. Der kommende Abend war voll neuer Versprechen. Ben schwor sich, alles dafür zu tun, dass es für Kate ein perfekter Abend werden würde.

Kapitel 21

Wenn sie sich noch einmal sagte, dass kein Weg daran vorbeiführte, würde die Angst vielleicht endlich weniger werden. Der Duft des frisch polierten Holzes der Bühne brachte die Erinnerung an den Tag der Vorträge zurück, doch Kate zwang ihre Gedanken weg von der Vergangenheit ins Hier und Jetzt. Das Publikum war noch nicht da – sie durfte nicht panisch werden.

Das Plappern der Kinder erhob sich in fröhlichem Chaos um sie herum. Die Kleinen standen in einer ordentlichen Reihe an der Wand. Der eine oder andere Junge flitzte zwar hier und da durch den Raum, weil er vor Aufregung nicht still stehen konnte, wurde jedoch sofort von Amanda Hanbys geübter Hand zurückgeholt. Die größeren Mädchen flüsterten, während sich die jüngeren überwältigt vom Licht und den Farben fasziniert umsahen.

Blumen standen in großen Körben auf der Bühne und Girlanden aus Immergrün zierten die Wände dahinter. In der letzten Probe hatte Ben den Kindern erklärt, wie sie die Äste während Kates Solo schwingen sollten.

Ihr Solo. Ein bitterer Geschmack stieg in ihrem Hals auf. Sie schluckte schwer. Sie durfte jetzt nicht krank werden. Ben fing ihren Blick auf und für einen kurzen Moment wurde ihr Herz ruhiger – bevor es wieder in wilden Spiralen davonzufliegen schien. Wenn sie sich blamierte, würde sie seine ganze Arbeit zunichtemachen.

Sie musste ihr Wort halten und singen. Nur einmal. Das konnte sie schaffen. Sie musste es schaffen. Sie würde damit Nelly und ihre kleine Tochter ehren. Die Begegnung mit ihnen hatte Kates Leben verändert, hatte *sie selbst* verändert. Wenn sie dem Leiden entgegentreten wollte, das sie gesehen hatte, musste sie ihren Abschluss am Otterbein-College machen. Nur als qualifizierte Lehrerin konnte sie auf Menschen einwirken, die nicht zu ihrem direkten Umfeld gehörten. In keinem anderen Bereich war es Frauen gestattet, Einfluss auf intellektuelle und moralische Fragen zu nehmen. Kate war klar geworden, dass sie niemals als Hutmacherin arbeiten und die

Grausamkeiten der Welt ignorieren konnte. Sie musste etwas dagegen tun.

Doch all dieses Wissen beruhigte nicht ihren rumorenden Magen, der sich mittlerweile zum zwanzigsten Mal gedreht haben musste.

Frederick Jones, prachtvoll mit weißen Stehkragen und dunklem Gehrock, überragte alle anderen. Er verbeugte sich in Kates Richtung und kam auf sie zu.

Doch Ben Hanby erreichte sie zuerst. „Guten Abend, Miss Winter."

Am liebsten hätte sie seinen Arm ergriffen, wie sie es im Wald getan hatte, und Trost in seinem Glauben gesucht. Doch das war ausgeschlossen.

Er lächelte sie beruhigend an und wandte sich dann um, um mit den Kindern zu sprechen. „Kinder, ihr werdet zuerst euer Lied singen. Am Ende werdet ihr den Festzug mit den Bäumen aufführen." Er sprach so laut, dass er das Kichern und Flüstern übertönte, bis alle aufmerksam zuhörten. Ihre Köpfe nickten zustimmend im Schimmer der Lampen.

„Wenn ihr mit eurem Lied fertig seid, setzt ihr euch dort vorn hin." Ben deutete auf eine Stuhlreihe, die für die Kinder reserviert worden war. „Nach eurem Stück wird der jüngere Mr Hanby" – Ben zeigte auf Cyrus – „sein Abschiedsstück sprechen. Er wird Miss Winters Lied ankündigen und euch damit aufrufen, eure Äste zu nehmen und auf eure Plätze zu gehen, genau wie wir es heute Nachmittag geprobt haben. Habt ihr alles verstanden?"

„Ja, Mr Hanby!", riefen alle wie aus einem Mund.

„Wer wird euch also aufrufen?", fragte er noch einmal nach.

„Cyrus!", riefen seine kleinen Geschwister, während die anderen „Mr Hanby" schrien.

„Sehr gut."

Wieder fingen die Kleinen an, miteinander zu plappern.

Ben wandte sich an Cornelia. „Miss Lawrence, könnten Sie die Kinder mit in die Bibliothek nehmen? Ich lasse Sie dann rechtzeitig rufen."

„Natürlich." Cornelia klatschte in die Hände und führte die kichernden Kinder fort.

Nach und nach strömten die Zuschauer in den Saal. Bens Eltern waren die Ersten, gefolgt von den Lawrences. Und da war auch Professor Hayworth. Kate vermied es, in seine Richtung zu schauen – das würde sie nur noch nervöser machen.

Immer mehr Menschen betraten den Vortragssaal: die Westerfields, die Boglers, die Stoddards, die Griffins.

Kates Mutter betrat den Raum zögernd, doch gleichzeitig stolz mit ihrem eleganten Hut. Sie nahm steif in der hintersten Reihe Platz und bedeutete Leah, sich zu ihr zu setzen. Ihr Vater war nicht bei ihnen – Kate war erleichtert.

Dann kamen Mr Jones und seine kleine blonde Frau. Die Jones' schoben sich durch die Menschenmenge. Mr Jones sprach mit jedem, an dem er vorbeikam.

Ein lautes Schwirren von Gesprächen und Betriebsamkeit erfüllten den Saal, als mehr und mehr Menschen herbeiströmten. Am Ende mussten sich die letzten Besucher hinten an die Wand stellen, weil alle Sitzplätze belegt waren.

Es war an der Zeit, dass die Aufführung begann.

Kate spürte die Freude des Publikums, seine ungeteilte Aufmerksamkeit, mit der es jeden Augenblick der Aufführung verfolgte: angefangen mit Fredericks ausgelassenen Liedern bis zu den Vorträgen der Schauspieler, die voll guter Laune waren. Doch jedes Lied, jeder Vortrag brachte sie dem unausweichlichen Moment näher.

Die Kinder kamen auf die Bühne und sangen *Mary Had a Little Lamb,* wobei sie freudestrahlend zu ihren Familien blickten. Manche winkten ihren Eltern verstohlen zu, was das Publikum schmunzeln ließ.

Schließlich erhob sich Cyrus und trug seinen Monolog über Mutterschaft und Gottes Liebe vor, den er mit einer dramatischen Pause beendete.

„Und nun ..." Er senkte den Kopf, als sammle er Kraft für seine Ankündigung. Auf seinem Gesicht lag ein unheilverkündender Ausdruck. „Gerade haben wir *Mary Had a Little Lamb* von unseren jüngsten Sängern vernommen, doch nun nähern wir uns unserem rührenden Finale. Ich möchte Ihnen Miss Mary Katherine Winter vorstellen, unsere eigene *Mary,* und am Klavier ihr ergebenes Lamm."

Kate stand wie vom Donner gerührt da, ebenso die Zuschauer im Publikum, die fassungslos und mit offenen Mündern dasaßen wie tote Fische. Was hatte Cyrus da gerade gesagt? Sie musste sich verhört haben. Vielleicht war es nur eine Einbildung ihres angespannten Verstandes gewesen. Doch an den schockierten Gesichtsausdrücken der Zuhörer erkannte sie, dass es alle gehört haben mussten.

Cyrus redete immer noch. „Doch wird unsere Mary von unserem Lamm erobert werden? Wir werden es eines Tages erfahren."

Was? Cyrus hatte gerade von einer Übereinkunft – oder so etwas – zwischen Ben Hanby und ihr gesprochen. In aller Öffentlichkeit. Vor ihrer Mutter. Vor der ganzen Stadt.

Kates Magen drehte sich erneut um. Sie konnte auf gar keinen Fall singen.

Cyrus deutete mit einer Verbeugung in ihre Richtung. „Und nun lassen Sie uns Miss Winter unsere ungeteilte Aufmerksamkeit zuteilwerden lassen, wenn sie für uns Händels Stück *Dort, wo du weilst* singt." Er trat zurück und setzte sich auf seinen Stuhl, wo sein Cello auf ihn wartete.

Kate stand erstarrt da, spürte die Blicke aller Anwesenden auf sich. Sie würde nicht weglaufen und den Skandal noch vergrößern. Sie würde auf die Bühne gehen. Da – sie tat es wirklich. Der Raum drehte sich zwar, doch sie konnte einen Fuß vor den anderen setzen. Sie würde Bens Musikaufführung nicht ruinieren. Wenn sie es an ihren Platz schaffen würde, könnte sie singen.

Cyrus nahm seinen Bogen und grinste sie an, als wäre alles in bester Ordnung.

Ihre Ohren dröhnten. Sie sah in die Gesichter – so viele Gesichter. Dachten sie alle noch an Cyrus' Worte? Blut stieg in ihr Gesicht und Kate wurde schwindelig. Ihr Korsett fühlte sich viel zu eng an; sie bekam kaum Luft. Der Raum um sie herum schwankte immer mehr und wurde dunkler. Sie spürte kaum, wie ihr Kopf auf dem Boden aufschlug. Arme legten sich um sie und trugen sie davon, als alles um sie herum schwarz wurde.

Kapitel 22

Ben betrat das Haus durch die Küchentür und schloss diese leise hinter sich. Die Sonne war kaum aufgegangen, doch er hatte schon etwas Wichtiges zu erledigen gehabt.

Es roch nach Speck und frischem Brot. „Brauchst du Hilfe mit dem Frühstück?“, fragte er seine Mutter, die gerade den Kaffeetopf auf den Herd stellte.

„Nein, danke.“ Sie musterte ihn von Kopf bis Fuß. „Warum bist du so schmutzig?“

Ben sah an sich herab. Sein Hemd war voller Matsch und von grünen Grasstreifen gezeichnet.

„Darüber möchte ich lieber nicht reden.“ Er klopfte seine Hose aus. „Sind unsere Freunde mit Mr Lawrence gegangen?“, fragte er leise.

Frank Foster und die Abrahams waren noch in der Scheune gewesen, als er heute Morgen aufgebrochen war, doch bei seiner Rückkehr hatten keine drei Blumen mehr im Fenster gestanden. Die Blumen waren ein Zeichen der Hanbys für alle Eingeweihten, dass sich Flüchtlinge in der Scheune befanden. Wenn die Blumen also nicht mehr da waren, bedeutete es, dass die drei weitergereist sein mussten.

„Sie sind sicher auf dem Weg nach Sinai.“

„Ich hätte es gerne gewusst. Dann hätte ich ihnen eine gute Reise wünschen können.“

Seine Mutter nahm den Speck aus dem Ofen und stellte ihn auf den Tisch. „Sie müssen schnellstmöglich nach Kanada. Mr Lawrence erstattet uns Bericht, wenn er wieder da ist.“

Der Tisch war gedeckt, das Frühstück war fertig.

„Ich rufe die anderen“, sagte Ben.

Die Stimme seines Vaters erklang aus dem Wohnzimmer. „Ist schon gut, Ben, ich wecke sie.“ Bens Vater eilte leichtfüßig die Treppenstufen hinauf.

Einer nach dem anderen kamen die Kinder langsam die Treppe hinunter und versammelten sich in der Küche. Samuel saß auf dem Schoß seiner Mutter und schmiegte sich schlaftrunken an sie. Lizzie und Willie quetschten sich auf die Sitzbank, jeder an einem Ende und so weit voneinander entfernt wie möglich, damit sie nicht in Streit gerieten. Amanda und Jenny setzten sich zwischen die Kleinen, um ihnen mit dem Essen zu helfen. Anna saß am Kopfende des Tisches, müde und schlecht gelaunt. Sie war kein Morgenmensch.

„Wo ist Cyrus?“, fragte Bens Vater.

Seine Mutter wischte sich die Hände an der Schürze ab. „Er ist vor einer Stunde raus in den Stall gegangen und hätte längst zurück sein müssen.“

„Tja, dann müssen wir wohl ohne ihn essen.“ Bens Vater zog seinen Stuhl zurück. Er faltete seine Hände. „Sollen wir den Segen sprechen?“

Die Küchentür öffnete sich und Cyrus kam herein.

Seine Mutter hielt inne und starrte ihren Sohn an. Cyrus war mit Schmutz und Staub bedeckt. Ein großer, blauer Fleck zierte seine linke Wange und über dem Auge hatte er blutige Kratzer. Seine Lippe war angeschwollen und blutverschmiert.

Er schaute niemandem in die Augen und humpelte stumm die Treppe hinauf.

Lizzie fragte neugierig: „Warum ist Cyrus –?“

„Schhht!“, sagte ihre Mutter. Sie sah Ben tadelnd an.

Ihm war es gleichgültig, was sie dachte. „Reichst du mir bitte die Brötchen?“, fragte er Amanda. Er nahm sich eins und fing an, es mit Butter zu bestreichen. Dabei versuchte er, nicht allzu zufrieden auszusehen. Aus dem Augenwinkel sah er, wie sein Vater ihn musterte.

„Wir haben noch nicht gebetet“, sagte er.

Ben legte das Brötchen hin.

Alle beugten ihre Köpfe und sein Vater begann. „Liebender Vater, vergib uns unsere Fehltritte. Hilf uns, dass wir uns jeden Tag daran erinnern, dass ein sanftes Wort jeden Zorn lindern kann und dass der, der mit dem Schwert lebt, auch durch das Schwert sterben wird.“

Ben öffnete seine Augen. Sein Vater betrachtete ihn über die gesenkten Köpfe der anderen hinweg.

„Herr, erweiche unsere harten Herzen und hilf uns, einander zu vergeben“, betete er weiter.

Das war unmöglich. Immer noch genoss Ben seine Genugtuung bei der Erinnerung daran, wie er Cyrus ruhig gesagt hatte, dass sie hinter der Scheune etwas zu klären hätten. Als sie außer Sichtweite waren, hatte Ben zu seinem Bruder gesagt: „Du hast eine unschuldige und bewundernswerte junge Dame dem Spott der Öffentlichkeit preisgegeben. Da du dich anscheinend nicht wie ein Gentleman benehmen kannst, gebe ich dir eine Nachhilfestunde in richtigem Betragen. Verteidige dich.“

Mit Wut und Angst in den Augen hatte Cyrus einen wilden Haken gegen Ben geschwungen. Daraufhin war ein wilder Kampf entbrannt. Das Ergebnis hatte zu Cyrus' unrühmlichem Auftritt eben geführt.

Sein Vater schloss mit einem „Amen“, das die anderen lautstark wiederholten.

Nach dem Frühstück legte Bens Vater eine Hand auf seine Schulter. „Gehst du mit mir spazieren, mein Junge?“ Es war keine wirkliche Frage.

Sie verließen schweigend das Haus. Als sein Vater sich auf den Weg zum Bach machte, folgte Ben ihm widerstrebend. Er wollte dieses Gespräch nicht führen, doch es gab kein Entrinnen. Sie überquerten die Northwest Street.

Sein Vater ließ sich zurückfallen, um neben Ben zu gehen, und schob seine Hände in die Taschen. In der angespannten Stille schienen die Geräusche um sie herum noch lauter zu sein: ihre Schritte, das Zwitschern der Spatzen und das Rascheln eines Eichhörnchens in den Bäumen über ihnen.

„Du scheinst diese junge Dame sehr zu mögen – Miss Winter, glaube ich?“, fragte sein Vater.

„Und wenn? Ich mag alle meine Freunde“, sagte Ben. Es klang kindisch.

„Du weißt, wovon ich spreche, Ben.“

Er suchte nach einer Antwort, die der Wahrheit entsprach und trotzdem unverbindlich war. Ihm fiel nichts ein.

Sein Vater formulierte es anders. „Magst du sie wie eine Freundin oder wie ein Mann eine Frau mag?“

Ben wollte nicht antworten, doch es war sein Vater, den er verehrte, liebte und respektierte. Er durfte sich nicht sträuben. „Wie ein Mann eine Frau mag." Ben fingerte an dem Knopf an seinem Ärmel herum. Dieses Gespräch war genauso schlimm wie damals, als sein Vater ihm die physische Seite der Liebe zwischen Mann und Frau erklärt hatte.

„Dann muss es für dich noch schlimmer gewesen sein, das mit anzuhören, was dein Bruder gestern Abend so töricht gesagt hat."

Ben konnte nicht antworten, weil die Wut ihn wieder zu übermannen drohte. Würde Kate jemals wieder mit ihm sprechen? Ihre Mutter würde ihn jetzt sicherlich hassen.

Sein Vater sprach voller Mitgefühl. „Wir können unsere Gefühle nicht immer kontrollieren, ob sie nun der Liebe oder dem Hass entspringen. Doch wir dürfen unseren dunklen Empfindungen nicht gestatten, sich an anderen zu entladen. Ich habe das auch einmal getan, Ben – als ich meinen Master mehr als alles andere hasste. Es hätte mich fast zerstört."

Sie erreichten einen dichteren Teil des Waldes, wo die Straße zu einem Pfad wurde und sich hinunter zum Bachlauf schlängelte.

Der Kies knirschte unter ihren Füßen.

„Ich weiß, dass du deinen Bruder liebst", sagte Bens Vater leise. „Er hat dich verletzt, ja. Aber er ist immer noch dein Bruder."

Ben antwortete nicht.

„Ich muss dich etwas fragen", fuhr sein Vater fort. „Du hast mir einmal gesagt, dass du Geistlicher und Lehrer werden willst. Ist das immer noch der Fall?"

„Ja."

„Wir wissen beide, dass dich dieser Beruf nicht reich machen wird."

Wohin sollte das führen? „Ja, Vater."

„Wenn du Glück hast, wirst du den gleichen Komfort genießen wie wir in unserem Heim. Doch wir sind mit mehr Besitz gesegnet als die meisten Familien eines Geistlichen."

„Ja." Ben fragte sich, was dieses Thema mit seiner Auseinandersetzung mit Cyrus oder mit Miss Winter zu tun hatte.

„Dein Beruf wird das Leben deiner Frau und deiner Kinder stark beeinflussen. Sie werden dieselben Opfer bringen müssen wie du."

„Ich weiß, dass Mutter auch Opfer bringen musste“, sagte Ben. „Aber so schlimm war es doch nicht für sie, oder?“

„Meine Reisen haben deiner Mutter das Leben oft sehr schwer gemacht. Ich weiß, dass sie Sorgen und Ängste hatte, die andere Ehefrauen nicht durchleben müssen. Es war anstrengend für sie und hat an ihrer Gesundheit gezehrt.“

„Aber sie ist gesund und stark.“

„Ja, Gott sei Dank ist sie das. Und nur diese starke Konstitution hat sie in unseren ärmeren Jahren beschützt. Doch ich habe mir mehr als einmal Selbstvorwürfe gemacht, weil ich der Frau, die ich liebe, das Leben so schwer mache.“ Bens Vater blieb stehen und wandte sich Ben zu. „Deine Mutter ist auf einer Farm aufgewachsen und ist deshalb harte körperliche Arbeit gewöhnt. Die Frau eines Predigers muss außergewöhnlich stark sein, körperlich und innerlich.“

„Es ist nicht leicht, die innere Stärke einer Frau zu beurteilen“, sagte Ben. „Manche würden vielleicht sogar sagen, das sei völlig unmöglich, ohne sie zu heiraten. Sind wir fertig mit unserem Spaziergang?“

„Fast.“ Sein Vater wandte sich zurück zum Haus und Ben folgte ihm. Der Rückweg war anstrengender, weil es nun bergauf ging.

„Es kann andere Hindernisse geben, wenn ein Mann eine Frau liebt.“ Die Schritte seines Vaters wurden wieder langsamer. „Wenn die Eltern nicht zustimmen, bringt es nichts, sich an etwas festzuklammern, das man sowieso nicht haben kann.“

Ben starrte zu Boden. „Woher weißt du, dass Miss Winters Eltern nicht zustimmen würden?“

„Du vergisst, Junge, dass ich in meinem Beruf viele Dinge zu hören bekomme, ob ich will oder nicht. Die Winters gehören nicht zu unserer Gemeinde, sind aber gut befreundet mit einigen unserer Mitglieder. Mrs Winter ist sehr ambitioniert, was ihre Tochter angeht. Ich bezweifle, dass sie einen zukünftigen Prediger als Schwiegersohn duldet.“

„Nun, Vater, nach dem, was Cyrus gesagt hat, bezweifle ich, dass Kate oder irgendjemand anderes aus ihrer Familie mich jemals wieder dulden wird“, sagte Ben und schaffte es nicht, die Verbitterung in seiner Stimme zu unterdrücken. „Deshalb denke ich, dass deine

Worte unnötig sind, weil sich diese Situation sowieso niemals ergeben wird."

Ben warf seinem Vater einen Seitenblick zu und sah Mitleid auf dessen Gesicht. Diesen Anblick konnte er nicht ertragen.

„Wir sehen uns zu Hause." Er schob sich an seinem Vater vorbei und stapfte wütend und unglücklich davon. Sein Vater blieb zurück und ließ ihn allein gehen.

Kate hatte ihr Zimmer seit Tagen nicht verlassen.

Tessie klopfte an der Tür. „Miss, möchten Sie eine Tasse Tee?"

„Nein danke, Tessie." Kate hatte ihren Stuhl in Richtung Wand gedreht und balancierte ihr Griechischbuch auf den Knien. Das Lernen war ihre einzige Ablenkung von diesen schrecklichen Ereignissen gewesen. Sie kämpfte sich durch eine komplizierte Passage, doch ihre Gedanken wanderten immer wieder zurück zu jenem Abend. Die Buchstaben verschwammen vor ihren Augen.

Kate seufzte und ließ ihren Kopf gegen die hohe Rückenlehne des Stuhles sinken. Der einzige Lichtblick war gewesen, dass ihr Vater seit Tagen nicht nach Hause gekommen war. Niemand wusste, wo er sich aufhielt. Wenigstens musste sie sich zusätzlich zu dem anderen Schlammassel nicht noch um die Sicherheit ihrer Familie sorgen. Und so würde er auch nicht erfahren, was bei der Musikaufführung passiert war.

„Kate, ich will mit dir reden." Die kalte Stimme ihrer Mutter zerschnitt die Stille. Hastig eilte Tessie nach draußen. Kate konnte ihr keinen Vorwurf machen.

„Ja, Mutter." Sie wandte sich in ihrem Stuhl um und hob den Kopf.

„Ich muss mit dir über den Kommentar des jungen Mr Hanby sprechen", sagte ihre Mutter. Ihre Lippen waren zu weißen Strichen zusammengepresst. Sie umklammerte einen Stickrahmen, als merke sie gar nicht, dass sie ihn noch in der Hand hielt.

Kate schien es unwichtig, ihr Cyrus' Namen zu sagen.

„Er scheint angedeutet zu haben, dass du und sein älterer Bruder einander … dass ihr euch umwerbt."

Kate schloss die Augen, zwang sich aber sofort dazu, sie wieder zu öffnen. Sie durfte nicht schuldbewusst aussehen. Sie hatte nichts falsch gemacht – zumindest nicht in dieser Hinsicht.

„Ich hoffe, du hast dich nicht ohne mein Wissen in eine schamlose Situation gebracht." Ihre Mutter zerdrückte den Stoff, der in dem Rahmen eingespannt war.

Kate biss sich auf die Unterlippe. „Nein, Mutter. Ich habe keinen anderen Verehrer als den, den du kennst, Frederick Jones."

„Und warum sagt dieser idiotische junge Mann dann so etwas?"

„Ich weiß es nicht."

„Lüg mich nicht an." Die Hände ihrer Mutter waren mittlerweile so angespannt, dass sie bald den Rahmen entzweibrechen würden.

Kate wollte nicht lügen und es wäre tatsächlich eine Lüge, so zu tun, als hätte sie nichts geahnt. Sie wusste, warum Cyrus diese Worte gesagt hatte. Sie musste die Wahrheit sagen, so schmerzhaft sie auch sein würde.

„Ich vermute, Cyrus Hanby denkt, dass sein Bruder … mir zugetan ist." Kates Hände zitterten leicht. Sie legte das Buch auf den kleinen Tisch neben sich.

„Ben Hanby? Hast du ihn auf irgendeine Weise darin bestärkt?" Ihre Mutter schoss ihre anklagenden Worte ab wie Gewehrkugeln.

„Ich habe nichts Unangemessenes getan. Ich habe keine intimen Worte oder Versprechungen mit Ben Hanby ausgetauscht. Und ich versichere dir, dass ich momentan nicht den geringsten Wunsch verspüre, ihn jemals wiederzusehen."

„Sprich nicht in diesem Ton mit mir!" Die Stimme ihrer Mutter senkte die Temperatur im Raum. „Ich bin froh, dass du nichts mehr mit Ben Hanby zu tun haben willst. Er ist nicht geeignet, dich zu umwerben. Er wird dir niemals einen angemessenen Lebensstandard bieten können. Ich verbiete dir, jemals wieder Zeit mit ihm zu verbringen."

Kates Mutter fegte aus dem Zimmer.

Eine Welle der Übelkeit überrollte Kate. Sie ließ sich zurücksinken. Wenn sie Ben nicht auf seine Mission begleitet und nicht angeboten hätte, in seiner Aufführung mitzusingen, wäre das alles nicht passiert.

Hatte irgendjemand die Bewunderung in ihren Augen sehen

können? Hatte sie sie zu deutlich gezeigt? Würden die Leute glauben, was Cyrus gesagt hatte? Jedes romantische Gefühl für Ben war albern, eine Schulmädchenschwärmerei. Man sah ja, wohin es sie geführt hatte. Ihre geheimsten Gefühle waren zum Gegenstand öffentlicher Diskussion geworden. Sie würde durch die Stadt gehen und Gelächter und Spott ertragen müssen.

Wegzulaufen war nun keine Möglichkeit mehr; jetzt, wo Kate unbedingt ihren Abschluss machen wollte, um Menschen wie Nelly zu helfen. Doch sie hatte mehr als genug Gründe, sich von Ben fernzuhalten, auch ohne das Verbot ihrer Mutter.

Kapitel 23

„Ich möchte, dass du mir etwas über Kate Winter erzählst." Frederick lehnte sich gegen einen Sattelständer, der mitten im Verkaufsraum der Sattlerei *Haynie & Hanby* stand.

Ben, der gerade dabei war, Zaumzeug in die Auslage zu legen, erstarrte in seiner Bewegung. „Was meinst du?" Frederick musste von der Musikaufführung sprechen. Das war mehr als unhöflich von ihm. Hitze stieg in Bens Nacken auf – er zerrte ungeduldig an seinem Kragen herum.

„Jetzt beruhig dich mal wieder." Frederick grinste. „Natürlich will ich nicht auf das hinaus, was dein Bruder gesagt hat. Ich kenne dich. Immerhin habe ich zuerst mein Interesse an Miss Winter deutlich gemacht. Ich bin sicher, dass du dich niemals in die Herzensangelegenheiten eines anderen Mannes einmischen würdest." Er setzte sich auf einen Hochstuhl und wirkte in seinem leinenen Sommermantel elegant wie immer.

„Ich denke nicht, dass wir über die junge Dame sprechen sollten", sagte Ben.

„Sei doch nicht so ein Spielverderber. Du bist mein bester Freund und ich brauche deine Unterstützung." Die Sonne, die durch das Schaufenster fiel, umgab Frederick mit einem Strahlenkranz und ließ seine bronzenen Haare leuchten. „Ich plane, Miss Winter zu heiraten."

Ben sah seinen Freund prüfend an, dann öffnete er das Kontobuch der Sattlerei und fuhr mit dem Finger über die Zahlen. Er musste so reagieren, damit kein weiteres Geschwätz über Miss Winter in die Welt gesetzt wurde oder eine Rivalität zwischen ihm und Frederick entstand.

„Und wird sie mit deinem Plan einverstanden sein?", fragte er Frederick schließlich beiläufig.

„Ich weiß es nicht. Deshalb möchte ich ja, dass du mir etwas über sie erzählst. Du hast auf deiner Rückreise von Cincinnati viel Zeit in ihrer Gesellschaft verbracht."

„Ja."
„Hat Miss Winter mich erwähnt?"
„Nein." Ben schloss das Buch und atmete tief ein.
„Oh." Fredericks Lächeln erstarb kurz, doch sofort erhellte sich sein Gesicht wieder. „Hat sie einen anderen erwähnt, der einen Platz in ihrem Herzen hat?"
„Nein." Das Bild von Nelly und ihrem Baby zwischen den Farnen stieg in seiner Erinnerung auf. Frederick hatte ja keine Ahnung, wer einen Platz in Kates Herzen erobert hatte. Ben nahm einen Sattel von einem der Wandhalter und tat so, als überprüfe er die Nähte.
„Ich habe dich noch nie so deprimiert gesehen", bemerkte Frederick. „Du darfst das alles nicht so schwernehmen. Ja, die Leute werden ein paar Wochen reden, aber dann wird es wieder vorbei sein. Und wenn man Miss Winter in meiner Begleitung sieht, wird sowieso keiner mehr an Cyrus' Geschwätz denken. Obwohl ich meine Mutter noch von meiner Wahl überzeugen muss." Er verzog das Gesicht. „Doch Miss Winter ist die perfekte Ehefrau für einen Politiker. Sie würde niemals ein unangemessenes Wort in der Öffentlichkeit sprechen." Unter Bens scharfem Blick errötete Frederick. „Und natürlich ist sie schön und bewundernswert und mir wird es leichtfallen, von ihr hingerissen zu sein."
Die Ladentür öffnete sich und das Glöckchen klingelte.
„Hallo, Ben!" Die personifizierte Freude in Gestalt von Mr Jones trat ein und strahlte gut gefütterte Zufriedenheit aus. „Haben Sie sich von Ihrer Reise erholt?" Er schritt durch den Laden wie ein Koloss, füllte die eine Hälfte mit seinem Körper, die andere mit seiner Stimme.
„Ja, Sir", sagte Ben. Wenigstens hatte Mr Jones nicht nach der Aufführung gefragt.
„Frederick hat mir von Ihrer seltsamen Rückkehr erzählt." Mr Jones' Lächeln verschwand, als er die Augenbrauen zusammenzog. „Sie haben doch keinen Unfug gemacht?"
„Nein, Sir." Das war seltsam. Ben wollte nicht über die Reise ausgefragt werden, es schien auch schon so lange her zu sein. Warum hatte Mr Jones das Thema überhaupt aufgebracht?
„Gut!" Mr Jones klopfte Ben auf die Schulter und grinste wieder. „Hat Frederick Ihnen von seinen Plänen erzählt?"

Ben wandte sich seinem Freund zu, der kaum merklich den Kopf schüttelte. Anscheinend gab es noch einen anderen Plan.

„Nein, Sir", sagte Ben.

„Es ist großartig. Als Folge unseres Besuches im Klub wurde Frederick eingeladen, in der Anwaltskanzlei meines Bekannten zu arbeiten, um den Beruf des Anwaltes zu erlernen, der ihm sicher liegen wird."

„Das wird er bestimmt", bestätigte Frederick.

„Ja, doch zuerst muss er das College beenden", sagte sein Vater. „Wir haben uns dazu entschlossen, dass Frederick zumindest noch das nächste Jahr am Otterbein-College bleiben soll. Doch sein Platz ist sicher."

„Sehr gut, Sir. Meine Glückwünsche, Frederick." Ben konnte das Weggehen seines Freundes nicht wirklich bedauern, vor allem nach dem, was er Ben gerade in Bezug auf Miss Winter anvertraut hatte.

„Aber wir haben noch viel bessere Neuigkeiten", sagte Frederick und sah seinen Vater erwartungsvoll an.

„In der Tat, die haben wir." Mr Jones senkte seine Stimme. „Sie könnten diesen Herbst an Fredericks Stelle gehen, wenn Sie möchten."

Ben legte die Ahle beiseite. „Sir?"

„Der Anwalt aus dem Klub war auch von Ihnen sehr beeindruckt. Und er arbeitet in einer sehr großen Kanzlei. Es gibt mehr als nur einen Ausbildungsplatz. Ich würde Ihnen sogar mit etwaigen Kosten helfen. Was für eine große Chance für Sie, nicht wahr?" Er sah zwischen Frederick und Ben hin und her.

„Denk darüber nach, Ben", sagte Frederick. „Du hast dir das Herbstsemester doch immer freigenommen, um zu unterrichten. Jetzt könntest du den Beruf des Anwaltes erlernen. Wir beide könnten vielleicht eines Tages sogar als Partner arbeiten. Was für eine großartige Gelegenheit!"

„Das ist ein sehr großzügiges Angebot, Mr Jones, sowohl von Ihnen als auch von Ihrem Bekannten", sagte Ben.

Der grauhaarige Mann lächelte. „Sie sind ein guter junger Mann. Außerdem wird das Studium des Gesetztes Ihre Ansichten zum Besseren verändern."

„Ich verstehe nicht, was Sie meinen, Sir."

„Ach, sprechen wir nicht davon. Was meinen Sie – werden Sie das Angebot annehmen?"

Ben wusste nicht, wo er anfangen sollte. Vielleicht mit den finanziellen Umständen. „Mr Jones, es stimmt, dass ich mir das Herbstsemester normalerweise freinehme …"

„Dann ist es doch perfekt!" Mr Jones strahlte Ben an.

„Aber das tue ich, um die Studiengebühren für das College zu verdienen, indem ich Schulkinder in Rushville unterrichte."

Mr Jones winkte mit seiner fleischigen Hand ab. „Ja, ja, das weiß ich doch alles. Aber mit meiner Unterstützung und dem Gehalt, das Sie erhalten werden, bekommen Sie mehr als genug Geld zusammen."

„Ja, Sir. Ich muss darüber nachdenken." Ben ließ seinen Blick über die Sättel, das Leder und die Werkzeuge schweifen, mit dem er und sein Vater arbeiteten, um das Einkommen der Familie zu sichern. Mr Jones konnte ihm den Einstieg in ein Leben bieten, in dem er zehnmal so viel verdiente wie ein Sattler.

„Du musst Ja sagen, Ben." Frederick sprang auf. „Pssst." Er legte einen Finger auf seine Lippen, um Widersprüchen entgegenzuwirken. „Denk darüber nach. Du musst dich erst im nächsten Monat entscheiden."

Ein Monat würde Ben die Zeit geben, die er brauchte.

„Die Welt steht Ihnen offen, Ben", sagte Mr Jones ungewohnt ernst. „Wählen Sie klug."

„Das werde ich, Sir. Und vielen Dank", sagte Ben.

Wie viele Sklaven würde er vertreten können, genau wie dieser Mann, den er getroffen hatte? Wie war noch sein Name? Rutherford Hayes. Wie viel Gutes könnte er als Anwalt bewirken! Und er war schon immer ein guter Redner gewesen.

Ben fühlte sich, als hätte ihm jemand einen Holzhammer über den Kopf gezogen. Er hatte niemals auch nur im Entferntesten an diese Möglichkeit gedacht – er hatte es niemals in Erwägung gezogen, da er sich auf das Predigen festgelegt hatte. Und ginge es nicht um Kate Winter, würde er nicht den leisesten Gedanken daran verschwenden.

Ginge es nicht um Kate Winter.

Wieder klingelte das Glöckchen. Diesmal war es Amanda, die mit Sonnenhut und geblümtem Kleid die Sattlerei betrat.

„Guten Tag.“ Sie lächelte die Männer freundlich an. „Ben, die Post.“ Sie legte mehrere Umschläge auf die Theke. Von dem obersten stach ihm eine vertraute Handschrift ins Auge. John Parkers Schrift! Ben musste den Brief sofort lesen – er konnte nicht warten.

„Kannst du eine Weile für mich hierbleiben?“, fragte er seine Schwester.

„Ja.“ Amanda kam um die Theke herum.

„Wenn Sie mich entschuldigen, Gentlemen“, sagte er und nahm den Briefumschlag. „Ich muss mich um eine wichtige Korrespondenz kümmern.“

Mr Jones musterte den Brief neugierig, doch Ben bedeckte ihn, als er in Richtung Ausgang ging.

Mr Jones hielt ihn mit erhobener Hand auf. „Wir wollten sowieso gerade gehen. Wir möchten Sie nicht länger aufhalten.“ Er legte die Hand auf den Türknauf.

„Und vielen Dank noch einmal, Mr Jones.“

„Ist mir eine Freude, mein Junge.“ Er trat hinaus und hielt Frederick die Tür auf, der mit einem Abschiedsgruß an Amanda und Ben verschwand.

Ben bedeutete Amanda, dass sie sich setzen sollte. Er fuhr mit dem Finger unter die Lasche des Briefes und öffnete ihn. Kurz zögerte er und betete innerlich um gute Neuigkeiten.

Ben,
wir haben Nelly und das Baby auf dem Sklavenmarkt verpasst. Mein Informant war krank und konnte die Auktionen in Kentucky einige Tage lang nicht beobachten. Er wird seine Bemühungen verdoppeln, damit wir herausfinden, wohin man sie verkauft hat, und es uns so schnell wie möglich melden. Doch es wird eine Weile dauern und es gibt keine Garantie auf Erfolg. Ich habe Nachricht an unseren Kontakt in Kanada geschickt, damit er Frank informiert.
Mit besten Grüßen
John Parker

Bens Herz klopfte wild. Resigniert senkte er den Kopf.

„Was ist los?“, fragte Amanda und sah über seine Schulter.

„Mr Parker hat schlechte Nachrichten über die Frau geschickt, der wir zu helfen versucht haben. Sein Bekannter hat ihre Spur verloren." Amanda war mittlerweile eine erwachsene junge Dame, alt genug, um in die Dinge eingeweiht zu werden, die ihre Familie für die *Untergrundbahn* tat.

„Das tut mir leid."

„Wir müssen sie finden – es darf nicht schon wieder geschehen."

„Was?"

„Na, das alles." Der Verlust eines weiteren Flüchtlings – die Trennung von Mann und Frau – der Verkauf eines Menschen aus Profitgier. Ben rieb sich die Stirn und wandte sich ab.

Irgendwie musste er Kate über die jüngsten Ereignisse informieren. Auch wenn sie nach der missglückten Musikaufführung mit Sicherheit böse auf Ben und seine Familie war, würde sie es wissen wollen. Doch er war sich sicher, dass ihre Mutter ihn nicht in ihrem Salon empfangen würde. Und jetzt, wo das Semester vorüber war, konnte er nicht zwischen den Vorlesungen mit ihr sprechen.

Doch Moment mal – Cornelia Lawrence hatte erzählt, dass Kate neuerdings Klavierstunden bei ihr nahm.

Cornelia wäre die perfekte Vermittlerin. Er würde sie bitten, seine Nachricht heimlich an Kate weiterzugeben.

Kapitel 24

Juli

„Du hast dich sehr verbessert.“ Cornelia lächelte Kate an, als sie nebeneinander auf der Klavierbank saßen. Ihre Röcke lagen in weiten Falten um sie herum.

„Ich fühle mich wie ein kleines Kind, das auf den Tasten herumklimpert“, gestand Kate. „Aber es wird mir zumindest für die Musikkurse im kommenden Semester helfen.“

„Spiel bitte noch einmal die *Klaviersonate a-Moll*“, bat Cornelia.

Kate ließ ihre Finger über die Tasten gleiten. Die wehmütige Melodie erklang. Die Molltonart spiegelte ihren Gemütszustand wider – jetzt, wo sie Tag um Tag im Haus ihrer Eltern gefangen war, ohne einen Zeitvertreib, um sich die vorlesungsfreie Zeit zu verkürzen. Mehr als einmal hatte sie in ihren Überzeugungen geschwankt und war versucht gewesen, ihre Fluchtpläne wieder aufzunehmen.

Alles war noch viel schlimmer als zuvor. Kate durfte nicht länger allein ausreiten, sondern musste immer Leah mitnehmen, sodass sie nicht mehr galoppieren oder springen konnte. Und Leah verabscheute das Reiten, sodass Kate in den letzten Wochen kaum die Gelegenheit gehabt hatte, auf Granats Rücken zu sitzen. Sie hatte nur zwei Möglichkeiten, ihrem Gefängnis wenigstens kurzzeitig einmal zu entkommen: ihre Klavierstunden und die Fahrten im Einspänner mit Frederick an den Sonntagnachmittagen. Und Letzteres war alles andere als angenehm, da Frederick ihr nun immer öfter Komplimente machte und sehr offensichtlich um sie warb.

„Wunderbar“, lobte Cornelia. „Wir sind fertig. Würdest du gerne noch zum Tee bleiben?“

„Nein danke.“ Tatsächlich hätte Kate nichts lieber als das getan, doch ihre Mutter bestand darauf, dass sie nach ihrer Stunde unverzüglich nach Hause kam. Es missfiel Ruth Winter, dass das Anwesen der Lawrences so dicht beim Haus der Hanbys lag. Doch vermutlich war es am besten, dem Befehl ihrer Mutter zu folgen, denn es wäre nur schmerzhaft für Kate, Ben oder seine Mutter zu sehen. Jeder einzelne Tag war ein Kampf gewesen zwischen ihrem Wunsch, alles zu vergessen, und dem Drang, wissen zu wollen, wie es Nelly und dem Baby ging – vor allem nach der kurzen, traurigen Nachricht, die Ben ihr durch Cornelia hatte zukommen lassen.

„Hast du Neuigkeiten gehört?", fragte sie.

„Über das, was Ben Hanby mir gesagt hat?" Cornelia lehnte sich vor zu Kate und sprach leise weiter. „Nein, tut mir leid. Aber er hat mir gesagt, dass er es dich sofort wissen lassen würde, wenn er etwas erfährt. Ich glaube, ihm sind deine Gefühle sehr wichtig."

„Er muss großes Vertrauen in dich haben, wenn er dir so eine Nachricht mitteilt." Am liebsten hätte Kate über das gesprochen, was mit Nelly geschehen war, doch sie war sich selbst bei Cornelia nicht vollkommen sicher. Ben hatte ihr wahrscheinlich wirklich nur die beiden Sätze gesagt, die sie Kate weitergeleitet hatte. Und das war bei Weitem nicht die ganze Geschichte.

„Sowohl Bens Vater als auch mein Vater kämpfen seit Jahren gemeinsam für die Abschaffung der Sklaverei", sagte Cornelia offen. „Bedeutet das, dass du den Hanbys vergibst? Würdest du wieder mit Ben sprechen?"

Kate erhob sich hastig von der Klavierbank und ging davon, um ihren Strohhut zu holen.

„Es tut mir leid", sagte Cornelia. „Ich hätte es nicht erwähnen sollen."

In der Tat, das hätte sie wirklich nicht tun sollen. Kates Sorgen um Nelly und der Wunsch nach Neuigkeiten hatten nichts mit ihren Gefühlen für Ben zu tun – niemand, nicht einmal Cornelia, wusste, wie schmerzhaft und peinlich dieser schreckliche Moment während der Aufführung gewesen war. Außerdem war es ihr verboten, mit Ben zu sprechen, selbst wenn sie es gewollt hätte.

Kate band die Bänder ihres Hutes unter ihrem Kinn zusammen und wünschte ihrer Freundin knapp einen schönen Tag. Den Schmerz in Cornelias Augen musste sie ignorieren.

Das Schaufenster des Hutmachers auf der State Street war nicht der Ort, an dem Kate länger als nötig stehen bleiben wollte. „Leah, lass uns bitte gehen."

Ihre Schwester kämpfte mit den Bändern der Hutschachtel, die ihren neuen Hut enthielt. „Ich will ihn aber tragen."

„Sei nicht albern. Du trägst doch schon einen Hut."

„Ich wechsle ihn. Mein Strohhut kommt in die Schachtel."

„Es ist unangemessen, mitten auf der Straße einen Hut zu wechseln." Vor dem Schaufenster der Hutmacherei zu stehen, schmerzte Kate. All die hübschen Formen, Blumen und Bänder der Hüte ließen sie an ihre selbstsüchtigen Pläne von früher denken – und dann natürlich an Nelly.

Leah gab den Kampf mit den Bändern auf und nahm die Schachtel in die Hand. „Ich bin froh, dass Vater in letzter Zeit selten zu Hause war", sagte sie. „Es ist ruhiger geworden."

„Hast du dich noch nie gefragt, wo er ist?" Kate hatte sich diese Frage mehr als einmal gestellt.

„In einer Bar oder einem Saloon." Leahs Stimme klang hart und voller Verachtung. Kate konnte ihr keinen Vorwurf machen.

Es stimmte höchstwahrscheinlich auch. Doch sie wurde immer noch traurig, wenn sie sich ihren Vater vorstellte, wie er betrunken durch Columbus wankte. Wie würde ihr Leben aussehen, wenn er mit dem Trinken aufhörte? Es war schwer, sich das auszumalen. Doch als Kate kleiner gewesen war, hatte ihr Vater nicht ständig nach Schnaps gerochen. Er hatte ihr Reitstunden gegeben, als sie vier oder fünf Jahre alt gewesen war. Ein Jahr später hatte er ihr ein Pony gekauft. Ein breites Lächeln hatte sein bärtiges Gesicht erleuchtet, als sie ihre Arme um den grau gefleckten Nacken des Tieres geschlungen hatte. Er hatte sie in die Luft gehoben und mit einem Lachen umarmt. Doch seine Trunksucht war immer schlimmer geworden, sodass die Reitstunden aufgehört hatten. Leah kannte solche Erinnerungen nicht mehr, sie kannte ihn nur betrunken.

„Ach du meine Güte", rief Leah in diesem Moment.

„Was ist denn?"

„Ich kann meine Geldbörse nicht finden." Leah wandte sich suchend um, als würde das gesuchte Täschchen im nächsten Augenblick aus heiterem Himmel vor ihre Füße fallen.

„Du hast sie bestimmt im Geschäft liegen lassen." Kate seufzte. „Wir müssen zurückgehen."

„Guck dir das an", sagte Leah. Sie zog die Tasche ihres Rockes hervor. Sie war zerrissen.

„Leah!" Kate war entsetzt über ihre Schwester. Was würde sie als Nächstes tun? Ihre Röcke raffen, um ihren Unterrock zu mustern?

Ihre Schwester ignorierte sie. „Sie muss irgendwo unterwegs herausgefallen sein. Wir müssen den gleichen Weg zurückgehen, den wir gekommen sind."

„Also gut."

Die beiden Schwestern wandten sich um und hielten den Blick auf den Boden gerichtet, während sie zurückgingen. Die kleine grüne Geldbörse war nirgendwo zu sehen. Sie hatten fast die State Street erreicht.

„Du hast sie vielleicht doch im Laden liegen lassen", überlegte Kate.

„Das werden wir sehen." Leah lief um die Ecke der Hauptverkehrsstraße und blieb abrupt stehen.

Ben Hanby stand vor dem Hutmacher. Er bückte sich gerade, um einen kleinen grünen Gegenstand aufzuheben, und wandte sich um, um das Geschäft zu betreten.

Kate konnte sich nicht bewegen – sie starrte ihn an, wie er in seinem leichten Mantel und dem Hut dastand und die Geldbörse in Händen hielt und überlegte, was zu tun war. Er erblickte sie und hielt inne, die Geldbörse immer noch erhoben. Er sagte kein Wort.

Die Erinnerung, wie sich sein Arm unter der Berührung ihrer Finger angefühlt hatte, wie seine starke, schlanke Hand sie umfasst hatte, überwältigte Kate fast. Nein – sie durfte nicht zu ihm gehen und mit ihm sprechen. Es würde nur schrecklich schmerzen. Ihre Mutter hatte ihr jeglichen Kontakt zur Familie Hanby untersagt.

„Haben Sie hiernach gesucht?" Ben streckte ihnen die Geldbörse entgegen.

„Sie gehört mir", sagte Leah schnell und trat vor. Doch er sah nicht Leah an, sondern ließ seinen Blick auf Kate ruhen.

In seinen dunklen Augen stand eine Frage, die sie nicht ergründen konnte. Ohne ein Wort zu sagen, zwang sie sich dazu, sich umzudrehen und in die entgegengesetzte Richtung davonzueilen. Leah konnte kaum mit ihr Schritt halten. Als Kate einen verstohlenen Blick über die Schulter warf, stand Ben Hanby immer noch dort und schaute ihr hinterher.

Kapitel 25

August

Noch in dieser Woche würde Ben seine Entscheidung treffen müssen – dieses Wissen erfüllte seine Gedanken und nahm ihm jeden ruhigen Moment. Würde Kate wieder mit ihm sprechen, wenn er nach Cincinnati ging und das Angebot der Jones' annahm? War es ihre eigene Entscheidung oder der Befehl ihrer Mutter gewesen, dass sie ihn auf der Straße ignoriert hatte? Der Schmerz über ihr Schweigen war auch einen Monat später noch nicht abgeklungen.

„Gib mir bitte die kleine Nadel, Ben." Sein Vater stand am größten Sattelbaum und hielt die Fäden in der Hand, die vom Knauf eines Damensattels herabhingen. „Die hier ist zu groß für die Löcher."

Die ersten beiden Augustwochen arbeiteten sie nun schon an diesem Sattel, da er viel komplizierter geformt war als ein normaler Westernsattel und mit den drei Knäufen ein hohes Maß an Berechnungen und Stickereien erforderte.

Ben brachte die Nadel und entfernte die größere, dann fädelte er die kleine Nadel für seinen Vater ein, dessen linke Hand immer noch mit einer zweiten Reihe Stiche beschäftigt war.

Sein Vater nahm die neue Nadel in die rechte Hand. „Danke." Er arbeitete weiter an dem Doppelstich, ohne Hektik, und kontrollierte nach jeder Bewegung, ob der Faden glatt und geschmeidig war.

„Ich denke über ein Angebot von Mr Jones nach", sagte Ben. Er ging zurück zu seiner Werkbank, setzte sich und nahm Ahle und Hammer wieder auf.

„Wirklich?"

„Frederick kann bis nächsten Sommer keine Ausbildung anfangen, also hat Mr Jones vorgeschlagen, dass ich an seiner Stelle in einem Anwaltsbüro in Cincinnati arbeite."

„Ich verstehe." Sein Vater hielt inne und sah ihn an. „Und würde das deinen Berufswunsch ändern?"

„Ja, wenn ich wirklich annehme."

Sein Vater richtete seinen Blick wieder auf den Sattel und arbeitete weiter.

„Was denkst du?", fragte Ben.

„Ich bin überrascht."

„Warum?"

„Du hast mir mehr als einmal gesagt, dass du Prediger werden möchtest. Es ist deine eigene Entscheidung, aber ich hoffe, dass du sie weise triffst."

„Ich habe in Cincinnati einen Mann kennengelernt, der entflohene Sklaven vor Gericht vertritt. Er bemüht sich um ihre Freiheit."

„Immer einen Fall nach dem anderen."

„Ja."

Sein Vater beendete die Reihe von Stickereien mit einem geübten Knoten, dann griff er nach seinem Taschenmesser und schnitt das Ende ab. „Erinnerst du dich noch an den Freund, von dem ich dir erzählt habe, den Doktor, der in Pittsburgh neben meinem Master gewohnt hat?"

„Dr. Loftin?" Die alten Geschichten hatten einen bleibenden Eindruck bei Ben hinterlassen.

„Ja. Er hat uns von Zeit zu Zeit in Rushville besucht, nachdem wir aus Pittsburgh weggegangen waren. Er hat uns einmal gefragt, warum wir dieses dritte Horn am Sattel anbringen." Sein Vater berührte das Sprunghorn. „Du weißt, dass es zur besseren Stabilität der Sättel beim Springen dient."

„Ja."

„Dem Doktor allerdings gefiel es nicht. In seinem Berufsalltag hatte er zu viele Frauen behandeln müssen, die bei der Jagd verletzt wurden oder gar starben, weil sie vom Pferd gefallen waren. Das Horn vermittelte ihnen den Eindruck, dass sie nicht stürzen könnten."

„Ich habe davon gelesen", sagte Ben.

„Doch der Doktor hat niemals versucht, uns dazu zu bringen, keine Sprunghörner mehr an den Sätteln anzubringen."

„Warum nicht?"

„Er wusste, dass die Kunden es haben wollen, und er wusste auch, dass sie sich nicht darauf einlassen würden, etwas zu akzeptieren, was weniger sicher wirkte. Es ist ein Problem, dem man nur durch einen Herzenswandel begegnen kann – um wirklich sicher zu reiten, müssen Frauen genau wie Männer rittlings auf einem Pferd sitzen. Dr. Loftin wusste, dass es noch Jahre dauern würde, bis sich dieses Wissen gesellschaftlich durchsetzen würde, und dass er es selbst vielleicht gar nicht erleben würde. Doch er sprach weiter darüber und verbreitete dieses Wissen unter seinen Medizinstudenten und allen anderen, die sich dafür interessierten."

„Ich verstehe dich – du ziehst eine Parallele zur Abschaffung der Sklaverei. Aber es ist ein falscher Vergleich, Vater. Menschen sind keine Sättel."

„Das stimmt. Und das wollte ich damit auch nicht sagen. Aber ich mache mir Sorgen, dass du deine Berufung aus den Augen verlierst, nur weil du dir weltliches Glück wünschst."

„Was meinst du damit?" Ben war sich nicht sicher, ob er die Antwort überhaupt hören wollte.

„Du willst, dass die Sklaverei endet?"

„Natürlich, mehr als alles andere."

„Und du möchtest deine Gaben für dieses große Ziel einsetzen. Glaubst du, dass das Beste, was du mit deinen Gaben tun kannst, die Arbeit als Anwalt ist, wenn du immer nur einen Sklaven vor Gericht vertreten kannst und mit Sicherheit viele dieser Fälle verlieren wirst?"

„Die Leute sagen, dass ich ein guter Redner bin."

„Das bist du. Doch ist deine Berufung das Gesetz?"

Ben schwieg und bearbeitete das Leder mit der Ahle.

„Deine Berufung ist das Predigen, mein Sohn. Ich weiß es und ich glaube, dass du es auch weißt, denn du hast es mir oft genug gesagt. Du darfst deine Berufung nicht aufgeben, weil du dir irdische Freude versprichst. Die Berufung aufzugeben, wird niemals zum Lebensglück führen, was du auch erreichen magst."

„Aber die Arbeit wird doch ganz ähnlich sein. Für beide Berufe brauche ich die Rhetorik und ein gewissenhaftes Studium der menschlichen Natur." Ben schlug die Löcher immer schneller und fester ins Leder.

„Nein, das stimmt nicht ganz. Wie könntest du als Anwalt dein musikalisches Talent nutzen? Dafür gäbe es keine Möglichkeit. Doch als Prediger gibt es dafür unzählige Wege. Der Herr passt die

Gaben eines Mannes an seine Berufung an. Ich glaube, es gibt einen Grund dafür, dass du so ein begnadeter Komponist bist."

„Welcher Grund sollte das wohl sein?" Ben erhob seine Stimme. Wenn er diese Diskussion verlor, würde er alle seine Hoffnungen aufgeben, Kate Winter doch noch für sich gewinnen zu können.

„Ich weiß es noch nicht. Aber ich glaube, du wirst mit deinen Gaben in einen größeren Kampf gerufen, als vor Gericht immer nur einen Fall nach dem anderen zu vertreten."

„Du bist ein stolzer Vater und überschätzt meine Fähigkeiten." Ben zielte und schlug zu, zielte und schlug zu. Bei dieser Geschwindigkeit würde er in wenigen Minuten mit dem ganzen Steigbügel fertig werden. „Ich konnte nicht einmal eine einzelne Frau und ihr Kind retten – John hat sie immer noch nicht gefunden."

„Ben ..." Sein Vater kam zu ihm herüber und blieb wenige Schritte entfernt von ihm stehen. Seine Augen funkelten im Licht der Lampe. „Ich bin überzeugt davon, dass wir noch zu unseren Lebzeiten das Ende der Sklaverei sehen werden. Und du wirst in diesem Kampf eine Rolle zu spielen haben, die keine Paragrafenkenntnisse und Abende in Klubs beinhaltet."

Ben legte die Ahle an und schlug fest zu; er legte seine ganze Frustration in den Schlag. Jetzt hatte er es verdorben – das Loch war nicht in der Mitte. Mit einem unterdrückten Wutschrei schleuderte er das Leder in die Ecke. „Warum bin ich zu so etwas berufen? Warum habe ich eine Gabe für die Musik, wenn ich damit nicht einmal genug verdienen werde, um eine Frau zu ernähren? Warum eine Gabe für die Lehre? Ich bin meiner Gaben überdrüssig, wenn sie mich von dem fernhalten, was mir das Liebste ist!" Mit aller Kraft versuchte er, nicht laut zu werden, doch es gelang ihm nicht.

„Es sind nicht deine Gaben, die zwischen dir und dem stehen, was du am meisten zu lieben glaubst. Es sind deine Hingabe und deine Berufung. Und so schmerzvoll es auch ist, muss ich dir doch die Wahrheit sagen", sagte sein Vater mit der gleichen Leidenschaft in der Stimme, die auch Ben antrieb. „Ich sage nicht, dass du niemals die Liebe einer Frau gewinnen wirst – wer sie auch sein mag. Aber du darfst dafür niemals deine Berufung aufgeben. Würdest du das tun, würdet ihr beide es bereuen, euch jemals füreinander entschieden zu haben. Euer Leben würde niemals erfüllt sein."

Ben warf seine Werkzeuge dem Lederstreifen hinterher in die Ecke. „Ich kann nicht länger darüber sprechen."

Er wirbelte herum und stapfte die Treppe hinauf, durch die Küche hindurch, wo ihn seine Schwestern überrascht ansahen, hinaus in den leichten Regen. Auch die kühlen Tropfen auf seinem Gesicht konnten seinen Schmerz nicht lindern. Die Gewissheit war aus seinem Unterbewusstsein ans Licht gedrungen.

Er konnte das Angebot von Mr Jones nicht annehmen. Und indem er es aufgab, verlor er auch eine Zukunft mit Kate Winter.

Wenn sie lernen wollte, vor Publikum zu sprechen, musste sie irgendwo anfangen. Kate stand auf der Futterkiste und wandte sich ihrer Zuhörerin zu.

„Über die wahre Freundschaft", dozierte sie. „Eine Diskussion mit Argumenten von Aristoteles und Cicero."

Granat blinzelte mit ihren dunklen Augen und legte den Kopf auf die Boxentür, während sie Kate neugierig beäugte. Der Regen trommelte auf das Scheunendach.

„Kann wahre Freundschaft trotz Egoismus entstehen?", fragte Kate. Granat zuckte mit den Ohren und wieherte sanft.

Was kam als Nächstes? Ach ja. Kate räusperte sich. „Aristoteles sagt, dass aus Egoismus niemals tiefe Freundschaft entstehen kann. Die einzig wahre Freundschaft besteht zwischen zwei Menschen von gutem Charakter, die von ihrer Bewunderung füreinander angezogen werden."

Granat warf ihren Kopf in den Nacken, als wolle sie zustimmen. Es war gar nicht so schwer! Kate sprang von der Futterkiste herunter auf die festgestampfte Erde, um vor Granat auf und ab zu schreiten. „Die überwiegende Mehrzahl von Freundschaften basiert auf Vergnügen und nicht auf Tugenden." Sie wandte sich um, um die Stute anzuschauen. „Oh ja, denn du kannst mir nicht erzählen, dass deine feine Pferdenase nicht schon lange den Apfel in meiner Tasche erschnuppert hat. Und ich weiß, dass deine Liebe zu mir auf der Hoffnung basiert, in Zukunft weitere Äpfel zu bekommen." Kate lächelte.

Granat verlor das Interesse. Ihre Augen wanderten umher, sie drehte die Ohren weg. Kate schwenkte ihre Hand, um die Aufmerksamkeit des Pferdes wieder zu erregen. „Es stimmt, dass es auch Freundschaften zwischen Personen gibt, die nicht ebenbürtig sind." Sie legte besonders viel Pathos in ihre Stimme, weil sie es lustig fand. „Eltern und Kinder, Lehrer und Schüler. Ja, in der Tat, selbst zwischen einer Herrin und ihrer Stute." Sie hielt Granat ihre Hand hin, die anfing, daran zu schnuppern.

„Doch das wahre Ziel der Freundschaft sollte sein, die guten Charaktere, die voneinander angezogen wurden, zu nähren und zu fördern." Jetzt war Kate wieder bei ihrer eigentlichen Rede angekommen. Sie würde versuchen, sich Granat als menschlichen Zuhörer vorzustellen. Als wen sollte sie sich Granat nur vorstellen? Als Professor Hayworth? Granats Schnurrhaare waren bei Weitem nicht so voll.

Kate streckte zur rhetorischen Betonung ihre Arme aus, wie sie es bei den jungen Männern bei ihren Reden gesehen hatte. Wenn sie ihre Rede jetzt mit übertriebenen Gesten beleben konnte, würde vielleicht noch ein kleines bisschen davon übrig bleiben, wenn sie ein echtes Publikum vor sich hatte.

„Cicero erinnert uns" – sie hob ihre Arme noch höher, als spräche sie zu einem ganzen Amphitheater – „dass Tugenden von einem Menschen allein niemals die gleiche Größe erreichen können wie Tugenden, die sich mit denen eines angenehmen und inspirierenden Gefährten vereinen."

„Hört, hört", sagte eine tiefe Stimme von der Scheunentür aus.

Kate ließ die Arme fallen und wirbelte erschrocken herum. Frederick stand dort und beobachtete sie grinsend. Er sah sehr gut aus in seinem gestreiften Mantel und den beigefarbenen Hosen.

„Oh", sagte sie nur.

„Sie haben gut gesprochen." Er kam auf sie zu und nahm den Hut ab, um ihn sich unter den Arm zu schieben. Die Sonne hinter ihm ließ seine Haare strahlen.

„Ich muss albern aussehen."

„Nein, überhaupt nicht – Sie sehen genauso bezaubernd aus wie immer."

Die Hitze, die in Kates Wangen aufstieg, hätte das Heu auf dem Boden in Brand stecken können.

„Ich weiß, was Sie vorhaben", sagte er lächelnd. „Sie bringen sich bei, wie sie vor Publikum sprechen, nicht wahr?"

„Ja."

„Ich denke, es ist eine fabelhafte Idee, zuerst mit Ihrem Pferd zu üben."

Sie konnte nicht antworten, stand nur wie angewurzelt auf dem strohbedeckten Boden.

„Vielleicht kann ich Ihnen helfen. Sie waren gerade sehr entspannt. Wie wäre es, wenn ich mich jetzt neben Ihr Pferd setze und Sie es noch einmal versuchen?" Frederick ging zu der kleinen Bank an der Wand und setzte sich, streckte die langen Beine von sich und überkreuzte die Füße. Das Bild des perfekten Gentlemans an einem entspannten Sommertag.

„Ich weiß nicht." Ihr Herz schlug schneller und schneller in ihrer Brust.

„Kommen Sie." Seine grünbraunen Augen funkelten freundlich. „Ich würde mich freuen, wenn ich Ihnen helfen könnte. Schauen Sie Ihr Pferd an und tun Sie so, als wäre ich gar nicht da."

„Na gut." Kate atmete tief ein und sammelte ihre Gedanken, wobei sie auf Granats Stirn starrte. „Über die wahre Freundschaft, eine Diskussion mit Argumenten von Aristoteles und Cicero." Sie wandte sich zu Frederick. „Es ist ein sehr einfaches Thema – ich schäme mich, es vor Ihnen zu halten."

„Papperlapapp. Es ist wahrhaftig und wichtig, darum geht es. Bitte fahren Sie fort."

Sein Gesicht lenkte sie ab – sie konnte den nächsten Gedanken einfach nicht greifen. Verlegen knetete Kate an ihrem Rock herum.

Er schien nicht aufgeben zu wollen. „Vielleicht sollten Sie noch einmal anfangen und reden, ohne aufzuhören. Es ist schwerer, wenn man zwischendurch immer wieder Pausen macht."

„Oder vielleicht ist das alles hier auch töricht."

„Jetzt gibt es kein Zurück mehr", sagte er. „Ihr geheimes Üben zeigt mir, wie wichtig es Ihnen ist, frei sprechen zu können. Ich finde, das ist ein großartiges Ziel. Sie haben außergewöhnliche Gedanken und sollten diese mit anderen teilen."

„Eigentlich ist es mir unwichtig, ob ich meine eigenen Ansichten ausdrücken kann", sagte sie. „Aber ich würde gerne für andere eintreten können."

„Noch besser. Eine bewundernswerte weibliche Eigenschaft. Denn wer, wenn nicht Sie, sollte für Ihre zukünftigen Kinder eintreten?"

Die Intimität dieses Gespräches trieb Kate die Röte in die Wangen, doch er setzte zu viel voraus. Sie hatte nicht diese weiblichen Ziele im Auge – eigentlich hatte sie gemeint, dass sie sich wünschte, für Menschen wie Nelly eintreten zu können. Das war mit Sicherheit nicht das, was Frederick vermutete.

Doch jetzt waren ihre Gedanken endlich wieder fokussiert. „Über die wahre Freundschaft …" Sie stürzte sich in ihre Rede und eilte hindurch, ohne Frederick anzuschauen. Bevor sie es merkte, war sie auch schon fertig.

„Bravo!", sagte er. Er erhob sich und verbeugte sich. „Sehen Sie, Sie können sehr eloquent sein. Und Sie müssen in Ihren Reden ja auch gar keine schwierigen oder komplexen Themen angehen. Alles, was Sie tun müssen, ist, die Professoren zufriedenzustellen. Dann müssen Sie nie wieder in der Öffentlichkeit sprechen." Er lächelte. „Nur noch mit Dienern oder Privatlehrern oder vielleicht Ihrem Ehemann."

Kate zwang sich zu einem Lächeln.

„Sind Sie bereit für unseren Ausritt? Sie sehen wirklich bezaubernd aus." Er musterte sie von Kopf bis Fuß. „Und Granat ist fertig, wie ich sehe."

„Ja."

„Ich bringe sie für Sie nach draußen." Er schob den Riegel beiseite und nahm die Zügel von Kates Stute. „Nach Ihnen."

Sie folgte ihm nach draußen. Seltsam, dass sie sich in Fredericks Gegenwart nie völlig entspannt und wohlfühlte. Seine Aufmerksamkeit war schmeichelhaft und seine Absichten eindeutig, doch er hatte sie noch nie so angesehen, wie Ben Hanby es tat – mit dieser großen Wertschätzung und Bewunderung, durch die sie sich lebendiger und wirklicher fühlte. Stattdessen wirkte Frederick größer als das Leben, was es schwierig machte, mit ihm zu sprechen.

Aber es war freundlich von ihm gewesen, ihr zu helfen. Und jetzt konnte sie eine ganze Stunde lang ausreiten. Er würde sie mit witzigen Geschichtchen unterhalten und nicht bemerken, wenn ihre Gedanken abschweiften. Ihre Mutter mochte ihn, also würde sie Kate heute in Ruhe lassen. Und die Meinung ihres Vaters zählte nicht – er war ohnehin kaum zu Hause. Obwohl er nicht mehr tagelang verschwunden blieb, hatte er sich angewöhnt, erst nach Hause zu kommen, wenn seine Frau und seine Töchter schon im Bett waren. Kate vermutete, dass er in seinem Büro schlief. Bei den wenigen Gelegenheiten, bei denen sie ihn zu Gesicht bekommen hatte, hatte er ihr nicht in die Augen schauen können. Doch auch wenn er sich für das schämte, was er getan hatte, hatte sich eines nicht verändert – er stank immer noch nach Bourbon.

Frederick half ihr auf ihr Pferd, dann schwang er sich kraftvoll auf sein eigenes Tier. Als die Pferde durch den Hof trabten, sang in den tropfenden Bäumen eine Drossel.

Kapitel 26

September

Es war zu kalt, um aufzustehen. Doch Ben musste im Schulgebäude sein, bevor seine Schüler kamen. Er rollte sich aus den Laken und nahm seine zusammengelegte Kleidung aus dem einfachen Regal an der Wand. Er sprang in die Hose und zerrte sich sein Nachthemd über den Kopf, dann streifte er Hemd, Weste und Mantel so schnell wie möglich über. Zum Schluss zog er sich seine Stiefel über die Wollsocken und blies in seine Hände. Es war erst Ende September und schon so kalt. Wie sollte es dann im nächsten Monat werden? Dann würde er nachts ein Feuer brennen lassen müssen. Ein wackeliger Gussofen stand in dem kleinen Raum, doch letzte Nacht hatte er noch kein Holz verschwenden wollen.

Der Stadtrat hatte ihm mitgeteilt, dass er vierzig Schüler zu unterrichten hatte. Das war sehr viel, doch er musste es schaffen. Immerhin bezahlte man ihm fünfundsiebzig Dollar für elf Wochen, mehr als die meisten anderen Städte boten. Und so würde er wenigstens nicht mehr an Kate Winter denken müssen. Zumindest hoffte Ben das.

Er durfte sich nicht mehr mit ihr beschäftigen – wie sein Vater gesagt hatte, mussten die Herzen der Menschen verändert werden, um das Ende der Sklaverei zu erreichen. Doch Rushville war ein einsamer und ungastlicher Ort, um Gottes Plan für sein Leben zu finden, vor allem, wenn Kate in Westerville von Frederick umworben wurde.

Ben nahm seinen Tornister und sah noch einmal nach, ob alle seine Unterrichtsmaterialien darin waren, dann legte er noch seine Bibel zu dem Stapel aus Büchern, Papieren und Stiften. Mit einem Ächzen schwang er sich die Tasche auf die Schultern und zog die klapprige Hüttentür hinter sich zu.

Frost hatte sich auf das kurze Gras gelegt, als er durch die Bäume auf das Schulgebäude zuging. Dort lag es. Das kleine Schulhaus, das aus nur einem Unterrichtsraum bestand, war für den sechsjährigen Ben ein Ort des Grauens gewesen war. Mr Morgan, der Lehrmeister, war fordernd und jähzornig gewesen. Am Anfang des Schuljahres hatte er den Kindern die Aufgabe gegeben, alle Multiplikationstabellen an einem Wochenende auswendig zu lernen. Als sie am Montag in die Schule gekommen waren, hatte er hinter ihnen gestanden, während sie die Tabellen aufgesagt hatten. Immer, wenn ein zitternder Junge oder ein ängstliches Mädchen einen Fehler gemacht hatte, hatte er ihnen mit dem Stock auf die Beine geschlagen. Dann hatte er gesagt, dass sie sich wieder setzen sollten, und war zum Nächsten weitergegangen. Ben hatte mit aller Macht versucht, alles auswendig zu lernen, doch zwölf Tabellen waren für einen Sechsjährigen einfach zu viel gewesen. Seine Beine waren mit roten Streifen übersät gewesen, als er mit seiner Aufgabe fertig gewesen war. Vor seinen Eltern hatte er die Striemen versteckt, weil er sich für seine schlechte Leistung geschämt hatte.

Ben würde keinen Stock mit in die Klasse nehmen, so viel war sicher. Schläge waren eine unmenschliche Art, Kinder zu erziehen. Stattdessen würde er einen ruhigen und ordentlichen Unterricht führen, genau wie er es schon in Blendon Township getan hatte – in einem Klassenraum, der nicht von Angst regiert worden war.

Die Treppe des Schulhauses neigte sich zu einer Seite, weil das Holz verrottet war. Die Tür hing nur noch in einer Angel und schleifte auf dem Boden. Das einst weiß getünchte Holz war grau und verwittert.

Drinnen waren die Anzeichen der Vernachlässigung ebenso offensichtlich. Vier Tische waren zerkratzt, an wenigstens zwei Bänken fehlten die Beine und die Tafel war überzogen von einem Netz aus kleinsten Rissen. Eine Schande, wenn man bedachte, dass sie erst wenige Jahre alt sein konnte – Tafeln wurden den Schulen in den ländlichen Gebieten nur sehr langsam zur Verfügung gestellt.

Die Wände waren bedeckt mit Zeichnungen und einzelnen Worten. Als er näher herantrat, erkannte Ben, dass das meiste Gekritzel obszön war.

Hier konnte er keine Kinder unterrichten. Und doch hatten sie diesen Schmutz in den letzten Jahren ertragen. Auch die Tischplatten sahen nicht besser aus. Wer hatte das zugelassen? Ben suchte den Raum nach einer Möglichkeit ab, die anstößigen Kritzeleien zu verdecken.

Draußen erklangen Stimmen – die Kinder kamen. Ben stellte seinen Tornister auf das kleine Pult vor der Klasse und arrangierte seine Papiere, Zettel und Stifte, obwohl es in diesem Raum eine vollkommen unnütze Geste war. Dann positionierte er den großen Stuhl hinter dem Pult und nahm Platz, gerade als die ersten Kinder den Raum betraten.

Es war gleich ein Schwung von zehn Jungen und Mädchen, die hereinströmten und sich quer durch den Raum ihre Plätze suchten. Sie waren ungepflegt und schmutzig, vom kleinsten Mädchen bis zu dem kräftigen Jungen, der sich sofort den Platz in der hintersten Ecke ausgesucht hatte.

„Guten Morgen", sagte Ben. „Ich bin Mr Hanby."

Die Kinder starrten ihn neugierig an, aber niemand antwortete. Noch mehr Schüler kamen herein, die einen sauber und ordentlich gekleidet, die anderen genauso verwahrlost wie die erste Gruppe. In manchen Schuhen sah Ben sogar Löcher. Vierzig Kinder hatten sich versammelt und ihre Stimmen füllten den Raum. Es war Zeit anzufangen. Ben bereitete sich darauf vor, sie zur Ordnung zu rufen, wenn die letzte Gruppe sich gesetzt hatte.

Doch in dem Moment kamen die nächsten Kinder herein. Er fing an, die Schüler leise zu zählen. Sechsundvierzig, siebenundvierzig, achtundvierzig … sie würden niemals alle Platz finden! Und wie sollte er sie nur unterrichten? Dreiundfünfzig, vierundfünfzig, fünfundfünfzig, sechsundfünfzig. Endlich riss der Strom ab. Die Kinder hatten sich an den Wänden aufgestellt, manche stießen sich an und lachten. Einige Jungen waren fast so groß wie Ben, obwohl ihm klar war, dass sie nicht älter als sechzehn sein konnten.

Langsam nahm die Lautstärke ab. Fast sechzig Kinder musterten ihren neuen Lehrer, manche ängstlich, andere voll hinterlistiger Schadenfreude. Ben hatte nur wenige Minuten Zeit, bevor das Chaos ausbrechen würde. Einige der jüngeren Kinder lachten über die Zeichnungen auf den Tischen und an den Wänden.

Ben erhob sich und ging mit langsamen Schritten zur Tafel.

„Mein Name ist Mr Hanby." *Herr, gib mir die richtigen Worte.*

„Das hier ist kein angemessener Ort für euch, um zu lernen." Überraschung machte sich auf den meisten Gesichtern breit. „Wir müssen diesen Raum zu einer besseren Schule machen. Lasst uns mit einem Gebet beginnen."

Die jüngeren Schüler falteten ihre Hände, wirkten eher neugierig als andächtig. Die älteren Jungen sahen sich an und verdrehten die Augen, doch Ben ignorierte sie.

„Vater im Himmel ..." Er ließ die Augen offen – Gott brauchte Bens geschlossene Augen nicht. Besser mit geöffneten Augen beten, als hinterlistige Streiche zu riskieren. „Dies sind deine Kinder. Viele von ihnen haben zu Hause ein schweres Leben und diese Schule ist der einzige Ort, an den sie kommen können." Stille erfüllte den Raum. „Hilf uns, diese Schule zu einer sicheren, sauberen Zuflucht vor unseren Sorgen zu machen. Im Namen Jesu bitte ich um diese Dinge und vertraue sie dir an. Amen."

„Amen", echoten die Kinder.

Ein raubeiniger Junge mit blondem Haar und Hasenzähnen rief von hinten: „Gott tut nichts für uns! Er hat noch nie was getan, warum sollte er jetzt damit anfangen?"

„Wie ist dein Name? Ihr dürft euch setzen, Kinder", fügte er an die übrigen Kinder gewandt hinzu, die taten, wie ihnen geheißen worden war. Einige setzten sich mit dem Rücken an die Wand auf den Fußboden.

Der Junge funkelte Ben an. „Jimmy."

„Gut, Jimmy, du darfst deinen eigenen Glauben und deine eigene Meinung haben. Aber du musst die Hand heben und dich melden, bevor du im Unterricht sprichst."

Jimmy und die anderen Kinder sahen ihn erstaunt an. Ein kleines, dunkelhaariges Mädchen hob langsam seine Hand.

„Hast du eine Frage, junge Dame?"

„Schlagen Sie mich auch nicht, Mister?"

„Nein, das tue ich nicht. Diese Entscheidung überlasse ich euren Eltern. Das hier ist eine Schule und kein Gefängnis."

„Dann gehe ich!", rief Jimmy. Er ging zur Tür. „Keiner von uns Großen wird wiederkommen. Wir wollten sowieso nur den neuen Lehrer sehen."

„Ja", stimmten ein paar andere Jungen zu. Bis auf einen machten sich alle älteren Schüler auf zur Tür und verschwanden. Ein paar junge Kinder folgten ihnen.

Mit einem Schlag hatte sich Bens Klasse auf ungefähr fünfzig Schüler reduziert. Die Eltern würden sich über ihn beschweren.

Er überspielte seinen Misserfolg, indem er sich den anderen Schülern zuwandte. „Bitte stellt euch vor der Tür auf."

Mit viel Geraschel und Getuschel ballten sich die Kinder zusammen, der Raum war viel zu klein, um eine geordnete Reihe zu bilden. Ben trat vor die kleine Versammlung. „Folgt mir und seid vorsichtig auf der Treppe." Er führte sie nach draußen.

Die Schule stand neben dem Marktplatz des Dorfes. Als Ben um die Ecke bog, legten die Verkäuferinnen gerade ihre Produkte zum Verkauf aus. Jetzt, wo die Ernte vorüber und das Wetter so kalt war, waren die meisten Früchte getrocknet oder eingekocht worden.

Jeder auf dem Marktplatz beobachtete den Schulmeister und sein Gefolge. Ben führte die Schüler an den neugierigen Augen vorbei auf die Hauptstraße, die sie zu den Geschäften in Rushville führen würde.

Er spürte, wie jemand an seinem Mantel zupfte.

„Mister … Mister …" Ein kleines Mädchen versuchte, mit ihm Schritt zu halten.

Ben wurde langsamer. „Ich heiße Mr Hanby." Er lächelte. „Was ist denn?"

„Wohin gehen wir?"

„Das wirst du gleich sehen."

Das Mädchen war eins der kleinsten, vielleicht sechs oder sieben Jahre alt. Ihre braunen Haare waren in zwei ordentliche Zöpfe geteilt und sie hatte ein engelhaftes Gesicht mit Stupsnase und großen blauen Augen.

„Wie heißt du?"

„Jane."

„Hast du auch einen Nachnamen, Jane?", fragte er lächelnd.

„Ja, Sir. Lefort." Sie plapperte in Kindermanier weiter vor sich hin. „Mein Daddy sagt, dass Sie kein guter Mann sind. Aber ich mag Sie." Ihre Augen waren groß vor Bewunderung.

Die Leforts mussten eine von den Familien sein, die sein Vater erwähnt hatte. Natürlich würden die Familien, welche die Sklaverei unterstützen, Bens Familie aus der Zeit, als die Hanbys in Rushville gelebt hatten, alles andere als positiv in Erinnerung haben. Und bei dem Nachnamen Lefort ließ sich vermuten, dass die Familie ursprünglich aus Louisiana stammte.

„Ich mag dich auch, Jane", sagte er. Er blickte über die Schulter und sah, dass ihnen ein älteres Mädchen dicht folgte. Sie hatte das gleiche walnussfarbene Haar und die gleichen blauen Augen, obwohl sie finsterer wirkte. „Und du bist Janes Schwester?"

„Ja, Sir."

„Und wie heißt du?" Er versuchte, so freundlich wie möglich zu sein.

„Sally Lefort." Sally beschleunigte ihren Schritt und kam zu ihnen, um die Hand ihrer Schwester zu ergreifen. Sie wirkte so, als hätte sie die Kleine am liebsten von ihm weggezogen, traute sich aber nicht, so unhöflich zu sein. Doch sie brachte ein bisschen mehr Abstand zwischen sich und Ben, während sie weitergingen.

„Nun, Miss Sally, dann werde ich gleich deine Hilfe brauchen. Ich hoffe, du hast starke Arme."

„Natürlich, Sir."

Das Stadtzentrum kam in Sicht.

Wie schon in Bens Kindheit führten die Sumners immer noch den Gemischtwarenladen in Rushville. Als sich die Kinder dem Geschäft näherten, lief plötzlich ein Junge nach vorne und sprach Ben an.

„Das ist der Laden von meinem Vater", sagte er. „Gehen wir da rein?"

„Dein Vater ist Ted Sumner?", fragte Ben den Jungen.

„Ja. Ich bin Stuart." Der kleine Junge war genauso gepflegt wie Jane und Sally Lefort, doch seine Frisur war zerzaust und die Haare standen in alle Himmelsrichtungen ab.

„Ich kenne deine Familie, seit ich ein kleiner Junge war", erzählte Ben. Er erklomm die Stufen des Geschäftes und wandte sich zu den Kindern um. „Bleibt hier draußen und benehmt euch bitte wie feine Damen und Herren. Stuart, Sally, ihr kommt mit mir."

Im Dämmerlicht des Geschäftes sah Ben Ted Sumner hinter dem Tresen, wo er gerade in ein Buch schrieb. Als er hörte, dass jemand eintrat, blickte er auf.

„Ben! Was machst du denn hier?" Stuarts Vater sah die Kinder hinter Ben stehen und begriff. „Ach, wie kann ich Ihnen helfen, *Mr Hanby*?" Er zwinkerte. Wie sein Sohn war er blond, doch sein Haar hatte sich an den Schläfen schon gelichtet.

„Guten Morgen, Mr Sumner", sagte Ben ebenso förmlich. „Wir brauchen Tünche und Pinsel. Etwa fünf Gallonen und – lassen Sie mich nachschauen", sagte er und nahm seine Geldbörse hervor, „wie viel kosten die Pinsel?"

„Ein Dollar pro Stück", antwortete Ted Sumner. „Und fünfundsiebzig Cent für die Gallone Tünche."

Ben versuchte, nicht zusammenzuzucken. Er hatte für die nächsten zwei Wochen nur zehn Dollar, bis er die erste Rate seines Gehaltes bekam. „Würden Sie für einen guten Zweck vielleicht einen Rabatt geben, Mr Sumner?"

„Ich vermute", sagte der Händler, „Sie brauchen die Tünche für die Schule?"

Ben nickte.

„Dann lasse ich sie Ihnen zum Einkaufspreis. Fünfzig Cent pro Pinsel und Gallone."

„Danke." Ben rechnete schnell zusammen. „Dann nehmen wir noch sechs Pinsel."

„Das macht fünf, fünfzig. Und danke, Mr Hanby, dass Sie sich der Aufgabe annehmen. Dieses Gebäude ist eine Schande." Stuarts Vater zögerte einen Moment, bevor er hinzufügte: „Ich hätte es selbst gemacht, aber bei Ihrem Vorgänger hatte das leider keinen Zweck. Wie Sie selber sehen, gab es in diesem Klassenraum keine Struktur. Viele Schläge, aber keine Struktur."

Ben bezahlte seinen Einkauf und teilte die Last auf Sally und Stuart auf. Er verabschiedete sich von Ted Sumner und scheuchte die Kinder zurück auf die Veranda. Auf der Straße jagten die Jungen den Mädchen hinterher. Es dauerte fünf Minuten, um die Ordnung wiederherzustellen.

Zurück beim Schulhaus übernahmen die Kinder die unterschiedlichsten Aufgaben. Alle waren glücklich über diesen außergewöhnlichen Schultag. Ben schickte die eine Hälfte seiner Schüler mit speziellen Anweisungen nach Hause. Sie kehrten mit allerlei Dekorationsartikeln zurück: einige alte, aber durchaus noch zu gebrauchende grüne Vorhänge; Tücher, die mit Bibelsprüchen bestickt waren. Ein Junge brachte sogar ein Landschaftsbild mit. In der Zwischenzeit schrubbten die anderen Kinder die Wände und Tische mit alten Lappen und Eimern voller Wasser. Was sich nicht entfernen ließ, wurde anschließend von einem kleinen Malertrupp überpinselt.

Der Tag war fast vorüber, als die Arbeit endlich beendet war. Die Kinder gingen erschöpft, aber zufrieden mit dem Ergebnis ihrer Bemühungen nach Hause – ein strahlend weißer Klassenraum, zwar immer noch mit zerborstener Eingangstreppe, doch völlig verändert im Inneren. Morgen, wenn die Tünche komplett getrocknet wäre, würden sie die Vorhänge aufhängen und die Wände dekorieren.

Als die Sonne unterging, betrachtete Ben seine Schule zufrieden. Morgen konnte er hier unterrichten. Ein schwaches rotes Licht schien durch die Fenster und machte das Klassenzimmer trotz des Farbgeruches heimelig. Ben blickte hinaus in den Sonnenuntergang. Was Kate wohl gerade machte? Am Otterbein-College lief das Herbstsemester. War sie dort?

Er sammelte seine Sachen ein und machte sich auf den Weg zu seiner einsamen Hütte. Das letzte Mal, als er Kate in Westerville gesehen hatte, war sie blass und still geworden. Er konnte nicht erwarten, dass sie sich so schnell von dieser öffentlichen Blamage erholte und den Hanbys diese Peinlichkeit verzieh. Doch sie war an ihm vorbeigegangen, als sei er ein völlig Fremder. Er konnte es nicht aushalten. Es musste etwas geben, was er tun konnte, damit sie ihm vergab. Wenn er schon nicht in ihrer Nähe sein konnte … Er durfte nicht weiter darüber nachdenken. Es war schon schlimm genug, wie es war, ohne in sehnsüchtigen Tagträumen zu schwelgen.

Momentan konnte er nur eine Sache tun. Als er in die Hütte ging, griff er Stift und Papier und setzte sich hin, um Kate einen Brief zu schreiben.

Liebe Miss Winter, schrieb er und hielt dann inne.

Wie sollte er ihr den Brief zukommen lassen? Nach allem, was geschehen war, würde ihre Mutter mit Sicherheit keine Nachricht von Ben an ihre Tochter weitergeben. Nun, dann würde er den Brief eben an Cornelia senden, wie er es mit den Nachrichten über Nelly getan hatte.

Vielleicht gab es noch eine kleine Hoffnung. Er fing an, die Worte niederzuschreiben, die ihm auf dem Herzen lagen, und brachte die beste Entschuldigung zu Papier, die er jemals formuliert hatte.

Kapitel 27

Oktober

Meine liebe Miss Winter,
ich schreibe diesen Brief so spät, da mein großer Respekt vor Ihnen mich davon abgehalten hat, in Worte zu fassen, was unverzeihlich ist. Was während der Musikaufführung geschah, kann auch mit Entschuldigungen nicht wiedergutgemacht werden. Doch nun habe ich mich endlich dazu durchgerungen, mich an Sie zu wenden, denn Ihre Zufriedenheit ist mir sehr wichtig. Ich kann es kaum ertragen, dass Sie unter den Taten eines meiner Familienmitglieder so schrecklich zu leiden haben. Wenn meine aus tiefstem Herzen angetragene Bitte um Vergebung die Verfehlungen ein wenig lindern kann, biete ich Sie Ihnen hiermit an. Meine Bewunderung für Ihren edlen Charakter ist in der Zeit, die ich mit Ihnen verbringen durfte, stets gewachsen. Ihr Mitgefühl und Ihr Mut sind unvergleichlich. Ich hoffe, dass Sie mir eines Tages vergeben können, damit wir die Freundschaft wieder aufleben lassen können, die durch unsere gemeinsame Liebe zur Musik erwachsen ist.
Ihr
Ben Hanby

Kate konnte die Worte nicht aus ihren Gedanken verbannen – niemals hätte sie den Brief öfter als einmal lesen dürfen. Eigentlich hätte sie ihn gar nicht lesen sollen. Jetzt war sie noch gedankenverlorener als sonst, auch wenn sie den Brief zu Hause versteckt hatte.

„Miss Winter?" Frederick stand erwartungsvoll da, um ihr aus dem Einspänner zu helfen. Ein Diener der Jones' wartete in Uniform am Fuß der Treppe des Herrenhauses. Blätter taumelten im aufkommenden Herbstwind durch die Einfahrt.

Sie murmelte eine Entschuldigung und ergriff die Hand, um aus der Kutsche zu steigen.

Frederick geleitete sie durch die breite Eingangstür und versuchte gar nicht erst, seinen Stolz darüber zu verbergen. Der Butler nahm Kates leichten Mantel und Fredericks Hut entgegen.

Mrs Sapphia Jones wartete im Salon, als wäre es ihre größte Freude, die Collegefreundin ihres Sohnes zu begrüßen. Natürlich war ihre Anwesenheit als Anstandsdame unerlässlich bis zur Ankunft der anderen Collegestudenten, die bald eintreffen würden. Sie begrüßte Kate und setzte sich dann in einen zierlichen, von Schnitzereien geschmückten Stuhl. Ihr feiner Rock glänzte wie Quecksilber, in dem sich das Licht brach. Er lag um ihren Stuhl drapiert wie der Sockel einer Statue, ein Effekt, der noch von ihrer blonden, ebenmäßigen Erscheinung unterstützt wurde.

„Ich genieße das kühlere Wetter. Und wie geht es Ihnen, Miss Winter?“ Ihre freundliche Stimme erinnerte Kate an Ann Hanby, obwohl es war, als vergleiche man eine Magnolie mit einer Rose. Mrs Jones war gegenüber Mrs Hanbys einfacher, aufrichtiger Herzlichkeit viel lieblicher und üppiger.

„Ja, ich auch, Mrs Jones“, antwortete Kate.

„Frederick“, wandte sich Mrs Jones an ihren Sohn. „Ich glaube, dein Vater möchte mit dir sprechen.“

Kurz flackerte Ärger in seinen Augen auf, bevor er sich erhob, ganz der gehorsame Sohn. „Ja, Mutter. Und wo ist er?“

„Im Arbeitszimmer. Vielleicht begleitest du uns in diese Richtung und ich zeige währenddessen Miss Winter die Bibliothek?“ Wieder diese helle, weiche, wohltuende Stimme. Sie würde immer so klingen, vermutete Kate, vom Salon über die Kirche bis zum Galadiner. Perfekt abgestimmt, vollkommen beherrscht.

„Natürlich.“ Frederick nickte leicht, ein wenig steif vielleicht, und bot Kate seinen Arm an. Seine Mutter folgte ihnen, als sie den eleganten Flur entlangschritten. Durch das Glas einer Doppeltür sah Kate die massige Gestalt von Mr Jones hinter einem Schreibtisch, wie eine Raupe umgeben vom hölzernen Herz eines Baumes.

„Ich stoße gleich wieder zu Ihnen“, sagte Frederick leise und verbeugte sich leicht, bevor er die Tür hinter sich zuzog.

„Kommen Sie, Miss Winter. Die Bücherei ist viel interessanter als dieses schummrige Arbeitszimmer, das mein Ehemann bevorzugt.“ Mrs Jones führte Kate zur nächsten Tür auf der linken Seite, die in einen warmen Raum führte, welcher von einem flackernden Feuer hinter einem ehernen Schutz erwärmt wurde. Rote Tapeten umgaben die dunklen Eichenregale, die sich von den dicken Wollteppichen auf dem Fußboden bis hin zu der hohen Decke erstreckten.

Kates Laune hob sich bei diesem Anblick sofort. „Was für ein wunderbarer Raum."

„Danke."

Das leise Klingeln der Türglocke drang an ihr Ohr.

„Wenn es Ihnen nichts ausmacht", sagte Mrs Jones, „lasse ich Sie kurz mit den Büchern allein. Die nächsten Gäste sind schon da."

„Natürlich, Ma'am." Nichts würde Kate weniger ausmachen.

Mrs Jones verließ den Raum und das Rascheln ihres Kleides verschwand. Kate trat an das nächste Regal und blickte nach oben. So viele Bücher, bestimmt Hunderte! Ihre eigene Bibliothek enthielt gerade einmal fünfzig Bände und Kate nutzte sie kaum, da sie sich im Arbeitszimmer ihres Vaters befand. Hier standen Homer, Caesar, Josephus, Aristoteles, Plutarch, Ovid – alle in dickes Leder gebunden. Folianten über Naturgeschichte und die Geschichte Amerikas. Ein *Webster's Dictionary*. Kate fuhr mit dem Finger über die Titel, freute sich an den wohlklingenden Namen und den funkelnden goldenen Lettern.

Leise Stimmen erklangen hinter den Büchern. Sie wurden lauter, je weiter sie sich der Ecke des Raumes näherte, die an das angrenzende Zimmer stoßen musste.

Jetzt erkannte sie Fredericks Stimme. „… uns da nicht einmischen."

Kate sollte nicht dort stehen bleiben. Es gehörte sich nicht zu lauschen.

„… aber Ben wird es nicht lassen. Du weißt, dass er es nicht tun wird", kam Mr Jones' Antwort.

Sie hielt inne.

„Vater, was interessiert es dich? Er ist in Rushville."

Sie sprachen also von Ben Hanby. Nun konnte Kate gar nicht mehr anders. Sie trat näher an die Trennwand.

„Wir haben immer noch viele Freunde in Rushville, Frederick. Und wenn Ben die Kinder unterrichtet – ich fürchte, er trichtert ihnen den Abolitionismus ein. Er ist der Sohn seines Vaters. Was sollte ein Hanby anderes tun, als umstrittene politische Themen zu verbreiten?“

„Ben ist mein bester Freund. Er ist vertrauenswürdig, das hast du selbst gesagt.“

Ein Faustschlag auf den Tisch ließ Kate zusammenzucken.

„Sohn, widersprich mir nicht – das ist sowieso schon schwer genug für mich! Warum, glaubst du, hat Ben unser Angebot abgelehnt, Anwalt zu werden? Vielleicht will er seine illegalen Aktivitäten nicht aufgeben! Einen anderen Grund kann es nicht geben, warum ein Mann sich solch eine Gelegenheit entgehen lässt. Seine Absage nährt nur weiter meine Vermutung, dass die Hanbys flüchtigen Sklaven helfen, obwohl ich es immer noch nicht glauben mag. Ich kann Ben verzeihen, er ist ein guter Junge, der nur von seinem Vater in die Irre geführt wurde. Aber ich kann ihn nicht schalten und walten lassen, ohne unsere Freunde zu warnen. Sie müssen ihn im Auge behalten. Er unterrichtet Kinder, die sich nur allzu leicht beeinflussen lassen.“

„Ja, Sir.“

„Du musst gleich morgen einen Brief an Ben schicken und ihn anweisen, sich weise zu verhalten. Und ich selbst werde mich an Mr Lefort wenden.“

„Ich glaube nicht, dass Ben den Kindern irgendetwas beibringt, was er nicht sollte, aber ich tue, was du von mir verlangst.“

„Glaubst du an die Union, Sohn?“

„Ja, Sir.“

„Guter Junge. Dann unterstütze deinen alten Herrn in dieser Sache. Und jetzt geh und genieß deine Gesellschaft.“

„Danke, Sir.“

Kate hörte, wie sich die Tür des Arbeitszimmers öffnete, und beeilte sich, die andere Seite der Bibliothek zu erreichen. Ihre Bestürzung ließ die Bücher plötzlich langweilig und unwichtig erscheinen. Was würde mit Ben geschehen?

„Miss Winter.“ Frederick stand in der Tür. „Gefällt Ihnen unsere kleine Sammlung?“ Er kam herein.

In diesem Moment erschien seine Mutter hinter ihm und bedachte sie beide mit ihrem immerwährenden Lächeln. „Miss Lawrence und die anderen jungen Damen sind hier und einige Gentlemen kommen gerade an.“

„Dann werden wir ihnen Gesellschaft leisten.“ Frederick schüttelte den Schatten auf seinem Gesicht ab. Sein fröhliches, unbekümmertes Naturell übernahm wieder die Kontrolle, wie ein Korken, der zurück an die Wasseroberfläche ploppt. „Miss Winter, wenn ich bitten darf?“

Außer den beiden Hanbys würden heute alle Philomatheaner und Philalethianerinnen anwesend sein. Ben war nicht in der Stadt und Frederick hatte von Anfang an klargestellt, dass er Cyrus nach seinem Auftritt bei der Musikaufführung aus Rücksicht auf Kates Gefühle heute Abend nicht hier haben wollte.

Mit den meisten anderen wusste Kate auch nichts anzufangen, doch wenigstens Cornelia würde da sein. Kate nahm Fredericks Arm und ließ sich von ihm zurück in den Salon führen.

Lautes Stimmengewirr zeigte an, dass mittlerweile alle jungen Leute eingetroffen waren. Natürlich hatten sie sich wohlerzogen in kleine, nach Geschlechtern getrennte Grüppchen aufgeteilt. Nach einigen Minuten Geplauder im eleganten Salon der Jones' rief die Hausherrin zum Essen.

Frederick saß Kate gegenüber. Jedes Mal, wenn er sie ansah, funkelten seine Augen. Doch Kate konnte die schwelenden Sorgen nach dem seltsamen Gespräch mit seinem Vater nicht abschütteln. Aber wenigstens schien niemand mehr an die Musikaufführung zu denken.

Nach dem köstlichen Dessert schob Frederick seinen Stuhl zurück und lud seine Gäste ein: „Lasst uns in den Salon gehen und ein Spiel spielen.“

Die anderen stimmten begeistert zu. In wenigen Minuten saßen alle auf den seidenen Stühlen und Sofas im großen Salon.

„Scharade“, schlug einer der jungen Männer vor.

Kate wollte nicht schauspielern. Als sie dies leise anmerkte, versprachen ihr die anderen, dass sie auch nur mitraten konnte, ohne Pantomimen zu machen.

„Nun, jede Gruppe bekommt fünf Mitglieder“, bestimmte Frederick. „Ich ernenne mich selbst zum Kapitän der einen Mannschaft und Sie, Rebecca, können die andere Mannschaft führen“, sagte er zu Rebecca Bogler, die durch die Aufmerksamkeit errötete. „Ich darf natürlich zuerst wählen“, fuhr Frederick fort, „und entscheide mich für Kate. Kommen Sie neben mich." Er klopfte auf den leeren Platz neben sich. Für Kates Geschmack saß sie nun viel zu nah bei ihm, auf jeden Fall viel näher, als es die Otterbein-Regeln erlaubten. Doch sie versuchte, die Gesellschaft zu genießen, solange sie nicht allzu viel reden musste. Die Fröhlichkeit ließ sie die Einsamkeit ihres eigenen Heimes vergessen.

Rebecca blinzelte unter ihren blonden Locken. „Dann muss ich wohl einen Mann wählen." Sie zeigte auf den Schmalgesichtigen, der den Spielvorschlag gemacht hatte. Er durchquerte den Salon und setzte sich zu Rebeccas Füßen.

„Dahin, wo Männer immer sein sollten, was, Rebecca?", schäkerte er.

Frederick wählte Cornelia als Nächste. Schnell waren die beiden Gruppen gefunden.

Die erste Runde lief gut. Alle lachten über Rebeccas Pantomime. Diese tat so, als arbeite sie an einem Blasebalg oder etwas Ähnlichem, dann hob sie dramatisch die Arme, legte die Hand über die Augen und tat so, als spähe sie in die Ferne.

„Ein Schmied!", rief jemand.

„Nein!", sagte sie und verdoppelte ihre Anstrengungen.

„Ein Lokomotivführer!", vermutete der Schmalgesichtige.

„Nein!" Rebecca betätigte wieder ihren imaginären Blasebalg, während der Sand durch die Uhr rieselte.

„Die Zeit ist vorbei!", verkündete Cornelia.

„Es war ein Ballonfahrer!", erklärte Rebecca empört.

Alle lachten.

„Ich fürchte, beim nächsten Mal werden Sie sich noch mehr anstrengen müssen", lachte Frederick.

Er war als Nächster dran. Nach einem kurzen Moment des Überlegens hockte er sich auf den Boden und setzte einen Ausdruck komischen Schreckens auf, der Rebecca kichern ließ. Kate musste ebenfalls lachen, als Frederick sich hinter einem Stuhl verkroch, schrecklich zitterte und mit den Zähnen klapperte.

„Eine Schnappschildkröte!", riet Rebecca.

„Er ist doch gar nicht in Ihrem Team", sagte ein junger Mann lachend.

„Ein ängstliches Skelett!", lachte Cornelia.

Die Zeit lief ab.

„Nein!", sagte Frederick und grinste in die Runde. „Ein entflohener Sklave!"

Rebecca und die anderen lachten laut los. Nur Cornelia schwieg und Kate wandte sich ab.

Sie sollte widersprechen. Doch das wäre zu unhöflich. Sie hatte bisher kaum ein Wort gesagt, wie konnte sie da jetzt ihren Gastgeber kritisieren?

Doch trotzdem schämte sie sich ihres Schweigens. Mrs Hanby hätte hier nicht die Höflichkeit über ihre Prinzipien gestellt.

Als das Lachen verklungen war, sah Frederick unsicher aus. „Miss Winter, helfen Sie mir, etwas aus der Bibliothek zu holen? Wir sind sofort wieder da."

Kates Wangen brannten. Mrs Gourney würde dem nicht zustimmen. Doch sie erhob sich. Frederick war ein Gentleman und sie würde ihn nicht bloßstellen, indem sie ihn auf die Unschicklichkeit hinwies.

Diesmal bot er ihr seinen Arm nicht an, als habe er mittlerweile erkannt, dass er mit seiner Aufforderung gegen den Anstand verstoßen hatte.

Als sie außer Hörweite waren, wandte er sich ihr zu. „Bitte nehmen Sie meine Entschuldigung an."

Sie nahm all ihren Mut zusammen. „Ich muss Ihnen sagen", sagte sie leise, „dass ich entflohene Sklaven für ein recht unpassendes Thema einer Scharade halte."

„Ich weiß, ich weiß", sagte er. „Es war das Erstbeste, was mir in den Sinn kam. Es war geschmacklos."

„Ich wollte nicht unhöflich sein. Ich schätze Ihre Gastfreundschaft sehr."

„Es ist mir immer eine Freude, meine Gäste zu unterhalten, vor allem Sie." Frederick sprach nun ebenfalls sehr leise. Die ganze Situation war plötzlich sehr intim geworden. Kate sah ihn an und schwieg wie immer.

Sie taten nichts Falsches. Frederick war immer respektvoll ihr gegenüber gewesen. Sie hatte keinen Grund, ihm nicht zu vertrauen.

Er führte sie zurück in die Bibliothek, wo sie unsicher in der Mitte des Raumes stehen blieb, während er ans Feuer trat und sich dann zu ihr umwandte.

„Kate“, sagte er. Sein klar geschnittenes, gebräuntes Gesicht war ernst und in seinen Augen spiegelte sich das Kaminfeuer. „Sie wissen, dass ich Sie sehr schätze“, hob er an.

Ihr Herz schlug schneller und sie schlang die Arme um ihren Oberkörper. Das durfte er nicht tun – hatte er deshalb mit ihr allein sein wollen?

„Frederick?“ Sapphia Jones stand in der Tür. „Ich glaube, deine Gäste verlangen im Salon nach dir.“

Kate atmete erleichtert auf. Was für ein perfekter Zeitpunkt – oh, wie gut, dass es störende Mütter gab.

Frederick sah aus wie ein Schuljunge, der mit der Hand im Plätzchenglas erwischt worden war. „Ja, Mutter. Ich wollte nur …“

„Ich weiß, wie sehr Miss Winter die Literatur schätzt, und hatte noch gar keine Gelegenheit, ihr meine Lieblingsbücher zu zeigen. Ich bleibe mit ihr noch einen Augenblick hier; dann kommen wir wieder zu euch.“

Er nickte mit angespannten Zügen. „Entschuldigen Sie mich, Miss Winter.“ Er neigte den Kopf und trat in den dunkleren Flur hinaus.

Was für eine schreckliche Situation, peinlich und seltsam. Vielleicht vermutete Mrs Jones, dass Frederick ihr einen Antrag hatte machen wollen. Vermutlich hatte sie sie schon vorher im Flur beobachtet, sonst hätte sie niemals genau in diesem Moment in der Tür stehen können. Und ihre Einmischung bedeutete ganz offensichtlich, dass sie nicht mit der Wahl ihres Sohnes einverstanden war. War das eine Folge dessen, was während der Aufführung geschehen war? Kates Gesicht brannte.

„Darf ich Ihnen einen Augenblick Gesellschaft leisten?“ Mrs Jones kam herein.

„Ja, Ma'am.“

„Wir haben wunderbare Bücher hier. Ich dachte, ich zeige Ihnen eines im Besonderen. So nützlich, so gelungen.“

Kate trat zu Mrs Jones, die mit dem Finger über die Reihe der Buchrücken fuhr. Fredericks Mutter hatte gefunden, wonach sie gesucht hatte, und zog den Band mit einer eleganten Bewegung hervor.

„Sehen Sie?“ Sie reichte Kate das Buch.

Benimmregeln für die junge Dame.

Wenn Kate nicht zu schockiert gewesen wäre, hätte sie vielleicht geweint.

„Sie dürfen es sich gerne ausleihen, wenn Sie mögen." Immer noch klang Mrs Jones' Stimme freundlich und sanft, aber nun mit einem scharfen, unangenehmen Unterton.

„Ich glaube, ich habe selbst eine Ausgabe, vielen Dank." Kate zwang sich dazu, den Mund aufzumachen.

„Wirklich?" Mrs Jones erhob ihre Stimme nicht, doch ihre Augenbrauen.

„Entschuldigen Sie mich." Kate eilte durch die Tür in den Flur.

Es gab keinen Grund für Mrs Jones, sie abzulehnen – abgesehen von dem, was bei der Musikaufführung geschehen war. Die jungen Leute mochten nicht mehr daran denken, doch die Klatschtanten in der Stadt würden Kate nicht so leicht verzeihen.

Sie hielt den Kopf gesenkt und sprach den Rest des Abends kein einziges Wort mehr. Sie verließ die Gesellschaft zusammen mit Cornelia und sah Frederick nicht an, als sie sich verabschiedete.

Kapitel 28

Dezember

Wie lange würde es noch dauern, bis John Parker sich wieder meldete? Ben seufzte und kniete vor dem Ofen des Schulhauses, den er gerade anfeuerte. Die Kinder würden bald hier sein. Er ging zurück an sein Pult und schrieb eine Zeile nieder. Er würde das Lied über Nelly fertig schreiben. Das war das Einzige, was er für sie tun konnte, bis John sie endlich gefunden hatte.

Die Kinder stampften auf der Treppe und Ben legte den Stift weg und trat an die Tafel. Er begann den Tag immer damit, ein neues Lied für die Kinder aufzuschreiben. Mit schnellen Bewegungen schrieb er den Text mit Kreide an.

Er liebte es, die Freude auf den Gesichtern der Kleinen zu sehen, wenn sie sangen. Sogar Jimmy stimmte mit ein. Ben war sicher, dass die Musik der ausschlaggebende Grund dafür gewesen war, dass der Junge zurück in die Schule gekommen war. Und als ihr Anführer sich dazu entschlossen hatte, wieder zu erscheinen, waren auch die anderen Jungs wieder aufgetaucht.

Mittlerweile hatte sich das Klassenzimmer gefüllt. Die Schüler suchten sich ihre Plätze, manche redeten miteinander, andere lasen den Liedtext an der Tafel.

Ben tippte mit dem Lineal auf sein Pult und stimmte das Lied an, als alle ihm zuhörten. Ihre hellen Stimmen gesellten sich zu seiner. Als das Lied endete, sahen ihn alle Kinder erwartungsvoll an.

„Wir können noch ein Lied singen, aber dann fangen wir an zu lesen“, sagte Ben. „Möchte jemand einen Vorschlag machen?“

Ein Stimmengewirr erhob sich und Ben musste lächeln. Die Kleinsten waren immer vorne dabei, wenn es um Liedwünsche ging. „Jenny, hast du eine Idee?“ Er zeigte auf die siebenjährige Jenny Green, um sie von den drei anderen Jennys in seinem Klassenraum zu unterscheiden.

Sie lehnte an der Schulter ihrer älteren Schwester Selma. Ihr kleines Gesicht wirkte konzentriert, dann sagte sie etwas, was Ben nicht verstehen konnte.

Selma merkte, dass er die Kleine nicht gehört hatte. „Sie wünscht sich eins von Ihren Liedern, Mr Hanby."

„Oh", sagte er glücklich. Das war das erste Mal, dass ein Schüler sich ein Lied von ihm wünschte, obwohl er ihnen schon ein oder zwei beigebracht hatte. „Wollt ihr ein neues lernen?", fragte er die gesamte Klasse.

„Jaaaa!", riefen die meisten.

„Nein!", widersprachen die üblichen Verdächtigen, um sich einen Spaß zu erlauben.

„Die meisten waren dafür", entschied Ben.

Sein Blick fiel auf das Blatt auf seinem Pult. Sollte er? Es war riskant – aber andererseits wollte er die Herzen verwandeln. „Dieses hier ist noch nicht fertig, aber ich glaube, der Refrain wird euch gefallen", sagte er. Er fing an, den Text an die Tafel zu schreiben. Die Kreide kratzte auf der dunklen Oberfläche. „Lasst uns das singen. Ich singe es euch erst einmal vor, dann seid ihr dran."

Ben erhob seine Stimme und sang die Worte, die er bis jetzt zu Papier gebracht hatte. Er stimmte die Melodie etwas tiefer an, als sie eigentlich war, und gab dem Lied einen schwungvollen Rhythmus, damit es den Kindern besser gefiel.

Meine arme Nelly Gray, wardst genommen mir,
Und ich darf dich nie wieder sehen hier,
Ich sitze am Fluss und weine dir nach,
Denn du verließest Kentucky ins Ungemach.

Sie sangen es ihm Zeile für Zeile nach. Ein oder zwei Kinder konnten die Melodie nicht halten, doch es gab einige geborene Sänger, welche die anderen anführten. Jimmy hatte einen wunderbaren Tenor für einen Jungen seines Alters und liebte es zu singen. Die Musik machte keinen sozialen Unterschied. Jimmy entstammte einer Familie, die nichts besaß, doch die Kinder des Bürgermeisters würden niemals so singen können wie er.

„Wunderbar!", lobte Ben. „Und jetzt lasst uns den gesamten Refrain singen. Jimmy, würdest du gerne dirigieren?"

„Wenn's sein muss", sagte der Junge betont lustlos, sprang jedoch sofort auf.

„Dann komm nach vorne", sagte Ben.

Jimmy bahnte sich seinen Weg durch die Kinder hindurch, stellte sich vorne hin und leitete die anderen an. Die Kinder sangen fröhlich und laut.

Sie hatten Text und Melodie ohne Schwierigkeiten gelernt. Und es war nicht einmal eins von Bens leichten Stücken. Es war ein kühnes Lied, das die Grausamkeiten der Sklaverei anprangerte. Er hatte Nelly nicht retten können – noch nicht –, doch er konnte ihr Andenken durch seine Musik hochhalten. Vielleicht würde dieses Lied Menschen wie Frank trösten, die vorerst ohne ihre Familie leben mussten.

Die Kinder hatten das Lied beendet.

„Danke, Jimmy. Du kannst dich wieder setzen."

Als Jimmy wieder an seinen Platz zurückgegangen war, hob Sally Lefort ihre Hand.

„Ja, Sally?"

„Wer ist Nelly Gray, Sir?", fragte Sally mit nachdenklichen blauen Augen.

„Was glaubst du, wer sie sein könnte?"

„Ich weiß nicht. Aber sie hat in Kentucky gelebt", antwortete Sally.

„Was wissen wir noch über sie?" Ben stellte diese Frage in den Raum hinein.

„Ich weiß etwas, Sir", sagte Bobby Green, der mit dem Rücken an der Wand lehnte. „Sie musste Kentucky verlassen. Oder man hat sie dazu gezwungen. Und da, wohin sie gehen musste, war es nicht gut. Oder was bedeutet *Ungemach*?"

„Du hast ganz recht, Bobby. Man hat Nelly Böses angetan. Aber wer ist *man*?"

Das war eine knifflige Frage. Niemand antwortete.

„Ich lasse euch darüber nachdenken", sagte Ben. „Jetzt fangen wir mit der Schreibarbeit an."

Die Jüngeren öffneten ihre Fibeln, während die Älteren eine Strophe eines Milton-Gedichtes abschrieben, das Ben vor Beginn des Unterrichtes auf die andere Tafelseite geschrieben hatte.

Nach einer halben Stunde unterbrach Ben sie. „Gebt eure Blätter ab. Ihr habt jetzt zehn Minuten Pause."

Die Schüler waren schon halb aus der Tür, als Ben noch nicht ganz zu Ende gesprochen hatte, und zogen sich im Laufen ihre Jacken und Schals an. Ein sonniger Tag wie heute war ungewöhnlich für Dezember, doch trotz allem herrschte draußen eine beißende Kälte. Die kahlen Bäume vor dem Fenster wirkten verloren und auf dem Boden darunter wuchsen nur noch ein paar spärliche Grashalme wie Haare auf dem Haupt eines Greises. Die Kinder strömten hinaus in den Hof und ließen sich durch die frostigen Temperaturen nicht von ihren Spielen abhalten.

Als Ben seinen Schülern gerade nach draußen folgen wollte, hielt ihn Sally an der Tür auf. „Nelly ist eine Sklavin, richtig, Mr Hanby?"

„Das stimmt, Sally", antwortete er. „Wenn ich die Strophen geschrieben habe, wird der Text verständlicher."

„Es ist ein sehr trauriges Lied", sagte Sally. „Warum hat man sie weggebracht?"

Ab hier sollte er lieber vorsichtig sein. „Das passiert sehr oft." Ben versuchte, möglichst neutral zu klingen. „Sklavenbesitzer entscheiden von Zeit zu Zeit, dass sie Sklaven verkaufen. Vielleicht war die Ernte nicht gut oder es wird zu teuer, ganze Sklavenfamilien durchzufüttern. Also verkaufen die Besitzer die Sklaven nach irgendwo."

„Sie reißen die Familien auseinander?", fragte Sally schockiert.

„Ja", antwortete Ben. Was sollte er sonst sagen? Es war nun einmal die schreckliche Wahrheit.

„Oh", sagte Sally mit großen, traurigen Augen. Dann wandte sie sich ohne ein weiteres Wort ab.

Der Stadtrat tagte auf der anderen Seite der Tür. Ben wartete in der Eingangshalle und zwang sich dazu, still zu stehen. Er hatte keine Ahnung, wie lange es noch dauern würde, bis jemand kommen und ihn hereinrufen würde. Entschlossen verschränkte er die Arme und spürte die kratzige Wolle seiner Jacke unter seinen Handflächen. Er würde hier stehen, bis man ihn rief. Sie würden ihm seine Anspannung nicht anmerken.

Der Bürgermeister einer so kleinen Stadt wie Rushville wurde nicht bezahlt, weshalb es auch kein Rathaus oder ein anderes öffentliches Gebäude gab. Alle Treffen des Stadtrates fanden deshalb in der Methodistenkirche statt. Diese Tatsache hielt Bürgermeister Bob Banning allerdings nicht davon ab, sein Amt mit allem möglichen Pomp zu zelebrieren, was er vermutlich momentan dort drinnen tat.

Als die Tür endlich aufschwang, erschien das mäuseartige Gesicht von Robby Reardon.

„Wir sind bereit, Hanby“, verkündete der Postangestellte von Rushville. Sein Schnurrbart stand tatsächlich ab wie die Barthaare einer Maus. Reardons Kopf verschwand und die Tür schlug vor Ben zu. Er musste sie wieder aufdrücken, um Reardon in den Kirchenraum zu folgen.

Die letzten Wochen hatten gezeigt, dass Robby Reardon Ben aus irgendeinem Grund nicht ausstehen konnte. Jedes Mal, wenn Ben seine Post abgeholt hatte, hatte der kleine alte Mann ihm wortlos die Kuverts über den Tresen geschoben und war dann wieder nach hinten in sein Büro verschwunden. Es war wenig vielversprechend, dass Reardon zu den Männern gehörte, die das Urteil über Bens Arbeit in der Schule sprechen würden. Wenigstens Bürgermeister Banning war ihm gegenüber freundlich gewesen. Doch Ben wusste nicht, wer sonst noch im Stadtrat saß.

Der Nachmittagshimmel war bedeckt und das schummrige Licht im Kirchenraum ließ fünf Männer erkennen, die mit dem Rücken zu Ben saßen. Bürgermeister Banning erkannte er selbst von hinten – der Mann war über zwei Meter groß und überragte die anderen um Haupteslänge. Als Ben näher trat, wandte sich Banning um, um Ben anzuschauen.

„Hanby – kommen Sie nach vorne, damit wir Sie sehen können.“

Als er nach vorne vor den Altar trat, sah Ben, dass der Bürgermeister und der Postangestellte sich die Sitzbank mit dem neuen Arzt und zwei weiteren Männern teilten, die Ben noch nie zuvor gesehen hatte. Die Kleidung des einen Mannes, der mittleren Alters war, ließ auf Geld und Wohlstand schließen. Der andere Mann war ungefähr genauso alt, seine Haare waren allerdings viel dunkler. Und obwohl er ebenfalls fein gekleidet war, erkannte Ben schwere Arbeitsschuhe unter seinem Anzug, die ihn als Farmer verrieten. Als reichen Farmer, wohlgemerkt.

Bürgermeister Bannings stahlgraues Haar und sein beeindruckender Bart machten ihn zusammen mit seiner Körpergröße zu einer imposanten Erscheinung. Er nutzte diesen Effekt, indem er sich erhob und Ben die Hand entgegenstreckte. Nun überragte er ihn um gute zwanzig Zentimeter. „Willkommen. Wir werden heute eine schnelle Entscheidung treffen, da es sich um ein simples Thema handelt.“ Banning setzte sich wieder. Seine Beine berührten die Vorderbank.

Ben blieb vor dem Stadtrat stehen.

„Das sind meine Kollegen“, fuhr Banning fort. „Reardon, Dr. Samuels, Gabriel Lightman“ – er zeigte auf den Farmer, der in der Mitte saß – „und Arthur Lefort.“

Lefort. Das erklärte, warum Ben heute überhaupt vor dem Stadtrat erscheinen musste. Ben dachte an Sally, ihr Gespräch über sein Lied und die Bemerkungen, die ihre kleine Schwester Jane gleich am ersten Tag über ihren Vater gemacht hatte.

„Also, Mr Hanby.“ Banning räusperte sich und rutschte auf seinem Platz hin und her. „Wir haben Beschwerden erhalten, dass Sie in der Schule Dinge unterrichten, die dort nicht hingehören.“

Perfekt. Kein Wort der Anerkennung oder des Dankes für seine Mühen. Nicht einmal ein Lob dafür, dass das Schulgebäude nun wieder vorzeigbar war.

„Ja, Sir.“ Ben wartete.

„Mir ist zu Ohren gekommen“, fuhr Banning langsam fort, „dass Sie Lieder über den Abolitionismus verbreiten.“

Das Unbehagen in seinem Bauch durfte sich nicht auf seinem Gesicht widerspiegeln, ermahnte sich Ben. „Das kommt darauf an, was Sie meinen, Sir.“

Leforts Gesicht verzog sich mürrisch, als er zum Protest anhob. „Ist das alles, was Sie dazu zu sagen haben?“, fragte er. „Sie halten es für angemessen, Lieder voller Lügen zu verbreiten?“

„Das Lied beschreibt die Trennung zweier Liebenden durch die Sklaverei, Sir. Das ist eine allseits bekannte Tatsache.“

„Diese Aussage beweist umso mehr, warum er von seiner Position entfernt werden sollte“, sagte Lefort zum Bürgermeister, bevor er sich wieder Ben zuwandte. „Sie sorgen dafür, dass sich unsere Kinder gegen uns wenden.“

Sollte er sich verteidigen oder schweigen?

Lefort nutzte den Moment der Stille, um sich an die anderen Männer zu wenden. „Sind Sie wirklich der Meinung, jemand mit einer solch schlechten Urteilsfähigkeit sollte unsere Kinder unterrichten?“

Also stand seine Arbeitsstelle auf dem Spiel. Jetzt musste Ben sich verteidigen. „Ich muss Ihnen widersprechen, Mr Lefort. Das Lied ist nur das Porträt einer alltäglichen Situation im Süden. Es beinhaltet keine Unwahrheiten und soll auch keinen Schüler dazu anstacheln, sich gegen seine Eltern zu wenden.“

„Trotzdem“, unterbrach ihn der Bürgermeister, während Lefort neben ihm schäumte, „sollte ein Lehrmeister jedwedes politische Engagement vermeiden, vor allem bei solch heiklen Themen.“

„Es ist ein gefühlvolles Lied eines Sklaven an seine verlorene Liebe.“

Lefort funkelte Ben an. „Aber meine Tochter kam nach Hause und hat mich nach Dingen gefragt, die sie nicht in der Schule lernen sollte. Lesen, Schreiben, Rechnen, ja. Aber nichts über Sklaven und die Abschaffung der Sklaverei.“ Er wandte sich an die anderen Männer. „Er muss entlassen werden. Sollen wir abstimmen?“

„Bitte warten Sie draußen im Foyer, Mr Hanby“, wies ihn Banning an.

Ben schritt mit so viel Würde wie möglich den Gang hinunter, obwohl die Scham sein Gesicht rötete. Während sich noch die Tür hinter ihm schloss, setzte drinnen schon die Diskussion ein.

Was würden seine Eltern denken, wenn man ihn entließ? Abgesehen von der Schande und dem Gerede, das einsetzen würde, könnte vielleicht auch ihre Arbeit mit den Geflohenen negativ beeinflusst werden. Er schritt auf und ab, während fünf Minuten vergingen, dann zehn.

Die Tür wurde aufgestoßen. Mr Lefort stürmte heraus. „Glauben Sie nicht, ich hätte Ihre Familie und vor allem Ihren Vater vergessen“, sagte er, als er an Ben vorbeilief. „Sie werden damit nicht durchkommen." Lefort verschwand in einer Atemwolke draußen in der Kälte.

Die anderen folgten, doch niemand sprach mit Ben. Bürgermeister Banning kam als Letzter. Er blieb stehen und richtete sich zu seiner vollen Größe auf. „Mr Hanby, Sie haben einige Mitglieder unserer Gemeinde vor den Kopf gestoßen."

„Ja, Sir." Ben hielt seine Arme verschränkt und den Blick auf den Boden gesenkt, damit man ihm seinen Ärger nicht ansah.

„Der Doktor und ich haben Ihre Verdienste für die Schule hervorgehoben, doch wir konnten den Stadtrat nicht überzeugen. Sie müssen Ihre Sachen packen und morgen Abend von hier verschwinden. Das Halbjahr dauert ja nur noch zwei Tage und danach werden Sie hier nicht wieder unterrichten. Guten Tag." Damit verschwand auch er nach draußen.

Ben blieb allein in der Eingangshalle zurück und schüttelte fassungslos den Kopf.

Kapitel 29

Die Kutsche rumpelte in Richtung Westerville. Ben gefiel der Gedanke nicht, dass er seinen Eltern erklären musste, was vorgefallen war. Doch ein seltsamer Friede hatte sich in ihm ausgebreitet, als wäre in all der Ungerechtigkeit, die ihm widerfahren war, auch etwas Gerechtes geschehen. Er fühlte sich nicht so, als hätte er einen Fehler gemacht.

Gestern Abend, als er in Cincinnati auf die Kutsche gewartet hatte, hatte es angefangen zu schneien – wunderschöne, große Flocken, die im Schein der Lampen vom Himmel getanzt waren, als er aus dem Fenster des Gasthauses geschaut hatte. Der Schnee bedeckte nun die gesamte Landschaft hier in Ohio. Ben konnte es nicht erwarten, den heißen Apfelwein im Haus seiner Familie zu riechen, seine kleinen Geschwister in die Arme zu schließen und neben seinen Eltern am Feuer zu sitzen.

Cyrus würde der Einzige sein, der sich nicht über seine Rückkehr freute. Sie hatten seit ihrer Schlägerei kaum miteinander gesprochen.

Die Kutsche rollte an die Haltestelle auf der State Street. Ben stieg aus und wünschte seinen Mitreisenden, die weiter nach Cleveland fuhren, eine gute Reise. Sie winkten zum Abschied, als der Kutscher Bens Gepäck ablud und ihm reichte.

„Frohe Weihnachten, junger Mann", sagte er. Sein Gesicht war von der Kälte rot angelaufen.

„Ihnen ebenfalls, Sir!" Ben nahm seine Tasche und machte sich auf den Weg zur Grove Street. Es war der Samstag vor Weihnachten und die Geschäfte waren voll mit Fremden und Freunden, die noch letzte Besorgungen machten. Ben hatte Weihnachten in Westerville immer geliebt. Die Hanbys würden am Heiligabend ihre Freunde einladen, Weihnachtsgeschichten lesen und Lieder singen. Seine Familie könnte einen eigenen Chor aufmachen.

Seine Stiefel knirschten durch den zentimetertiefen Schnee, als er am Haus der Lawrences vorbeikam. Durch die geschlossene Tür hörte er ein Weihnachtslied, das meisterhaft auf dem Klavier gespielt wurde. Nur eine Person konnte so spielen. Durch das Fenster sah er Cornelia, die mit dem Rücken zu ihm an ihrem Piano saß. Später war noch Zeit genug, sie zu begrüßen. Zuerst wollte er zu seiner Familie.

Als Ben durch die Tür trat, stand seine Mutter am Herd und rührte etwas um, das nach Zimt duftete. Willie und Lizzie sprangen um sie herum. Beim Geräusch der Tür wandten sich alle um. Lizzie jauchzte erfreut. „Ben!“

Sie warf sich in seine Arme. Willie versuchte, Ben um Lizzie herum zu umarmen, bis Ben sich beide schnappte und sie vom Boden hob. Er und seine Mutter lachten, als er die beiden Kleinen wieder absetzte und sie wie wild in der Küche herumsprangen.

„Das reicht“, sagte seine Mutter liebevoll. „Ihr verletzt euch noch, wenn ihr wie die wild gewordenen Kaninchen hier herumtollt. Sagt euren Geschwistern, dass Ben zu Hause ist.“

Sie stürmten die Treppe hinauf.

Das Gesicht seiner Mutter glühte, als sie ihren Ältesten umarmte. Ben fand es immer noch ungewohnt, ihre kleine Gestalt zu überragen.

Sie drückte seine Arme. „Du kommst früh. Ist alles in Ordnung?“

„Das erzähle ich später.“

Sie musterte ihn fragend.

„Es ist eine lange Geschichte, die ich mir für heute Abend aufhebe.“ Er wollte seine Heimkehr nicht mit unliebsamen Erzählungen ruinieren.

Sie hob eine Augenbraue, wandte sich aber wieder zum Herd um und rührte weiter.

Amanda und Anna kamen die Treppe herunter mit Sam in Amandas Armen und Jenny im Schlepptau. „Ben ist zu Hause! Ben!“ Alle stürzten auf ihn zu. Nach vielen Umarmungen und einer lautstarken Begrüßung verteilte Ben Zuckerstangen, die er bisher in seiner Tasche versteckt gehalten hatte.

Als er die letzte verteilt hatte, kam Cyrus hinzu, blieb aber in der Tür stehen. Die Statur seines Bruders wirkte stämmiger als beim letzten Mal, als Ben ihn gesehen hatte. Endlich sah Cyrus aus wie ein Mann und nicht wie ein zu groß geratener Junge. Er zögerte und blieb mit unsicherem Blick auf der Schwelle stehen.

Egal, was Cyrus auch angerichtet hatte, er war immer noch sein Bruder. Ben ging um die anderen herum und streckte ihm die Hand entgegen. „Frohe Weihnachten, Cyrus. Ich bin froh, dich zu sehen."

Cyrus ergriff seine Hand, dann zog er Ben an sich und umarmte ihn mit einem Arm. „Ich auch, Ben", sagte er leise.

Ihre Mutter unterbrach die Wiedersehensfreude, indem sie alle zur Seite scheuchte, um den Ofen zu öffnen und die Brötchen hervorzuholen.

„Ach, Ben, bevor ich es vergesse", sagte sie und scheuchte Willie weg, der sich neugierig den Köstlichkeiten genähert hatte, „Cornelia hat mir gesagt, dass sie dich dringend sprechen muss. Vielleicht gehst du morgen nach dem Gottesdienst bei ihr vorbei. Es hat sich wichtig angehört."

„Wahrscheinlich geht es nur um die Weihnachtslieder", sagte er, „aber ich werde es einrichten."

Kate ging die State Street hinunter. Es war Sonntag, die Geschäfte hatten geschlossen. Trotzdem war die Straße voller Menschen, die nach dem Gottesdienst die frische Luft und das knirschende Weiß unter ihren Füßen genossen. Letzte Nacht hatte es schon wieder geschneit. *Tief und weich und zart,* wie es in einem neuen Weihnachtslied hieß, das dieses Jahr alle sangen. Kate liebte dieses Lied und fing an, leise die Melodie zu summen, als sie an der Main Street vorbeiging und in die Grove Street bog.

Was hatte Cornelia nur mit der Überraschung gemeint? Ihre Freundin hatte sie verschmitzt angelächelt und gesagt: „Ich glaube, ich kann dir etwas Gutes tun, und davon werde ich mich nicht abbringen lassen."

Also hatte Kate zugestimmt und war jetzt auf dem Weg zu Cornelias Zuhause, um zu erfahren, um was für eine Überraschung es sich handelte.

Sie schob ihre Hände tief in den warmen Muff. Ihre Mutter hatte ihn ihr geschenkt, als der Frost eingesetzt hatte. Das helle Fell passte perfekt zu dem Besatz des Mantels, der dazu ausgewählt worden war. „Dieser Kragen wird wunderbar zu deinem dunklen Haar aussehen, Liebes." Kate vermutete, dass der Mantel nur ein weiteres Accessoire war, mit dem sie Frederick auf dem Silbertablett präsentiert wurde, doch sie mochte ihn trotzdem.

Während sie durch den tieferen Schnee der Grove Street schritt, betrachtete sie das Haus der Lawrences mit den hell erleuchteten Fenstern und den grünen Kränzen. Auch das Haus der Hanbys am Ende der Straße war festlich geschmückt und sah einladend aus – mit roten Bögen über der Veranda und Girlanden um die Fenster herum. Was für ein freundliches Heim!

Kate hatte nicht auf Bens Entschuldigungsbrief geantwortet. Bestimmt verstand er, dass sie nicht ohne Zustimmung ihrer Eltern einem Mann schreiben konnte und vor allem nicht ihm. In dem imaginären Brief jedoch, den sie immer wieder in ihrem Kopf formuliert hatte, hatte sie ihm erklärt, dass sie einem so großherzigen Mann wie ihm niemals böse sein könnte. Aber das würde sie ihm niemals sagen können, da ihre Mutter ihr verboten hatte, mit den Hanbys zu verkehren.

Sie stieg die Stufen zum Haus der Lawrences empor und klopfte mithilfe des kupfernen Türklopfers. Cornelia öffnete ihr die Tür in einem festlichen roten Kleid, das um ihre Füße raschelte. „Ich habe das Hausmädchen weggeschickt, um letzte Vorbereitungen zu treffen. Komm rein", sagte sie und hielt Kate die Tür auf.

Die Eingangshalle war wunderschön geschmückt. Ein drei Meter hoher Weihnachtsbaum stand in der Ecke, als wäre er im Haus gewachsen. Popcorngirlanden zierten seine Äste, zusammen mit kleinen Schleifchen.

„Was für ein wunderschöner Weihnachtsbaum", staunte Kate.

„Ist dir aufgefallen, dass es immer mehr davon gibt? Weihnachtsbäume sind vor allem in England richtig in Mode gekommen, seit der Prinz einen hatte. Und wenn etwas erst einmal in England Mode ist, ist es nur eine Frage der Zeit, bis wir auch mitmachen müssen. Aber es ist eine schöne Sache, findest du nicht?"

„Ja." Kate atmete das harzige Aroma ein. „Als wären wir draußen, aber ohne die Kälte."

„Soll ich uns Glühwein holen?", fragte Cornelia.

„Ja, gerne.“

Cornelia verschwand in der Küche. Kate trat näher an den Baum heran, um ihn zu bewundern. Jetzt erst bemerkte sie die vergoldeten Walnüsse, die an Seidenbändern in den Zweigen hingen.

Ein Klopfen erklang an der Tür und Cornelia beeilte sich zu öffnen. Kate konnte nicht sehen, wen sie begrüßte, doch sie hörte das Murmeln einer Männerstimme. Schwere Stiefel streiften mit einem vertrauten knirschenden Geräusch den Schnee auf der Schwelle ab.

Cornelia kam zurück in den Salon. „Bitte, kommen Sie doch herein“, sagte sie mit freundlichem Tonfall, wirkte jedoch sehr nervös.

Und dann betrat Ben Hanby den Raum.

Mit seinem dunklen Haar und den nussbraunen Augen war er immer noch genauso gut aussehend, wie Kate ihn in Erinnerung gehabt hatte – ja sogar noch besser. Ihre Blicke trafen sich und alles um sie herum schien stillzustehen. Kate konnte ihre Augen nicht von ihm nehmen – Ben war der einzige greifbare Punkt in diesem Raum. Er trug seinen Mantel über dem Arm und einen braunen Gehrock über seinen breiten Schultern.

Er schien genauso fasziniert zu sein wie sie. Die Stille dauerte an. Cornelia murmelte etwas von Glühwein und entschuldigte sich in die Küche.

Kates Gesicht wurde warm. Ihr fiel nur ein Thema ein. „Ich nehme Ihre aufrichtige Entschuldigung an, Mr Hanby.“

„Ich freue mich, das zu hören.“ Er hielt inne, als suche er nach Worten.

„Möchten Sie sich nicht setzen?“ Diese förmlichen Floskeln gaben ihr Halt, wo es keinen Halt gab.

Ben sah sich nach einem Ort für seinen Mantel um. Die Garderobe war genau hinter ihr, in der Nische zwischen Salon und Küche. „Den nehme ich Ihnen ab“, sagte Kate, wie ihre Mutter es ihr für den Fall beigebracht hatte, dass keine Bediensteten in der Nähe waren. Schüchtern trat sie näher.

Als sie ihre Hand ausstreckte und Ben ihr den Mantel reichte, berührten sich ihre Finger. Sie schnappte sich den Stoff und trat schnell zurück. Diese kleine Berührung seiner Hand durchströmte sie mit solcher Macht, dass sie auf dem Weg zur Garderobe schwankte.

Als Kate sich wieder umwandte, stand er immer noch da. Er wartete, dass sie sich zuerst setzte. Sie sollte nicht hier sein – was würde ihre Mutter tun, wenn sie hiervon erfuhr? Doch ihr Körper – und vor allem ihr Herz – weigerte sich, durch die Tür zu schreiten. Der Zauber dieses Augenblickes überwog alle möglichen zukünftigen Schwierigkeiten.

Kate setzte sich und drapierte ihren Rock auf dem roten Sofa. Ben wählte den nächstgelegenen Stuhl, der nur wenige Fuß entfernt stand.

„Hat Ihnen Ihre Lehrtätigkeit Freude bereitet?", fragte sie.

„Die Kinder ja. Die Eltern nicht immer." Er lächelte. „Das Unterrichten ist nichts für Schwache."

Das traf Kate, auch wenn sie wusste, dass er nicht sie damit gemeint hatte. „Das ist mir mehr als bewusst. Ich würde gerne eines Tages unterrichten. Aber bis jetzt habe ich mich nicht wirklich stark genug gegeben."

„Verzeihen Sie – ich wollte Sie nicht verletzen. Und Sie sind alles andere als schwach." Seine Betroffenheit zog den schmerzhaften Stachel aus ihrer Seele.

„Es ist nicht Ihre Schuld, wenn ich nicht dazu in der Lage bin zu unterrichten." Kate knotete ihre Finger ineinander.

„Sie möchten gerne unterrichten? Warum nicht?" Aufrichtiges Interesse funkelte in seinen Augen. „Sie sind eine brillante Akademikerin. Und Sie haben Ihr Mitgefühl für andere unter Beweis gestellt, was eine wichtige Eigenschaft für einen Lehrer ist."

„Aber ich kann nicht in der Öffentlichkeit sprechen. Und Sie haben gesehen, wie kläglich ich gescheitert bin, als es ums Singen ging."

Ben erhob sich und trat ans Fenster. „Ich hätte Sie nicht dazu überreden dürfen." Der Stoff seines Gehrocks zog Falten, als seine Schultern nach unten sackten.

„Sie haben mich nicht überredet. Ich wollte es versuchen, aber ich habe es nicht geschafft."

„Sie hätten es geschafft, wenn Cyrus nicht gewesen wäre." Ben blickte aus dem Fenster, als wolle er nicht, dass sie seine Gefühlsregung bemerkte, doch auch so spürte sie seine Anspannung.

Kates Gesicht brannte. Sie musste das Gesprächsthema wechseln. „Ich übe seit ein paar Monaten, vor anderen zu sprechen, und vielleicht werde ich eines Tages tatsächlich dazu in der Lage sein. Manchmal glaube ich, dass es das ist, was Gott von mir will. Aber wenn es tatsächlich so wäre, müsste mir das Reden doch leichter fallen. Ich wünschte, ich wüsste, was meine Bestimmung ist." Ihre Worte hingen wie eine Frage in der Luft, obwohl sie versucht hatte, selbstbewusst zu klingen. Wenn sie mit jemandem über Glaubensfragen sprechen konnte, dann war es Ben Hanby.

Er wandte sich überrascht zu ihr um, dann kam er zu ihr zurück. Er zog seinen Stuhl entschlossen näher an sie heran, als werfe er die Einschränkungen des Anstandes einfach über Bord. Er setzte sich und seine dunklen Augen suchten die ihren. Sie spürte ein seltsam leichtes Gefühl, ähnlich der Freude, die sie auf Granats Rücken empfand.

„Ich muss auch lernen, nicht ständig über Gottes Pläne für mein Leben zu spekulieren", sagte Ben. „Nur die Zeit kann uns alles offenbaren. Manche Schwierigkeiten werden sich uns in den Weg stellen, aber wir dürfen uns nicht von unseren Wegen ablenken lassen."

„Aber woher sollen wir wissen, wo ein Weg endet und ein neuer beginnt?"

„Ich weiß nicht, ob ich darauf eine Antwort habe." Seine Knie waren nur wenige Zentimeter von ihrem Rock entfernt. Seine Nähe, seine Augen, seine Wimpern, wenn er nach unten schaute – all das raubte Kate fast den Atem.

„Für mein eigenes Leben", fuhr er fort, „habe ich Entscheidungen getroffen, die mir nach intensivem Gebet richtig erschienen. Und ich werde sie von ganzem Herzen weiterverfolgen." Etwas in seinem Ton hatte sich verändert, als spräche er auf mehr als einer Ebene zu ihr. Ein wohliger Schauer lief ihr über den Rücken.

Sie dachte an das, was sie auf ihrer gemeinsamen Reise erlebt hatten. „Ich würde anderen gerne helfen, wie Sie und Ihre Familie es tun."

Er schwieg einen Moment. Die Luft zwischen ihnen war voll der Dinge, die gesagt worden waren, aber auch erfüllt von all dem, was ungesagt blieb.

„Ich würde vor Ihnen auf die Knie gehen." Seine Stimme war kaum mehr als ein Flüstern.

Was meinte er damit? Ihre widersprüchlichen Gefühle ließen Kate aufspringen und panisch hinter ihr Sofa flüchten, das nun als solide Mauer zwischen ihnen stand.

Was war mit den Anweisungen ihrer Mutter? Noch nie hatte Kate so offen zu einem Mann gesprochen. Anscheinend hatte sie jegliche Kontrolle verloren. Doch Ben war ein Gentleman und würde diese Situation nicht gegen sie verwenden.

Aber sie war bei Weitem nicht so ehrenhaft wie er, da sie so offen gegen den Willen ihrer Mutter verstieß. Sie würde jegliche Selbstachtung verlieren, wenn sie noch länger in diesem schändlichen Zwiespalt verharrte. Auch ihm gegenüber wäre es hinterhältig.

„Es tut mir leid, Mr Hanby." Sie klammerte sich an die Rückenlehne des Sofas. „Ich muss jetzt gehen." Sie versuchte, ihre Stimme so ruhig wie möglich klingen zu lassen. „Es wird für Sie schrecklich unhöflich klingen, aber meine Mutter hat mir verboten, mit Ihnen zu sprechen." Ihre Stimme bebte.

Schmerz trat in seine Augen, verschwand jedoch sofort wieder. Er erhob sich. Mit einer gewissen Zurückhaltung ergriff er ihre Hand. Kate konnte sie ihm nicht entziehen. Sie spürte seine warme Haut auf der ihren, den Druck seiner Finger, und ihre Knie fingen an zu zittern.

„Ich bin mir sicher", sagte Ben und schaute ihr tief in die Augen, „dass diese Unterhaltung nicht die letzte in diesem Winter sein wird. Das verspreche ich Ihnen."

Dann verbeugte er sich. Eine Sekunde lang wirkte es fast so, als wolle er die Hand einer Dame küssen, die er noch nicht einmal umwarb. Doch dann ließ er ihre Hand sichtlich zögernd los.

„Bitte gehen Sie nicht meinetwegen", sagte er. „Ich wohne gleich nebenan. Sie haben einen längeren Heimweg und es schneit wieder. Bleiben Sie bei Miss Lawrence."

Er trat an die Garderobe, nahm seinen Mantel und verließ den Salon. Er warf noch einen langen Blick zurück und lächelte sie an, dann ging er ohne ein weiteres Wort. Kate hörte, wie die Tür hinter ihm ins Schloss fiel.

Sie spürte: In den letzten Minuten war etwas zwischen ihnen gewachsen und stark geworden, das sich so leicht nicht mehr entzweireißen lassen würde.

Kapitel 30

25. Dezember 1855
Grove Street 50

Meine liebe Miss Winter,
da es keine andere Möglichkeit gibt, mit Ihnen zu kommunizieren, habe ich mich dazu entschlossen, Ihnen zu schreiben. Miss Lawrence hat mir versprochen, Ihnen diesen Brief bei Ihrer nächsten Klavierstunde zu übergeben.
Das Weihnachtsfest war für meine Familie ein großes Vergnügen. Meine kleinen Geschwister haben uns mit ihren Freudensprüngen entzückt, als sie ihre Geschenke erhalten haben. Wir feiern schlicht, aber mit tief empfundenem Glück, wenn wir des wunderbaren Ereignisses im Stall von Bethlehem gedenken. Doch unsere Gebete waren auch bei Nelly und ihrem Baby, da wir immer noch keine Neuigkeiten von John Parker erhalten haben. Geben Sie die Hoffnung nicht auf. Mr Parker ist ein entschlossener und einfallsreicher Mann.
Es ist schon spät und ich sitze hier allein am Schreibtisch, nur das Knacken des Feuerholzes ist zu hören. Ich frage mich, ob Sie auch an mich gedacht haben, wie ich so oft an Sie denken musste seit unserer letzten Begegnung.
Ich erwarte nicht, dass Sie auf diesen Brief antworten. Mir ist bewusst, dass Sie Verpflichtungen haben, die über Ihre Kontrolle hinausgehen. Aber ich hoffe, dass Sie diesen Brief annehmen und lesen und wissen, dass ich Ihnen zutiefst verbunden bin.
Ihr
Ben Hanby

27. Dezember 1855
Grove Street 50

Meine liebe Miss Winter,
aus Gründen des Anstandes habe ich so lange wie möglich abgewartet, um Ihnen ein weiteres Mal zu schreiben – ich weiß, es sind nur zwei Tage. Doch selbst, wenn ich das Wort „Anstand" schreibe, schüttle ich den Kopf über mich. Denn Anstand hat nichts mit diesem Brief zu tun. Nein, stattdessen hoffe ich, dass Sie weiterhin an mich denken. Ich war überglücklich, als ich erfahren habe, dass Sie meinen ersten Brief gelesen haben. Miss Lawrence hat mir berichtet, dass Sie erst zögerten, deshalb möchte ich Ihnen umso mehr danken, dass Sie eingelenkt haben.
Ein neues Jahr steht vor der Tür. Wer weiß, was es uns bringen wird? Ich habe zwei Lieder komponiert. Eins ist Nelly gewidmet und erzählt die Geschichte ihres Lebens. Ich wollte es schon seit Jahren schreiben, jetzt nimmt es langsam Formen an. Das andere Lied ist durch Sie inspiriert, obwohl es Ihnen nicht im Entferntesten gerecht wird.
Das Schreiben lindert mein Verlangen, mit Ihnen zu sprechen, doch ich bin jedes Mal aufs Neue versucht, das Wort an Sie zu richten, wenn ich einen Blick auf Ihre Anmut und Schönheit erhasche. Es gibt so vieles, was ich Ihnen gerne sagen würde, aber dann würde ich zu viel wagen.
Die Augenblicke, in denen ich daran denke, dass wir unsere Freundschaft niemals vertiefen dürfen, sind dunkel und leer. Doch ich verweigere mich einer solchen Zukunft, denn es käme für mich einem Leben hinter Gittern gleich. Dieser momentane Entzug Ihrer Gesellschaft ist Prüfung genug.
Ich bleibe der Ihre
Ben Hanby

28. Dezember 1855
West Street 71

Mr Hanby,
ich kann nicht leugnen, dass ich mich mehr als gefreut habe, Ihre Briefe zu lesen, doch ich hadere mit meinem Gewissen, sie von Cornelia angenommen zu haben. Wie Sie wissen, habe ich mein Wort gegeben, nicht mit Ihnen zu sprechen, und auch wenn unsere Briefe dieses Versprechen an meine Mutter nicht direkt brechen, so fühle ich mich doch, als würde ich sie hintergehen.
Mit Bedauern
Kate Winter

30. Dezember 1855
Grove Street 50

Meine liebe Miss Winter,
ich mache Ihnen keinen Vorwurf, sollten Sie böse auf mich sein, weil ich Ihnen weiterhin schreibe, obwohl ich damit wissentlich Ihren Wünschen zuwiderhandle.
Doch ich muss Ihren Zorn in Kauf nehmen, denn ich fürchte, wenn ich es nicht tue, riskiere ich weitaus Schlimmeres.
Zu sagen, dass ich am Boden zerstört war, als ich Ihren Brief gelesen habe, wäre eine Untertreibung. Es war meine dunkelste Stunde und ich habe mit niemandem mehr sprechen können.
Ich kann mir vorstellen, dass Sie im Begriff sind, diesen Brief zu verbrennen – wenn Sie ihn überhaupt lesen. Also werde ich nun sehr direkt sein. Ich glaube, wir sind uns sehr ähnlich und unsere Charaktere harmonieren wunderbar miteinander. Wenn ich mit Ihnen spreche, merke ich, dass Ihnen das Leid der Armen und Schwachen zu Herzen geht und dass Sie es lindern möchten. Auch wenn es Ihnen vielleicht nicht bewusst ist, entspringt Ihr Mitleid mit anderen Ihrer eigenen leidenschaftlichen Natur.
Ich gehe davon aus, dass Sie den Brief nun zerknüllt und in die Ecke geworfen haben, doch ich hoffe, dass Sie ihn aus lauter Neugier wieder aufheben werden und weiterlesen.

Ich werde nicht versuchen, Sie zu irgendeiner Handlung zu überreden, doch ich bitte darum, dass Sie dem wahren Wunsch Ihres Herzens folgen. Wenn dieser Wunsch Sie von mir wegführt, muss ich Ihre Entscheidung akzeptieren. Doch wenn es auch nur ein winziges Etwas in Ihrem Inneren gibt, das sich fragt, ob ich mit den Dingen, die ich Ihnen geschrieben habe, recht haben könnte, dann bitte ich Sie darum, dass Sie nicht den Weg einschlagen, den andere von Ihnen erwarten. Bitte geben Sie mir die Gelegenheit, Ihnen zu zeigen, dass ich der Ihre bin und bleibe.
Hochachtungsvoll
Ben Hanby

Kapitel 31

Kate lenkte Granat ein wenig nach rechts, um den Weg für einen großen Grauen freizumachen, der ein Percheron zu seinen Vorfahren zählen musste. Seine Hufe waren groß wie Teller und seine muskulösen Schultern trugen mit Leichtigkeit Mr Jones' massigen Körper. Fredericks Vater war kein schlechter Reiter für einen Mann seiner Statur. Das erkannte man an der Art, wie er die Balance hielt, obwohl er zusätzliches Gewicht geschultert hatte.

Die Hunde liefen um ihre Führer herum, winselten aufgeregt und wedelten mit den Schwänzen. Ein Pferd stand ruhig im Hof, während sich sein Reiter in den polierten Sattel schwang. Ein anderes jedoch tänzelte zur Seite. Der Mann, der den Fuß bereits im Steigbügel hatte, musste hinterherhüpfen, um nicht zu Boden gerissen zu werden. Als er endlich im Sattel saß, blickte er sich beschämt um. Die Damen, die eine nach der anderen mithilfe eines Aufsitzblockes aufgestiegen waren, saßen bereits auf ihren Pferden.

Mrs Jones ritt auf einem wunderschönen rotbraunen Pferd, das noch größer war als Granat. Sie trug einen schwarzen Hut und ein passenden Reitkleid, das ihr blondes Haar noch mehr strahlen ließ, und trabte auf Kate zu. „Guten Morgen, Miss Winter." Sie musterte Kate von Kopf bis Fuß, ohne dabei ihren Gesichtsausdruck zu verändern.

„Guten Morgen, Mrs Jones." Es war keine Freude, Fredericks Mutter zu sehen – oder zumindest keine Freude, inspiziert zu werden wie ein Pferd bei einer Auktion. Vielleicht sollte Kate den Mund öffnen, damit Mrs Jones ihre Zähne auch noch untersuchen könnte. Doch natürlich tat sie das nicht.

„Haben Sie meinen Sohn gesehen?"

„Nein, Ma'am." Kate hatte sich heute Morgen dazu zwingen müssen, hierherzukommen, weil sie genau diesen Moment gefürchtet hatte.

„Nun, er reitet mit den Männern, deshalb wird er heute kaum Zeit für eine Unterhaltung finden."

Kates Wangen glühten trotz der kalten Luft. Sie war nicht einmal an Fredericks Aufmerksamkeit interessiert! Doch ihr Protest drückte sich nur durch das Rauschen ihres Blutes in ihren Ohren und durch ihr gerötetes Gesicht aus, was von außen mit Sicherheit als Zeichen von Schuld gesehen werden würde. Bestimmt leuchtete sie gerade wie eine Weihnachtskugel mit ihrem roten Gesicht und dem grünen Kleid.

Der Ruf eines Hornes zog alle Augen auf Mr Westerfield, den Gründer der Stadt, der in einen purpurroten Reitmantel und schwarzen Hut gekleidet war.

„Meine Damen und Herren, willkommen zu unserer ersten Westerviller Fuchsjagd", rief er. „Als Fuhrer der Jagdhunde möchte ich mich ganz herzlich für Ihre Teilnahme bedanken."

Cornelia lenkte ihren grauen Schecken neben Kate. „Vergiss nicht, dass du mit den Damen reitest", flüsterte sie und lächelte. Kate hatte sie in ihre rasanten Ritte und Sprünge eingeweiht.

Cornelias Reitkleid war ebenfalls schwarz, wie das von Mrs Jones – so war es bei Jagdveranstaltungen üblich. Doch Kate besaß nur ein einziges Reitkleid und das war nun einmal grün. Es war keine Zeit gewesen, ein neues Kleid schneidern zu lassen, da Mr Westerville die Jagd erst vor zwei Wochen angekündigt hatte. Ihre Mutter hatte angeboten, ein Kleid bei einem Schneider in Columbus fertigen zu lassen, doch Kate hatte für ein einmaliges Ereignis wie dieses weder solch einen Aufwand betreiben noch solche Kosten verursachen wollen.

„Mr Brewer, würden Sie bitte die Damen begleiten?", fragte Mr Westerville einen jungen Mann im Hof. Sein schmales Gesicht fiel förmlich in sich zusammen.

Frederick rief laut: „Ich würde die Damen sehr gerne begleiten, Sir. Ich könnte mir nichts Schöneres vorstellen." Er tippte sich an den Hut und nickte Kate von seinem Pferd aus zu.

Oh, Mrs Jones war mit Sicherheit alles andere als erfreut. Kate vermied es, in ihre Richtung zu schauen. Frederick war sehr galant, doch es wäre besser für ihn gewesen, mit den Männern zu reiten und Kate keine Aufmerksamkeit zu schenken.

Mr Jones sah seinen Sohn wissend an, widersprach aber nicht. Gut. Dann war es nur Fredericks Mutter, die schlecht von Kate dachte, nicht beide Eltern.

Frederick führte sein Pferd zu Kate und den anderen Damen. Sein Tier sah fast so aus wie das seines Vaters, es war nur nicht ganz so groß. Trotzdem überragte es Granat um eine Handbreit und ließ Frederick noch imposanter wirken.

„Meine Damen", sagte Frederick, „ich wünsche Ihnen einen guten Morgen. Für mich ist es ein noch schönerer Morgen, da Sie alle unsere Jagdgesellschaft begleiten." Er tippte sich an den Hut und lächelte.

Er war bezaubernd. Kate konnte sich vorstellen, was er für einen Eindruck auf Frauenherzen machte, die weniger abgelenkt waren als ihr eigenes. Unter diesen Umständen allerdings hätte sie sich gewünscht, dass er mit den Männern geritten wäre. Hoffentlich sprach er während der Jagd nicht mit ihr.

Mr Westerfield schickte die Piköre mit den Hunden voraus. Die Tiere, eine bunte Mischung aus den verschiedensten Hunderassen, liefen schnüffelnd hin und her. Ein fröhliches Stimmengewirr erhob sich, als die Reiter in Zweierreihen folgten, erst die Herren, dann die Damen und Frederick.

Frederick ließ sein Pferd neben Kate trotten und passte sich ihrer Geschwindigkeit an. „Sie sind eine vollkommene Reiterin, Miss Winter, sowohl im flachen Gelände als auch über Hindernisse." Er grinste.

„Ich bin schon sehr viel geritten in meinem Leben, Mr Jones."

„Ihre sichere Hand an den Zügeln ist offensichtlich."

Kate wusste nicht, was sie darauf antworten sollte. Sie musste versuchen, die Vorstellung von Fredericks Mutter, die ihnen wütend in den Rücken starrte, aus ihrem Kopf zu verbannen, wenn sie überhaupt einen klaren Gedanken fassen wollte.

„Ich würde nachmittags gerne noch einmal mit Ihnen ausreiten, anstatt die Kutsche zu nehmen."

Sie nickte.

„Wunderbar. Und jetzt entschuldigen Sie mich bitte, ich muss kurz mit meinem Vater sprechen. Ich bin gleich wieder da."

Das Zaumzeug seines Pferdes klirrte, als Frederick an den Männern vorbei zu seinem Vater ritt, der sich direkt hinter den Hunden befand.

Einer der Hunde schlug an, dann stimmten die anderen in sein

Gebell ein und liefen los. Das Horn wurde geblasen und die Pferde setzten sich in Trab, als die Männer ihnen die Sporen gaben. Auf ein Zeichen von Mr Jones trieben sie ihre Tiere zum Galopp an und preschten die Straße entlang in den Wald, der vor ihnen lag.

Die Männer waren etwa fünfzig Meter weit weg, als es auch Granat nicht mehr hielt und sie den anderen Pferden hinterhergaloppierte. Kate zog hart an den Zügeln, doch ihre sonst so gut erzogene Stute ließ sich dadurch nicht beirren. Die Muskeln an ihrem Hals waren gespannt und sie hatte den Kopf gesenkt, als ob sie in den Wald eintauchen wollte. Das Blut des Vollblüters kochte. Kate hatte nicht länger die Kontrolle über ihre Stute. Anstatt der Jagdgesellschaft zu folgen, galoppierte sie den Berg hinauf.

Die Bäume vor ihnen kamen näher und näher und die unglaubliche Geschwindigkeit ihrer Stute riss Kates Gedanken in Fetzen. *Kann nicht absteigen … die Äste vielleicht zu tief … Granat könnte stürzen …*

Alles, was sie tun konnte, war, im Sattel zu bleiben und zu versuchen, das alles unverletzt zu überstehen. Granat flog über den breiten Pfad, der durch die Bäume führte und schnell schmaler wurde. Ihr Pferd kam so nah an die Bäume heran, dass die Äste Kates Schultern streiften. Sie presste sich dicht an Granats Rücken, während die Äste über sie hinwegzischten.

Der Pfad wand sich und stieg weiter an. Keines der anderen Pferde war in Sicht. Endlich forderte der Galopp den Berg hinauf seinen Tribut und Granat verlangsamte ihr Tempo. Als Kate an den Zügeln zog, verfiel Granat endlich in Trab, bis sie schließlich stehen blieb, schwer atmend, mit gesenktem Kopf. Der Wahnsinn war vorüber.

Kate schnappte zitternd nach Luft. Sie war genauso sicher im Sattel wie eh und je. Sie hatte sich nicht verletzt, auch wenn sie das Gefühl hatte, wie Pudding auf Granats Rücken zu hängen. Jetzt hatte sie zwei Möglichkeiten: Sie konnte versuchen, die Jagdgesellschaft zu finden, oder sie könnte hierbleiben und darauf hoffen, dass die anderen diesen Weg nehmen würden. Die Damen wussten, was geschehen war, aber Kate hatte nicht bemerkt, ob einer der Männer einen Blick nach hinten geworfen hatte, als Granat durchgegangen war.

Sie wartete einige Minuten, damit sich Atmung und Puls wieder beruhigen konnten. Wohin war sie auf ihrem wilden Ritt überhaupt geraten? In der Ferne hörte sie das Jaulen der Meute. Sie musste nur in diese Richtung reiten und hoffen, dass sie so aus dem Wald herausfinden würde.

Sie näherte sich dem Gebell weiter, bis es plötzlich verstummte. Der Fuchs musste in seinem Bau verschwunden sein. Gut so. Das Reiten gefiel ihr sehr – oder würde es, wenn es ihr gestattet wäre zu springen –, aber das Schießen und Töten war nicht nach ihrem Geschmack.

Granat trabte weiter, bis der Pfad schließlich an einem kleinen, zugefrorenen Bach endete. Wohin jetzt? Sie musste zurück.

„Miss Winter", rief eine Stimme durch die Bäume.

Frederick kam auf seinem Grauen auf sie zu und duckte sich unter Ästen hindurch. „Sind Sie verletzt?"

„Nein, es geht mir gut. Granat hatte in letzter Zeit zu wenig Auslauf, da ist sie mit mir durchgegangen. Aber jetzt ist sie wieder ruhig."

„Lassen Sie uns hierbleiben und dem Rest der Jagd zuhören", schlug Frederick vor.

„Es hat sich angehört, als wäre der Fuchs dort hinten untergetaucht." Kate zeigte in den Wald hinein.

„Gut. Dann lassen Sie uns doch dorthin reiten und das Beste hoffen."

„Danke, dass Sie mir nachgeritten sind."

„Selbstverständlich." Sein Blick ruhte auf ihr. „Ich habe mir Sorgen um Sie gemacht. Sie sind mir sehr wichtig, das wissen Sie."

Sie musste schnellstens das Thema wechseln. Irgendetwas Kontroverses, das ihn ablenkte. „Mr Jones, bei dem Scharadespiel neulich …"

„Ja?" Er errötete.

„Sind Sie und Ihr Vater Unterstützer der Sklaverei? Es tut mir leid, dass ich so direkt bin, aber ich muss es wissen." Eine unverschämte Frage und deshalb eine perfekte Ablenkung.

Frederick seufzte. „Wir unterstützen unser Land, Miss Winter. Und die Abschaffung der Sklaverei wird zu Spaltungen führen. Das glaubt mein Vater und ich ebenso. Also müssen wir uns dagegenstellen. Außerdem ist das alles doch illegal."

„Ich verstehe." Sie wandte den Blick ab.

„Das gefällt Ihnen nicht."

„Stimmt."

„Wenn Sie nur etwas von den Dingen wüssten, die man mir erzählt hat", sagte Frederick fast flehentlich. „Frauen wurden angegriffen, Eigentum zerstört, wo die Sklaverei abgeschafft wurde. Selbst die flüchtigen Sklaven auf dem Weg nach Kanada begehen Straftaten, berauben Frauen und Kinder …" Er hielt inne und wurde noch röter.

„Ich glaube Ihnen nicht", widersprach Kate. Sie musste ihr Temperament im Zaum halten.

„Aber es ist wahr! Ich erzähle Ihnen etwas im Vertrauen, damit Sie es besser verstehen. Mein Vater hat eben erfahren, dass die Männer des Marshals einen Flüchtigen festgenommen haben, der in ein Haus einbrechen wollte, um wer weiß was für ein Unheil anzurichten. Unter Zwang hat dieser Mann bestätigt, dass die Hanbys ihn vor gerade einmal sechs Monaten auf seiner Flucht von Kentucky nach Kanada unterstützt haben. Die Eltern meines besten Freundes! Ich weiß gar nicht, was ich dazu sagen soll."

„Entschuldigen Sie, Mr Jones, aber das hört sich wenig glaubhaft an." Glücklicherweise konnte Frederick ihr pochendes Herz nicht hören. Sie atmete langsam ein und aus – sie durfte ihre Angst nicht zeigen. „Warum sollte ein Sklave, dem die Flucht gelungen ist, wieder zurückkehren?"

„Er hat angegeben, dass er seine Verwandten finden will. Aber ich bin sicher, er wollte nur an einen Ort zurückkommen, wo es einfacher ist, als Herumtreiber oder Krimineller zu leben."

„Wir sollten nicht glauben, dass die Hanbys etwas Schlechtes getan haben, bis es einen Gegenbeweis gibt."

„Der Meinung bin ich auch", stimmte Frederick ihr zu. „Mein Vater wird heute Abend noch nach Columbus reisen, um den Sklaven im alten Waffenlager zu befragen, bevor sie ihn morgen wieder über die Staatsgrenze bringen. Mein Vater hat mir versichert, dass er alles tun wird, um Licht in diese Sache zu bringen. Deshalb hoffe ich, dass der Verdacht von den Hanbys genommen wird."

Kates Herz sank. Es musste Frank sein. Nellys Frank. Er hatte nicht mehr warten wollen und war zurückgekehrt.

Mr Jones würde nach Columbus reisen, und wenn die Gesetzeshüter Frank zurück über die Grenze brachten, gäbe es für die Hanbys keine Möglichkeit mehr, ihm zu helfen. Jemand musste ihnen sofort Bescheid sagen.

„Kate!"

Sie wandte sich um und sah Cornelia durch die sich lichtenden Bäume.

„Mr Jones, Sie haben sie gefunden", rief Cornelia. „Gott sei Dank." Sie sah blass aus in ihrem schwarzen Kleid.

„Es geht mir sehr gut", versicherte Kate.

„Aber wir haben uns verirrt", fügte Frederick hinzu.

„Machen Sie sich keine Sorgen. Ich bin Ihnen gefolgt und finde ohne Probleme den Weg zurück." Cornelias Pferd näherte sich ihnen weiter. „Die Männer sind weiter flussabwärts, um eine neue Fährte aufzuspüren." Sie winkte mit ihrer behandschuhten Hand. „Folgen Sie mir! Hat Granat sich schon von ihrem Galopp erholt?"

„Ja", sagte Kate. „Sie hat sich zwar sehr verausgabt, aber jetzt ist sie endlich wieder ausgeglichener."

„Du hast uns allen große Angst eingejagt." Cornelia lenkte ihre Stute den Pfad entlang.

„Das tut mir leid. Aber mir geht es wirklich blendend." Kate trieb Granat zu einem schnellen Schritt an, um sie einzuholen. Frederick folgte ihr auf Bayard. In wenigen Minuten hatten sie die Baumgrenze erreicht, wo sich ein Feld bis zum Fluss hinunter erstreckte. Etwa dreihundert Meter entfernt saßen die Männer auf ihren Pferden, umgeben von ihren Atemwolken in der eisigen Luft. Die Hunde liefen um die Reiter herum, bis einer die Nase in den Wind hielt, witterte und dann ein heiseres Bellen ausstieß. Innerhalb weniger Sekunden jagte die Meute einer unsichtbaren Duftspur hinterher. Die Männer gaben ihren Pferden die Sporen und galoppierten hinterher in Richtung Stadt.

Das war ihre Gelegenheit! Sie musste nur so tun, als würde Granat wieder durchgehen. Kate drückte fest mit ihren Beinen zu und gab die Zügel frei. Granat bockte und raste dann den Pferden der Männer hinterher. Doch als die Jagdgesellschaft sich nach Osten wandte, lenkte Kate Granat in Richtung Westerville zum Haus der Hanbys. Ein Zaun tauchte vor ihr auf. Cornelia schrie vor Entsetzen auf, doch Kate ließ Granat in die Luft steigen und überquerte das Hindernis mit einem halben Meter Abstand. Einige der Männer waren stehen geblieben und deuteten in ihre Richtung. Frederick gab seinem Pferd die Sporen und nahm ihre Verfolgung auf, um ihr zu Hilfe zu eilen, doch Bayard verweigerte die hohen Zäune, sodass er durch die Tore reiten musste. Kate hatte ihn schon weit zurückgelassen. Nur offene Felder und hohe Sprünge lagen noch zwischen ihr und den Hanbys. Der kalte Wind ließ ihre Wangen schmerzen, doch sie trieb Granat sogar noch schneller an. Frank war im Gefängnis. Ohne sofortige Hilfe würde er zurück zu seinem Master gebracht oder, noch schlimmer, getötet werden, ohne jemals seine Frau und sein Kind wiederzusehen.

Sollten doch alle denken, dass Kate ihr Pferd nicht unter Kontrolle hatte. Solange sie dadurch die Gelegenheit bekam, die Hanbys wegen Frank zu warnen, war es ihr gleichgültig, was man von ihr hielt. Sie würde wahrscheinlich nie wieder an der Jagd teilnehmen dürfen – oder überhaupt jemals wieder reiten, wenn ihre Mutter herausfand, was geschehen war –, aber was zählte das schon im Vergleich zum Leben eines Mannes?

Das Gelände wurde noch flacher. Ein Zaun folgte jetzt dem nächsten, bis sie es endlich bis zur Africa Road geschafft hatte. Kate raste weiter, bis sie in die Northwest Street einbog. Granat musste sich anstrengen, das Tempo beizubehalten. Sie war eine solche Anstrengung nicht mehr gewöhnt. Kate verlangsamte sie zum Trab. Sie durfte nicht die Gesundheit ihres Pferdes riskieren, nicht einmal für die Hanbys oder Frank Foster. In gemäßigterem Tempo umrundete sie die Ecke zur College Avenue.

Als sie am Haus der Hanbys ankam, traten gerade zwei Männer durch die Tür – Ben und sein Vater. Sie wollten sich offenbar auf den Weg zur State Street machen, blieben jedoch stehen, als sie Granat sahen, die auf sie zutrottete. Kate zügelte ihre Stute. Sie konnte kaum sprechen, so sehr rang sie nach diesem Ritt nach Luft. Ben und sein Vater wirkten besorgt. Ben kam auf sie zu und ergriff Granats Zügel.

„Was ist los, Miss Winter? Geht es Ihnen gut?“

Sie schüttelte den Kopf, atmete mehrfach tief die Luft ein. Jetzt konnte sie wenigstens wieder sprechen. „Frank ist im Gefängnis im alten Waffenlager in Columbus. Sie werden ihn zurück nach Kentucky bringen.“

Ben warf seinem Vater einen alarmierten Blick zu, dessen Augen ebenfalls groß geworden waren.

„Ich sage es deiner Mutter“, sagte Mr Hanby zu Ben. „Wir müssen sofort los. Wir können noch die Postkutsche erreichen, das wird unsere einzige Gelegenheit sein.“

„Ja, Sir.“ Während sein Vater mit wehendem Mantel ins Haus lief, hielt Ben weiter Granats Zügel fest. „Miss Winter, wir stehen in Ihrer Schuld. Sie sind eine mutige junge Dame.“

„Mr Hanby, ich werde Ihrer Familie immer dankbar sein. Sie wissen gar nicht, was Sie mir bedeuten.“ Oh, das konnte mehrdeutig verstanden werden. Kate musste sich klarer ausdrücken. „Durch den Glauben Ihrer Familie und durch Ihr Vorbild. Solch ein Vorbild hatte ich bisher nicht in meinem Leben.“ Sie ließ ihren Blick auf Granats Mähne ruhen.

Ben legte seine behandschuhte Hand auf die ihre und zog damit ihren Blick wieder auf sich. Sie wünschte sich, sie könnten für immer so stehen bleiben und sich betrachten. Sein Gesicht war ernst und voller Respekt für sie.

Doch jeder Augenblick, den sie hierblieb, war eine weitere Missachtung des Wunsches ihrer Mutter. „Ich muss gehen.“

Er zog seine Hand fort und ließ Granats Zügel los. „Danke. Wir tun unser Bestes für Frank. Beten Sie heute Abend für uns, Miss Winter.“

„Das werde ich.“ Es fühlte sich nicht mehr seltsam an, mit ihm über den Glauben zu sprechen. Doch sie durfte ihre letzte Warnung nicht vergessen. „Sie müssen eins wissen – Mr Jones will Frank heute Abend befragen. Er verdächtigt Ihre Familie.“

„Wirklich?“ Ben wirkte bestürzt. „Wir werden vorsichtig sein.“

Kate nickte und lenkte Granat zurück auf die Northwest Street.

Kapitel 32

Als Ben an der High Street aus der Kutsche stieg, war es bereits dunkel. Gemeinsam mit seinem Vater stand er im Licht einer Gaslampe. Eine Pferdedroschke konnte sie über den Fluss zur Scioto Street bringen. Es sollte nicht allzu schwer werden, eine zu finden. Seit die Eisenbahn vor vier Jahren nach Columbus gekommen war, florierte die Stadt. Auch nach Sonnenuntergang gingen die Bewohner noch ihren Geschäften nach oder eilten zu gesellschaftlichen Veranstaltungen. Auf der Straße waren nach wie vor noch unzählige Menschen unterwegs. Ein Junge verkaufte nur wenige Schritte von ihnen entfernt Zeitungen.

Bens Vater sprach mit gesenkter Stimme. „Das Waffenlager war früher das Gefängnis. Mittlerweile dürften zwar kaum noch Wachen dort abgestellt sein, aber ich erwarte doch zwei oder drei Aufseher."

„Zwei, hoffe ich."

„Die Anzahl der Wachen macht für uns keinen großen Unterschied, wenn wir keinen Plan haben, wie wir dort hineinkommen. Leider habe ich dieses Gebäude noch nie von innen gesehen, also wissen wir nicht, wie wir vorgehen können, bis wir dort sind."

„Wir gehen bestimmt nicht durch die Vordertür, oder?"

„Nein. Ich will das Gebäude erst beobachten, bevor wir uns für einen Weg entscheiden. Also werden wir den Kutscher anweisen, dass er uns weiter unten an der Straße bei den Lagerhäusern absetzen soll."

„Und da kommt auch schon eine", sagte Ben. Doch die Droschke war schon besetzt. Es dauerte weitere fünf Minuten, bevor sie ein Fahrzeug fanden, das sie über die Brücke brachte.

Das Pferd zog die Droschke gemütlich über die Planken am Ende der Main Street. Wie auf den anderen Straßen war auch hier der Schnee weggeräumt worden.

Der Kutscher war ein zerzauster alter Mann mit dichtem Rauschebart. „Ich habe vor nicht einmal einer Stunde schon einen Mann hierhergebracht", erzählte er. „Vielleicht ein Partner von Ihnen?"

Bens Vater schwieg.

„Nein“, sagte Ben. „Wir sind ein Familienunternehmen.“

Das waren schlechte Neuigkeiten. Hatte Mr Jones etwa einen Vorsprung? Ben atmete tief durch.

„Ja, jetzt erinnere ich mich. Der andere wollte zum Waffenlager und Sie wollen zu den Lagerhäusern. Familienunternehmen sind eine gute Sache, guter Zusammenhalt.“

„War das Waffenlager früher nicht das Gefängnis?“, fragte Bens Vater.

„Jep. Es sieht immer noch wie ein Gefängnis aus, aber jetzt werden da Musketen und Munition gelagert, soweit ich weiß. Sie haben noch ein paar Zellen, aber normalerweise werden die Gefangenen woanders untergebracht.“

„Ich verstehe.“ Bens Vater lehnte sich zurück, als wäre alles bestens.

Das graue Wasser wogte nur wenige Schritte unter ihnen. Das Mondlicht spiegelte sich auf vereinzelten Eisschollen. Der Kutscher plapperte weiter, doch Bens Gedanken wanderten zu Kate. Wenn er im Gefängnis landete, würde er sie niemals gewinnen können. Doch Frank brauchte ihre Hilfe. Ben würde nicht zulassen, dass noch mehr Menschen starben, wenn er etwas dagegen tun konnte.

Die vertraute Erinnerung kehrte zurück – damals in ihrem Haus in Rushville vor so vielen Jahren. Die Sorge hatte Josephs Augen verdunkelt, weil er sterben musste und Nelly in der Sklaverei zurückließ. Ben blinzelte, um das Bild zu vertreiben. Nie mehr durften Familien durch die Sklaverei auseinandergerissen werden.

Selbst wenn Ben verhaftet werden würde, dürfte er immer noch seine Familie sehen, denn niemand würde ihre Besuche im Gefängnis verbieten. Das war mehr, als viele Sklaven hatten. Und wenn niemand Opfer brachte, würde sich ihr Schicksal niemals ändern. An diesem Gedanken klammerte er sich fest, um sein pochendes Herz zu beruhigen.

Sie hielten vor einem gigantischen Gebäude, das sich vor dem Scioto River erhob.

„Hier?“, fragte der Kutscher.

„Ja, danke.“ Bens Vater sprang mit der Gewandtheit eines viel jüngeren Mannes aus der Droschke und Ben folgte ihm. Sein Vater bezahlte den Kutscher, der sich sofort auf den Rückweg machte.

„Wir gehen hinter das Lagerhaus", wies ihn sein Vater an. „Von dort aus sehen wir das Waffenlager."

Sie schlichen vorsichtig um das Gebäude herum. Aus dem Schatten heraus beobachtete Ben das Waffenlager.

„Es ist niemand zu sehen", flüsterte er seinem Vater zu.

„Sei trotzdem vorsichtig."

Sie huschten von einem Gebäude zum nächsten, bis sie das vierte Lagerhaus erreichten. Das fensterlose, zweistöckige Waffenlager lag nur noch etwa hundert Meter entfernt. Die kahle Mauer wurde nur von einer einzigen kleinen Tür durchbrochen.

„Bleib hier", murmelte sein Vater.

Ben wollte protestieren, doch sein Vater war schon auf halbem Wege zum Waffenlager und verschwand dort in den Schatten. Ben strengte seine Ohren an, doch es war nichts zu hören – ein gutes Zeichen. Drei endlos lange Minuten vergingen, dann huschte sein Vater zurück über den Hof.

Er flüsterte neben Bens Ohr: „Gott meint es gut mit uns. Es gibt nur eine Wache. Ich wäre fast in den Mann hineingelaufen. Er hat sich von seinem Posten entfernt, um ein Pfeifchen zu rauchen, und hat die Tür offen gelassen. Ich bin sicher, dass es verboten ist, im Waffenlager zu rauchen."

„Konntest du hineinschauen?"

„Nein. Aber wir müssen ungesehen hineinschleichen und uns umschauen."

„Ich habe eine andere Idee", sagte Ben leise. „Hast du deine Pfeife dabei?"

Sein Vater nickte.

„Warum machst du dann nicht einen Spaziergang und fragst die Wache nach Tabak, während ich mich drinnen umschaue?"

Bens Vater zögerte.

„Bitte, Vater. Das ist der sicherste Weg. Wir brauchen eine Ablenkung und ich kann schlecht mit ihm rauchen – ich würde husten und mich zum Narren machen."

„Es könnte noch weitere Wachen geben."

„Ich weiß, aber das Risiko muss ich eingehen."

„Du darfst dich nicht erwischen lassen. Man würde dich verhaften, weil du unbefugt Staatsbesitz betreten hast."

„Verstanden", sagte Ben. Er lief über den verschneiten Untergrund zum hinteren Teil des Waffenlagers. Sein Vater folgte ihm auf dem Fuß. Als sie die relative Sicherheit der hinteren Wand erreicht hatten, bedeutete ihm sein Vater, dass sie um die andere Seite herum um das Gebäude gehen sollten. Ben kroch nach vorne und presste sich an die Backsteinmauer. Er durfte nicht den kleinsten Fehler begehen.

Ben robbte an die Hausecke heran und spähte vorsichtig in Richtung der Tür. Die Laterne über dem Eingang warf einen hellen Lichtkegel auf den Schnee. Die Wache hatte sich mit dem Rücken an die Wand gelehnt und die Pfeife zwischen die Zähne geklemmt. Er entzündete ein Streichholz, hielt es an den Tabak und paffte einige Sekunden lang.

„Hallo, Sie sind mein Mann!", rief sein Vater fröhlich und übertrieben laut in die Nacht hinein.

„Wer ist da?" Die Wache richtete sich auf und starrte in die dunkle Nacht.

„Ich habe geschäftlich hier zu tun", antwortete sein Vater und trat in den Lichtkegel. „Im Lagerhaus gab es kein einziges Streichholz und ich brauche dringend ein entspannendes Pfeifchen. Sie können mir da doch bestimmt weiterhelfen."

„Natürlich." Die Wache wandte sich Bens Vater zu und wühlte mit einer Hand in der Manteltasche herum.

„Lassen Sie mich Ihnen helfen", sagte sein Vater und nahm ihm die Pfeife ab.

Jetzt!

Ben schlich sich hinter dem Rücken der Wache zur Tür. Er hörte, wie sein Vater die Schnitzereien auf der Pfeife lobte, dann war er im Gebäude und betrat einen langen, niedrigen Flur. Eine Laterne erhellte den Gang nur spärlich.

Zwei Flure kreuzten den ersten. Leise schlich sich Ben an den ersten heran. Kein Anzeichen von Wachen. Sollte er hier abbiegen oder weitergehen? Ein paar verlassene Zellen lagen zu seiner Rechten, am Ende des Flures leuchtete eine weitere Laterne. Nirgendwo ein Lebenszeichen. Hinter den Gittern der Zellen stapelten sich längliche Objekte – Gewehre, wahrscheinlich.

Herr, lenke meine Schritte. Ben ignorierte den Nebengang und schlich weiter den Flur entlang.

Wieder erhellte eine Laterne den Flur, diesmal zu seiner Linken. Ein Stöhnen war aus einer der Zellen dort zu hören. Ben stahl sich an den Gitterstäben vorbei und entdeckte die Quelle des Geräusches. Ein dunkelhäutiger Mann lag auf einem Strohlager ausgetreckt in der Ecke der Zelle. Seine Arme lagen über seinem Gesicht. Sie waren von oben bis unten mit blauen Flecken übersät.

Ben hatte keinen Zweifel, um wen es sich handelte. „Frank!“, flüsterte er.

Frank ließ die Arme sinken und sah Ben an. Seine Augen wurden groß. Ben hielt sich den Finger an die Lippen. Frank nickte, dann erhob er sich langsam, als trüge er die Last der Welt auf seinen Schultern. Er bewegte die Hand, als drehe er einen Schlüssel um, und sah Ben fragend an. Der schüttelte den Kopf.

Frank trat dicht an die Gitterstäbe heran und bedeutete Ben, den Kopf vorzubeugen, bis er nur noch wenige Millimeter von ihm entfernt war. „Es gibt hier einen Mann“, sagte er kaum hörbar. „Keine Wache, ein anderer. Suchen Sie ihn. Sie haben die Schlüssel dort hinten.“ Er zeigte ans andere Ende des Flures.

Ben nickte und machte sich in diese Richtung auf. An der Kreuzung zum Hauptflur hielt er inne, vergewisserte sich, dass niemand kam, dann huschte er hinüber. Die Zellen waren voller Waffen – Musketen, Kisten voller Schwarzpulver, sogar ein Kanonenwagen stand dort. Am Ende des Flures stand ein Tisch und darauf ein Teller mit Brotkrusten. Ben trat geräuschlos an den Tisch. Dort lag ein Schlüsselring mit nur einem einzigen Schlüssel daran. Perfekt.

Franks zerschlagenes Gesicht erhellte sich, als Ben so schnell zurückkehrte und den Schlüssel hochhielt. Er kratzte im Schlüsselloch und die Zellentür quietschte, als Ben sie öffnete. Er sah erschrocken den Flur entlang, doch niemand schien es gehört zu haben. Frank humpelte aus seiner Zelle.

Jetzt kam die wirkliche Herausforderung – von hier zu verschwinden. Sie mussten es an der Rückseite versuchen.

Ben führte Frank auf den Hauptflur und dann nach rechts, bis sie an der Hintertür ankamen. Doch sie war mit einer Kette und einem rostigen Schloss verriegelt. Ben hatte auf dem Tisch keinen anderen Schlüssel gesehen. Hier gab es also keinen Ausweg.

Er schlich zurück, Frank immer dicht auf seinen Fersen. Als sie sich der Vordertür näherten, wurden die Stimmen von draußen lauter.

„Ich muss dann mal wieder an die Arbeit", sagte die Wache. „Viel zu tun hier."

„Woher haben Sie denn den Tabak? Er ist köstlich." Die Stimme von Bens Vater klang fröhlich.

„Aus dem Tabakladen auf der High Street. Guten Abend, Sir." Die Stimme der Wache kam näher.

Eine kleine Nische neben der Tür würde einen guten Schutz bieten – jedoch nur für einen Mann. Ben bedeutete Frank, dass er sich dort verbergen sollte. Frank huschte hinein und presste sich mit dem Rücken an die Wand.

Ben rannte zur ersten Abzweigung und versteckte sich hinter der Ecke. Die Wache kam zur Tür herein und trat sich den Schnee von den Füßen. Sobald der Mann weitergegangen und den Ausgang freigegeben hatte, huschte Frank hinaus in die Nacht. Bens Vater würde ihn in Empfang nehmen. Ben würde sie an der Brücke treffen – wenn er der Wache entkommen konnte.

„Hey, Sie!", rief die Wache.

„Was ist?", antwortete eine raue Stimme von der anderen Seite des Flures her, in dem Ben stand.

Ben schlich zu den nächsten Gitterstäben und presste sich eng dagegen. Er hoffte, dass man ihn in diesem Schummerlicht nicht sehen würde.

Eine große Figur schritt den dunklen Flur entlang, dann wandte sie sich in Richtung Eingang. „Haben Sie den Sklaven weiter befragt? Ist er endlich bereit zu einer Aussage?"

Der Südstaatenakzent kam Ben nur allzu bekannt vor.

„Ich habe es versucht", antwortete die Wache. „Bisher schweigt er."

„Dann machen Sie weiter. Und dieses Mal nicht so freundlich. Ich muss bald zurück."

Die Wache seufzte. „Sir, warum begleiten Sie ihn nicht einfach nach Kentucky? Die sind da unten bei Befragungen viel überzeugender."

„Das kann sein.“ Die Stimme gehörte Daniel Jones, da war Ben sich sicher. Seine Hände wurden kalt. Schlimm genug, wenn die Wache ihn erwischte, aber es wäre eine Katastrophe, wenn Mr Jones ihn erkannte.

Jetzt ging die Wache zu der Zelle, in der Frank gelegen hatte, doch Jones blieb in der Mitte der beiden Flure stehen und schnitt Ben so den Weg ab.

„Er ist weg!“, schrie die Wache.

„Suchen Sie das Gebäude ab!“, wies Mr Jones ihn an. Er lief zu den leeren Zellen und dann um die Ecke, sodass Ben endlich freie Bahn hatte.

Ben rannte in Richtung Freiheit. Als er in den Hauptflur bog, entdeckte Mr Jones ihn. „Halt!“, rief er und stürzte hinter Ben her.

Ben erreichte die Vordertür, doch die Wache hatte sie mit einem Balken verschlossen. Ben hob ihn weg, doch Mr Jones war nur wenige Schritte hinter ihm.

„Ben!“, sagte der ältere Mann, die Fassungslosigkeit stand ihm ins Gesicht geschrieben. Ben riss die Tür auf und warf sich in die Nacht hinaus.

Mr Jones folgte ihm. „Verriegeln Sie die Tür hinter mir!“, rief er über die Schulter. „Der Sklave ist vielleicht noch drin.“

Tiefe Schneewehen hatten sich an dieser Seite des Gebäudes aufgetürmt. Ben kämpfte sich hindurch. Das war ganz und gar nicht gut – er konnte nicht schneller laufen als Mr Jones, obwohl er ihm auf ebenem Grund leicht entkommen wäre. Sein Atem raste, die Kälte stach in seiner Lunge. Er zwang sich dazu, schneller zu stapfen. Die Silhouette der Brücke kam in Sicht. Sie musste etwa eine halbe Meile entfernt sein. Vor ihm auf dem Boden sah er Fußspuren. Das mussten die von Frank und seinem Vater sein. Der Schnee schien immer tiefer zu werden, doch er durfte nicht langsamer werden. Allmählich wurden seine Beine taub. Er versuchte, den rechten Fuß zu heben, doch er steckte fest. Ben taumelte. Auf diesem Untergrund fand er keinen Halt.

Eine Hand packte seinen Mantel und hielt ihn fest. Er riss sich los und stürzte. Mr Jones warf sich mit seinem gesamten Gewicht auf ihn, sodass es ihm die Luft raubte. Ben konnte sich nicht mehr bewegen.

Sie lagen beide dort und schnappten nach Luft.

„Was haben Sie getan?", japste Mr Jones. „Was haben Sie nur getan, Ben?" Seine Stimme klang zornig und gleichzeitig fassungslos. „Wo ist der Sklave?"

Ben konnte nicht antworten. Schweigend starrte er auf den Schnee.

„Warum?" Mr Jones schüttelte Ben, überwältigt von seinen Gefühlen.

Ben zuckte zusammen, als ein Schmerz durch seine Schulter schoss. „Weil es nicht richtig ist."

„Ich bringe Sie zurück und wir warten auf den Marshal. Das ist illegal. Sie verhalten sich wie ein Krimineller." Mr Jones stieß weißen Atem aus, der an Bens Gesicht vorbeizog.

„Sklaverei ist kriminell." Das Gewicht von Mr Jones raubte ihm den Atem, deshalb konnte er kaum einen Ton hervorbringen.

„Das entscheiden Sie nicht selbst. Sie müssen sich an das Gesetz halten."

„Ich halte mich zuerst an Gottes Gesetz." Ben ignorierte das Stechen in seiner Schulter. „Machen Sie nur, sperren Sie mich ein. Ich habe keine Angst davor."

„Warum, Ben? Sie sind so ein guter Junge, so klug und begabt. Sie sind der beste Freund meines Sohnes! Warum tun Sie so etwas?" Der ältere Mann klang verzweifelt. Sein Griff um Bens Schulter entspannte sich etwas. „Sie unterstützen die Kräfte, die unser Land zugrunde richten werden."

Ben drehte sich etwas, um Mr Jones anschauen zu können. „Sie sind im Unrecht. Dieses Land wird nur zugrunde gerichtet werden, wenn niemand aufsteht und für die Gerechtigkeit eintritt."

Der grauhaarige Mann war rot im Gesicht, seine Augen glitzerten feucht. „Wie kann jemand mit Ihrer Intelligenz nur so fehlgeleitet sein?" Er drückte Bens Arm noch einmal, dann ließ er ihn los, als habe er sich an einem heißen Ofen verbrannt. „Ich kann das nicht tun. Es würde Frederick das Herz brechen." Er rollte sich von Ben hinunter und erhob sich schnaufend. „Verschwinden Sie."

Ben erhob sich fassungslos.

„Und merken Sie sich eins: Wenn ich noch einmal Gerüchte höre, dass Sie oder Ihre Eltern das Gesetz brechen, wird es keinen

Schutz mehr für Sie geben." Mr Jones schüttelte den Kopf. „Hauen Sie ab!", sagte er scharf, ohne Ben noch einmal anzuschauen. „Bevor die Wache kommt."

Er wandte sich um und bahnte sich seinen Weg durch die Schneewehen zurück zum Waffenlager.

Ben taumelte davon und folgte der Spur, die sein Vater hinterlassen hatte. Er musste die Brücke erreichen. Die anderen beiden würden auf ihn warten.

Der Dachboden war so niedrig, dass sie krabbeln mussten, um das Deckenlager im hinteren Bereich zu erreichen. Ben hielt Frank die Laterne hin, damit er sehen konnte, wo er sich befand.

„Danke, Mr Kinser", sagte Bens Vater durch die Luke hindurch nach unten. Der wohlhabende Bankier hatte mehr flüchtenden Sklaven Obdach geboten, als seine respektablen Nachbarn sich jemals vorstellen könnten.

„Ich hole Frank morgen früh", antwortete Mr Kinser. „Wir müssen nur sichergehen, dass niemand Sie beide sieht, wenn Sie das Haus verlassen." Er nickte in Richtung der Hanbys.

„Wir warten, bis Frank und Sie gegangen sind", sagte Bens Vater.

„Sehr gut." Der Bankier verschloss die Luke.

Ben bereitete sich ein Lager aus zwei Decken. Frank bewegte sich nicht, saß einfach nur da und starrte vor sich hin.

Ben berührte den Arm des Mannes. „Frank, wir müssen schlafen. Wir alle müssen morgen ausgeruht sein, aber Ihre Reise ist die weiteste."

„Ich gehe nicht zurück nach Kanada." Frank war dünner als früher, die Falten um seine Augen hatten sich vertieft.

„Wohin sollten Sie sonst gehen?", fragte Bens Vater, als er zu ihnen kroch und sich selbst einige Decken nahm. „Sie haben doch gesehen, dass es zu gefährlich für Sie in dieser Gegend ist. Man unterstellt Ihnen, in ein Haus eingebrochen zu sein."

„Eine Lüge. Jemand hat mich nach meinen Papieren gefragt und ich bin in das nächstbeste Haus gerannt. Ich bin nirgendwo eingebrochen."

„Aber Sie sehen doch, dass Sie hier nicht bleiben können. Man wird immer weiter versuchen, Sie zu erwischen und zu verleumden. Alle wollen die Prämien für entlaufene Sklaven."

„Ich werde ohne Nelly nicht von hier weggehen." Franks Stimme war dunkel und schwer. „Und ohne meine Tochter. Ich habe sie schon viel zu lange im Stich gelassen. Wer wird sie finden, wenn ich nicht nach ihnen suche?"

„Wenn sie jemand findet, dann John Parker und seine Freunde", versicherte Bens Vater.

„Es sind jetzt schon sieben Monate! Sie hatten lange genug Zeit."

„Verzagen Sie nicht", sagte Ben. „John ist der hartnäckigste Mensch, den ich kenne. Er hat die Sklavenmärkte systematisch abgesucht und seine Leute überall."

Frank zog seine Beine an und umschlang sie mit den Armen. Er ließ den Kopf sinken. „Ich kann aber nicht ohne sie hier weggehen." Seine Stimme wurde von seinem Ärmel gedämpft. „Das ist kein Leben."

„Wenn Sie nicht zurück nach Kanada gehen, riskieren Sie jeden Tag Ihre erneute Gefangennahme", sagte Bens Vater mit Nachdruck.

„Das kümmert mich nicht." Frank sah immer noch nicht auf.

„Wenn Sie in Ohio bleiben wollen, müssen Sie wenigstens weiter in den Norden", gab Ben zu bedenken. „Vater, könnte er nicht nach Cleveland gehen und dort arbeiten, damit er sie freikaufen kann?"

„Das ist gefährlich. Auch dort gibt es wachende Augen."

„Ich gehe ohne meine Familie nicht zurück nach Kanada. Ich will hier sein, wenn Mr Parker sie findet."

Bens Vater seufzte. „Dann ist Cleveland vermutlich ein guter Kompromiss. Mr Kinser wird Ihnen trotzdem helfen."

„Und, Frank", sagte Ben und legte ihm eine Hand auf die Schulter. „Wir werden Sie dort kontaktieren, wenn wir Neuigkeiten haben. Sie werden zuerst in ein sicheres Haus gebracht. Sagen Sie dem Kontaktmann dort, dass er uns schreiben soll, dann kennen wir Ihren Aufenthaltsort."

Frank antwortete nicht. Nach einer Weile spürte Ben Franks bebende Schulter, dann schluchzte der Mann laut auf. „Was ist nur mit ihnen geschehen?" Und schließlich fing er an zu weinen, wie

Ben noch niemals einen Mann hatte weinen sehen, als würde ihm die Seele herausgerissen.

Das Geräusch stach Ben tief ins Herz, sodass seine eigenen Augen feucht wurden. Er legte seinen Arm um Franks Schultern und betete von ganzem Herzen, dass Gott ihn trösten möge.

Kapitel 33

Die silberne Teekanne stand in der Mitte des Tischchens, um das sich die Damen der Familie Winter versammelt hatten. Kates Mutter und ihre Schwester saßen an ihren üblichen Plätzen, kerzengerade und mit den Röcken um die Beine herum drapiert. Kate hatte sich etwas abseits gesetzt. Stille herrschte, nur unterbrochen von einem gelegentlichen Klappern der Teetasse, einem Klirren des Löffels.

Ihr Vater war wieder nach Columbus gefahren. Dort konnte er abseits neugieriger Augen so viel trinken, wie er wollte. Jeder sorgenvolle Gedanke um ihn wurde jedoch verdrängt durch die Angst um Ben und seinen Vater. Kate hatte sie die zwei Tage seit der Jagd nicht mehr gesehen. Cornelia hatte auch nichts über ihren Aufenthaltsort in Erfahrung bringen können. Kate hatte ihrer Freundin natürlich nicht erzählt, warum Granat auf der Jagd ein weiteres Mal durchgegangen war und wohin die Hanbys abgereist waren.

Ihre Mutter beobachtete, wie Leah den Tee eingoss. Leahs Hände lagen genau so an der Kanne, wie Ruth es ihr beigebracht hatte, doch die angespannten Linien im Gesicht ihrer Mutter wurden nicht weicher.

„Ich bin heute auf dem Heimweg an der Poststelle vorbeigegangen", sagte ihre Mutter ohne jegliche Regung. Zwei Briefe lagen neben ihr auf dem Beistelltischchen. „Ein Brief ist aus Philadelphia."

Kate stellte ihre Teetasse ab und versuchte, ihre Überraschung zu verbergen. Ihre Mutter sprach sonst nie über ihre Familie in Philadelphia. *Die Stadt aller Städte* hatte sie ihre Heimatstadt früher genannt und von dem kulturellen Leben geschwärmt, das sie dort als Mädchen genossen hatte. Doch niemals von ihrer Familie. Das eine Mal, als Kate nachgefragt hatte, hatte ihre Mutter sie scharf zurechtgewiesen, dass es sie nichts angehe.

Kate konnte sich nicht daran erinnern, dass schon einmal ein Brief aus dieser Stadt eingetroffen war.

Von ihrem Platz aus konnte sie erkennen, dass die Adresse auf dem Briefumschlag mit zittriger Hand geschrieben worden war. Er war mit Wachs versiegelt. Ihre Mutter blickte lange auf das Siegel, dann brach sie es auf.

Sie las, was dort stand, ohne irgendwelche Gefühle zu zeigen. Nur kurz zuckten ihre Augen, dann sah sie wieder aus wie immer. „Er ist von meiner Schwester", sagte sie gemessen.

„Was steht drin?", fragte Leah, die auf ihrer Stuhlkante saß. Ihre großen Augen wirkten, als würden sie gleich aus ihren Höhlen springen.

„Meine Mutter ist krank." Jetzt klang ihr Tonfall wieder, als würde sie über die Eierpreise auf dem Markt sprechen.

Kate wagte es nicht, Fragen zu stellen. Die Unterhaltungen mit ihrer Mutter waren in letzter Zeit anstrengend genug.

Leah allerdings konnte sich nicht zurückhalten. „Unsere Großmutter?" Sie drehte mit dem Finger an einer ihrer dunklen Locken.

„Wer sonst?", fragte ihre Mutter barsch.

Sie erhob sich mit dem Brief in der Hand. Als sie sich zum Gehen umwandte, verfing sich ihr Kleid in dem Tablett, auf dem Teekanne und Zucker standen, und zog es mit einem lauten Knall zu Boden. Heiße Flüssigkeit und weiße Körnchen ergossen sich über den Teppich. Kate blickte Leah schockiert an, die mit offenem Mund zurückstarrte. Ruth Winter hatte noch nie etwas verschüttet. Niemals. Vor allem nicht beim Tee.

Doch ihre Mutter war schon halb auf der Treppe, ihr Rücken gerade wie immer. Ihr roter Rock schleifte hinter ihr her. „Sagt Tessie, dass sie das aufräumen soll", sagte sie, ohne sich umzuschauen. Dann war sie verschwunden.

Leah saß schweigend und mit großen Augen da. „Reichst du mir ein Löffelbiskuit?", fragte sie nach einer Weile und zeigte auf den Teller, der vor Kate stand.

Alle Manieren missachtend, nahm Kate eins der Plätzchen mit den Fingern direkt aus der Schüssel und reichte es ihrer Schwester. Leah grinste verschmitzt, dann schob sie es sich in den Mund. Fünf Minuten lang saßen sie da und sahen sich an, sprachen ab und an eine geflüsterte Frage oder Vermutung aus. Kate sah immer wieder zur Treppe hinüber, weil sie Angst hatte, ihre Mutter könnte zurückkommen und sie hören. Doch sie kam nicht wieder.

Der Brief aus Philadelphia ging Kate den ganzen Tag nicht mehr aus dem Kopf. Am späten Nachmittag war ihr Entschluss gefasst. Wenn sie Ben schon nicht von Angesicht zu Angesicht vorwerfen konnte, dass er sie so lange im Unklaren über sein Wohlergehen ließ, konnte sie ihm wenigstens schreiben. Sie setzte sich mit dem Federhalter in der Hand an ihren Schreibtisch. Cornelia war für ein weiteres Konzert nach Worthington gefahren und würde nicht vor morgen Abend wieder da sein. Kates einzige Möglichkeit war, den Brief trotzdem bei ihr vorbeizubringen und zu warten, bis sie ihn an Ben weiterleiten konnte.

Sie schrieb ein paar kurze Zeilen, bat Ben, ihr zu versichern, dass alles gut gegangen war und dass es auch „ihrem gemeinsamen Bekannten" gut ging. Sie faltete den Brief zu einem kleinen Rechteck zusammen und versiegelte ihn. Während sie wartete, dass das Wachs trocknete, schrieb sie eine weitere Notiz an Cornelia. Sie steckte Bens Brief in den anderen und schrieb „Cornelia Lawrence" auf das kleine Paket, dann hielt sie es kurz in Händen.

Sie war zu ungeduldig. Sie brauchte das Schreiben nicht vor heute Abend zu Cornelia zu bringen, da ihre Freundin sowieso nicht dort sein würde. Solange würde sie es bei Bens Briefen aufbewahren.

Kate erhob sich und schauderte. Es war kalt in ihrem Zimmer. Zwar flackerte ein Feuer in der Ofenstelle, doch es musste mehr Holz aufgelegt werden. Sie würde sich gleich welches holen. Kate war es unangenehm, Tessie für jede Kleinigkeit zu rufen.

Im Haus war es still. Kate trat an ihr Bett und kniete sich hin. Sie steckte die Hand zwischen Matratze und Bettkasten, erspürte den Stapel Papiere und zog ihn hervor.

Es raschelte hinter ihrer Tür. Sie sprang auf und wirbelte herum, wobei sie die Briefe mit einer Hand hinter ihrem Rock versteckte.

Ihre Mutter stand in der Tür und sah sie argwöhnisch an.

„Was tust du da, Kate?" Sie klang wie ein Großinquisitor und sah in ihrem dunkelroten Kleid und den streng zurückgekämmten Haaren sogar fast spanisch aus.

„Ich bereite nur etwas für Leahs Geburtstagsfeier vor." Kate konnte ihrer Mutter nicht in die Augen schauen und ließ sich langsam auf ihr Bett sinken. Sie war es nicht gewöhnt zu lügen. Es ließ sie erzittern, doch wenn sie es nicht tat, würde sie Ben nicht mehr beschützen können. Trotzdem war und blieb es die Unwahrheit.

Ihre Mutter kam mit ruhigen Schritten auf sie zu. „Ich hoffe, dass sich zwischen Frederick Jones und dir alles positiv entwickelt", sagte sie mit oberflächlichem Interesse und setzte sich direkt neben Kate aufs Bett.

„Ja, Mutter." Kate wandte sich ab. Sie hoffte, dass die Briefe komplett unter ihrem Rock verborgen waren.

„Ich hoffe, du ordnest deine Gefühle unverzüglich", bemerkte ihre Mutter. „Du hast keinen besseren Verehrer und wirst ein entbehrungsreiches Leben führen, wenn du nicht reich heiratest. Du kannst nicht erwarten, dass ich dich unterstütze, wenn du so unverantwortlich bist und dich weigerst, einen solch aufrechten und angemessenen jungen Mann zu ehelichen."

Kate starrte auf den Bettpfosten. Die Matratze bewegte sich, als ihre Mutter sich wieder erhob und um Kate herumging, sodass sie sie anschauen musste. Ihre dünnen Augenbrauen bildeten eine harte Linie. „Hast du gehört, was ich gesagt habe, Katherine?"

„Ja, Mutter", sagte Kate wieder. Ihre Mutter wollte sich schon abwenden, hielt dann aber inne und trat an Kates Bett.

Bevor Kate reagieren konnte, beugte sich ihre Mutter vor und griff unter ihr Kleid.

„Das bereitest du also für Leahs Geburtstag vor?", fragte sie und überflog die Zeilen. Ihr Gesicht wurde erst leer, dann zornig.

Sie las weiter. „Steh auf", fauchte sie.

Kate konnte nicht aufstehen, da ihre Mutter sonst den Rest der Briefe entdecken würde. Als sie sich nicht bewegte, griff Ruth nach ihrem Arm und riss sie auf die Beine. „Sind die alle von Ben Hanby? Und alle so – leidenschaftlich?"

Kate stand wie erstarrt

„So dankst du mir also alles, was ich für dich getan habe?" Die Stimme ihrer Mutter wurde lauter. „Du wirfst dich einem religiösen Liedermacher an den Hals, der dir in eurer Holzhütte vorsingt, während du verhungerst?"

„Ich habe niemandem irgendein Versprechen gegeben." Kates Stimme zitterte.

„Das hoffe ich auch. Ich hatte dir verboten, mit ihm zu sprechen."

„Und das habe ich auch nicht getan. Nur einmal, aus Versehen."

„Also kannst du mir ins Gesicht schauen und sagen, dass du meinen Anweisungen nicht zuwidergehandelt hast?", fragte Ruth.

Kate mied ihren Blick. Ihre Mutter sammelte die Briefe ein, trat an das Feuer und warf sie hinein.

Kate beobachtete, wie Bens Worte schwarz wurden und zu Asche zerfielen. Dies mochten die letzten Worte sein, die sie jemals von ihm gehört hatte. Sie hoffte, dass ihre Mutter ihren Schmerz nicht sehen würde. Hitze stieg ihr ins Gesicht.

„Ich hoffe, du errötest ob deiner Sünden und der Falschheit, die du dem jungen Mann entgegengebracht hast, der dich umwirbt", sagte ihre Mutter kalt.

„Ich habe Frederick nicht hintergangen. Er hat sich noch nicht einmal erklärt."

„Sollte er es tun, ist er ein besserer Mann, als du ihn verdienst. Wenn er von dieser … dieser Korrespondenz wüsste, würde er dich sofort verlassen."

Das stimmte alles nicht. Kate fühlte sich nicht als Betrügerin. Und doch hatte sie die Briefe angenommen, obwohl sie es besser gewusst hatte.

„Lass mich ganz offen zu dir sprechen, damit du meine Worte nicht wieder verdrehen kannst", sagte ihre Mutter eisig. „Du wirst keinen weiteren Kontakt zu Ben Hanby haben, auch nicht zu seiner Familie. Wenn du einen Brief von ihm erhältst, gibst du ihn sofort bei mir ab. Habe ich mich deutlich ausgedrückt?"

Kate nickte.

„Antworte mir!", schnappte ihre Mutter.

„Ja, Mutter", sagte sie kaum hörbar.

„Ich lasse Mr Jones ausrichten, dass du dich heute nicht wohlfühlst." Ihre Mutter rauschte aus der Tür und zog sie so fest hinter sich zu, dass es knallte. Das Geräusch hallte so lange in Kates Ohren nach, bis es sich wie eine Gefängnistür anhörte, die ins Schloss gefallen war.

Kapitel 34

Die Ungeduld nagte an Ben und vertrieb jeglichen Appetit, obwohl er bei dem Duft des Kirschkuchens seiner Mutter eigentlich heißhungrig hätte werden müssen. Alles, woran er denken konnte, war, Kate die Neuigkeiten von Frank zu schreiben. Sie musste sich schreckliche Sorgen machen – sie waren erst vor einer Stunde zurückgekommen. Er musste hier verschwinden und mit Cornelia sprechen.

Doch zuerst wollte er hören, was John Parker zu sagen hatte.

John war auf seinem Weg nach Norden in die Stadt gekommen, also hatte Bens Mutter ihn zum Abendessen eingeladen. Bei Kartoffeln und Schinken sprach er mit Bens Vater über Redner der Sklavereiabschaffung. Das Thema interessierte Lizzie und Willie natürlich noch nicht, aber John war so eine imposante Erscheinung, dass selbst die jüngsten Hanbys eine Weile lang schweigend dasaßen und mit offenen Mündern seiner vollen, tiefen Stimme lauschten. Er saß am Kopf des Tisches auf einem Stuhl, weil es bei seinen langen Beinen völlig ausgeschlossen war, ihn auf eine der Bänke zu quetschen. Bens Vater saß zu seiner rechten und seine Mutter zur linken Seite. Ben hatte John gegenüber Platz genommen. Die Aufmerksamkeit, mit der er der Unterhaltung folgte, wurde nun allerdings getrübt, als Lizzie und Willie anfingen zu flüstern. Allzu lange konnten die Kleinen sich eben noch nicht zusammenreißen.

Die Dämmerung setzte ein und Bens Mutter erhob sich, um zwei Lampen zu entzünden. Jetzt schnitt Amanda den Kuchen an, der aus den Wintervorräten im Keller gebacken worden war, und Jenny teilte die Teller aus. Die süße Nachspeise hielt Lizzie und William noch einige Minuten lang ruhig. Anna hatte Samuel schon zum Spielen mit nach oben genommen. Kein Kleinkind konnte eine halbe Stunde lang still sein, wie beeindruckend die Gäste auch waren.

John Parker war fertig mit seinem Kuchen. „Köstlich, wie immer“, lobte er.

Bens Mutter murmelte ein Dankeschön.

Der große Mann schob seinen Stuhl zurück. „Ich habe Neuigkeiten", sagte er. Sein Gesicht nahm einen betont gelassenen Ausdruck an, der alle Aufmerksamkeit auf sich zog. „Vielleicht sollten die Kinder spielen gehen", schlug er vor.

„Natürlich." Bens Mutter nickte ihnen zu und wies Amanda und Jenny damit an, dass es Zeit war, Lizzie und Willie nach oben zu bringen.

Sobald die Kleinen verschwunden waren, sprach John leise weiter. „Ich habe euch gesagt, dass ich auf dem Weg nach Norden bin. Ich treffe Frank. Die Neuigkeiten, die ich habe, müssen persönlich übergeben werden."

Es konnten keine guten Nachrichten sein, wenn John so ernst dreinschaute. Bens Mutter wurde blass.

„Ich habe kürzlich einen Freund aus New Orleans getroffen, der Mr Garrison begegnet ist", erklärte John Parker. „Dieser Freund ist ein reicher Plantagenbesitzer, der sich bekehrt hat, nachdem er sich vor vielen Jahren in eine Mulattin verliebte. Er beobachtet die Sklavenmärkte in New Orleans für mich, seit Nelly und ihre Tochter in den Süden gebracht wurden. Von einem anderen Informanten habe ich gehört, dass sie vor einigen Monaten an einen neuen Master verkauft wurden, der allerdings bald gestorben ist. Sein gesamter Besitz wurde verkauft, weshalb alle Sklaven zurück auf die Märkte gebracht wurden." John sammelte sich kurz, bevor er weitersprach. „Mein Bekannter hat sich in den Saloons unter den Sklavenverkäufern umgehört und Nelly ausfindig gemacht. Er hat sie auf dem Markt gesehen. Sie war zusammen mit ihrer Kleinen, doch sie waren beide dem Tode nah."

Bens Mutter atmete scharf ein.

„Die Cholera hatte sich auf dem Markt ausgebreitet", erklärte John. „Nelly wurde mit anderen in Quarantäne gesteckt. Sie war zu schwach, um stehen zu bleiben, doch meinem Freund wurde der Zugang verwehrt. Er konnte sich ihr nicht nähern, ohne Verdacht zu erregen. Später jedoch hat er dies hier durch einen Vorwand von den Sklavenhändlern erhalten." Er griff in seine Brusttasche und zog ein zusammengefaltetes Blatt Papier hervor. Er faltete es auf und reichte es Bens Mutter. „Es tut mir leid. Es gibt keinen Zweifel mehr."

Sie ließ es auf den Tisch sinken.

Sterbeurkunde. Ben konnte es von seinem Platz aus entziffern. Nellys Name stand darunter.

Das aschgraue Gesicht seiner Mutter fiel in sich zusammen. Sie sprang auf und lief zur Tür hinaus in den Hof. Sein Vater eilte ihr nach.

Ben, Cyrus und John saßen schweigend da.

Nach einer gefühlten Ewigkeit hörten sie ihre Mutter draußen schluchzen. Ihr Vater redete beruhigend auf sie ein.

Ben senkte den Kopf. Franks Gesicht erfüllte seine Gedanken, zerrissen von Schmerz über den Verlust seiner Frau und seiner Tochter. Dann tauchte das dunkle, von Kerzenschein erhellte Haus vor seinem geistigen Auge auf und der sterbende Mann, der mit rauer Stimme sagte: „Ich werde meine Nelly wiedersehen." Bedauern und Trauer holten Ben zurück an den Küchentisch und in die Realität ihres Todes. Nelly war zu Joseph gegangen, doch zu welchem Preis für Frank? Und sie hatte ihr Leben im Schmutz beenden müssen, mit ihrem kleinen Mädchen an der Seite.

„Warum?" Bens harte Stimme überraschte ihn selbst.

John sah ihn verständnisvoll an, sagte aber nichts. Es schien, als säßen sie endlos lange dort und lauschten dem leiser werdenden Schluchzen seiner Mutter und der ruhigen Stimme seines Vaters.

Warum mussten all diese Unschuldigen sterben? Warum konnte Ben ihnen nicht helfen? Was konnte er schon erreichen, wenn er es immer und immer wieder versuchte, die Dunkelheit aber stets stärker war und am Ende siegte?

Sein Vater betrat die Küche vor seiner Mutter, als wolle er sie vor ihren Blicken schützen. Ihr Gesicht war verquollen und ihre Augen immer noch feucht. Sie ging zum Herd und fing an, unruhig die Töpfe hin und her zu schieben. Obwohl sie nicht länger schluchzte, strömten ihr immer noch die Tränen über die Wangen und fielen ihr aufs Kleid. Sie drückte sich ein Taschentuch vors Gesicht und schüttelte den Kopf.

Ben hatte seine Mutter noch niemals so verzweifelt erlebt. Sie hatte schon häufiger wegen der *Untergrundbahn* geweint. Manchmal wegen der schrecklichen Dinge, die die Flüchtlinge erzählten, manchmal, weil so viele zurückgelassen werden mussten. Oder weil sie krank waren und sterben würden, wie es der Fall bei Joseph gewesen war. Und manchmal weinte sie, wenn Bens Vater nicht nach Hause kam und sie verzweifelt auf Neuigkeiten wartete.

Bens Vater trat an das Regal und nahm eine Kaffeekanne heraus. Er zeigte sie seiner Mutter und fragte damit stumm, ob sie etwas trinken wollte. Sie nahm sie ihm ab und begann mit der vertrauten Routine des Kaffeekochens.

Während seine Mutter sich wie in Trance bewegte, kam sein Vater zurück an den Tisch und setzte sich. „Ich glaube, es wäre angemessen", sagte er, „wenn wir heute Abend Nelly und ihrer Tochter gedenken und für Frank beten."

Bei der Erwähnung des Kindes erstarrte Bens Mutter wieder.

Sein Vater fuhr fort: „Wir beten nicht nur für Frank, sondern auch für all die anderen, die einen geliebten Menschen auf einem dieser Märkte verloren haben. Und wir müssen für die unsterblichen Seelen der Sklavenhändler beten, die ihnen das Leben nahmen, worüber nur Gott entscheiden sollte." Seine Stimme klang rau. „Wir beten in wenigen Minuten. Die Kleinen werden dann im Bett sein, sodass Amanda zu uns kommen kann. Lasst uns ins Wohnzimmer gehen." Er erhob sich. Die anderen Männer taten es ihm gleich und ließen Bens Mutter allein in der Küche.

Im Wohnzimmer schwiegen sie, als sie sich setzten. Bens Vater reichte John eine Zeitung und nahm sich selbst eine Bibel. Cyrus widmete sich seinem Lateinbuch.

Ben war zu aufgewühlt, um zu lesen. Er setzte sich ans Klavier, das noch genauso glänzte wie an dem Tag, als sie es erstanden hatten. Er ließ sich auf der Bank nieder, legte die Finger auf die Tasten und spielte die Eröffnungsnoten einer melancholischen Sonate.

Die Musik stieg in die Luft hinauf. Der Schmerz im Raum verlor etwas von seinem grausamen Stachel – nicht viel, aber er wurde erträglicher.

Ben hoffte, dass die Musik auch seine Mutter in der Küche tröstete. Konnte er von Kate erwarten, dass sie die gleichen Lasten auf sich nahm, die seine Mutter seit Jahren zu tragen hatte? Es war schrecklich selbstsüchtig, ihr solch ein Leben zuzumuten. Der Gedanke lastete schwer auf ihm, überdauerte die letzten Klänge der Sonate.

Er ging in eine andere Melodie über, eine einfachere. Er wollte nicht singen, konnte jedoch nicht anders, als in Gedanken den Text zu rezitieren, der nun umso schwerwiegender war. *Meine arme Nelly Gray, wardst genommen mir …*

Es war so weit. Morgen würde er das Lied zu Ende schreiben und es dann an den großen Musikverlag in Chicago schicken.

Ben bezweifelte, dass sie das Lied veröffentlichen würden, doch er musste es versuchen. Für Nelly, für ihr Kind und für Joseph, für all die anderen, die verloren waren und denen er anders nicht helfen konnte. Das Lied musste erzählen, welche Grausamkeiten den Sklaven angetan wurden.

Er spielte die Melodie langsam, hielt nach jeder Phrase inne, als könnte die Leidenschaft allein die Noten zu Papier bringen.

Vielleicht konnte die Musik vorangehen, wo die Worte versagten.

Kapitel 35

Kate war überzeugt: In der gesamten Weltgeschichte hatte eine Klavierstunde noch niemals eine solche moralische Krise ausgelöst. Was, wenn sie zu ihrer Freundin kam und diese wieder Ben zu sich eingeladen hatte?

Kates einsamer Gang aus dem Haus hinaus war zögerlich. Es wäre besser, wenn sie die Unterrichtsstunde vergessen würde.

Wenn sie ging, würde Cornelia ihr sicher erzählen, wie es den Hanbys ergangen war. Tief in ihrem Herzen wünschte Kate sich nichts sehnlicher. Sie vermisste Ben, doch andererseits könnte sie nicht damit leben, wenn sie immer und immer wieder ihr Wort ihrer Mutter gegenüber brach. Langsam ging sie unter den Bäumen im Collegehof hindurch.

Hier war niemand, den sie um Rat fragen konnte. Doch sie wusste, dass Ben Gott fragen würde.

Sie schloss die Augen. *Gott, bitte hilf mir. Ich weiß nicht, was richtig ist. Ich weiß nicht einmal, ob ich zu meiner Klavierstunde gehen soll. Sag mir, was zu tun ist.*

Sie hörte keine Antwort in ihrem Kopf. Aber es herrschte auch keine Stille. Stattdessen hatte sie ein Gefühl – ein Gefühl, dass jemand wartete.

Wie sollte ihr das weiterhelfen? Hörte Gott überhaupt zu? Und wenn ja, warum gab er ihr dann kein Zeichen oder Hinweis?

Und dann kamen ihr Worte in den Sinn – wie ihre eigenen Gedanken, doch gleichzeitig völlig anders. *Liebe und Ehre sollten nicht im Widerstreit sein.*

Das war keine Antwort!

Doch der Gedanke wollte einfach nicht mehr verschwinden, drang immer wieder an die Oberfläche. War es falsch, zu Cornelia zu gehen, wenn die Gefahr bestand, dass diese ein weiteres Treffen mit Ben arrangiert hatte? Die vehemente Abneigung ihrer Mutter Ben gegenüber schien weder vernünftig noch gerecht zu sein. Kate wollte einen Mann nicht ablehnen, nur weil er nicht wohlhabend war und sein Leben Gott verschrieben hatte. Bestimmt gab es schlimmere Ehemänner. Bedeutete das, dass ihre Mutter im Unrecht war, wenn sie Kate ihre Treffen mit Ben untersagte? Und wenn ja, war das eine Entschuldigung, ihren Anweisungen zuwiderzuhandeln?

Kate beschleunigte ihre Schritte. Sie wusste es nicht. Sie konnte nur ihr Bestes tun. Sie würde zu ihrer Klavierstunde gehen, und sollte Ben dort sein, würde sie sofort wieder gehen.

Sie ging über den Rasen zu Cornelias Haus. Ihre Freundin öffnete die Tür mit einem herzlichen Lächeln. Ihr hellblaues Kleid leuchtete mit dem grünen Stoff von Kates Kleid um die Wette. Cornelias rotbraunes Haar umrahmte ihr Gesicht und war im Nacken zu einem Knoten zusammengebunden.

„Ein wunderbares Kleid, Cornelia“, sagte Kate. „Es ist auch aus Frankeich, nicht wahr? Es ist perfekt geschneidert.“

„Danke. Willst du nicht reinkommen?“

Im Haus war es ungewöhnlich still. Normalerweise kam Mrs Lawrence aus der Küche oder die Treppe hinunter, um ihre Besucher im Salon zu begrüßen, wenn sie zu Hause war. Aber Kate konnte niemanden hören.

„Sollen wir anfangen? Wie fandest du den neuen Chopin?“, fragte Cornelia und trat an die Klavierbank.

„Zuerst war ich schlecht, aber mittlerweile geht es besser.“

Die Herausforderungen des Unterrichtes vertrieben Kates Sorgen. Sie hielt den letzten Akkord einer Etüde und sah Cornelia an.

„Das war gut“, lobte ihre Freundin. „Du könntest den letzten beiden Akkorden noch mehr Zeit zum Klingen geben.“

Kate spielte sie noch einmal.

„Oh ja, wunderbar. Ich glaube, damit sind wir für diese Woche fertig. Sehr gut.“ Cornelia lehnte sich zurück. „Ich habe noch etwas für dich.“

Kate atmete scharf ein und sah sich hektisch um.

Cornelia wirkte unsicher. „Ich weiß, dass du vielleicht böse auf mich bist …“

„Wenn Ben Hanby hier ist, muss ich sofort gehen“, unterbrach sie Kate.

Cornelia berührte ihren Ellbogen. „Es wird dich schon nicht

umbringen, ihn kurz zu begrüßen. Er hat mir gesagt, dass er heute unbedingt mit dir sprechen muss."

Kates Entschlossenheit geriet ins Wanken. Sie zwang sich auf die Beine, die zu einer gummiartigen Masse geworden waren. „Nein, es tut mir leid. Ich kann nicht." Sie durchquerte den Salon und ging zur Haustür.

„Dann solltest du dich durch die Küchentür schleichen, denn er wird schon vorne warten", sagte Cornelia kopfschüttelnd.

Kate wirbelte herum und rannte durch den Salon in die Küche. Sie riss die Tür auf und sprang die Stufen förmlich hinunter.

Dort kollidierte sie mit Ben. Sie prallten so heftig aufeinander, dass er zurücktaumelte und es Kate den Atem raubte. Instinktiv griff sie nach seinen Armen. Sein Gewicht riss sie fast von den Füßen, doch er gewann sein Gleichgewicht wieder.

Sie waren sich so nah, ihre Arme ineinander verschlungen, Kates Röcke berührten seine Hose. Sie spürte seinen Atem. Ihre Blicke trafen sich. Alles, was sie noch wahrnehmen konnte, war die Klarheit seiner braunen Augen.

Kate riss sich los. „Verzeihung." Sie rang ihre Hände, das Herz klopfte ihr bis zum Hals. „Das war gedankenlos von mir." Sie sah zurück in Richtung der Treppe, als könne sie ihr die Schuld geben.

„Miss Winter", sagte er. „Ich bringe Nachrichten."

„Von Frank?" *Bitte lass es gute Nachrichten sein.*

„Frank ist nach Norden gegangen, um seinen Verfolgern zu entkommen." Seine Augen wurden dunkel. Waren das schon die guten Nachrichten gewesen?

„Was noch?"

Ben zögerte. „Nelly und ihre Tochter werden nicht zurückkommen."

Ihr sank das Herz. „Warum nicht? Konnte John sie nicht finden?"

Schmerz erfüllte sein Gesicht. „Sie sind krank geworden – sie sind tot."

Kate wandte sich von ihm ab. Sie bekam keine Luft mehr, musste sich hinsetzen. Ein paar taumelnde Schritte brachten sie zu der Küchentreppe, wo sie auf die Knie fiel.

„Miss Winter." Ben kniete an ihrer Seite. Sie klammerte sich an die Stufen, atmete zitternd ein.

Er nahm ihre Hand und half ihr, damit sie sich umdrehen und sich hinsetzen konnte. Sie klammerte sich an ihm fest.

„Das ist so traurig. So schrecklich traurig." Sie hörte sich selbst wie aus weiter Ferne sprechen. Doch die Worte lösten etwas in ihr und Tränen traten in ihre Augen.

Ben setzte sich neben sie. „Es tut mir so leid", sagte er leise und barg ihre Hände in seinen.

„Ihr Baby auch?"

„Ja." Er schien zu verstehen, dass dieser schreckliche Gedanke nur langsam seinen Weg in ihr Herz fand.

Tränen strömten über ihr Gesicht.

„Es tut mir leid, dass ich Sie in diese Sache mit hineingezogen habe. Ich wollte Ihnen niemals solche Schmerzen zufügen. Wenn ich es ungeschehen machen könnte, würde ich es tun", sagte Ben. Er zog ein leinenes Taschentuch hervor und bot es ihr an.

„Ich würde es nicht ungeschehen machen wollen." Kate wischte sich die Tränen ab, doch ihre Stimme klang immer noch belegt. „Ich kann mir doch nicht wünschen, blind zu sein. Ich wünschte mir nur, mir wären die Augen nicht auf Kosten ihres Lebens geöffnet worden." Aus irgendeinem Grund störte es sie nicht, dass Ben sie weinen sah – er selbst wirkte, als würde er jeden Moment in Tränen ausbrechen.

„Aber ich kann nicht ertragen, wenn Sie leiden", sagte er. „Ich ... ich liebe dich, Kate." Die Süße dieser Worte tauchte in den Schmerz in ihrem Herzen wie Tinte in ein Wasserglas.

Kate saß schweigend neben ihm, die Qual in ihr so groß, dass sie das Gefühl hatte, sie würde entzweigerissen. Die Zeit verging, sie wusste nicht, wie lange sie hier saßen – sie wusste nur, dass er sie auch in ihrem Schmerz liebte und sie nicht allein war.

Ben kniete sich vor sie und führte sanft ihre Hand an seine Lippen. Dann berührte er zärtlich ihre Wange.

Sie sah ihn an, sprachlos. Ihre Seele lag offen vor ihm, verlangte nach seinem Trost.

„Ich möchte, dass du meine Frau wirst, Kate. Ich kann seit Monaten an nichts anderes mehr denken. Aber ich kann nicht riskieren, dich all diesem Schrecken auszusetzen – diesem Leid, dem Tod."

„Aber mit dir zusammen kann ich all das durchstehen", sagte

sie. „Wie viele andere gibt es, die wie Nelly sind? Ich kann sie nicht vergessen." Ihre Lippen zitterten, als sie sie zusammenpresste.

Er erhob sich und zog sie ungestüm an sich, legte seine Arme um sie. Kate schmolz dahin, spürte seine Kraft, die Leidenschaft, die von ihm ausging, die Sicherheit, die er ihr schenkte. Sie atmete seine Wärme ein, den Geruch seines Halses, wollte sich nie wieder bewegen. Sie konnte förmlich spüren, wie sie stärker wurde, als könnte sie mit Ben zusammen jeden Schmerz überstehen, wenn er sie nur in den Armen hielt. Seine Herzensgüte legte sich wie ein Geschenk des Himmels um sie.

Ben trat zurück und sah ihr tief in die Augen. „Wir müssen ehrlich zu deiner Mutter sein. Wir können uns nicht mehr verstecken." Seine Hände lagen weiter auf ihrer Hüfte. „Wirst du mich heiraten, Kate? Vertraust du darauf, dass Gott uns führen wird?"

Sie spürte die Reinheit seiner Absicht, seiner Leidenschaft. „Ich weiß nicht, ob ich Ja sagen kann, wenn meine Mutter dagegen ist."

„Es kann doch nicht falsch sein, wenn wir aufrichtig sind und deiner Mutter alles erzählen."

„Aber sie hat ihre Meinung dazu schon gesagt", murmelte Kate. „Und ich muss zugeben, dass ich Angst habe, es ihr zu sagen."

„Du kannst deine Eltern ehren und trotzdem anderer Meinung sein, wenn es das Richtige ist."

Kate verschränkte die Arme. Zweifel und Hoffnung zerrten sie hin und her.

Ben trat wieder näher an sie heran und legte seine warmen Hände auf ihre Arme. „Kate, bitte sag, dass du mich heiratest. Wenn Gott einen Weg findet."

Er hielt den Atem an – Kate ebenfalls.

Sie seufzte leise. „Das werde ich, wenn Gott einen Weg findet. Was bedeutet, dass er das Herz meiner Mutter erweichen muss."

Bens Gesicht erhellte sich und er ergriff wieder ihre Hand, führte sie an seine Lippen und küsste sie leidenschaftlich. Ein wohliger Schauer lief über ihren Rücken.

„Ich werde dafür sorgen, dass du diese Entscheidung niemals bereust", versprach er.

„Und was machen wir jetzt?", fragte sie schüchtern.

Er war ernst. „Ich denke, wir müssen mit unseren Eltern sprechen."

Der Gedanke ließ sie wieder erschaudern – dieses Mal allerdings nicht wohlig. „Ich muss allein mit meiner Mutter sprechen." Gott würde einen Weg finden, wie Ben gesagt hatte.

Doch es war schwer zu glauben, dass irgendjemand das Herz ihrer Mutter erweichen könnte – selbst der Herr im Himmel.

Kapitel 36

Sie durfte nicht schwach oder unsicher wirken. Der Spiegel zeigte Kate, dass ihre Augen vom fehlenden Schlaf gerötet und ihre Haut blass war. Sie trat an die Waschschüssel und schüttete Wasser hinein. Nachdem sie sich ein Handtuch um den Hals gelegt hatte, um ihr Kleid zu schützen, tauchte sie die Hände ins kühle Nass und schrubbte ihr Gesicht. Als sie sich wieder abgetrocknet hatte, schaute sie erneut in den Spiegel. Jetzt hatte sie wenigstens etwas Farbe im Gesicht.

Ihre Mutter hielt sich in ihrem Schlafzimmer auf, was für diese Tageszeit ungewöhnlich war. Nachmittags besuchte sie normalerweise die Damen der Stadt zum Tee oder gab ihre eigene Gesellschaft. Doch seit diesem Brief aus Philadelphia war sie kaum aus ihrem Zimmer herausgekommen. Sie war still und zurückgezogen, anstatt ihren kommandierenden Tonfall an den Tag zu legen.

Kate öffnete ihre Zimmertür und ging den oberen Flur entlang. Auf ihrem kurzen Weg musste sie mehrfach stehen bleiben, um den Mut zu finden, an die Tür ihrer Mutter zu klopfen. Gott würde einen Weg finden. Sie atmete tief durch, trat an die geschlossene Tür heran und klopfte dreimal fest dagegen.

Ihre Mutter öffnete die Tür. Sie war in ein rostfarbenes Tageskleid gekleidet, ihr dunkles Haar streng zurückgekämmt, ihr weißes Gesicht ausdruckslos. „Was ist los?"

„Ich muss etwas mit dir besprechen." Kate hielt ihr Kinn hoch erhoben und den Blick geradeaus gerichtet. „Darf ich hereinkommen?"

Die Augen ihrer Mutter wurden schmal. Sie musterte Kate irritiert, trat jedoch zur Seite.

Kate hatte das Schlafzimmer ihrer Eltern bisher nur selten betreten. Nach ihrem Empfinden war es ungemütlich: die Möbel waren dunkel und schwer und der Teppich so dicht, dass er jedes Geräusch zu schlucken schien. Der Raum erinnerte Kate mehr an ein Mausoleum als an einen Ort, an dem man erholsamen Schlaf fand.

Kate trat zu einem der Sessel, die an der Wand standen. „Möchtest du dich setzen?", fragte sie ihre Mutter. „Es wird etwas länger dauern."

Ihre Mutter hob wortlos die Augenbrauen, wodurch Falten auf ihrer Stirn entstanden, die sie all die Jahre zu vermeiden versucht hatte. Sie ließ sich auf dem anderen Sessel nieder und nickte Kate zu, dass sie beginnen konnte.

„Du hast mir verboten, Ben Hanby zu sehen." Es war eine wahre Heldentat, dass sie seinen Namen in diesem Haus ausgesprochen hatte, ohne dabei zu stottern. Die Lippen ihrer Mutter kräuselten sich spöttisch, doch sie schwieg auch weiterhin.

„Ich habe deinen Wünschen gehorcht – bis gestern, als ich ihm zufällig begegnete."

Zorn verzog die Züge ihrer Mutter um den Mund herum.

„Ich möchte mich respektvoll und ehrlich verhalten", beeilte sich Kate weiterzusprechen, „deshalb berichte ich dir von diesem Treffen." Hatte sich ihre Mutter etwa gerade entspannt? Kate nutzte den Moment. „Doch ich habe herausgefunden, dass ich mit deinen Entscheidungen für mein Leben nicht einverstanden bin, da ich glaube, dass sie auf den falschen Voraussetzungen basieren."

Jetzt krampfte sich die Hand ihrer Mutter in ihren Rock. Gleich würde sie explodieren.

Doch Kate fuhr fort. „Ich habe zugestimmt, Ben zu heiraten, doch wir werden es nicht ohne deine Erlaubnis tun. Wir hoffen und beten, dass du deine Ansichten überdenkst und uns deinen Segen gibst." Ihre Stimme wurde leiser, obwohl sie sich die größte Mühe gab, tapfer zu wirken.

Ihre Mutter schwieg kurz. „Euch meinen Segen geben!", blaffte sie dann mit tiefster Verachtung. Sie lachte höhnisch auf. „Du bittest um meinen Segen für deinen Ungehorsam? Ich habe dir verboten, ihn zu treffen, und jetzt willst du ihn heiraten?"

Kates Mutter erhob sich und fing an, über den dicken Teppich zu schreiten. Dabei hielt sie ihren Blick unerbittlich auf ihre Tochter gerichtet. „Du glaubst, du hättest gute Argumente für deine törichte Entscheidung? Ich versichere dir, dass du *nichts* weißt. *Gar nichts.* Du bist ein dummes Mädchen, das sich in ein – ein – ein hübsches Gesicht und ein Lied verliebt hat. Ein Lied! Du wirfst für einen Habenichts deine Zukunft weg!"

Noch nie hatte Kate ihre Mutter so wütend erlebt. Sie war dankbar für die Armlehnen ihres Sessels, an denen sie sich festklammern konnte, damit der Sturm sie nicht umwarf.

„Glaubst du, du bist die Erste, die vor solch einer Entscheidung steht?" Die Stimme ihrer Mutter wurde immer lauter. „Glaubst du, dass ich meine Regeln aus Spaß und Übermut aufstelle? Nein! Ich hatte die gleiche Entscheidung zu treffen, als ich in deinem Alter war. Ich habe die gleiche falsche Wahl getroffen und mein Leben weggeworfen, weil ich blind vor Liebe war." Die Augen ihrer Mutter loderten. „Du glaubst, dass dieses sentimentale Gefühl ewig andauern wird, dass er dich immer wie seinen hübschen Engel behandeln und dich beschützen wird. Doch das wird er nicht! Er wird dich vergessen, wird dich vernachlässigen. Er wird sich nicht um deine Wünsche scheren. Er wird sich vielleicht sogar betrinken – so wie dein Vater – wie so viele von ihnen." Die Stimme ihrer Mutter brach. „Du wirst kein Geld haben, das dich schützt, genauso wie es mir ergangen ist. Dafür hat dein Vater mit seiner Verschwendungssucht gesorgt. Du wirst mit nichts dastehen."

„Mutter, es tut mir leid, was du alles zu erleiden hattest. Aber ich glaube nicht, dass unsere Situation vergleichbar ist. Ich glaube, dass ich –"

„Was denkst du, was ich geglaubt habe?", schrie ihre Mutter. „Kein Mädchen weiß, wie die Ehe wirklich ist! Du weißt nicht, wie die Männer sich verändern, wenn der erste Überschwang der Gefühle vorüber ist. Warum, glaubst du, hast du meine Eltern niemals kennengelernt? Weil sie versucht haben, mich zu warnen. Sie haben alles getan, um mich von der Ehe mit diesem Emporkömmling mit seinem – seinem charmanten Lächeln abzuhalten", sagte sie sarkastisch. „Sie haben mir gesagt, dass ich keinen Kontakt mehr mit ihnen haben könnte, wenn ich mich gegen ihre Wünsche stelle. Sie haben gebettelt, dass ich einen Mann aus unseren Kreisen heirate, bei dem ich abgesichert sein würde. Wir waren mit den Willings bekannt, mit den Birminghams – alles tragende Säulen der Gesellschaft. Aber nein, ich dachte, ich wüsste es besser! Ich dachte, ich würde den wunderbarsten Mann der Welt heiraten." Sie wedelte erbost mit den Armen. „Also bin ich mit deinem Vater gegangen und habe alles verloren. Alles außer dem Geld, das dein Großvater für mich zur Seite gelegt hatte. Und das ist alles, was mich in den letzten Jahren über meine dumme Entscheidung hinwegtrösten konnte."

„Du versuchst, mich zu beschützen", sagte Kate, „und das weiß ich zu schätzen, Mutter." Sie erhob sich. Sitzend würde sie das, was sie zu sagen hatte, niemals herausbringen. „Aber Ben ist nicht Vater. Ich kenne ihn schon lange. Ich weiß, dass seine Familie ihm Halt gibt, dass es gute Menschen sind. Und ich weiß, dass er ein Mann des Glaubens ist. Er würde mich niemals vernachlässigen, denn er gibt sein Versprechen nicht nur mir gegenüber, sondern auch vor Gott." Ihr Herz füllte sich bei dem Gedanken an Bens Güte. Ihre Mutter konnte es einfach noch nicht erkennen.

„Dein Vater ist damals auch in die Kirche gegangen", sagte ihre Mutter und ihr Zorn loderte erneut auf. „Bis wir Philadelphia verlassen haben. Jeder Mann kann eine Maske aufsetzen und über Gott sprechen, gleichgültig, ob er es so meint oder nicht. Gerede ist und bleibt Gerede. Wenn es ernst wird, wird Ben Hanby einfach nur das tun, was er will, und behaupten, du hättest ihn dazu gebracht."

„Nein, wird er nicht. Er ist ein demütiger und großzügiger Mann. Er ist …", Kate suchte nach den richtigen Worten, „… gottesfürchtig." Es hörte sich seltsam an, das aus ihrem Mund zu hören.

„Wann bist du zu einer religiösen Fanatikerin geworden? Katherine, du bist dämlich!"

Kate atmete schnell ein. „Du wirst meine Meinung nicht ändern. Wenn ich Ben nicht heiraten kann, heirate ich gar nicht."

Ihre Mutter gewann Schritt für Schritt ihre Selbstbeherrschung wieder. Sie kehrte zu ihrem normalen Tonfall zurück. „Wenn du nicht heiratest, können wir dich nicht weiter unterstützen. Du wirst in erbärmlichem Elend enden. Deine romantischen Gefühle werden vergehen. Wovon willst du leben? Was willst du anziehen? Dir wird nichts als die Einsamkeit und erniedrigende Arbeit bleiben."

Kate ging zur Tür. Sie wandte sich noch einmal um und sah, dass ihre Mutter ihr auf dem Fuße folgte.

„Anscheinend gibt es nur einen Weg, dich von diesem Nichtsnutz fernzuhalten. Ich nehme dich mit nach Philadelphia." Ihre Mutter sah Kate wütend an.

„Was? Leah kann unmöglich allein hierbleiben."

Ihre Mutter zögerte, überlegte einen Moment. „Dann schicke ich sie eben zu den Boglers."

„Aber ich werde nicht früh genug für das neue Semester zurück sein. Dekan Lawrence hat gesagt, dass ich dieses Semester meinen Vortrag halten muss, sonst werde ich des Colleges verwiesen." Nicht dass sie diesen Vortrag herbeisehnte, doch es war das einzige Argument, das ihr gegen die Idee ihrer Mutter in den Sinn kam.

„Ich bin sicher, dass deine Professoren mit dem Vortrag warten werden, bis du wieder da bist. Immerhin steht in unserer Familie ein baldiger Todesfall an. Geh in dein Zimmer und pack deine Tasche", befahl ihre Mutter. „Und bleib mir bis zu unserer Abreise aus den Augen." Sie schob Kate aus dem Zimmer und warf die Tür hinter ihr zu.

Kate starrte auf die verschlossene Tür. Gott schien keinen Weg gefunden zu haben.

Kapitel 37

Kate war noch nie in ihrem ganzen Leben so müde gewesen. Die hochlehnigen Bänke der Erste-Klasse-Abteile boten zwar einen gewissen Komfort, doch das ständige Ruckeln und Rattern der Räder zerrte an ihren Nerven. Obwohl der Zug letzte Nacht gehalten hatte, damit die Reisenden in einem Hotel in Harrisburg übernachten konnten, litt Kate unter den langen Strecken, die sie zurücklegten. Zehn Stunden am Stück rumpelte der Zug über die Gleise und das seit zwei Tagen – seit Pittsburgh. Und vorher war es noch schlimmer gewesen. Von Columbus aus waren sie bereits zwei Tage lang in weniger komfortablen Zügen unterwegs gewesen. Kate war sicher, dass ihre Mutter ebenso erschöpft war wie sie, doch sie hatten kaum ein Wort miteinander gewechselt. Kate steckte ihre Nase in die Bibel, die Reverend Meade ihr letztes Jahr geschenkt hatte. Doch ihre Gedanken drifteten mit dem Rhythmus der Räder auf den Gleisen in die Ferne.

Dachte er an sie? Was tat er gerade? Sie schloss die Augen und verlor sich in den Erinnerungen an die Berührung seiner Hände, an seine Worte der Liebe.

In der feuchten Nachmittagsluft klebte ihr Reisekleid an ihrem Körper. Sie roch bestimmt ganz schrecklich, doch bei dem Gestank ihrer Mitreisenden konnte sie nicht einmal das mit Sicherheit sagen.

Die Lok pfiff laut, Dampf strömte aus und der Zug verlangsamte seine Geschwindigkeit. Durch die Fenster konnte Kate sehen, wie ein blau gekleideter Schaffner die Türen öffnete und laut rief: „Philadelphia, Market und Thirtieth Street!"

Ihre Mutter ergriff ihre Handtasche und erhob sich. Sie wartete nicht darauf, dass der Gepäckträger ihr den Reisekoffer reichte, sondern zerrte das Gepäckstück unter ihrem Sitz hervor und schleifte es in Richtung Ausgang. Diese undamenhafte Hektik war alles andere als typisch für Ruth Winter, doch ihr Gesicht war ausdruckslos wie immer, sodass Kate nicht erkennen konnte, was ihren plötzlichen Gefühlsausbruch verursacht hatte. Ihre Frisur sah aus, als wäre sie erst heute Morgen frisiert worden, perfekt eingedreht und glatt. Kates Haarknoten war da bei Weitem nicht so kooperativ, zumindest soweit sie das in der polierten Metalloberfläche des Spiegels im Waschraum hatte erkennen können.

Ihre Mutter war ohne Hilfe aus dem Zug gestiegen – Kate musste ihr folgen. Sie legte ihre Hand auf den metallenen Türgriff und ließ sich langsam die fünfzig Zentimeter bis zum Bahnsteig hinab. Sie musste vorsichtig sein. Es wäre dumm, sich den Knöchel zu brechen, nur weil ihre Mutter nicht auf den Gepäckträger warten wollte. Weiter unten am Bahnsteig entluden Arbeiter größere Kisten und Koffer. Ihre Gepäckstücke würden auch dabei sein.

Der Bahnhof war ein einstöckiges Backsteingebäude, das erstaunlich klein war für eine Großstadt. Als der Gepäckträger ihre Koffer gefunden und aufgeladen hatte, folgte Kate ihrer Mutter durch den Bogengang.

„Das ist die Market Street“, erklärte ihre Mutter. „Ich kenne mich in diesem Teil der Stadt nicht sehr gut aus. Es gab noch keine Eisenbahn hier, als ich vor zwanzig Jahren weggegangen bin.“

Kate musterte die Gebäude um sie herum. Es waren allesamt Holzbauten, an denen die Schilder der jeweiligen Geschäfte hingen – sie versprachen Tabak, Kurzwaren und natürlich Schnaps.

„Komm mit, Kate.“ Ihre Mutter führte sie in die Richtung, in der die Mietkutschen standen. Der Gepäckträger folgte mit dem Wagen.

„Brauchen Sie eine Kutsche, Missus?“, fragte ein junger Mann vom Sitz eines Einspänners aus.

„Ja“, sagte Kates Mutter. „Zur Walnut Street, zwischen der Fourth und Fifth.“

Sie verhandelten einen Preis. Der Kutscher sprang ab, um ihr Gepäck aufzuladen. Ihre Mutter gab dem Gepäckträger ein Trinkgeld und der Kutscher half ihnen beim Einsteigen. Er kletterte auf seinen eigenen Platz zurück und schnalzte seinem Pferd zu, das sich sofort in Bewegung setzte. Im Trab ging es über die Market Street.

Als der Einspänner die Twentieth Street passierte, mischten sich zweistöckige steinerne Gebäude unter die Holzhäuser. Die Straße war voller Kutschen und Fuhrwerke. Ihr Kutscher verlangsamte das Tempo, um sich der Geschwindigkeit der anderen Fahrzeuge anzupassen.

„Hier gab es nichts als freies Ackerland, als ich das letzte Mal da war." In der Stimme ihrer Mutter schwang Verwunderung mit.

Fußgänger schlenderten an den Schaufenstern vorbei – Männer mit hohen Hüten und Zylindern, Arbeiter mit einfachen Mützen. Kate sah auch einige Arbeiterinnen in einfachen Kleidern, jedoch keine Damen.

Der Einspänner bog in die Twelfth Street ab.

„Sieh dir das an." Ihre Mutter zeigte in eine Nebenstraße. „Girard Row. Dorthin bin ich oft mit meiner Mutter gegangen."

In der Straße standen viele herrschaftliche Häuser aus hellem Stein mit hohen Treppen und imposanten Säulen, welche die Eingänge zierten. Dunkle Fensterläden setzten sich von den hellen Mauern ab. Zwei Damen spazierten in seidenen Kleidern und mit beeindruckenden Hüten den Bürgersteig entlang, die Gesichter halb hinter federnen Fächern verborgen.

„Warum wart ihr dort?"

„Um Freunde zum Tee zu treffen. Die Binghams." Die Lippen ihrer Mutter waren angespannt, als müsse sie sich zusammennehmen, um nicht weiterzusprechen. Es war seltsam, sie so zu sehen, völlig anders, als Kate sie kannte. Ihre Mutter war in Westerville nie richtig heimisch geworden, doch hier schien sie hinzugehören.

Der Kutscher lenkte um eine Ecke. Sie kamen an dem Schild der Chestnut Street vorbei. Kate hielt bei dem Anblick den Atem an. Vier- und fünfstöckige Häuser standen Wand an Wand nebeneinander und bildeten eine lange Mauer. Luxusgeschäfte wuchsen wie Pilze aus dem Boden: Graveure und Ausstatter, ganze Läden, die nur feinste Handschuhe oder Strümpfe verkauften.

„Das ist das Collegegebäude", erklärte ihre Mutter, als ein zweistöckiges, klassisch erbautes Gebäude in Sicht kam. „Und die *Akademie der Feinen Künste*. Ich habe den Garten größer in Erinnerung, aber damals war ich ja auch noch kleiner." Ihr Gesicht war offen, so verletzlich, wie Kate es noch niemals zuvor gesehen hatte. „Das *Chestnut Street Theater* sieht immer noch aus wie immer." Das Gebäude, auf das sie zeigte, schien nur aus Bögen, Säulen und den Ankündigungen für die berühmten Aufführungen zu bestehen, die dort stattfanden. Danach folgte ein weiter Rasen mit wunderschönen Springbrunnen; im Hintergrund sah man die hellen Steine des

Parlamentsgebäudes. Kate schwieg – sie wusste nicht, was sie zu dieser Mutter sagen sollte, die sie kaum kannte.

Der Kutscher bog in die Fifth Street ein. Das Gesicht von Ruth Winter wurde wieder blass und hart. Wie musste es sich anfühlen, Mutter und Schwester nach zwanzig Jahren Trennung wiederzusehen? Selbst Kate war nervös. Für ihre Mutter musste es eine Tortur sein.

Das Haus, vor dem die Kutsche schließlich hielt, wirkte noch eindrucksvoller als die Gebäude auf der Girard Row, obwohl die Treppe niedriger und dunkler war. Der Mann half ihnen beim Absteigen und lud ihr Gepäck ab. Kates Mutter reichte ihm seine Bezahlung. Er grüßte höflich und fuhr davon.

„Komm, Kate." Ihre Mutter marschierte auf die Eichentür zu, als gelte es, sie mit purer Willenskraft zu öffnen. Kate folgte ihr. Ihre Mutter klopfte energisch.

Schlösser wurden geöffnet und ein Bediensteter mittleren Alters öffnete mit ausdruckslosem Gesicht die Tür. „Ma'am?"

Ihre Mutter räusperte sich, wirkte etwas nervös. „Ich bin Ruth Morris Winter, eine Tochter des Hauses."

„Guten Tag." Der Diener trat zur Seite und hielt ihnen die Tür auf. „Mrs Cadwalader ist im Salon zur Linken."

Mrs Cadwalader. Das musste Tante Mary sein, die Schwester ihrer Mutter, die in eine prominente Familie eingeheiratet hatte und nun verwitwet war. Ihre Mutter hatte Kate auf der Fahrt sämtliche Namen und Verwandtschaftsverhältnisse eingetrichtert.

Kate folgte ihrer Mutter durch die Tür, raffte ihren Rock und betrat das Foyer. Der Boden bestand aus glänzendem, dunklem Holz, das nicht nur durch die Arbeit der Bediensteten, sondern durch die Schritte unzähliger Besucher poliert worden war.

Der Diener ging nach draußen, um sich um ihr Gepäck zu kümmern. Mit erhobenem Kopf wandte sich ihre Mutter nach links und betrat den Salon.

Die Dame, die sie dort erwartete, sah Kates Mutter sehr ähnlich, hatte aber tiefere Falten um Augen und Mund herum. Sie war immer noch sehr schlank und sah wunderbar in ihrem seidenen Kleid aus, doch graue Strähnen durchzogen ihr dunkles Haar.

„Ruth", sagte Kates Tante, „ich bin unendlich glücklich, dass du gekommen bist." In dieser einfachen Begrüßung schwang eine ganze Welt des Bedauerns mit. Kates Tante durchquerte den Raum mit der gleichen Anmut, die Kate von ihrer Mutter kannte, und streckte ihnen die Hände entgegen.

„Und das ist deine wunderschöne Tochter?" Tante Mary ergriff Kates Hand, dann wies sie auf einen Mahagonitisch, auf dem ein Teeservice stand. „Möchtet ihr einen Tee? Seid ihr hungrig?"

„Tee, bitte", antwortete ihre Mutter. Sie setzte sich auf einen grünen Brokatstuhl, der im Stile des letzten Jahrhunderts gestaltet war. Kate wählte einen anderen Stuhl. Der Salon war hell und warm, ausgelegt mit wunderschönen roten und blauen Teppichen. Der Marmor des Kamins war schneeweiß und mit Ranken verziert. Die Lampen waren mit Quasten geschmückt, die Schränke mit Glastüren bargen Unmengen an Büchern und Kuriositäten ferner Länder.

Ihre Mutter sah Tante Mary an. „Und Mutter …?"

„Geht es sehr schlecht, doch sie hängt am Leben. Ich glaube, sie wollte nicht gehen, bevor sie dich nicht noch einmal in ihre Arme geschlossen hat."

Kates Mutter starrte auf ihre Teetasse, das Gesicht starr und unbewegt, dann nippte sie leicht. „Hast du Kinder?"

Ein leichtes Lächeln trat auf das Gesicht ihrer Schwester. „Vier, die noch leben. Thomas, Georgia, Geoffrey und Richard. Und fünf Enkelkinder. Und du?"

„Zwei Töchter, Kate und Leah. Sie sind beide noch nicht verheiratet, aber ich erwarte, dass Kate bald einem sehr vielversprechenden jungen Mann ihr Jawort geben wird."

Kate wandte sich ab und starrte auf ein Porträt an der Wand.

„Das freut mich. Ich hoffe, unsere Kinder werden sich bald kennenlernen. Die Familie war viel zu lange getrennt. Das tut mir schrecklich leid."

Kate sah verstohlen zu ihrer Mutter hinüber. Ihr Gesicht wirkte versteinert, als sie die Teetasse absetzte. „Ich würde Mutter gerne sehen."

„Natürlich." Tante Mary stellte ihre eigene Tasse ab und erhob sich.

„Soll ich mitkommen?", fragte Kate.

„Wenn du möchtest."

Es schien Kate unangemessen, nicht mitzugehen, obwohl sie sich wie ein Eindringling vorkam, als sie nun folgte. Tante Marys Rock raschelte, als sie vor ihnen her zurück ins Foyer und dann eine breite, geschwungene Treppe hinaufging.

Der obere Flur war weit und luftig, ausgelegt mit den gleichen dicken Teppichen. Die dunkle Tür am Ende des Raumes öffnete sich bei Tante Marys sanfter Berührung.

Kate schlich leise hinter ihrer Mutter her, wäre jedoch trotzdem fast mit ihr zusammengeprallt, als Ruth abrupt mitten im Raum stehen blieb. In dem massiven, mit Baldachin bedeckten Bett lag eine winzige, zerbrechliche alte Frau. Kates Mutter starrte sie schockiert an. Es musste erschreckend sein – wie mochte diese Gestalt wohl vor zwanzig Jahren ausgesehen haben? Unter den tiefen Falten und dem farblosen Haar erkannte Kate feine Gesichtszüge, die ihre Großmutter in ihrer Jugend zu einer wunderschönen Frau gemacht haben mussten. Ihre Augen waren geöffnet, wach, trotz ihrer offensichtlichen körperlichen Schwäche.

„Ruth", hauchte sie mit rauer Stimme.

Kates Mutter zögerte, dann durchquerte sie das Zimmer und ergriff die Hand der alten Dame. „Ja."

Kates Großmutter schloss die Augen und lächelte selig.

„Das Sprechen strengt sie sehr an", sagte Tante Mary leise von hinten. „Aber morgen früh wird es ihr besser gehen. Morgens ist sie immer kräftiger."

Kates Mutter legte die runzlige Hand vorsichtig zurück auf die Bettdecke. „Dann werden wir morgen miteinander sprechen, Mutter." Sie wandte sich Tante Mary zu. „Ich bin sehr erschöpft."

„Das verstehe ich. Kommt bitte mit, ich zeige euch euer Zimmer. Michael wird eure Koffer heraufbringen."

Tante Mary führte sie aus dem Zimmer und den Flur entlang zu den anderen Schlafräumen. Alte Puppen und Spielsachen standen in den Regalen. Kates Mutter ließ ihren Blick schweifen, sie brachte kein einziges Wort hervor. Ein altes Bett stand an der einen Wand, das von Jahren der Benutzung zeugte – vielleicht hatte ihre Mutter es früher sogar mit Tante Mary geteilt. Es wirkte gemütlich. Kate freute sich darauf, sich dort neben ihrer Mutter auszustrecken und die Anstrengungen der Reise zu vergessen.

„Ich lasse euch jetzt in Ruhe“, sagte Tante Mary. „Zögert nicht, nach dem Hausmädchen zu klingeln, wenn ihr irgendetwas braucht.“

„Danke“, sagte Kates Mutter.

Tante Mary zog leise die Tür hinter sich zu. Kate trat ans Fenster und blickte hinaus. Als sie sich umwandte, sah sie, dass ihre Mutter ein hölzernes Pferd aus dem Regal genommen hatte und es in ihren Armen wiegte. Ruth berührte die Mähne des Tieres, hielt es sanft an ihr Herz und senkte den Kopf.

Kapitel 38

12. Januar 1856
119 Walnut Street, Philadelphia

Liebster Ben,
meine Mutter missbilligt unsere Verbindung nach wie vor. Sie hat ihr Verbot, was unseren Kontakt betrifft, nicht aufgehoben, sondern mir aufgetragen, Dir ihre Ablehnung Deines Antrages mit diesem einmaligen Brief mitzuteilen. Wie Du wahrscheinlich schon von Cornelia erfahren hast, haben wir Westerville in Richtung Philadelphia verlassen und uns für mindestens einen Monat auf Reisen begeben, da meine Großmutter im Sterben liegt. Ich habe die Mutter meiner Mutter bisher nicht kennengelernt, also kann ich nicht sagen, dass ich einen Verlust spüren würde. Doch meine Mutter trauert sehr.
Wir beide hatten einmütig beschlossen, dass wir ihrem Willen nicht zuwiderhandeln und Gott diese Sache richten lassen würden. Ich habe vor, dieses Versprechen zu halten, und werde Dir nicht mehr schreiben. Unser letztes Treffen wirkt, als sei es Jahre her. Hat es wirklich stattgefunden?
Ich kann nun leider nicht mehr über meine Gefühle zu Papier bringen.
Kate

15. Januar 1856
Grove Street 50

Geliebte Kate,
zu sagen, ich wäre zutiefst enttäuscht über Deine Nachricht, wäre unangemessen. Doch ich gebe die Hoffnung nicht auf. Die Wege

des Herrn sind unergründlich. Ich bete weiterhin, dass er das Herz Deiner Mutter erweichen möge.
Unser letztes Zusammentreffen wird in meinen Gedanken niemals verblassen. Wenn ich meine Augen schließe und an Dich denke, kann ich Dich fast körperlich in meinen Armen spüren und den süßen Duft Deiner Haare riechen. Das ist alles, was ich tun kann, um den Schmerz zu lindern, da wir uns nun so lange nicht sehen können – wenigstens einen Monat, doch anhand Deiner Ausführungen fürchte ich, es könnte noch länger dauern.
Ich werde so lange warten, wie ich muss. Bitte vergiss das nie.
Ben

Er konnte diese Antwort auf keinen Fall abschicken. Ben zerknüllte den Brief.

Mrs Winter hatte Kate nicht die Erlaubnis gegeben, einen Brief von ihm zu empfangen. Jede Korrespondenz würde von ihr gelesen werden und sein Ansehen bei ihr nicht weiter verbessern. Obwohl Ben das Gefühl hatte, dass es sowieso nicht mehr schlimmer werden konnte. *Kate ist nun schon seit drei unendlich langen Wochen weg.*

Er erhob sich und warf den Papierball in den Kamin.

„Ben?" Die Stimme seines Vaters erklang von unten und riss ihn aus seinen quälenden Gedanken.

„Ja." Er ging aus seinem Zimmer und trat an die Treppe heran.

Sein Vater trug sein Arbeitshemd und hielt eine Ahle in der Hand. „Ich muss ein paar Sachen in den Laden bringen. Kannst du mir helfen?"

„Natürlich." Ben ging die Treppe hinunter und folgte seinem Vater durch die Küche nach draußen, vorbei an Lizzie, Willie und Sam, die seine Mutter wie Welpen umringten, während diese das Feuer schürte. Ben und sein Vater betraten den Keller und stiegen hinab.

In der feuchten Kühle des dunklen Raumes sammelte sein Vater einige Zügel ein, lud sich einen Sattel auf den Arm und nickte in Richtung des Zaumzeuges. „Nimmst du das bitte?"

Ben warf sich die Lederriemen über die Schulter.

Von oben erklang ein Rumpeln, dann trommelten schwere Stiefel die Treppe herunter. Cyrus stürmte ihnen entgegen und konnte gerade noch bremsen, bevor er in Ben hineinlief. „Ben! Guck dir an, was mit der Post kam." Er wedelte mit einem Briefumschlag vor Bens Gesicht herum.

Endlich hielt Cyrus den Brief so, dass Ben den Absender entziffern konnte. *Oliver Ditson und Co.*

„Das ist der Musikverlag, nicht wahr?", fragte Cyrus atemlos.

Sein Vater beobachtete Ben.

„Nun mach schon, öffne ihn", drängte sein Vater.

Der Umschlag war dick. Ben brach das Siegel und zog zusammengefaltete Papiere hervor. Auf dem obersten Blatt prangte in verschnörkelten Buchstaben die Aufschrift *Geliebte Nelly Gray.* Und darunter, genauso groß wie der Titel, *B. R. Hanby.*

Er berührte die Buchstaben ehrfürchtig. „Sie haben es veröffentlicht", murmelte er leise.

„Natürlich!", rief Cyrus. „Jetzt wirst du reich und berühmt."

Ben betrachtete jede einzelne Seite, um sicherzugehen, dass Text und Noten korrekt waren. Sie waren es.

„Ich glaube nicht, dass man als Lieddichter reich werden kann", sagte Ben. „Du siehst doch, dass hier keine Bezahlung beiliegt."

„Sie werden dich bezahlen", widersprach Cyrus. „Sie müssen es!"

„Es wird aber nicht viel sein, wenn es sich nicht gut verkauft und nicht bekannt wird", gab Ben zu bedenken. „Das geschieht mit den meisten Liedern. Vom Liederdichten kann man nicht leben – es ist nur zum Vergnügen."

„Was ist mit Stephen Foster? Er muss mit seinen Liedern doch mittlerweile reich geworden sein."

„Er hat vielleicht die Musikverlage reich gemacht, aber ich habe schon oft gehört, dass sie nicht gut bezahlen. Ich habe das Lied auch gar nicht eingeschickt, um damit reich zu werden."

Cyrus schüttelte den Kopf wie ein Hund, der nass geworden war. „Ich glaube nicht, dass man dein Lied vergessen wird. Warte ab, du wirst schon sehen."

Und mit einem weiteren Sprung schnappte sich Cyrus die Notenblätter und lief die Treppe hinauf. Ben hörte seine Mutter begeistert jauchzen. Doch er selbst spürte nicht die Freude, die er erwartet hatte. Alles war wie gedämpft, als hätte man einen Stofffetzen in eine Trompete gesteckt und der Freudenmarsch wäre zu einem flachen Tuten verkommen.

Kapitel 39

Ben bürstete den Schmutz von den Beinen seines Pferdes und schlug die Bürste an seinem Stiefel aus, um sie zu säubern. Gabriel schaffte es selbst bei diesem Wetter, dreckig zu werden, obwohl der Boden über und über mit Schnee bedeckt war – so war es wahrscheinlich mit allen weißen Pferden: Sie suchten sich ein Schlammloch und sprangen kopfüber hinein.

Sein Vater kam in die frostige Scheune, sein Atem dampfte in der Morgenkälte. In seiner Hand trug er einen Eimer mit Wasser, den er Gabriel hinstellte. Wasser musste bei diesen eisigen Temperaturen aus dem Haus geholt werden.

„Eine großartige Leistung, mein Sohn!“ Er klopfte Ben auf den Rücken, sein Gesicht strahlte vor Freude und väterlichem Stolz. Seit gestern der Brief mit der Veröffentlichung von *Geliebte Nelly Gray* eingetroffen war, hatte er nicht aufgehört, diesen Erfolg zu feiern.

„Ich finde, das verlangt nach einem freien Tag, vielleicht mit Musik vor dem Kamin und Popcorn für die ganze Familie. Benjamin Hanby, berühmter Liederdichter.“ Er grinste.

„Ich sehe das nicht so, Vater.“ Ben versuchte, die Anspannung nicht allzu sehr in seiner Stimme mitschwingen zu lassen. „Ich sollte in den Laden gehen. Das Wochenende steht vor der Tür. Wir wollen uns doch kein gutes Geschäft entgehen lassen.“ Ben trat aus der Box, legte die Bürste ins Regal und nahm den Sattel, um ihn in den Keller zu bringen. Er musste gesäubert und geölt werden, um das Leder vor dem eisigen Wetter zu schützen.

„Warte.“

Der Tonfall seines Vaters ließ ihn innehalten und sich umwenden.

„Bist du denn nicht glücklich, Ben?“ Sein Vater legte den Kopf schief. „Was ist los? Lass dich nicht davon entmutigen, dass du noch kein Geld für dein Lied bekommen hast.“

„Darum geht es nicht, Vater. Ich habe kein Geld erwartet; ich hätte nicht einmal gedacht, dass das Lied überhaupt veröffentlicht wird.“

„Egal, ob du dafür bezahlt wirst oder nicht, es ist ein beeindruckendes Lied, geschrieben für einen ehrenhaften Zweck. Ich finde, du solltest dich freuen.“ Sein Vater lehnte sich gegen die Boxentür.

„Das würde ich gerne, aber ich kann nicht.“ Ben seufzte frustriert. „Sollen wir los? Ich würde gerne einfach weitermachen wie immer.“

„Warte. Leg den Sattel weg.“

Ben gehorchte zögernd. Sein Vater trat aus der Box, setzte sich auf die Bank und klopfte neben sich, damit Ben sich zu ihm setzte. Doch Ben blieb, wo er war.

„Du warst in letzter Zeit nicht du selbst, mein Sohn.“ Die Stimme seines Vaters klang weich. „Geht es um das Mädchen? Miss Winter? Ich habe gehört, dass sie die Stadt verlassen hat.“

„Ich habe sie gefragt, ob sie mich heiratet. Sie hat zugestimmt, doch ihre Mutter ist vehement dagegen.“

„Ich verstehe.“ Sein Vater griff nach dem Hufkratzer, der neben ihm lag, und fuhr sich damit gedankenverloren über die Handfläche. Dann hob er wieder seinen Blick. „Ich kann nicht behaupten, dass ich ein Experte in Herzensangelegenheiten wäre. Aber ich möchte dir etwas weitergeben, das dein Großvater mir einmal erzählt hat.“

Ben seufzte wieder. Sein Vater meinte es gut, aber es war unwahrscheinlich, dass ein Ratschlag von seinem verstorbenen Großvater Bens Ansehen bei Kates Mutter verbessern würde.

„Als ich deinen Großvater gefragt habe, ob ich deiner Mutter einen Antrag machen dürfe, sagte er mir, er sei froh, dass ich zuerst zu ihm gekommen sei. Anscheinend hatte sich vor mir schon einmal ein junger Kerl direkt an Ann gewandt und sie musste als Mittlerin zwischen ihm und ihren Eltern fungieren.“ Sein Vater lächelte. Sein träumerischer Blick zeigte, dass er in Gedanken in die Vergangenheit zurückreiste.

Ben wurde rot.

Sein Vater richtete sich auf. „Ich sage das nicht, um dich vorzuführen, mein Junge, aber es scheint, als würde die Abwesenheit dieser jungen Dame sogar die Freude über die Veröffentlichung deines Liedes zunichtemachen. In diesem Fall musst du vielleicht die Initiative ergreifen.“

„Aber ich habe es schon vermasselt." Bens Temperament flackerte auf, doch er drängte es zurück. Seine vorherige Taktlosigkeit konnte nicht durch Zorn oder Selbstvorwürfe wiedergutgemacht werden.

„Für eine ehrlich gemeinte Entschuldigung ist es nie zu spät. Niemals. Und vor allem nicht in einer Situation wie dieser. Wenn dein Großvater hier wäre, würde er dir sagen, dass du alles in deiner Macht Stehende tun solltest, um deinen Fehler wiedergutzumachen – dich bei denen entschuldigen, die du vor den Kopf gestoßen hast, und demütig vor Gott und den Menschen sein." Sein Mund verzog sich zu einem Lächeln, aber er wischte es weg und wandte sich ernst an Ben. „Aber zögere auch nicht, deine Vorzüge herauszustellen."

„Und hast du das getan?"

„Einmal. Warum sonst hätte ich wohl diesen Rat überhaupt bekommen?" Die braunen Augen seines Vaters waren ruhig.

„Bei Mutter?"

„Das tut nichts zur Sache." Sein Vater erhob sich. „Hier geht es um dich und nicht um mich." Er war ernst, aber nicht böse. „Ich denke, du solltest dich so bald wie möglich bei Mrs Winter entschuldigen, dass du nicht direkt zu ihr gekommen bist."

„Du hast recht, Vater. Das verstehe ich jetzt. Ich werde mich nie wieder so verhalten." Es fiel Ben schwer, das zuzugeben. „Aber sie sind in Philadelphia und kommen vielleicht erst in ein paar Monaten wieder. Denkst du, ich sollte Kates Mutter schreiben?"

„Ich denke, du solltest persönlich mit Mrs Winter sprechen."

Ben sah seinen Vater ungläubig an. „In Philadelphia?"

„Du hast noch Zeit, bevor das neue Semester losgeht. Und ich habe deinen Verdienst aus der Schule für dich gespart. Du kannst ihn haben."

Sein Vater hatte solch ein Vertrauen in ihn? Ihn zu dieser wochenlangen Reise zu ermutigen, völlig auf sich allein gestellt, um – was? Einem Traum nachzulaufen?

„Danke, Vater." Ben schlug seine Hände, die trotz der Handschuhe steif gefroren waren, aneinander, um wieder Gefühl in seine Finger zu bringen. „Aber was ist mit ihrem Vater? Sollte ich auch mit Mr Winter sprechen?"

„Ja, solltest du. Was auch immer er tut, er ist ihr Vater. Sprich zuerst mit ihm. Ich kann dir keinen Erfolg versprechen, genau wie dein Großvater mich gewarnt hat, dass er die Antwort seiner Tochter nicht beeinflussen konnte. Aber wenn du denkst, dass Miss Winter für dich bestimmt ist, musst du alles daransetzen, um sie zu gewinnen, damit du dir später nichts vorzuwerfen hast."

„Ja, Sir." Eine ungeahnte Kraft breitete sich in ihm aus, kroch in jede Faser seines Körpers. Sein Vater hatte Vertrauen in ihn und sein Vorhaben, gleichgültig, wie albern er anderen erscheinen mochte. Wenn sein Vater Vertrauen hatte, wie konnte Ben es nicht haben?

Das irische Hausmädchen der Winters ließ Ben herein. Das Haus war leer, dunkel und kalt. Nur ein spärliches Feuer brannte im Kamin des Salons.

Der bärtige Mann betrat den Raum und wirkte völlig fehl am Platz in diesem Raum, der eindeutig von weiblicher Hand eingerichtet worden war. Ben erhob sich und schüttelte seine Hand. Zu seiner Überraschung war Mr Winters Handschlag fest, seine Augen klar.

„Mein Name ist Benjamin Hanby, Sir."

„Ja, ich erinnere mich an Sie ..." Die Stimme von Kates Vater brach, als wäre es ihm unangenehm, an die Szene im Haus der Johnsons zu denken.

„Ich bin hier, weil ich um die Hand Ihrer Tochter anhalten möchte. Außerdem bitte ich Sie um Entschuldigung, dass ich das nicht schon vor Monaten getan habe."

„Ja, meine Frau hat schon erwähnt, dass sie sich über Sie erregt hat. Irgendetwas bei dieser Musikaufführung. Aber ich hatte ihr ja gesagt, dass sie Kate zu nichts zwingen soll." Seine Nase war rot, wie es bei vielen Alkoholikern der Fall war, doch er roch nicht nach Schnaps. „Ich habe in diesem Haus nichts zu sagen."

Es war unangemessen, dass Ben solche Eingeständnisse von einem fast Fremden hören musste – verlegen verlagerte er sein Gewicht von einem Fuß auf den anderen. Doch der Mann war so einsam, dass es herzlos gewesen wäre, nicht zu antworten. „Sir, Ihre Meinung ist mir wichtig. Gestatten Sie mir, um Ihre Tochter zu werben?"

Das Feuer flackerte bedrohlich und verlosch fast, warf dunkle Schatten unter Mr Winters dicke Augenbrauen. Er sah aus wie eine gequälte Seele. „Ich muss Ihnen gestehen, dass ich nicht das Recht habe, für meine Frau oder meine Tochter zu sprechen. Meine Sünden haben mich in ihren Augen herabgesetzt. Meine Frau muss diese Entscheidung treffen."

„Sir ..." Ben zögerte. „Es scheint Ihnen heute sehr gut zu gehen. Besser als letztes Mal, als ich Sie gesehen habe."

„Sie meinen, weil ich nicht betrunken bin? Ja, ich versuche, mich zu bessern."

Ben konnte nicht sagen, ob es Bitterkeit oder Schmerz war, der Mr Winter zu dieser direkten Antwort trieb.

„Ich werde Ihre Frau besuchen. In Philadelphia."

Mr Winter schwieg, als wäge er etwas tief in seinem Inneren ab. „Sollten Sie das wirklich tun, dann richten Sie meiner Frau und meiner Tochter bitte etwas aus."

„Ja, Sir." Fast fürchtete sich Ben vor dem, was jetzt kommen mochte.

„Sagen Sie Ihnen, dass sie ohne Angst vor körperlichen Schmerzen zurückkehren können. Und dass ich, wenn die Flasche mich noch einmal beherrschen sollte – und ich hoffe, Sie beten dafür, dass dies niemals mehr geschieht –, von hier weggehen und niemals wiederkehren werde."

Auf so eine Aussage gab es keine höfliche Antwort – solche Worte hörte man nicht in den vornehmen Salons der Gesellschaft. Und Ben würde nicht so tun, als ob dieses hier ein normales Gespräch wäre. Er würde damit umgehen, wie es ein Mann tun sollte. „Ich werde es ihnen sagen, Sir. Und ich respektiere Ihr Vorhaben." Er erhob sich und streckte noch einmal seine Hand aus. Mr Winter stand ächzend auf und schüttelte zum Abschied Bens Hand.

Das Hausmädchen führte ihn zur Tür. Froh darüber, draußen in der frischen Luft und der mit Schnee bedeckten Northwest Street zu sein, stieg Ben die Stufen hinab.

Was konnte Mr Winter mit seiner Bemerkung meinen, dass Kate und ihre Mutter ohne Angst vor körperlichem Schaden zurückkehren könnten? Hatte die Hand, die er gerade geschüttelt hatte, sich etwa gegen eine der Frauen erhoben? Ben verzog das Gesicht und wischte sich die Finger an der Hose ab. Doch was auch immer geschehen war – ein reuiger Mann sollte nicht verurteilt werden, wenn er sein Leben geändert hatte.

Er würde Mrs Winter die Nachricht zusammen mit seiner Entschuldigung bringen. Er musste einfach dafür beten, dass Kate so bald nicht in dieses Haus zurückkehren würde und dass Mrs Winter und Kates Schwester, wenn sie es taten, nicht von Mr Winter drangsaliert werden würden.

Kapitel 40

Kate betrat das Esszimmer, wo der Tisch schon mit silbernem Besteck, Kristallgläsern, Gebäck und frischen Früchten gedeckt war. Ein irisches Dienstmädchen, in eine schwarz-weiße Uniform gekleidet, begrüßte sie. „Guten Morgen, Miss. Mrs Cadwalader wird sofort hier sein.“ Das Mädchen verschwand in der Küche.

Kate trug ihr bestes blaues Morgenkleid, doch bei dem Luxus im Familienhaus ihrer Mutter fühlte sie sich schäbig. Ihre Mutter hatte gesagt, dass sie nach dem Frühstück einkaufen gehen würden. Kate würde es genießen, hier in der Stadt zu sein, all die Geschäfte und Einkaufsmöglichkeiten zu nutzen, hätte ihre Mutter Ben Hanby nicht abgelehnt. Columbus war ein ländliches Nest im Vergleich zu der Pracht in Philadelphia, doch selbst dieser städtische Glanz konnte Kate nicht trösten.

„Guten Morgen, Kate“, sagte Tante Mary und schwebte anmutig in den Raum, um ihr gegenüber Platz zu nehmen. Sie trug ein elegantes weinrotes Kleid, das mit Blättern und Blumen bestickt war. Sie wählte ein Croissant aus dem Brotkorb und bot es Kate an. „Magst du Gebäck?“

„Danke“, sagte Kate und fing an, das Croissant mit Butter zu bestreichen. Was sollte sie nur mit jemandem sprechen, den sie nicht kannte?

Zum Glück kam in diesem Moment ihre Mutter ins Esszimmer, das Haar tadellos frisiert. Offensichtlich war sie morgens doch nicht vollkommen hilflos ohne Tessies Hilfe.

Tante Mary bot ihr ebenfalls Frühstück an. Kate konnte nicht aufhören, ihre Tante zu beobachten. Sie war ihrer Mutter so unglaublich ähnlich, verwendete teilweise sogar die gleichen Worte. Und doch war sie so viel weicher.

Tante Mary füllte die Teetasse ihrer Mutter. „Ich war heute Morgen schon bei Mutter. Sie ist immer noch zu schwach zum Reden. Es tut mir leid, Ruth.“

„Du bist nicht verantwortlich für ihre Krankheit.“

„Ich weiß, aber ich glaube, sie hat dir sehr viel zu sagen."

„Zum Beispiel?" Kates Mutter klang spöttisch.

Kate schämte sich ihretwegen. Sie waren in diesem Haus zu Gast, gleichgültig, was früher vorgefallen war.

Mary ließ den Kopf sinken. „Das muss sie dir selbst sagen." Sie sprach leise und nahm sich Zeit, eine Birne in gleichmäßige Stücke zu teilen, bevor sie weitersprach. „Ich hoffe, du gibst uns die Gelegenheit, dich zu unterhalten, bis es ihr besser geht und sie mit dir sprechen kann."

„Glaubst du denn, dass sie sich erholen wird?"

„Da bin ich sicher. Sie hatte vorher schon Phasen wie diese, die bisher immer nur wenige Tage dauerten."

Ein lautes Klopfen an der Tür unterbrach ihr Gespräch. Sie hörten, wie der Diener öffnete und eine Frauenstimme erklang. Dann trat eine junge Dame ins Esszimmer.

Sie sah aus wie Kate, nur ein paar Jahre älter: das gleiche dunkle, wellige Haar, die gleichen lebhaften blauen Augen und die gleiche helle Haut. Kate spürte einen Stich im Herzen. Das war ihre Familie.

Lächelnd erhob sich Tante Mary. „Ruth, das ist meine Tochter, Georgia Cadwalader Adams. Georgia, das ist deine Tante, Ruth Morris Winter."

Kates Mutter streckte höflich ihre Hand aus, doch Georgia zog sie in eine herzliche Umarmung. „Tante Ruth! Ich bin so froh, dass du kommen konntest. Wie schön, dich endlich kennenzulernen."

Kate beobachtete ihre Cousine fasziniert. Sie konnte sich nicht daran erinnern, dass ihre Mutter jemals umarmt worden war. Ruth wirkte erschrocken, überspielte es aber gekonnt. „Vielen Dank."

„Du musst uns besuchen kommen und deine Großnichte und deinen Großneffen kennenlernen, sobald du Zeit hast." Georgias breites Lächeln war aufrichtig und herzlich, als sie sich nun Kate zuwandte. „Und du, mein Zwilling!" Sie kicherte fröhlich, als sie Kate musterte.

Kate konnte sich nicht zurückhalten und musste trotz des Kummers in ihrem Herzen lächeln. „Ich bin Kate, deine Cousine."

Georgia gab ihr einen warmen Kuss auf die Wange. „Küssende Cousinen!" Sie lachte so herzlich, dass auch Kate kichern musste.

„Mutter", sagte Georgia, „ich habe eine Überraschung für dich. Der gute Arthur hat uns zusätzliche Einladungen für den Wohltätigkeitsball heute Abend beschafft." Sie streckte ihre Hand aus und berührte Kates Mutter am Arm. „Würdest du gerne mit uns kommen, Tante Ruth? Bitte sag Ja! Arthur würde dich zu gerne kennenlernen und mein Bruder Geoffrey bringt auch seine Frau mit."

„Ich habe kein Abendkleid mitgebracht."

„Ach, ich werde dir eins von meinen leihen", sagte Tante Mary. „Wir haben bestimmt immer noch die gleiche Größe."

„Und du bekommst eins von mir!", sagte Georgia zu Kate. „Ich bringe dir eins vorbei."

„Dann können wir wohl mitkommen", sagte Kates Mutter.

„Wunderbar!" Georgia klatschte in die Hände.

„Wenn ihr uns jetzt entschuldigen würdet", sagte Ruth. „Ich wollte heute mit Kate einen Einkaufsbummel machen, also müssen wir uns nun auf den Weg machen."

„Oh, ich komme mit euch, wenn es euch nichts ausmacht", sagte ihre Schwester. „Ich habe auch noch einiges zu erledigen. Und ich möchte so viel wie möglich über meine Nichte erfahren."

Kates Mutter sah aus, als wolle sie nicht, dass ihre Schwester sie begleitete, doch natürlich würde sie das niemals sagen. „Sehr gerne." Sie ging in Richtung Treppe.

Kate lächelte Georgia an. Sie hatte eine Cousine – und schon jetzt mochte sie sie von Herzen.

Der Ballsaal war im Stil des letzten Jahrhunderts gehalten, geschmückt mit weißen Verzierungen vom Kamin bis hinauf zur Decke. Die Musiker hatten sich an einer Wand aufgereiht, Streicher, Holzblasinstrumente und Blechbläser. Sogar eine große Trommel und ein Becken konnte Kate erkennen.

„Darf ich dir etwas gestehen?", sagte Kate im Gewirr der Stimmen und Musik zu Georgia.

„Natürlich." Ihre Cousine lächelte.

„Ich habe noch nie so viele Instrumente gleichzeitig spielen gehört."

„Wirklich? Aber es ist doch nur ein Kammerorchester."

„Ich weiß. Ich bin ein Landei."

„Du siehst aber nicht so aus. Du siehst aus wie die Schönheit von Philadelphia und du wirst Dutzende Tanzaufforderungen erhalten."

„Aber ich kann gar nicht tanzen."

„Keine Angst. Du musst nicht tanzen, wenn du nicht willst. Das ist keine große Sache, nur ein Allerweltsball, um Mittel für das örtliche Waisenhaus zu sammeln."

„Nur in Philadelphia ist das hier ein *Allerweltsball.*" Kate lächelte, als ihre Cousine lachte.

„Stimmt. Aber was ich sagen wollte: Du kannst machen, was du willst, auch wenn das bedeutet, dass du den ganzen Abend nur hier sitzt und die anderen beobachtest. Obwohl ich natürlich hoffe, dass du die Musik und die Erfrischungen genießen wirst."

„Ja, da bin ich sicher."

Die Violinen verstummten und die Flöten nahmen den Rhythmus des Cellos und Kontrabasses auf. Wie sehr Ben diese wunderbare Musik lieben würde! Es könnte einer der Walzer des österreichischen Komponisten Lanner sein, die Cornelia so oft spielte, doch mit dieser Instrumentierung hörte es sich völlig anders an als auf dem Klavier. Kate könnte den ganzen Abend zuhören.

„Mrs Adams, Sie haben einen liebreizenden Gast, wie ich sehe." Ein junger Mann verbeugte sich vor Georgia und lächelte Kate an.

„Mr Cutler, das ist meine Cousine aus Ohio, Miss Winter."

„Eine Freude, Ihre Bekanntschaft zu machen." Sein braunes Haar war kurz geschnitten, fiel jedoch der Mode entsprechend um sein Gesicht herum. Er war gut aussehend, fand sie.

„Würden Sie mir heute Abend die Ehre eines Tanzes erweisen, Miss Winter?"

Kate zögerte.

„Meine Cousine ist noch nicht bereit zum Tanzen", rettete Georgia sie. „Sie ist noch sehr erschöpft von der Reise. Doch sie liebt die Musik, also habe ich sie gebeten, bei mir zu sitzen und das Kammerorchester zu genießen."

„Ach ja, das Orchester ist fantastisch." Er setzte sich neben Kate. „Ich liebe die Musik ebenfalls, Miss Winter."

Ihre Mutter musterte Kate durch den Raum hinweg. Sie stand

bei ihrer Schwester und einigen Jugendfreunden, um über alte Zeiten zu sprechen. Zum Glück war sie so weit weg, dass sie nichts vom Inhalt des Gespräches mitbekommen konnte. Das würde die Heiratspläne, die sie für Kate schmiedete, nur weiter anfachen.

„Und wissen Sie zufällig auch, wer der Komponist dieses Stückes ist?" Jetzt erst merkte sie, dass sie mit einem fremden jungen Mann sprach. Die Musik hatte sie abgelenkt. Ihre Zunge schien am Gaumen zu kleben und ihr Kopf wurde leer.

„Lanner, glaube ich."

Kate suchte nach Worten. Zu ihrer Überraschung fiel es ihr nicht schwer, die Unterhaltung fortzuführen. Hier in der Stadt gab es viele Fragen zu stellen. „Haben Sie schon andere Orchester gehört?"

„Ja, einige sehr gute. Aber ich bevorzuge die Oper oder, noch besser, das Theater."

Damit hatte er Georgias Aufmerksamkeit erregt. „Wirklich, Mr Cutler? Das wusste ich gar nicht. Es überrascht mich, dass wir uns nicht schon häufiger über den Weg gelaufen sind. Arthur und ich lieben das Theater. Sind Sie öfter in der Chestnut Street?"

„Normalerweise schon. In letzter Zeit aber eher selten."

„Ja, die Eintrittskarten für *Onkel Toms Hütte* sind rar. Ein wunderbares Theaterstück, nicht wahr?"

„Das liegt im Auge des Betrachters." Mr Cutlers Gesichtsausdruck verfinsterte sich.

„Ach, sieh mal, Kate, da ist Arthur." Georgia erhob sich mit funkelnden Augen. „Lass uns zu ihm gehen, er wollte dir noch jemanden vorstellen. Wenn Sie uns entschuldigen, Mr Cutler."

Er erhob sich und verbeugte sich vor Kate. Jetzt schien er keine so gute Laune mehr zu haben.

„Warum ist er so verärgert?", murmelte Kate Georgia leise zu, als ihre Cousine ihren Arm ergriff, um sie zu ihrem Ehemann zu führen.

„Mein Fehler. Ich hätte *Onkel Toms Hütte* nicht erwähnen sollen. Die Meinungen über die Sklaverei sind allzu verschieden." Die beiden jungen Damen erreichten Georgias Ehemann. „Arthur, du hast gesagt, du möchtest Miss Winter jemanden vorstellen?"

Ihr Ehemann wirkte verwirrt, dann schien er zu begreifen. „Oh ja. Kommen Sie mit." Er bot jeder von ihnen einen Arm an. Es erschien Kate wie ein Traum, dass sie sich zwischen all diesen elegant gekleideten Tänzern bewegte. Ihr Körper und Verstand waren anwesend, doch ihr Herz war immer noch zu Hause in Westerville.

Nichts hier rührte sie so sehr an wie die Musik. Nachdem sie einigen Bekannten der Adams' vorgestellt worden war, wandte sie sich Georgia zu. „Bitte, du musst wieder auf die Tanzfläche gehen. Ich würde mich freuen, wenn ich einfach nur zuschauen und die Musik genießen könnte."

„Aber ich kann dich doch nicht alleine lassen und das will ich auch gar nicht."

„Aber was soll Arthur denn machen?"

„Er kann sich gut um sich selbst kümmern – er redet sehr gerne, nicht wahr, Liebling?"

Arthur lächelte. „Ich bin dafür bekannt, ein gutes Gespräch nicht auszuschlagen." Er verbeugte sich leicht und ging hinüber zu einigen anderen Gentlemen.

Kate war froh, dass Georgia den ganzen Abend über bei ihr blieb und die Tanzaufforderungen der jungen Männer an Kate abwehrte, indem sie die Erschöpfung der langen Reise vorschob.

Kates Mutter wirbelte durch den Ballsaal. Ihr rotes Kleid war eine wahre Augenweide. Sie tanzte ausgerechnet mit Mr Cutler, als wäre seit ihrem Debüt nicht ein Tag vergangen. Ihre Wangen waren rosig und sie lächelte und lachte. Ihre Mutter musste eine bezaubernde Schönheit gewesen sein, als sie in ihrer Jugend in diesem Saal getanzt hatte. Trauer bedrückte Kates Gedanken. Wenn das Herz ihrer Mutter nicht gebrochen worden wäre, würde sie dann immer noch lächeln und lachen, wie sie es gerade tat? Oder gar weinen? Kate hatte mehr als einmal beobachtete, wie die Augen ihrer Mutter feucht geworden waren, seit sie hier eingetroffen waren.

Ein Trommelwirbel und ein Fanfarenstoß der Trompeten beendeten den Tanz. Mr Cutler führte ihre Mutter von der Tanzfläche in Kates Richtung.

„Miss Winter, ich hatte die Freude, mit Ihrer Mutter zu tanzen. Sie ist nicht so erschöpft, wie Sie es zu sein scheinen." Er hatte ein spitzes Lächeln aufgesetzt, schien sie jedoch nur zu necken.

„Die Musiker gehen?", fragte Kate.

Mr Cutler lachte. „Nur für eine kurze Pause. Vielleicht begleiten

Sie und Ihre Mutter mich zu den Erfrischungen in den Nachbarraum?“

„Wir hätten sehr gern eine kleine Erfrischung.“ Wieder lächelte ihre Mutter, ein ganz natürliches Lächeln, das sogar ihre Augen erreichte. Das hatte Kate in ihrem ganzen Leben noch nicht bei ihr gesehen.

Mr Cutler geleitete sie in den Nebenraum, wo Porträts von George Washington und Samuel Powell hingen. Eine riesige Silberschüssel, gefüllt mit Bowle, stand in der Mitte eines Tisches, umringt von unzähligen verschiedenen Früchten. Woher hatten die Gastgeber mitten im Winter diese köstliche Fülle an Obst? Diener schwirrten im Raum umher und boten den Gästen Horsd'oeuvres mit Krabben oder Hühnchen an.

Mr Cutler reichte Kate ein Kristallglas mit Bowle und sie nippte leicht daran. Sie spürte, dass ihre Lippen feucht waren, und tupfte den Rest der roten Flüssigkeit mit einer Serviette ab. Den nächsten Schluck nahm sie noch vorsichtiger, damit sie nicht aussah wie die anderen Bowletrinker um sie herum.

„Miss Winter, Ihre Cousine hat eben *Onkel Toms Hütte* erwähnt“, begann Mr Cutler ein Gespräch.

Kate sah ihn an. Er würde bei diesem Thema nicht lockerlassen, das ahnte sie, und sie war bei Weitem nicht so bewandert darin, gefährliches Fahrwasser zu umschiffen, wie Georgia.

„Ja“, sagte ihre Mutter, bevor Kate eine passende Antwort finden konnte. „Ich bin nicht sicher, ob ich meine Tochter zu dieser Aufführung gehen lassen sollte, auch wenn Mrs Adams versucht, uns Karten zu besorgen.“

„Das ist sehr weise von Ihnen. Das sind doch alles nur Lügen, verpackt in Sentimentalität. Aufrührerisch und zerstörerisch.“ Mr Cutlers Wangen wurden ebenso rot wie seine Lippen. Ihre Mutter sollte diese Unterhaltung beenden. Kate sah sich unruhig nach Georgia um.

„Haben Sie den Roman gelesen, Mrs Winter?“, fragte Mr Cutler.

„Nein, habe ich nicht. Ich scheue die Politik. Ich bevorzuge ein kultiviertes Leben.“

„Sie sind das Ideal einer Dame.“ Er erhob sein Glas. „Ich trinke auf Ihr Frauenbild.“ Als er getrunken hatte, wirkte er wieder freundlicher und sein Gesicht hatte seine normale Farbe angenommen. „Aber eins sage ich Ihnen: Die Sklaven, die diese Frau in ihrem Roman beschreibt, existieren nicht. Sie vermenschlicht diese Tiere und verschafft ihnen so ein Mitgefühl, das sie nicht verdienen."

Dieser Mann wusste nichts von der Sklaverei. Er hatte wahrscheinlich in seinem ganzen Leben noch keinen Sklaven zu Gesicht bekommen oder mit einem gesprochen. Männer wie er hatten Nelly getötet. Kleine Kohlen fingen an, sich in Kate zu entzünden, ein loderndes Feuer, das im Angedenken an Nelly und ihre Tochter brannte.

„Mir sind einige Plantagenbesitzer bekannt", gab sich Mr Cutler weltmännisch. „Die Schläge, die Gräueltaten, die Mrs Stowe porträtiert – nun, wenn sie überhaupt existieren, dann doch nur hier und da. Nur den entsetzlichsten dieser Kreaturen geschieht so etwas."

Selbst Kates Mutter wirkte unangenehm berührt. „Wie ich schon sagte, ich vermeide politische Themen gerne, Mr Cutler."

„Sehr weise, sehr weise. So werden Sie auch nicht betrogen. Sklavenfamilien werden nicht willkürlich auseinandergerissen, wie Mrs Stowe es darstellt. Die jungen Sklaven wachsen auf und bitten dann darum, verkauft zu werden, damit sie neue Freunde finden können. Doch sie sind nicht wie wir. Ihre Gefühle sind unbeständig und flüchtig. Sie können keinen wahren Bund eingehen, nicht einmal zwischen Eltern und Kindern. Sie vergessen einander und finden neue Bekanntschaften."

Die Flammen in Kates Inneren loderten immer höher. „Wirklich, Mr Cutler? Da muss ich Ihnen widersprechen."

Mr Cutler und ihre Mutter starrten sie an.

„Ich weiß sehr genau, dass all diese Dinge geschehen, die Schläge, die Hetzjagden mit Hunden bis zum Tode Unschuldiger", sagte Kate. „Und vor allem habe ich Sklavenfamilien gesehen, die auseinandergerissen wurden." Sie musste sich zügeln, nicht lauter zu sprechen als angemessen. Ihre innere Unruhe wurde nur durch ihren hastigen Atem deutlich. „Wie Sie sehen, kann ich also jeden Ihrer Standpunkte widerlegen. Und ich finde es absolut verwerflich von Ihnen, solche Dinge zu einem solchen Zeitpunkt und vor allem auf einer solchen Veranstaltung zu sagen."

Georgia und Arthur traten neben Kates Mutter und blickten Kate mit großen Augen an. Doch sie schienen weniger schockiert zu sein als vielmehr voller Bewunderung.

„Wenn Sie auch behaupten mögen, diese grausamen Vorfälle fänden nur äußerst selten statt – was sie nicht tun, das weiß ich mit Sicherheit –, so wäre doch selbst ein einziger zu viel. Es ist ein böser Makel unserer Gesellschaft, ein Fleck auf der weißen Weste dieses Landes. Es ist ein schändliches Fundament dessen, was wir die Union nennen, und eine Union basierend auf Schande wird nicht lange überleben."

Die Bruchstücke dessen, was Kate in ihren Gedanken beschäftigt und mit sich herumgetragen hatte, seit sie mit Nelly und Frank unterwegs gewesen war, setzten sich nun zusammen, nahmen ihren Platz ein und formten sich zu einer wohldurchdachten und überzeugenden Rede.

„Ich habe in die Augen dieser Schwarzen geschaut und menschliche Seelen gesehen – Väter, Mütter, Töchter." Erstaunlicherweise blieb ihre Stimme fest. „Ich frage mich, ob ich das Gleiche in Ihren Augen sehen würde, Mr Cutler. Und falls Sie sich an den Gedanken anderer über kontroverse Themen stören, dann behalten Sie Ihre eigenen doch bitte für sich."

Georgia legte ihr eine Hand auf die Schulter. „Gut gesprochen, Miss Winter."

„Hört, hört", bekräftigte Arthur.

Die Adams' wirkten immer noch überrascht, traten jedoch wie zur Unterstützung neben Kate und funkelten Mr Cutler böse an. Aus dem Augenwinkel sah Kate, dass Arthur ein Lächeln unterdrücken musste.

„Ich sehe schon, die junge Dame hat ihre eigene Meinung." Mr Cutler war vom Kragen bis zum Haaransatz puterrot geworden und schien fast zu platzen.

„Ja, ich denke, die habe ich", sagte Kate.

„Guten Abend." Er deutete seine Verbeugung nur ganz leicht an und wandte sich dann zum Gehen. Seine Rockzipfel flatterten, als er das Gebäude durch den Haupteingang verließ.

Kates Mutter sah Georgia und Arthur an. „Ich muss mich für meine Tochter entschuldigen …"

„Überhaupt nicht", sagte Arthur. „Wir sind es, die sich entschuldigen müssen, da wir Sie der Gesellschaft dieser abscheulichen Person ausgesetzt haben. Miss Winter, ich hoffe, Sie sind nicht allzu erschüttert. Ich bringe Sie nach Hause, falls Sie es wünschen."

„Nein danke, Mr Adams." Kate atmete tief ein. „Ich denke, ich freue mich sogar außerordentlich auf den Rest des Abends."

Im Nachbarraum fingen die Musiker mit schwirrenden Geigen an zu spielen. Georgia lächelte Kate an. „Sollen wir hinübergehen?"

„Sehr gerne", sagte Kate.

Auf dem Gesicht ihrer Mutter stand ein unlesbarer Ausdruck, den Kate so bisher noch nie gesehen hatte. Wenn sie es nicht besser gewusst hätte, hätte sie sogar vermutet, dass ihre Mutter stolz auf ihre Rede war. Doch das war natürlich nur Wunschdenken. Morgen früh würde sich herausstellen, was Ruth zu diesem Bruch der Etikette sagen würde. Wahrscheinlich würde sie Kate schelten, weil sie über Politik gesprochen hatte.

Doch Kate bereute es nicht. Und sie wusste nun mit großer Gewissheit, was ihr Thema für die öffentliche Rede am College sein würde.

Kapitel 41

„Pittsburgh, meine Damen und Herren! Union Station!" Der Schaffner öffnete geschickt die schwere Tür zwischen den Abteilen und verschwand im nächsten Waggon. Durch seine gebeugten Beine hielt er dabei die Balance ebenso gut wie jeder Schiffsmatrose auf seinem Kahn.

Vorne im Abteil, wo der Holzofen flackerte, war es wärmer, doch hier in der Mitte musste Ben seinen Mantel bis zu den Ohren hochziehen, um nicht zu frieren. Das kleine Feuer hatte der Luft, die durch die zugigen Fenster drang, nichts entgegenzusetzen. Immerhin bewegte sich der Zug mit zwanzig Meilen pro Stunde fort, sodass der Wind regelrecht durch den Wagen pfiff.

Als rechts und links der Fenster die ersten Gebäude sichtbar wurden, verlangsamte der Zug seine Fahrt, doch draußen war ohnehin alles weiß in weiß, sodass Ben keinen großen Unterschied sah. Endlich blieb der Zug mit einem finalen Zischen stehen.

Hier würde er haltmachen, bevor er die Pennsylvania Railroad besteigen würde, den letzten Teil seiner Reise nach Philadelphia – der Stadt der brüderlichen Liebe, wenn man der Bedeutung des Namens Glauben schenkte. Zumindest für ihn konnte es die Stadt der Liebe werden, wenn auch nicht der brüderlichen. Der Gedanke an Kate vertrieb die Unannehmlichkeiten der Reise. Sein Wunsch, sie zu sehen, war so stark, dass er in den ruhelosen Nächten von ihr geträumt hatte.

Seine Reisetasche stand neben ihm auf dem Boden. Ben hob sie hoch und verließ das Abteil durch die gleiche Tür, die der Schaffner eben genommen hatte. Der Schritt zum Bahnsteig hinunter war tief, doch er hatte ihn auf seiner Reise nun schon so oft gemacht, dass er sicheren Halt auf dem Boden fand.

Er war am hinteren Ende des Bahnsteiges angekommen und musste nun den gesamten Weg zum Ausgang des Bahnhofes zurücklegen. Der Bahnsteig war in tristes Grau gekleidet, der einst frische weiße Schnee war durch Tausende eilige Füße zu Schlamm verkommen. Kalte Feuchtigkeit hing in der Luft. Überall verließen Reisende die Wagen, die Damen gestützt von den Schaffnern oder ihren Reisebegleitern. Ben passierte den Raucherwagen, wo gerade ein grauhaariger Mann mit dickem Wintermantel ausstieg. Hinter ihm folgte eine dunkelhäutige Frau, die unsicher vor dem tiefen Ausstieg stehen blieb.

Nelly.

Für einen Augenblick hatte Ben nur diesen einen Gedanken – das gleiche dunkle Haar, die schweren Augenlider, das ruhige Gesicht. Als sie allerdings aufsah, war ihre Nase breiter, das Gesicht runder als Nellys. Doch der stechende Schmerz in seiner Brust ließ nicht nach.

Die Frau blickte nach rechts und links und klammerte sich an den Griff. Die Zugbegleiter würden ihr nicht helfen – nicht, wo noch so viele Weiße ausstiegen.

Ben beschleunigte seine Schritte und erreichte die Frau, bevor sie sich daranmachen konnte, ohne Hilfe auszusteigen.

„Darf ich Ihnen helfen, Ma'am?" Er streckte ihr die Hand entgegen.

„Oh, vielen Dank, Sir." Sie ergriff seine Hand. Als sie ausstieg, stützte Ben sie noch am Ellbogen.

„Darf ich vielleicht Ihre Tasche tragen?" Ihr Gepäck schien nur aus einer einzigen abgewetzten Tasche zu bestehen, die sie vorerst hinter sich gestellt hatte, um besser aussteigen zu können. Ben griff danach und hob sie aus dem Zug.

„Sie sind sehr freundlich." Ihre Stimme klang auch nicht nach Nelly. Ihr fehlte der Südstaatenakzent.

„Gehen Sie in den Bahnhof?"

„Ja, Sir."

„Dann begleite ich Sie, denn dorthin muss ich auch." Ben verlangsamte seinen Gang, damit die Frau mit ihm Schritt halten konnte.

Innerhalb des Gebäudes war die Temperatur angenehmer, obwohl es hier nach Zigarren und nasser Wolle roch. „Reisen Sie noch weiter, Ma'am?"

„Nein, Sir, ich treffe mich hier mit meiner Schwester. Ich werde bei ihr leben."

„Wie schön! Eine Familienzusammenführung." Sein Lächeln fühlte sich halbherzig an. Von der Seite sah sie doch wieder aus wie Nelly.

Bänke standen an den Wänden aufgereiht. „Möchten Sie sich setzen, während Sie auf Ihre Familie warten?"

„Das wäre sehr schön." Die Frau ging auf die nächste Bank zu und setzte sich. Er stellte ihre Reisetasche neben sie.

„Danke, Sir."

„Keine Ursache, Ma'am. Sind Sie sicher, dass Ihre Verwandten kommen werden, um Sie abzuholen?"

„Oh ja." Sie grinste. „Denn sie wissen, was passieren würde, wenn sie es nicht täten."

Er lächelte zurück. „Dann wünsche ich Ihnen noch einen schönen Tag."

Sie richtete ihre Aufmerksamkeit auf die Eingangstüren. Ben wandte sich um und versuchte, sein Unbehagen abzuschütteln. Es schien ein schlechtes Vorzeichen für seine Reise zu sein, auf Nellys Doppelgängerin zu treffen. Vielleicht schickte Gott ihm so eine Botschaft. Doch er hatte Kate versprochen, diesem Weg – und ihr – von ganzem Herzen zu folgen. Deshalb würde er weiterreisen, ob es ihm nun gut ging oder schlecht.

„Zeitungen! Zeitungen!", rief ein Junge und wedelte wild mit dem Papier in der Luft herum, um auf sich aufmerksam zu machen.

„Ich nehme eine", sagte Ben.

„Sehr gut, Sir, das ist die beste Zeitung der Stadt!"

Er drückte dem Jungen eine Münze in die Hand und nahm die Zeitung. *Pittsburgh Gazette, seit 1786,* las er im Titel.

Dann hatte es diese Zeitung schon gegeben, als sein Vater hier in Pittsburgh gewesen war. Ben faltete das Papier zusammen und trat aus der Bahnhofstür hinein in den eisigen Wind.

Pferdedroschken warteten draußen. Er ging auf einen Kutscher zu, der gekrümmt in der Kälte saß. Auch seine Pferde schienen halb erfroren zu sein. „Bringen Sie mich bitte zu einem Hotel. Einem ohne Läuse in den Betten, wenn es geht."

Sobald Ben Platz genommen hatte, setzte sich die Droschke in Bewegung. Die Straßen waren nicht so vollgestopft mit Kutschen und Fuhrwerken, wie seine Mutter sie beschrieben hatte. Offenbar hielt der Schnee die meisten Menschen davon ab, ihre Häuser zu verlassen. Doch die Geschäfte schienen geöffnet zu sein, soweit Ben anhand der Beleuchtungen im Inneren erkennen konnte. Es gab einen Handschuhmacher, einen Likörladen und ein Lebensmittelgeschäft. Und was stand dort auf diesem halb vom Eis bedeckten Schild? *Palmer und Söhne, Musikalien.*

Die Droschke hielt an. „Genau hier ist es, Sir." Der Kutscher zeigte mit seiner Hand, die in einem dicken Handschuh steckte, auf ein Gebäude auf der anderen Straßenseite. „Das *Liberty Hotel.* Ordentlich und sauber, aber nicht zu teuer. Und manchmal haben sie abends einen Pianisten."

„Danke sehr." Ben drückte dem Mann Geld in die Hand und sprang hinab in den Schnee, dann hob er seine Tasche heraus. Als die Droschke davonfuhr, wandte er sich um und ging auf den Musikalienladen zu. Er konnte unmöglich an einem Geschäft vorbeigehen, das sich vollständig der Musik widmete.

Die Türglocke klingelte. Ben trat sich den Schnee von den Schuhen. Es empfing ihn niemand, also ging er weiter in das Geschäft hinein zu einem Regal, in dem unzählige Notensätze angeboten wurden. Die Lieder waren in alphabetischer Reihenfolge angeordnet. Eine oberflächliche Musterung offenbarte, dass mindestens fünfzig Titel von Stephen Foster vertreten waren. Der Mann war genial, daran bestand kein Zweifel. Ben ging das Regal entlang bis zum Buchstaben G.

Kein Anzeichen von seinem Lied. Nur ein leerer Platz, wo *Geliebte Nelly Gray* hätte liegen müssen.

Nun, er sollte nicht so eingebildet sein und erwarten, dass sein Lied in jedem Musikgeschäft im ganzen Land auslag. Doch er hatte es gehofft. Es war ihm als einzige Möglichkeit erschienen, seine Begabung ernsthaft zu nutzen. Aber bei den Hunderten von Liedern, die jedes Jahr erschienen, waren diese Hoffnungen wohl zu groß gewesen.

Mit hängendem Kopf verließ Ben den Laden. Den Besitzer hatte er gar nicht zu Gesicht bekommen. Auf der anderen Straßenseite wartete das Hotel. Er kämpfte sich durch die Windböen und drückte die schwere Tür auf.

„Willkommen, Sir." Eine stämmige Frau mit Haube und Schürze kam aus einem Hinterzimmer in den Raum, der gleichzeitig als Empfangssaal und Esszimmer genutzt zu werden schien. Zwei Damen in Reisekleidern saßen in Sesseln am Kaminfeuer. Einige Männer hatten an Tischen Platz genommen und studierten die Zeitung.

„Ich bin Mrs Pye, die Besitzerin des Hotels. Möchten Sie ein Zimmer für diese Nacht?"

„Ja, Ma'am."

Sie nannte ihm den Preis für Kost und Logis. Ben stellte sein Gepäck ab und bezahlte.

„Das Abendessen wird in einer Stunde serviert." Mrs Pye reichte ihm einen Schlüssel. „Normalerweise haben wir vorher Musik, doch unser Pianist ist nicht gekommen. Bestimmt wegen des Schnees." Sie sah ihn bedauernd an und zeigte auf das Klavier, das gegenüber dem Kamin stand.

Eine der Damen, die vor dem Kamin saßen, wandte sich bei ihren Worten um. „Sehr schade, Mrs Pye. Wir haben die Musik gestern Abend so sehr genossen. Meine Begleiterin ist schon ganz niedergeschlagen."

„Es tut mir sehr leid, Mrs Fereday", sagte die Hotelbesitzerin. „Aber ich kann unter solchen Umständen auch nichts tun."

Ben zögerte. „Ich spiele ein wenig Klavier, Ma'am", sagte er zu der Frau am Kamin. „Wenn ich vielleicht für den Pianisten einspringen könnte?"

Sowohl Mrs Pye als auch die beiden Damen horchten auf.

„Oh ja", sagte Mrs Fereday. „Mrs Ellsing, haben Sie das gehört? Wir werden heute Abend doch Musik haben."

Die andere Dame musterte Ben interessiert. „Das ist ja wunderbar", sagte sie glücklich.

„Dann fange ich gleich an." Ben trat an das Klavier. Er zog seine Handschuhe aus und rieb die Finger aneinander, um sie anzuwärmen, dann hob er den Deckel und setzte sich. „Möchten Sie etwas Fröhliches zu Beginn?"

„Wir hören am liebsten Stephen Foster", sagte Mrs Fereday.

Ben rang sich zu einem Lächeln durch und fing an, *Jeanie mit dem braunen Haar* zu spielen. Es war schön zu sehen, wie die Musik alle belebte. Die Männer an den Tischen sahen auf. Als Ben fertig war, applaudierten die Damen.

„*Camptown Races*!“, rief einer der Männer. Er hatte ein freundliches, offenes Gesicht und trug schlichte, praktische Kleidung. Vielleicht ein Arbeiter?

Ben spielte das lustige Lied. Der Mann fing an zu singen, die anderen fielen mit ein. Mrs Pye strahlte und verschwand wieder hinter der Tür, die wahrscheinlich zur Küche führte.

Ben spielte etwa eine Stunde lang, bis er fast sein gesamtes Repertoire zum Besten gegeben hatte. Sämtliche Lieder wurden mit Klatschen und Gesang begleitet. Es spielte jedes Lied von Foster, das er kannte.

Schließlich fiel Ben nichts mehr ein. Ohne Noten konnte er nicht weiterspielen. Vielleicht war es sowieso an der Zeit abzubrechen, da der Duft aus der Küche ihm bereits das Wasser im Mund zusammenlaufen ließ.

„Bitte noch ein letztes Lied“, bat eine der Damen.

Alles, was Ben noch einfiel, waren seine eigenen Lieder. Er wollte seine Zuhörer nicht enttäuschen. *Geliebte Nelly Gray* war so gut, dass es veröffentlicht worden war, also konnte er es auch zum Besten geben.

Er spielte die ersten Takte der Melodie. Einer der Männer rief aufgeregt: „Das Lied kenne ich. *Geliebte Nelly* oder so.“

Er hatte davon gehört? Dann war es vielleicht doch hier veröffentlicht worden. Oder der Mann irrte sich schlicht und ergreifend.

„Aber können Sie zum Schluss nicht noch etwas Fröhliches spielen?“, fügte der Mann dann hinzu.

„Jawohl!“, stimmte ein anderer Mann zu, der wie ein arroganter Anwalt wirkte und nicht einmal von seiner Zeitung aufblickte.

„Oh ja, Mr – Wie heißen Sie noch gleich?“, fragte Mrs Fereday.

„Hanby“, sagte Ben.

„Mr Hanby, lassen Sie uns nicht mit etwas Traurigem schließen. Würden Sie noch einen Foster für uns spielen?“

„Sehr gerne.“ Ben schob seine gekränkte Eitelkeit beiseite. „Wie wäre es noch einmal mit *Camptown Races*?“

„Perfekt.“

Die Männer grinsten und die Damen klatschten in die Hände.

Es waren keine oberflächlichen Menschen. Bens Lied passte nur nicht hierher.

Er war eben kein Stephen Foster. Von seinem Lied würden wahrscheinlich ein paar Exemplare verkauft werden, dann würde es in Vergessenheit geraten. Doch er wünschte sich, dass es anders wäre. Wenn das Lied in Vergessenheit geriet, würde das doppelt schwer wiegen, denn genau wie seine Worte und seine Musik wären auch Joseph, Nelly und ihre Tochter endgültig gestorben. Es wäre, als würde er ein zweites Mal versagen. Seine Musik war nicht stark genug, um ihre Geschichte zu erzählen. Er hatte sie untergehen lassen, als hätten sie niemals existiert.

Ben hatte den Appetit verloren.

Kapitel 42

„Ruth, komm bitte nach oben." Tante Mary stand in einem cremefarbenen Morgenkleid oben an der Treppe. „Und du auch, Kate. Kommt hoch und sprecht mit ihr."

Ihre Mutter eilte über den Teppich auf die Treppe zu. Kate folgte ihr und versuchte, ihren Widerwillen zu verbergen. Sie wollte nicht bei ihrer Mutter sein, wenn sie trauerte – es war ein Gefühl, als würde sie ihre Mutter unbekleidet sehen.

Sie gingen durch den langen Flur und betraten das Schlafzimmer von Kates Großmutter. Dort lag sie, ruhig und offensichtlich bewusstlos. Vielleicht hatte sie in der kurzen Zeit, die Tante Mary gebraucht hatte, um sie zu holen, einen Rückfall erlitten.

Das mittlerweile vertraute Gefühl des Verfalls, das in diesem Zimmer herrschte, ließ Kate erschaudern. Er kündete von einem leeren Leben, von verschwendeter Zeit und verkümmerter Liebe.

Kates Mutter trat an das Bett heran und setzte sich in den Stuhl am Kopfende, also wählte Kate den Stuhl am Fußende und wartete schweigend.

Ihre Mutter berührte das dünne Haar von Kates Großmutter. „Sie hatte früher immer so wunderschönes dickes Haar, das ich ihr immer kämmen wollte, als ich noch ein kleines Mädchen war. Ich habe mich oft gefragt, warum sie es nicht offen und in all seiner Pracht trägt, bis sie mir erklärte, dass sich das für erwachsene Damen nicht zieme."

Kate schwieg, in ihren eigenen Erinnerungen daran versunken, wie sie ihre Mutter angebettelt hatte, ihr Haar kämmen zu dürfen, als sie fünf oder sechs Jahre alt gewesen war. Wie sehr hatte sie ihre Mutter damals bewundert!

„Mary glaubt, dass das Ende nicht mehr fern ist." Kates Mutter sprach mit leiser, emotionsloser Stimme. „Und immer noch kein Wort von ihr. Ich glaube, dass es alles so viel leichter machen würde."

Das Gefühl von Schmerz und Mitleid, das Kate in diesem Haus so oft überkam, kehrte zurück.

Würde sie eines Tages ebenfalls am Sterbebett ihrer Mutter sitzen müssen, mit unendlich vielen unbeantworteten Fragen und alten Wunden? Vielleicht dachte ihre Mutter genau das Gleiche, während sie hier in der Stille saßen. Kate konnte sich lebhaft vorstellen, wie sich zwischen ihr und ihrer Mutter das Schicksal wiederholte, das schon eine Generation zuvor die Familie auseinandergerissen hatte.

Kates Mutter hob die Hand und streichelte den Kopf ihrer eigenen Mutter. Sie mussten beide schrecklich gelitten haben. Und plötzlich kam Kate eine lang vergessene Zeile in den Sinn: *Kann denn eine Frau ihr Kindlein vergessen? Und selbst wenn sie es vergessen würde: Ich vergesse dich nicht.* Wie war es, sich als Kind vollkommen vergessen zu fühlen – und das ohne die Stütze eines tiefen Glaubens oder die Sicherheit einer glücklichen Ehe? Die Leere und Ausdruckslosigkeit, die Kate sonst vom Gesicht ihrer Mutter kannte, wichen einem Schmerz, der unaussprechlich war.

Dann öffnete ihre Großmutter die Augen. Sie schien sich ihrer Umgebung besser bewusst zu sein als beim letzten Mal.

„Ich bin es, Mutter – ich bin Ruth", sagte ihre Mutter. „Ich bin da."

Kates Großmutter nickte kaum merklich.

Kates Mutter ergriff die zerbrechlich wirkende Hand der alten Dame. „Ich vergebe dir, Mutter." Tränen strömten über ihre Wangen. Kate wollte wegschauen, konnte aber nicht. Die Liebe zu ihrer Mutter wallte auf und erwachte wie ein Bär nach dem Winterschlaf – hungrig, zornig und schmerzerfüllt von der viel zu langen Zeit der Entbehrung. Sie wollte sie trösten, ihr sagen, dass sie Mitleid mit dem jungen Mädchen hatte, das vor so langer Zeit einsam und allein in die Welt hinausgestoßen worden war.

Auf Kate wirkte es, als zucke die Hand ihrer Großmutter ganz leicht, als wolle sie Ruths Hand drücken.

„Ich verstehe dich", sagte Kates Mutter. Und dann saßen sie wieder schweigend da, bis ihre Großmutter die Augen schloss.

Kate wollte fliehen, bevor sie anfangen musste zu weinen. Sie erhob sich wortlos, verließ den Raum und ging nach unten, zurück in den Salon, wo es heimelig und warm war. Sie schritt ruhelos durch das Zimmer, besah sich die Schränke. Dort stand eine kostbare zierliche Porzellanfigur. Und woher hatten ihre Großeltern diese drei elfenbeinernen Miniaturschnitzereien? Vielleicht konnte Tante Mary es ihr sagen.

Eine aktuelle Ausgabe des *Godeys* lag auf dem Tisch. Kate nahm das Heft hoch und blätterte hindurch, suchte nach etwas, das ihre Trauer vertreiben könnte. *Godeys* war ihr Lieblingsmagazin, da es historische Fakten und genaue Zeichnungen enthielt, auch aktuelle Informationen zu politischen Themen. Sie fand die Seite mit den Liedveröffentlichungen, in jeder Ausgabe gab es eins davon. Oft wurden hier sogar Text und Noten der beliebtesten Stücke abgedruckt.

„Mit Erlaubnis von O. Ditson und Co.", stand dort, „und auf zahlreichen Wunsch unserer werten Leserinnen präsentiert *Godeys* das Lied *Geliebte Nelly Gray.*"

Kate las den Text. Dann sah sie den Namen des Autors: *B. R. Hanby*. Das konnte nicht sein. Noch einmal las sie den Namen ungläubig. Aber wer sonst sollte es sein?

Sie trat ans Klavier und setzte sich, betrachtete die erste Zeile, legte die Finger auf die Tasten und rief sich den Notenschlüssel in Erinnerung. Sie fing an, die melancholische Melodie zu spielen, was ihr nach ihren Übungen mit Cornelia leichtfiel.

Meine arme Nelly Gray, wardst genommen mir,
Und ich darf dich nie wieder sehen hier,
Ich sitze am Fluss und weine dir nach,
Denn du verließest Kentucky ins Ungemach.

Es war das Lied für Nelly, das Ben in seinen Briefen erwähnt hatte. Und wie wunderbar es war, wie eindringlich, als würde sie es schon von früher kennen. Das Lied war veröffentlicht worden – ein bittersüßes Gefühl der Freude stieg in Kate auf, während sie Bens Lied Zeile für Zeile spielte. Der Refrain war genauso unvergesslich wie die Verse. Als sie fertig war, summte sie den Refrain immer und immer wieder, leise, damit niemand sie hören konnte.

Tante Mary kam die Treppe herunter, ihr Kleid raschelte wie Schaum auf dem dicken Teppich. „Kate, du kennst dieses Lied? Es ist wundervoll. Neulich hat es die Tochter einer Freundin vorgespielt."

„Ich habe es gerade im *Godeys* entdeckt. Nichts verbreitet sich so schnell wie die Lieder, die dort veröffentlicht werden."

„Es heißt *Geliebte Nelly Gray*, nicht wahr? Ich habe schon einen Bericht darüber in der Zeitung gelesen."

„In der Zeitung?"

„Oh ja, alle sprechen voller Begeisterung darüber."

Kate schwieg verwundert.

„Ich habe übrigens gute Neuigkeiten", sagte ihre Tante. „Arthur hat für unseren letzten gemeinsamen Abend hier Karten für *Onkel Toms Hütte* bekommen. Es tut mir schrecklich leid, dass ihr schon wieder abreisen müsst, aber immerhin können wir euch noch dieses einmalige Ereignis bieten."

„Danke." Das durchdrang sogar den Nebel, der sich über Kates Gefühle gelegt hatte. Das würde ihre einzige Gelegenheit sein, dieses aufrüttelnde Stück zu sehen. Wie großzügig von Arthur und Georgia – sie hatten gewusst, dass Kate dieses Theaterstück liebend gerne sehen wollte.

Plötzlich erklang die Stimme ihrer Mutter hinter ihr. Kate zuckte zusammen. „Mary, würde es dir etwas ausmachen, wenn ich die Kutsche benutze, um in die Stadt zu fahren?" Ruth musste die Treppe leise wie ein Geist heruntergeschwebt sein. Sie sah immer noch sehr blass aus.

„Nein, gar nicht. Soll ich dich vielleicht begleiten?"

„Nein, danke. Ich habe noch einige private Erledigungen zu machen."

„Ich verstehe." Tante Mary senkte die Stimme zu einem Murmeln und trat näher an ihre Schwester heran. „Aber bitte kauf keine Abschiedsgeschenke. Wir sind eine Familie und ihr seid hier jederzeit wieder willkommen."

Kates Mutter nickte, wandte sich um und eilte die Stufen hinauf. Auf dem Weg rief sie über die Schulter: „Ich bin in zehn Minuten fertig, ist die Kutsche dann bereit?"

„Natürlich." Mary ging zu dem Klingelzug an der Wand, um einen Bediensteten zu rufen, wobei jedoch im Salon kein Geräusch erklang.

„Kate", sagte sie, als sie sich wieder umwandte und die Schritte auf der Treppe verklungen waren. „Spielst du das Lied noch einmal? Ich liebe es."

Kate spielte es noch einmal. Dieses Mal traute sie sich sogar, mit der linken Hand die Begleitakkorde dazu zu spielen. Das Lied brachte ihr Ben zurück, entfachte die Freude, die sie spürte, wenn sie mit ihm zusammen war.

Am liebsten hätte sie es fünfzigmal gespielt. Aber das würde ihre Tante dann wahrscheinlich doch etwas seltsam finden.

Kapitel 43

Ben entfaltete Kates Brief und las noch einmal die Adresse, obwohl er sie schon im Zug auswendig gekonnt hatte: *Walnut Street 119.*

„Hausnummer einhundertneunzehn, bitte", sagte er zu dem Droschkenkutscher.

„Ja, Sir."

Die prächtigen Häuser der Walnut Street zogen gleichförmig an Ben vorbei, während das Pferd vorwärtstrottete. Dann hielt die Droschke an. Ben stieg aus. „Warten Sie bitte."

Der Kutscher nickte, da er es gewöhnt war, dass gut angezogene Gentlemen von einer Erledigung zur nächsten hetzten.

Ben hatte seinen sauberen Mantel, das beste Hemd und eine Krawatte gewählt, um so vornehm wie möglich zu wirken. Der Hoteljunge hatte seine Schuhe so sauber geputzt, dass sie glänzten, und zusätzlich noch den Hut ausgebürstet. Doch sein äußeres Erscheinungsbild beruhigte nicht das Hämmern seines Herzens. In Gedanken ging er seine Ansprache noch einmal durch, dann trat er an die Tür heran und klingelte.

Ein mittelalter Bediensteter in Livree öffnete. „Guten Tag, Sir."

„Ich suche Mrs Isaiah Winter, die meinen Informationen nach Gast in diesem Haus ist. Es geht um eine sehr dringende Angelegenheit." Ben reichte dem Mann seine Visitenkarte.

Die Karte verschwand geschickt in seiner Hand und der Diener hielt ihm die Tür auf. „Bitte kommen Sie doch herein."

Ben schritt über die Schwelle in das Foyer. Er bemerkte die eleganten Paneele, das kostbare Holz unter seinen Füßen – Zeichen des Reichtums, den Mrs Winter sich auch für ihre Tochter wünschte.

„Hier entlang, Sir." Der Bedienstete nahm ihm den Hut ab und führte ihn nach links durch eine Flügeltür hindurch in einen hellen Raum mit hoher Decke und blauen Vorhängen vor den Fenstern. Ein roter Teppich und die eleganten Mahagonistühle verliehen dem Salon ein beinahe königliches Ambiente. Leise schloss der Diener die Tür hinter Ben und ließ ihn allein.

Die Hitze des Kaminfeuers erwärmte seine ausgekühlten Wangen. Er trat näher an den weißen Marmorkamin und betrachtete das Porträt, das darüber hing. Die Dame darauf war schwarzhaarig und blauäugig wie Kate. Sein Puls beschleunigte sich, übertraf sogar das hektische Ticken der Wanduhr zu seiner Rechten.

Die Türen öffneten sich und Mrs Winter kam herein. Sie trug ein grünes Seidenkleid und wirkte, als sei sie dazu geboren, ein Königreich zu regieren – oder zumindest ein Anwesen wie dieses hier. Sie blieb zwei Meter entfernt von ihm stehen, als wäre er ein Geschäftsmann.

Ben würde sich trotzdem wie ein Gentleman verhalten. So förmlich wie möglich verbeugte er sich vor ihr, höflich, aber nicht unterwürfig.

„Mr Benjamin Hanby", sagte sie und musterte ihn von Kopf bis Fuß.

„Guten Tag, Mrs Winter." Er fühlte sich wie ein einfacher Soldat vor einem General, obwohl er sich einen General nie mit glitzernden Diamantohrringen und Lavendelduft vorgestellt hatte.

„Es ist eine Überraschung, Sie hier in Philadelphia zu treffen, Mr Hanby." Ihre Stimme klang kalt.

„Ich hoffe, dass Sie mir meinen unangekündigten Besuch vergeben."

Sie starrte ihn an, ohne zu antworten. War Kate hier? Er durfte jetzt nicht an sie denken – alles, was zählte, war, dass er jetzt nicht versagen durfte.

„Und was führt Sie her?", fragte sie. Ihr Gesichtsausdruck war unlesbar, der Blick ihrer blauen Augen hart.

Er atmete tief ein. „Ich möchte mich in aller Form bei Ihnen entschuldigen, Ma'am."

Sie behielt immer noch ihre kalte, unnahbare Erscheinung bei, wirkte fast so unbeweglich wie das Porträt über dem Kamin.

Ben versuchte es erneut und ignorierte die Stimmen in seinem Kopf, die ihn daran erinnerten, dass er schon einmal versagt hatte. „Ich habe falsch gehandelt, als ich Ihrer Tochter meine Gefühle offenbart habe, ohne vorher Ihr Einverständnis zu erbitten."

Sie hob eine Augenbraue, als wolle sie ein Ausrufezeichen hinter sein Eingeständnis setzen. „Und Sie haben es auf sich genommen, tagelang nach Philadelphia zu reisen, nur um sich bei mir zu entschuldigen?"

Seine Nerven waren so angespannt, dass er plötzlich einen unangenehmen Geschmack im Mund hatte. Natürlich wollte er sich nicht nur entschuldigen. Sein Wunsch, Kate zu sehen, war so groß, dass er in wenigen Augenblicken durch die Türen stürzen und das ganze Haus nach ihr absuchen würde, nur um sich vor ihre Füße zu werfen.

Doch er hatte sich nicht gut benommen und musste Mrs Winters Urteil annehmen, wie auch immer es ausfallen würde.

„Mein Ehemann hat mir geschrieben, dass Sie schon bei ihm waren, um persönlich mit ihm über diese Sache zu sprechen. Er hat mir auch gesagt, dass er akzeptieren würde, was immer ich entscheide." Mrs Winter schritt durch den Raum zu einem der Schränke, das Gesicht hatte sie von Ben abgewandt. „Meine Tochter war in letzter Zeit nicht sie selbst, Mr Hanby."

Ben wusste nicht, ob er nicken oder sich entschuldigen sollte.

„Wir waren vor einigen Tagen zusammen mit ihrer Cousine auf einem Ball. Dort hat Kate voller Leidenschaft gegen die Ansichten eines Gentlemans gewettert. Ich habe sie niemals zuvor so etwas tun sehen." Kates Mutter hatte sich wieder zu Ben umgedreht. Ihr Blick spießte ihn förmlich auf.

„Ich kann mir nur vorstellen, dass sie dazu einen guten Grund gehabt haben muss, Ma'am." Sein Temperament erwachte – er musste Kate verteidigen. Mrs Winter war viel zu streng mit ihr.

„Glauben Sie, dass es Ihr Einfluss ist, der sie so stark verändert hat?", wollte sie wissen.

„Ich kann nicht behaupten, solch einen Einfluss auf sie zu haben, Mrs Winter. Ihre Tochter ist eine junge Dame voller tiefer Gefühle und aufrichtiger Überzeugungen. Ich habe sie nicht zu dem gemacht, was sie ist, obwohl ich sie dafür bewundere."

„Aber sie hat die Gefühle und Überzeugungen, von denen Sie sprechen, bisher noch nie so zum Ausdruck gebracht, Mr Hanby. Und dafür würde ich doch *Sie* verantwortlich machen."

„Wenn Sie dieser Meinung sind, Ma'am." Bens Hoffnungen schwanden. „Ihre Tochter ist intelligent und gebildet. Ich würde niemals von ihr verlangen, ihre persönliche Meinung zu verleugnen. Ich kenne sie gut genug, um zu wissen, dass nur Ignoranz oder Brutalität sie zu einer Diskussion in der Öffentlichkeit verleitet hätten." Jetzt war alles verloren. Er ließ den Blick auf den reich verzierten Teppich sinken und wartete darauf, hinausgeworfen zu werden. Schmerz und Enttäuschung schwappten wie Flutwellen über sein Herz.

„Sie haben recht, Mr Hanby. Der Grund für Kates Ausbruch war tatsächlich der Ausdruck von menschlicher Brutalität."

Er blickte auf. Mrs Winter hatte einen gedankenverlorenen Gesichtsausdruck aufgesetzt, als erlebe sie die Szene noch einmal. „Ich wünsche nicht, dass meine Tochter eine schweigende, schmückende Statue ist, die sich selber oder andere nicht verteidigen kann." Mrs Winters Stimme brach kurz, doch sie sprach weiter, als sei nichts geschehen. „Ich schätze die Veränderungen sehr, die meine Tochter in letzter Zeit durchgemacht hat. Mr Hanby, setzen Sie sich bitte."

Die Unwirklichkeit dessen, was gerade geschah, ließ die Farben im Raum noch kräftiger und heller strahlen, während Ben zu einem der dunklen Stühle wankte. Er wartete, bis Mrs Winter Platz genommen hatte, dann ließ er sich selbst darauf sinken.

„Ich weiß nicht, ob ich Sie richtig verstanden habe, Ma'am." Hatte sie gerade angedeutet, dass er einen positiven Einfluss auf ihre Tochter gehabt hatte? An ihrem Gesichtsausdruck konnte er nämlich nichts erkennen.

Kates Mutter betrachtete ihn, als studiere sie das Innenleben eines mechanischen Spielzeuges, um zu verstehen, wie es funktioniert. „Ich weiß nicht, wie und warum Sie meine Tochter so beeinflusst haben. Aber …" Sie hielt inne und sah zur Seite. „Während wir hier waren, Mr Hanby, hatte ich viel Zeit, um über die Beziehung zwischen Müttern und Töchtern nachzudenken. Und ich habe erkannt …"

Die Flügeltür schwang auf und Kate betrat den Salon, den Blick auf einige Päckchen gerichtet, die sie in den Armen trug. „Sie sind alle verpackt, Mutter", sagte sie. „Es ging schneller, als ich erwartet …" Sie schaute auf und erstarrte.

Ben erhob sich, sog ihre Schönheit ein, ihre schmale Figur, den fließenden Rock, die dunklen Haare über ihren zarten Schultern.

Mrs Winter blieb sitzen und wandte sich an Kate. „Sieh nur, wir haben Besuch."

Kate klammerte sich mit großen Augen an die Päckchen.

„Komm, setz dich zu uns", sagte Mrs Winter.

Wie in Trance trat Kate an einen Stuhl heran, der näher an dem ihrer Mutter als an Bens stand, und schaute ihn an. Sie setzte sich langsam, die Pakete immer noch fest im Griff.

„Du kannst mir die Einkäufe ruhig geben." Ihre Mutter streckte die Hand aus. Langsam reichte Kate ihr nacheinander die Kartons, jeder mit dem Aufdruck eines exquisiten Geschäftes bedruckt.

Mrs Winter betrachtete jedes Paket, bis sie das richtige gefunden zu haben schien. „Das hier", sagte sie und reichte es Kate.

Kate hatte den Blick nicht von Ben genommen und er nicht von ihr. Ungeschickt zerrte sie mit zitternden Fingern an dem Deckel des Päckchens herum. „Was –?" Ihre Stimme brach ab. Er wäre am liebsten zu ihr geeilt und hätte sie in die Arme geschlossen, ihren Atem und ihre Wärme gespürt.

„Du kannst es gerne jetzt schon öffnen", sagte ihre Mutter. „Eigentlich wollte ich es dir geben, wenn wir allein sind, aber unser unerwarteter Gast hat diesen Plan durchkreuzt."

Kate zog an dem Band, das raschelnd zu Boden fiel. Sie öffnete den Deckel und klappte ihn nach hinten auf. Im Inneren der Schachtel lag ein weißes Rechteck.

„Nimm es heraus." Ihre Mutter blieb undurchschaubar.

Kate sah sich um, dann erhob sie sich und trat in die Mitte des Raumes. Sie stellte den Karton ab, nahm den Stoff heraus und schüttelte ihn leicht, bis er sich zu seiner vollen Länge entfaltet hatte.

Es war ein großes Spitzentuch, bestimmt zwei Meter lang. Der feine Stoff war mit einem aufwendigen Blumenmuster bestrickt. Unzählige Perlen schimmerten darauf. Wie ein Wasserfall floss die Spitze von Kates Händen auf den Boden zu ihren Füßen.

Was war das? Ein Vorhang? Immerhin war es tröstlich, dass Kate ebenso verwirrt schien wie Ben.

„Es ist irische Spitze", erklärte ihre Mutter.

„Sie ist wunderschön, Mutter. Danke." Kate wirkte ratlos.

Mrs Winter sah sie einen Augenblick lang ernst an. Kate warf Ben einen schnellen Blick zu, dann schaute sie wieder auf die Spitze hinunter.

„Es ist ein Brautschleier“, bemerkte Mrs Winter.

Kate sah sie an und schien immer noch nichts zu verstehen.

Ben erstarrte, sein Herz hämmerte in seiner Brust.

Mrs Winter erhob sich nun ebenfalls und ging zu ihrer Tochter, um ihr die Hand leicht auf die Schulter zu legen. Ben hatte von ihr nie zuvor eine solche Geste der Zuneigung gesehen – Kate wandte sich ab, unsicher, ob sie diese ungewohnte Zärtlichkeit annehmen oder ablehnen sollte.

„Für den Tag, an dem du diesen jungen Mann dort heiraten wirst“, sagte sie mit einem Nicken in Bens Richtung.

Kate ließ den Schleier fallen. Er rutschte wie Schaum hinab auf den dicken Teppich. Sie sah Ben an und ihre Augen funkelten. Er musste schwer schlucken.

„Du hast meine Erlaubnis, ihn zu heiraten. Und dein Vater stimmt auch zu, wenn ich mit ihm spreche“, sagte Mrs Winter. Sie wandte sich ab und ging zu der Flügeltür hinüber. „Und jetzt werde ich euch allein lassen, damit ihr euch über meine Großzügigkeit und Einsicht wundern könnt, was bestimmt euer einziges Gesprächsthema sein wird.“ Ihr Mundwinkel zuckte und sie schlüpfte hinaus. Die Tür fiel leise hinter ihr ins Schloss.

Für einen Moment konnte Ben sich nicht bewegen. Als endlich wieder Leben in seinen Körper zurückkehrte, lief er die wenigen Schritte zu Kate und schloss sie in seine Arme. Er drückte sie an sich, dann hob er sie hoch, wirbelte sie herum und jauchzte laut. Ihr Kleid flatterte um sie herum, während Ben sein Glück kaum fassen konnte.

Kate lachte glücklich. Er trug sie hinüber zum Kamin und stellte sie dort vorsichtig ab. Ihr war schwindelig und sie taumelte leicht, weshalb sie ihre Arme um ihn legte. Sie blickte zu ihm auf und lächelte.

Ihre sanfte Umarmung ließ sein Herz schneller schlagen – er genoss das Strahlen in ihren blauen Augen. Ihr Gesicht war so wunderschön und perfekt … Er legte eine Hand auf ihren Arm, dann wanderten seine Finger langsam hinauf zu ihrem Hals. Endlich gab er dem unbändigen Drang nach, ihre Haut zu berühren. Kate erzitterte und schloss die Augen, auf ihrem Gesicht mischten sich Sehnsucht und Beklommenheit. Ben trat noch näher an sie heran und zog sie wieder an sich, diesmal sanft und zärtlich. Sie schlang die Arme um ihn und fuhr mit den Fingern seinen Rücken hinauf bis in seine Haare. Die Überraschung und Begeisterung über diese Berührung ließen ihn erschaudern. Stürmisch bedeckte er ihr Gesicht mit zarten Küssen. Sie seufzte.

Sanft löste er sich von ihr und atmete tief ein. Für all das gäbe es noch genug Zeit – und für noch viel mehr.

Sie standen Arm in Arm beieinander, ein wenig schüchtern, und beobachteten, wie das Feuer im Kamin tanzte.

Kapitel 44

Das Theater war in Rot und Gold gestrichen, die Logen mit roter Seide ausgekleidet. In dem gedämpften Licht, das ihren Balkon kaum erreichte, genoss Kate Bens Nähe. Sein Ärmel war nur wenige Zentimeter von ihrem Arm entfernt – eine Vertrautheit, die nur zwei Menschen haben konnten, die einander versprochen waren. Die Tatsache, dass ihre Mutter ihre Eintrittskarte an Ben abgetreten hatte und zu Hause geblieben war, machte das Erlebnis noch intimer. Nur Arthur und Georgia teilten sich die Loge mit ihnen.

Das hellrosa Satinkleid, das Kate sich von ihrer Cousine ausgeborgt hatte, floss breit über den Stuhl bis hinunter auf den Boden. Die zarten Ärmel und der Ausschnitt entblößten mehr, als dass sie verbargen, da sie nur aus durchschimmernder Spitze bestanden – eine Mode, die in Westerville gewagt gewesen wäre, von den Damen in den anderen Logen allerdings ohne Scheu getragen wurde. Kate nahm den ungewohnten, jedoch angenehm berauschenden männlichen Duft wahr, wenn Ben sich zu ihr beugte. Wäre das Stück nicht so unglaublich fesselnd und atemberaubend gewesen, hätte Kate sich überhaupt nicht konzentrieren können.

Die Schauspieler hielten das Publikum in Atem, erschufen auf der Bühne die schreckliche Realität von Toms herzlosem Master und seinem grausamen Tod. Kate kannte den Roman.

„Sie können mir schreckliche Dinge antun", sagte Tom zu Simon Legree, als der Tyrann mit der Peitsche über ihm stand. „Doch wenn Sie den Körper getötet haben, bin ich frei."

Das blutverschmierte Gesicht des Sklaven war entschlossen. Legree hob erneut seine Peitsche und schlug auf Tom ein, bis der leblos auf der Bühne lag, dann warf er die Mordwaffe achtlos beiseite und ging ab.

Ein junger Mann kam zu spät, um Tom zu retten. Er kniete sich schockiert neben ihn. „Gesegnet sind die, die trauern", sagte der junge Mann, den Tränen nahe, „denn sie werden getröstet werden."

Im Theater war es totenstill. *Gesegnet sind die, die trauern …* Das

Gesicht von Frank tauchte vor Kates geistigem Auge auf, die Traurigkeit in Nellys sanften Augen, das Lachen ihrer kleinen Tochter. *Sie werden getröstet werden.*

Sie tupfte sich mit dem Taschentuch die Tränen von den Wangen. Ben saß mit gesenktem Kopf neben ihr. Die Szene schloss und der Vorhang senkte sich. Lauter Applaus erklang, der sich zu Rufen und Pfiffen steigerte. Kate blinzelte und sah sich um, als erwache sie gerade aus einem Traum. Die Menschen in den Logen waren aufgestanden und klatschten begeistert in die Hände. Kate tat es ihnen gleich, Ben erhob sich mit ihr.

Dann ging der Vorhang noch einmal auf. Das Publikum wurde leise. Eine Schauspielerin in einer römischen Robe trat an den Rand der Bühne. Der Epilog.

Die Frau sah aus wie Libertas – die römische Göttin der Freiheit. „Der Tag der Gnade steht uns noch bevor", rief sie. „Beide, Nord und Süd, sind vor Gott schuldig geworden; die christliche Kirche muss sich schweren Anschuldigungen stellen. Nicht, indem Ungerechtigkeit und Grausamkeit geduldet werden, kann diese Union gerettet werden, sondern nur durch Umkehr … Gerechtigkeit … und Erbarmen!"

Ihre Stimme klang bis zu den Dachbalken.

„Das sind alles nur Unwahrheiten!", schrie eine raue Stimme aus dem Publikum. „Dieses Stück ist eine böse Lüge, ihr Heuchler!"

Eine andere Stimme rief: „Die Nordstaatlerin soll den Mund halten!"

Ein weiterer Ruf: „Die Münder derer, die die Unwahrheit sprechen, werden schweigen."

Zustimmendes Gemurmel erfüllte das Theater.

Etwas flog nach vorne und prallte gegen die Brust der Schauspielerin – sie taumelte zurück und hob die Arme, um weitere Geschosse abzuwehren. Ein abgenagter Apfel fiel zu ihren Füßen.

Kate hätte am liebsten aufgeschrien, dass sie alle Unrecht hatten, dass es diese Gräueltaten gab und dass sie eine unschuldige Frau kannte, die gemeinsam mit ihrem Kind gestorben war.

„Verschwinden Sie von der Bühne", fuhr ein Mann die kauernde Schauspielerin an.

Sie erhob sich, strich ihre Robe glatt und trat mit geballten Fäusten an den Rand der Bühne zurück. „Das werde ich nicht. Diese Tragödie wird nicht eher enden, bis wir uns eines Besseren besinnen!"

Buhrufe erfüllten den Raum. „Ich zeige dir, was eine Tragödie ist!" – „Sie sind alle teuflische Landesverräter!" – „Nimm das, verlogenes Biest!"

Ein weiterer Gegenstand flog nach vorne und traf die Schauspielerin an der Stirn. Sie taumelte und lief von der Bühne.

Das alles durfte nicht geschehen – Kate würde nicht so einfach zuschauen. Ihr Gesicht wurde so heiß, dass sie das Gefühl hatte, als hätte sie jemand geschlagen. Wie konnten diese Menschen es wagen, die Schauspielerin so zu demütigen und zu verletzen? Wie konnten sie behaupten, dass das alles Lügen waren? Sie ruinierten die Einzigartigkeit des Theaterstückes, befleckten es und behaupteten, Gott wäre auf ihrer Seite.

Kate trat an den Balkon heran und stützte sich ab.

„Halt!", schrie sie so laut, dass es in jedem Winkel des Theaters zu hören war.

Unter ihr verebbten die Stimmen. Alle Gesichter wandten sich um und starrten mit offenen Mündern zu ihr herauf. Mit Sicherheit hatten sie in ihrem ganzen Leben noch keine Dame gesehen, die aus einer Loge heraus das Wort ergriff. Alle Augen waren auf Kate gerichtet – die der Reichen und der Arbeiter, der Damen und der einfachen Dienstmädchen, der Gentlemen und Fischverkäufer. Doch das bestärkte Kate nur noch, machte sie noch wütender. Wer waren sie, dass sie leugneten, Nelly habe jemals existiert? Wer waren sie, dass sie diese Lügen in die Welt setzen durften?

Die Wut leerte ihre Gedanken. Hatte sie irgendetwas zu sagen? Das hier war keine Ballsaaldebatte.

Kate mochte nicht die Worte finden, um ihnen zu widersprechen, doch sie wusste, was ihre Herzen verändern, was sie die Wahrheit erkennen lassen würde. Sie klammerte sich am Balkongeländer fest und atmete tief ein.

Und dann sang sie, so laut sie konnte, obwohl ihre Stimme kaum merklich zitterte. *„Meine arme Nelly Gray …"*

Das Theater war so still, dass ihre Stimme den gesamten Raum einnehmen konnte und wie eine klare Glocke die Nacht durchdrang. *„Wardst genommen mir …"*

Die ersten Stimmen setzten mit ein. *„Und ich darf dich nie …“*

Jetzt hatte das halbe Theater mit eingestimmt, ein Chor rauen Gesanges. *„… wiedersehen hier …“*

Kate ließ die anderen weitersingen und schwieg, um ihnen zuzuhören.

Ben war ebenfalls an die Brüstung getreten und starrte fassungslos nach unten in die Menschenmasse. „Was?“, flüsterte er ungläubig. „Woher kennen sie den Text?“

Er schüttelte den Kopf, immer noch fragend, staunend. Dann legte er eine Hand vor den Mund und sank kopfschüttelnd auf die Knie. Er senkte den Kopf und schloss die Augen. Kate kniete sich neben ihn, legte eine Hand auf seine Schulter, wollte ihn nicht allein lassen, gleichgültig, was man von ihnen denken mochte.

Wusste er denn nicht, dass sein Lied schon weit verbreitet war? Dass es zur Hymne der Abolition geworden war? Dass es Hunderte, nein, Tausende von Herzen wandelte?

Ben sah sie mit Tränen in den Augen an und sie nickte ihm zu, um zu bekräftigen: *Ja, das ist alles wahr.* Am liebsten hätte sie mit ihm geweint.

„Ich sitze am Fluss und weine dir nach …“, sang das Publikum, selbst die Damen und Herren in den Logen. Das Lied übertönte die wenigen Zwischenrufer, die nach und nach zornig das Theater verließen.

Ben fuhr sich mit der Hand über die Augen. Kate wusste, woran er dachte – sie selbst bekam die Gedanken ebenfalls nicht mehr aus dem Kopf. Keine Toten mehr – die Sklaverei musste enden und mit Gottes Hilfe würde sie das auch. Nelly und ihre Tochter waren nicht vergebens gestorben. Ihre Leben waren wertvoll gewesen. Ihre Geschichte war erzählt worden und würde niemals vergessen werden.

Denn du verließest Kentucky ins Ungemach.

Die Melodie endete triumphierend. Ohrenbetäubender Applaus mischte sich mit lauten Rufen, als wolle sich das Dach selbst jeden Moment hochheben und den Gesang hinaus in die Welt tragen. Ben stand langsam wieder auf. Er streckte Kate seine Hand entgegen, wie er es an dem Tag tun würde, wenn sie seine Ehefrau würde. Voller Vertrauen legte sie ihre Hände in seine.

Er zog sie an sich, legte seinen Arm um sie und flüsterte ihr ins Ohr: „Das ist der Anfang." Er zog sich nicht mehr von ihr zurück, sondern hielt sein Gesicht an ihrem Hals, sodass sein warmer Atem sie erschaudern ließ und sie sich noch mehr nach ihrem Hochzeitstag sehnte.

Und sie wusste, was er meinte, als sie sich gegen ihn lehnte und seinen Körper neben ihrem spürte.

Die Kraft des Liedes lag darin, dass viele Stimmen zu einer einzigen verschmolzen. Von nun an würden sie und Ben gemeinsam singen, für den Rest ihres Lebens.

Nachwort

Geschichte und Fiktion

Geliebte Nelly Gray eroberte die Nation im Jahre 1856 im Sturm und wurde als „*Onkel Toms Hütte* in Liedform" bezeichnet. Genau wie Harriet Beecher Stowes Roman wurde Ben Hanbys Lied für seine Kraft gelobt, welche die Menschen gegen die Gräueltaten der Sklaverei aufrüttelte. Ben verdiente aufgrund des Vertrages mit seinem Verlag nur sehr wenig Geld mit seinem Lied. Er hat andere großartige Lieder geschrieben, die bis heute noch verbreitet sind, am bekanntesten ist wohl das Weihnachtslied *Oben auf dem Dach*. (Ich habe eine illustrierte Kinderausgabe von *Oben auf dem Dach* gekauft, nur damit ich mich an dem Namen *Benjamin Russel Hanby* freuen konnte.)

Nachdem Ben Hanby zusammen mit seiner geliebten Ehefrau zwei Kinder bekommen hatte, starb er im Alter von nur dreiunddreißig Jahren an einer Krankheit. Kate Winter Hanby heiratete nie wieder. Sie beschrieb Ben folgendermaßen: „[Er hatte] dunkles, lockiges Haar und wunderschöne Augen … schätzte den Witz, war ein großartiger Geschichtenerzähler und ein gewandter Gesprächspartner. Er war gütig, ein hilfsbereiter Ehemann und liebte seine Kinder." (*Shoemaker 108*) Dieses Zeugnis allein hätte Ben Hanby schon zu einem Helden in meinem Buch gemacht.

Ich habe in meinem Roman einige familiäre Beziehungen verändert, doch Bens Eltern und Geschwister heißen so, wie sie auch im realen Leben hießen. Für weitere Details aus dem Leben von Will Hanby und Ann Miller Hanby lesen Sie *Das Glück, von dem ich träume*, den ersten Teil dieser Buchserie.

Die echte Kate Winter (Mary Kathryn Winter) war eine sehr schüchterne, doch äußerst intelligente und bildschöne junge Frau. Sie war die erste Absolventin des Otterbein-Colleges, das eine der wenigen Einrichtungen war, die Frauen zu einem Studium zuließen. Ihre Eltern waren Elizabeth und Isaac Winter, wohlhabende und einflussreiche Mitglieder der Stadt Westerville. Kates Mutter war gesellschaftlich sehr ambitioniert und lehnte Ben Hanby als Bewerber für ihre Tochter ab, da er als zukünftiger Prediger nicht viel verdienen würde. Eine junge Musiklehrerin namens Cornelia Walker half Ben und Kate dabei, sich heimlich bei ihr zu Hause zu treffen und sich zu verloben, weshalb Bens Lied *Geliebte Nelly Gray* auch „Miss A. C. Walker“ gewidmet ist. Im echten Leben war Cornelia zwar die Tochter eines Professors am Otterbein-College, jedoch nicht die des Dekans wie in meiner Geschichte. Der Dekan zu dieser Zeit war Lewis Davis. Genau wie der fiktive Dekan Lawrence war er ein Unterstützer der *Untergrundbahn* und arbeitete mit William Hanby zusammen.

Es gibt keinen historischen Beweis dafür, dass Kate Winter zusammen mit Ben Hanby für die *Untergrundbahn* gearbeitet hat, bevor sie verheiratet waren, wie sie es in meinem Roman tut. Doch als sie und Ben verheiratet waren, hat sie ihn mit Sicherheit unterstützt. Kate und Ben heirateten im Jahr 1858, nachdem er seinen Abschluss am College gemacht hatte, und lebten einige Jahre zusammen, bevor der Bürgerkrieg begann.

John Parker ist eine beeindruckende Persönlichkeit der amerikanischen Geschichte, die in Ripley, Ohio, lebte und flüchtigen Sklaven half. Er war selbst ein ehemaliger Sklave, besaß eine Eisengießerei und beschäftigte weiße Männer. Seine Lebensgeschichte liest sich wie die Erzählung eines Actionhelden. Ich habe seinen Charakter mit in den Roman einfließen lassen, um seinen Mut und seine Ausdauer zu verdeutlichen. Es gibt keinen Beweis dafür, dass John Parker zusammen mit den Hanbys für die *Untergrundbahn* gearbeitet hat. Aber ich bin überzeugt davon, dass ich die große Bedeutung und Wichtigkeit der *Untergrundbahn* noch viel deutlicher herausstellen könnte, wenn ich beschreibe, dass freie Afroamerikaner ihr Leben und ihre Freiheit riskierten, um anderen zu helfen. Ich habe John Parker in meine Geschichte hineingeschrieben und einige seiner echten Taten für meine Geschichte genutzt.

Ben hat tatsächlich als Ersatzlehrer in Rushville unterrichtet und die Schule dort in desaströsem Zustand vorgefunden, genau wie es in dem Roman beschrieben wird. Er half den Schülern dabei, den Klassenraum zu streichen und zu dekorieren, und brachte ihnen zu Beginn eines jeden Tages Lieder bei. Allerdings wurde er im wahren Leben nicht entlassen, weil er Lieder über die Abschaffung der Sklaverei verbreitet hat, sondern war sehr beliebt. Seine Schüler erinnerten sich gerne an ihn.

Die Fakten zu dieser Buchserie habe ich *Choose You This Day* entnommen, einer Biografie der Hanbys von Dacia Shoemaker, die 1983 von der *Westerville Historical Society* veröffentlicht wurde. Zusätzlich dazu habe ich Brainerd Hanbys Büchlein *The Widow* gelesen – eine Biografie über seine Mutter, Kate Winter Hanby. *The Widow* gehört zum Fundus des Otterbein-Colleges, wo es eine Hanby-Sammlung gibt, die von William Hanby gegründet und von einigen seiner Kinder fortgeführt wurde.

Leser, die sich näher mit John Parker beschäftigen möchten, finden sein Leben in *His Promised Land,* einer Autobiografie, herausgegeben von Stuart Seely Sprague.

Wenn Ihnen „Süßer als das Lied der Lerche" gefallen hat, werden Sie auch „Das Glück von dem ich träume" von Rosslyn Elliott mögen

Das Glück, von dem ich träume
978-3-86827-559-9
364 Seiten, Paperback

Ohio 1826. Ann Miller träumt von einem Leben an der Seite von Eli, der Arzt werden will und Literatur und Poesie genauso liebt wie sie. Doch als er ihr einen Heiratsantrag macht, verspürt sie nichts als Panik. Sie weiß, dass ihr Vater gegen eine Eheschließung ist, zumal sie sich seit dem Tod ihrer Mutter um die zwei kleinen Schwestern kümmert.

Eine Reise nach Pittsburgh soll Ann auf andere Gedanken bringen. Und tatsächlich stellt diese Reise ihr Leben auf den Kopf. Sie kommt hinter lange gehütete Geheimnisse ihres Vaters, lernt einen jungen Mann kennen, der tagtäglich ums Überleben kämpfen muss, und gerät in Lebensgefahr. Mit einem Mal stellt Ann alles infrage, was ihr bisher wichtig war. Worauf kommt es im Leben wirklich an?